이 책은 생명과 창조의 에너지, 근원의 빛[viii]과 교류하고 있으며,
이 책을 옆에 두는 것만으로도 특별한 행운이 당신과 함께합니다.

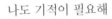
나도 기적이 필요해

나도 기적이 필요해

지은이 | 정광호
펴낸이 | 一庚 장소님
펴낸곳 | 돌셈 **답게**

초판 발행 | 2017년 4월 17일
초판 4 쇄 | 2017년 8월 31일

등 록 | 1990년 2월 28일, 제 21-140호
주 소 | 04994 서울시 광진구 면목로 29(2층)
전 화 | (편집) 02) 469-0464, 02) 462-0464
          (영업) 02) 463-0464, 02) 498-0464
팩 스 | 02) 498-0463

홈페이지 | www.dapgae.co.kr
e-mail | dapgae@gmail.com, dapgae@korea.com

ISBN 978-89-7574-290-3

나답게 · 우리답게 · 책답게

몸과 마음, 물질적 고통으로 힘든 당신에게
빛^{viit}의 기적이 온다

나도
기적이
필요해

정 광 호

도서출판 답게

    지난 30여 년 동안 국내외 각계각층 인사들과 함께 빛[viii]에서 오는 변화 현상을 무수히 확인하며 증명해 왔다. 그 과정에서 다양한 질병의 쾌유와 회복, 인간사 행·불행의 반전과 호전, 인류가 평화와 행복에 이르게 되는 근원적 원동력은 역시 지상의 초월적인 빛(초광력)이라는 확신에 다다랐다.

    일찍이 빛[viii]의 이론적 해석과 정의를 내린 분은 작고한 천문학자 조경철 박사였다. 1996년 12월 SBS 생방송에서 자연계에 존재하는 4가지 힘인 중력, 전자기력, 약력, 강력 이외에 우주의 기원을 밝혀줄 제5의 힘을 언급하면서 바로 우주근원의 빛(초광력)이 그 힘이라고 예상한 것이다. 이것은 인간 내면 마음(순수한 신념)의 본질을 밝히고 새로운 정신물리학의 에너지 혁명시대를 개척하는데 올바른 방향을 제시한 것이다.

    또한 유럽 난치병전문 동서의학병원의 세계적인 암전문박사 Dr. Karl과 박우현 교수 등은 빛[viii]이 일으키는 놀라운 치유 현상들을 지켜보면서 연신 'Miracle! Miracle!'이라고 감동하였고, 미국 미네소타 세계적인 암전문 병원 메이오 클리닉 의료진들이 ATA 이행웅 회장과 IBM 박종원 부회장이 빛[viii]으로 건강을 되찾는 모습을 보고 'Beyond Miracle!'이란 말 밖에 달리 표현 방법이 없다며 놀라던 모습은 지금도 기억이 생생하다. 그분들이 '빛의 힘'을 기적으로 표현하는 마음에서 빛[viii]에 대한 진솔한 마음이 느껴진 출판사에서는 이 책의 제목에 '기적'이라는 어휘를 사용하였지만 빛[viii]의 본질은 '기적'이라기 보다는 '변화'가

더 정확한 표현이다.

　우주의 질서와 자연의 원리를 형성하는 순수의 힘이 빛[viii]이다. 우주와 자연 속에서 살아가는 인류도 처음에는 그 원리에 부합되어 건강하고 행복하게 살 수 있게끔 설계가 되었다. 그러나 인류가 과학과 종교라는 유한의 힘을 무한으로 착각하고 순수를 상실하자 각종 질병과 불행이 일상화되고 말았으며, 우주근원은 이것을 바로 잡고 인류를 원래의 상태로 되돌릴 수 있는 변화의 힘을 빛[viii]이라는 에너지로 이 땅에 보내주었다. 그래서 나는 '빛의 힘'을 '기적이 아닌 변화'라고 늘 표현하였다.

　이 책의 출간을 앞두고 우주근원으로부터, 밤하늘의 '달'을 통한 빛 현상이 내려와 본 원고에 미리 축하하는 듯 빛나게 밝혀 주었다. 마무리 서문을 쓰던 중 기쁜 소식이 휴대폰 문자메시지를 통하여 전해졌다. 본 서문 마감을 축하해 주는 빛[viii]의 변화! 2016년 12월, 정안나 수녀로부터 안내 받아온 한 수녀님이 빛명상을 통해 폐암 말기에서 건강을 되찾았다는 2017년 새해 첫 반가운 소식을 전하면서 최종 마감원고를 우주근원이신 빛마음에 올리자 빛터엔 원형 무지개가 떠올랐다.

　온 인류를 깨우는 하늘의 '진언(眞言)'이 되고 우주 삼라만상 존재 '일체(一體)'가 이 책과 함께 평화와 행복으로 가득해질 새날을 그리며 본 책이 나오는 데 도움을 주신 이젠 작가님, 도서출판 답게 장소님 대표님, 이외에 수고를 아끼지 않으신 많은 분께도 고마움을 담는다. 고맙습니다.

팔공산 빛터에서

정 光호

/차 례/

"제5장"

빛^{viii}으로 행복을 찾은 아이들

빛™, 초광력(U.C.S ; Ultra Cosmic Spirit), 우주마음, 우주근원의 힘,
빛명상(Viit Meditation) 등 빛명상 관련 용어 일체는
〈사단법인 건강과 행복을 위한 빛명상〉의 고유 자산입니다.

빛명상 관련 용어는 대한민국뿐만 아니라 미국, 중국, 일본 등에서도
상표등록 되어 법적 보호를 받고 있으므로 무단으로 사용하는 것은 법에 저촉됩니다.
유사단체에 현혹되지 마시고, 이 책을 통해 건강과 행복을 주는
우주 근원의 빛™과 함께 행복하시기 바랍니다.

※본문 중 빛™의 영문 첨자는 생략될 수 있습니다.

❝ 제1장 ❞

프레스센터 기자회견

지팡이를 놓은 대통령

'인동초(忍冬草)'는 추운 겨울을 이겨내고 피어난 풀이다. 또한 가혹한 고난과 좌절, 그리고 그것을 극복하려는 노력으로 점철된 삶을 살아온 김대중 전 대통령을 지칭하는 말이기도 하다.

내가 김대중 전 대통령 내외를 만난 건 1994년 어느 봄날이었다. 두 분을 만나게 된 건 나에게 빛을 받고 자신의 오랜 고질병이었던 비염과 두통에서 건강을 되찾은 조영환 아태재단 사무총장의 간청 때문이었다.

"정 선생, 김대중 아태재단 이사장께서 지난 세월 모신 고문으로 지팡이가 없이는 걸을 수 없다는 걸 아시잖소. 이제 곧 대선이 다가오는데 국민들 앞에서 지팡이가 없어도 잘 걸을 수 있는 당당한 모습을 보여드리고 싶다는 게 그분의 소망이오. 정 선생이라면 그걸 해줄 수 있으리라 믿소. 부디, 내 청을 들어주시오!"

그 무렵 김대중 전 대통령은 1992년 제14대 대통령 선거에서 패배한 후 정계에서 한발 물러나 아시아태평양평화재단을 설립한 후 이사장직을 맡고 있을 때였다.

'된다, 해보라!'

김대중 전 대통령이 빛을 통해 지팡이를 놓을 수 있겠냐는 조 총장의 조심스런 질문에 언제나처럼 순간의 느낌으로 우주마음이 내게 답을 전해주었다.

"순수한 마음으로 빛과 함께하신다면 좋은 결과가 있을 것입니다."

"그게 정말이오? 내 당장 이사장님을 정 선생한테 모시고 오겠습니다."

조 총장은 잔뜩 들뜬 얼굴로 말했다.

얼마 후 당시 내가 근무하고 있던 대구의 한 호텔 최고층 VIP스위트룸으로 김 전 대통령 내외가 찾아왔다. 김영환 몬시뇰 전 가톨릭대 총장, 박노열 계명대 교수와 함께였다.

"어린아이와 같은 순수한 마음으로 빛을 받으십시오!"

나는 우주마음에 기대어 두 내외에게 빛을 보냈다. 두 내외는 한동안 빛명상에 잠겼다. 얼마 후 눈을 뜬 김 전 대통령의 얼굴이 아주 평온해 보였다.

"기분이 아주 상쾌하군요. 머리도 한결 맑아진 것 같고……."

김 전 대통령이 기분 좋게 운을 떼자, 옆에 있던 이희호 여사가 말했다.

"전 두서너 차례 뭐라 표현할 수 없지만 스쳐 지나가는 향기를 맡았어요! 그리곤 순간 평생 느껴보지 못했던 편안함을 느꼈어요."

이희호 여사는 연신 흘러내리는 눈물을 훔쳐냈다.

"이제 일어나서 지팡이 없이 걸어보십시오."

나는 낮은 목소리로 권했다. 모든 사람들이 기대 반 우려 반의 표정으로 김 전 대통령과 나를 번갈아 바라보았다. 불과 십여 분 남짓 빛을 받았을 뿐인데 수십 년간 의지해온 지팡이를 놓고 걸어보라니 놀랄 만도 했다. 하지만 김 전 대통령은 내 단호한 표정을 살핀 후 결심한 듯 자리에서 일어났다.

이윽고 김 전 대통령이 말없이 발을 떼기 시작했다. 한 걸음, 한 걸음 방안을 걸을 때마다 굽혀지지 않던 한쪽 다리에 서서히 힘이 실리고 있었다.

"그, 그럼, 복도로 나가 한 번 걸어보세요!"

곁에서 조마조마한 마음으로 지켜보던 이희호 여사가 조심스레 권했다. 김 전 대통령은 호텔 객실의 긴 복도 한쪽 끝에서 다른 한쪽 끝까지 지팡이는 물론 그 누구의 도움도 받지 않고 돌아오는 데 성공했다. 'DJ=지팡이'라는 공식이 깨지는 놀라운 순간이었다.

"우와! 해내셨습니다!"

"이제 됐습니다, 됐어요!"

곁에 섰던 사람들이 손뼉을 치며 환호성을 질렀다.

일주일 후, 나는 김 전 대통령의 초대를 받고 동교동 자택을 방문했다.

"지난번 이후 거의 지팡이를 놓고 지냈습니다. 올라가지 않던 다리가 이렇게 들어 올려집니다. 징 선생님을 한 번 더 만나면 더 좋아질 수 있겠다는 생각이 들어 이렇게 모신 게요."

김 전 대통령은 인간 가득 인자한 웃음을 지었다.

나는 다시 한번 김 전 대통령에게 빛을 주었다.

빛을 받은 후 김 전 대통령이 내게 말했다.

"조금 전 머릿속에 떠오른 글귀가 있어요. '믿기만 하여라, 네 딸이 살아날 것이다.' 라는 성서 구절이지요. 간절한 마음으로 빛을 청하자 문득 그 말이 떠오르지 않겠소? 그러면서 왠지 나도 모르게 확신이 서 더군요."

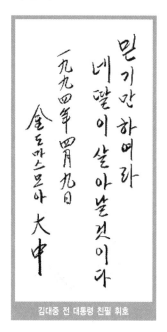

김대중 전 대통령 친필 휘호

김 전 대통령은 말을 마치자마자 붓과 벼루를 챙겼다.

"너무 선명하게 떠올랐던 내용이라 정 선생께 기념으로 써드리고자 합니다. 감사의 마음을 담은 내 성의라고 생각해주세요."

잠시 후 일필휘지로 써내려간 휘호에는 어떤 의심이나 사심이 없는 있는 그대로 빛과 마주했던 김 전 대통령의 빛마음이 담겨있었다. 바로 그 마음이 김 전 대통령에게 과학의 한계를 넘어 빛의 기적을 체험하게 한 밑바탕이 되었음을 알 수 있었다.

그 후 동교동 자택을 방문할 때면 김 전 대통령은 치열한 민주투사이기보다는 늘 소박하고 따뜻한 이웃처럼 느껴졌다.

어느 날 자택을 방문했을 때였다. 마침 그곳에는 수많은 가신들과 기자들이 북적이는 가운데 저녁식사 자리가 마련되었다. 김 전 대통령은 군이 나를 자신의 옆자리에 앉히곤 식탁 위에 놓인 먹음직스러운 굴비 한 마리를 손수 반으로 탁 찢어서는 내게 주었다.

"이거 한 번 들어봐요. 이게 영광굴비인데 참 귀한 겁니다. 요즘엔 중국산에다 노란 칠을 해서는 영광굴비라고 속인다는데 이건 진짜예요. 한 번 들어봐요. 감칠맛이 다를 테니……."

그분의 가식 없는 정겨움이 내 가슴에 따뜻하게 와 닿았다. 동시에 주위 사람들의 의아해하는 시선도 한 몸에 받았지만.

그 날 김 전 대통령이 내게 넌지시 물었다.

"며칠 후에 중국의 리붕 총리를 만나러 가는데 지팡이를 어떻게 할까 모르겠어요."

"처음 저를 만난 날 이미 지팡이를 놓으셨습니다. 그 사실에 대해 망설이거나 주저하지 말고 확신을 가지십시오. 빛이 늘 함께하고 있습니다."

김 전 대통령이 묵묵히 고개를 끄덕였다.

그 날 이후 김 전 대통령은 외부의 공식 행사에서도 지팡이를 놓고 다니기 시작했다. 그 후 지팡이 없이 무사히 중국 일정을 마친 정도가 되었다. 중국에서 돌아온 김 전 대통령이 리붕 총리에게 직접 받은 보도기를 내게 선물로 내밀었다.

金 당선자
"脫 지팡이"

金大中 대통령 당선자가 대통령 당선이후 거의 지팡이를 사용하지 않고 있어 눈길을 끌고 있다.

金 당선자는 개표결과로 당선이 확실해진 직후인 19일 오전 국회 본청 앞에서부터 「국민에게 드리는 말씀」을 발표하기 위해 내·외신 기자회견을 위한 국회 의원회관까지 2백여 m를 지팡이에 「의존」하지 않고 걸어갔다.

자민련 金鍾泌 명예총재와 朴泰俊 총재가 옆에서 걸었지만, 개표과정을 지켜보느라 밤잠을 설쳤던 金 당선자의 걸음걸이는 뒤처지지 않았다.

金 당선자는 또 22일 의원회관에서 열린 당무위원·지도위원 연석회의에 참석 할때는 아예 지팡이를 승용차에 두고 내리는 등 공개석상에 모습을 드러낼 때 「홀로서기」를 보여주고 있다.

김대중 전 대통령 탈 지팡이 신문기사

"내 이거라도 정 선생님께 선물로 드리고 싶소. 자 받아요!"

"이 귀한 물건을 제가 어떻게 가져갑니까?"

"물론 이 도자기는 내게도 귀한 물건이지만 정 선생님과의 만남도 역시 소중하다고 생각하기에 드리는 거예요. 빛과 만난 기념으로 드리는 것이니 부담스러워할 것 없어요."

그분의 진심까지 거절할 수 없어 감사한 마음으로 선물을 받았다.

그런데 그 날 리붕 총리의 도자기와 더불어 김대중 전 대통령의 지팡이도 함께 받아서 현관을 나서는데, 지팡이는 후일 더 좋은 곳에 쓰이게 될 것이니 놓고 가라는 우주근원의 느낌을 받아 두고 나왔다. 훗날 그가 대통령에 오르고나서 그 지팡이가 불우이웃돕기 경매에서 3천만 원에 낙찰되었다는 소식을 한 신문기사에서 접했다. 그분과의 일을 기념하는 것도 좋지만, 그보다는 더욱 의미 있는 일에 지팡이가 요긴하게 쓰였다니 나 역시 자못 기쁘고 흡족하였다.

그러던 어느 날이었다. 자택을 방문하여 차를 마시며 이런저런 이야기를 나눌 때였다. 김 전 대통령이 속마음을 내비쳤다.

"지난 대선 이후 정계에서 한 걸음 물러나 있는 게 사실이지만 지금 이 상태라면 건강에 대한 염려는 잠시 접고 일생의 마지막 꿈을 이룰 수도 있다는 생각이 들어요."

빛을 만난 후 더 이상 지팡이에 의존하지 않아도 좋을 정도로 건강을 되찾은 그분의 마음에 한동안 덮어두었던 대권 도전의 의지가 그 어느 때보다 강하게 타오르고 있었다.

나는 잠시 근원의 빛마음에 의지하여 명상에 잠겼다. 그 순간 그분이 해외 순방길에서 5~6개국 정상들과 지팡이 없이 나란히 서 있는 모습이 지나갔다. 즉 이분이 뜻하는 바가 이루어지는 장면이었다.

"큰 뜻을 이루시면 온 국민이 화합하고 상생하는 부강한 국가를 만들어 주십시오. 빛이 함께 할 것입니다."

그 후 3년이 지난 1997년 12월, 그분은 제15대 대한민국 대통령에 당선되었다. 이른 아침 축하 인사를 나누기 위해 일산 자택을 찾았다. 오랜 꿈을 이룬 기쁨과 자신이 꿈꿔 온 통일 대한민국을 만들겠다는 일념으로 그분의 얼굴이 상기되어 있었다.

이듬해 대통령으로서 첫 해외순방 길에 나선 김 전 대통령이 당당한 모습으로 세계 각국의 정상들과 나란히 선 모습을 보게 되었다. 3년 전 강렬한 우주마음에 의지하여 보았던 그 장면이 떠오르며 명예와 성공의 힘, 빛을 그분께 다시 한번 가득 안겨드렸다.

이후 김 전 대통령은 IMF구제금융 위기에 처한 국가경제를 빠른 시일 안에 회복시켰으며 '아시아에서 가장 영향력 있는 지도자 50인' 중 1위에 선정되고 2000년에는 노벨평화상을 수상하는 등 많은 업적을 남긴 대통령이 되었다.

나는 이분이 대통령으로 당선되어 현직에서 활발히 활동 중이실 때 빛 이야기를 담은 책 『행복을 나눠주는 남자』를 발간하여 베스트셀러에 올랐다. 특히 이 책에 김대중 현직 대통령의 이름을 실명으로 거론하고 빛과 관계된 일화를 소상하게 담았는데 이것은 물론 많은 사람들의 주목을 받았다.

그토록 원하던 대통령의 자리에 올라 명예와 성공, 노벨상을 수상했던 김대중 전 대통령도 결국 2009년 8월 18일 세상을 떠났다. 죽음 앞에서는 모든 게 다 한갓 그림자에 지나지 않는 법, 하지만 그 후에도 많은 이들이 고인이 생전에 이루고자 했던 민주와 평화, 통일의 의지를 기리는 모습에서 빛과 함께 하는 진정한 명예와 성공이 무엇인지를 다시 한번 생각하게 만들었다.

나 역시 그분과의 인연을 떠올리며 조용히 빛명상을 하였다.

그러던 지난 2016년 6월, 북유럽 빛여행 중일 때의 일이었다. 나와 함께 간 일행은 노르웨이 국립미술관을 나와 오슬로 시 청사를 방문했다. 노벨평화상을 제외한 다른 부문의 노벨상은 모두 스웨덴에서 선정하고 수상하지만, 노벨평화상만은 노르웨이 의회가 선정하고 오슬로 시 청사에서 시상한다고 했다. 마침 시 청사 근처 노벨평화상 기념관에서 연도별 수상자의 엽서를 볼 수 있었는데 김대중 대통령의 엽서도 볼 수 있었다. 먼 이국에서 빛과 인연을 맺었던 김대중 대통령을 보자 반가운 마음이 일었다. 그의 사진이 담긴 엽서를 보자 그의 마음이 그곳에서도 함께 하고 있다는 게 느껴졌다.

'빛^{viit}선생님, 잘 지내셨습니까? 이 먼 곳까지 저를 찾아주셔서 감사합니다.'

그래도 살아생전 빛을 만났기에 그의 영혼은 맑게 빛나고 있었다. 나는 다시 그의 영혼에 빛을 띄워 보냈다.

검찰청에 가던 날

　살다보면 뜻하지 않은 일에 마주칠 때가 있다. 1997년 어느 날, 내게도 그런 일이 벌어졌다. 우리 학회 회원으로 있는 하 검사가 걱정스런 표정으로 나를 찾아왔다.

　"학회장님, 큰일 났습니다. 김대중 새 정부가 들어서고 1999년 세기의 종말론 등으로 민심이 흉흉했던지라 사회에 물의를 일으키는 단체들에 대한 단속이 강화되었습니다. 그런데 그 속에 빛명상본부의 초광력도 검열 대상에 올랐지 뭡니까?"

　"허허, 초광력이 사회에 물의를 일으킨다고 판단한 근거가 대체 뭐요?"

　나는 실없는 웃음이 나왔다. 그동안 초광력을 받고 수많은 사람들이 병을 고치고, 마음의 안정과 긍정적인 에너지를 얻었건만, 그게 무슨 사회에 물의를 일으킨다는 것인가.

　"아마도 종말론을 내세우는 한 사이비 종교단체 때문이 아닌가 합니다. 진사회정화 차원에서 사이비 종교, 사이비 정치인 등을 소탕하자는 목적으로 말이지요. 그러니 죄가 있고 없고 문제가 아니라 기획수사니까 도리가 없습니다. 하지만 영 빠져나갈 방법이 없는 건 아닙니다.”

“그게 뭐요?”

“그, 그게 말입니다, 첫째는 학회 간판을 내리는 겁니다. 둘째는 사태가 조용해질 때까지 학회장님께서 잠시 몸을 피하시는 거고요.”

하 검사는 마치 자기 잘못이라도 되는 양 어쩔 줄 몰랐다.

“나는 둘 다 할 수 없소. 20여 년간 호텔리어로 일하다가 뜻한 바 있어서 학회를 세웠는데 간판을 내리라니요. 그리고 죄도 없는 내가 왜 몸을 숨겨야 한단 말이오? 그럴 수 없소.”

“학회장님, 상대는 검사입니다. 이기겠습니까? 검찰에 나가면 당장 악명 높은 특수부에서 수사를 진행할 텐데 견딜 수 있겠습니까? 혹여 한 종교 단체가 화천댐을 지을 때 어마어마한 돈을 낸 것처럼 찬조금을 낸다면 또 모르겠습니다만.”

“허허, 하 검사, 내가 그런 돈이 어디 있소?”

나는 다시 한번 실소를 하였다. 하지만 피해 갈 수는 없는 일이었다. 어떻게든 그들과 맞닥뜨려야만 했다. 곰곰 생각을 하던 나는 한 가지 제안을 하였다.

“나는 세 가지 중에서 그 어떤 것도 들어줄 수 없으니 차라리 이 힘에 대해 의혹을 품고 있다는 검사들과 직접 만날 수 있게 자리를 마련해 주십시오. 만나서 있는 그대로 보여주겠습니다.”

“아니, 자진출두를 하시겠단 말씀입니까? 아무리 그래도 상대는 검사들입니다. 방책을 세워야 합니다."

하 검사는 자칫 잘못하다간 세상에 빛을 나누는 활동 자체가 불가능해질 수 있다고 말하며 여러 가지로 방법을 제안하였다.

"아니오. 없는 힘을 있다고 하는 것도 아니고 더욱이 빛은 종말론과 거리가 멉니다. 이 힘을 있는 그대로 보여주는 수밖에요. 단, 조건이 있소. 만약 그 자리에서 검사들이 만족할 수 있는 검증이 안 나오면 나를 집어넣어도 좋소. 하지만 그 자리에서 검증이 되면 더 이상 나에 대한 시시비비를 가리지 말 것이오."

나는 오랜 고심 끝에 정면 돌파를 택했다. 상대가 누구든 있는 그대로의 진실을 보여주는 것이 가장 정확한 방법이라고 생각했기 때문이다.

얼마 후, 나는 준비된 자리에 모인 20여 명의 각 부장 검사들과 마주했다. 지팡이를 짚고 긴 수염을 휘날리며 한복이라도 입고 올 줄 알았는데 허름한 차림의 깡마른 사내 하나가 나타나자 놀라는 눈치였다. 하지만 내 일거수일투족을 관찰하는 그들의 시선은 냉랭하다 못해 싸늘했다. 나도 모르게 조금 긴장이 되는 한편 무엇보다도 검사들이 지금 이 자리에서 눈에 보이는 어떤 변화를 인정할 수 있게 해야 한다는 생각이 들었다.

"성광호 초광력학회 주인입니다. 하 검사에게 이미 들으셨겠지만, 저는 이 자리에서 빛이 사기나 허상이 아닌 실제로 존재하는 힘이라는 사실을 입증하겠습니다. 만약 그것이 입증되지 못하면 바로 수갑을 채우셔도 좋습니다. 하지만 빛이 현존하는 힘이라는 것을 인정할 수 있을 때에는 더 이상 문제 삼지 말아주십시오."

도대체 초광력이 뭔데 저렇게 도도하게 나오나 하고 팔짱을 낀 채 잔뜩 벼르고 있던 부장검사들은 마지못해 동의를 표했다.

하지만 여차하면 잡아갈 듯, 한 검사가 수갑을 든 채 뒷전에 서 있는 게 보였다. 그들 중에는 천장에 빛이 나오게 하는 장치를 미리 해놓고 마술을 부리는 게 아닌가 하고는 여기저기를 둘러보는 사람도 있었다. 하 검사도 일이 여기까지 오게 된 게 자기 잘못이라도 되는 양 덜덜덜 떨고 있었다.

나는 마음을 가라앉히고 검사들을 향해 빛을 보냈다. 요란한 주문이나 고함 소리도 없이 평소처럼 그저 조용히 두 손을 든 채였다. 그때 문득 한 부장검사의 허리에 문제가 있는 게 느껴졌다. 빛을 보내는 것을 중단하고 말했다.

"이리 나오십시오! 당신, 허리에 문제가 있지요? 척추 3, 4번도 그렇고 2번도 지금 썩 좋지가 않군요. 그 상태에서는 허리를 굽힐 수가 없지요."

"아니, 그, 그게 보입니까?"

부장검사는 잠시 눈빛이 흔들리며 화들짝 놀라 물었다. 다른 검사들도 웅성웅성 야단이었다. 그때 또 다른 부장 검사의 팔에 이상이 있는 게 느껴졌다.

"당신, 팔 아프지요? 테니스 엘보 때문에 팔이 안 돌아가는 거 맞지요? 당신도 이리 나오십시오!"

나는 그 부장검사도 함께 앞으로 불러냈다.

두 검사는 마치 무언가에 홀린 표정으로 내 앞으로 불려 나왔다.

"자, 이제부터 이 두 분에게 빛을 보내겠습니다. 빛을 보내서 팔과 허리가 여전히 정상으로 돌아오지 않으면 나를 사기꾼으로 집어넣으십시오. 하지만 만약 정상으로 돌아온다면 빛의 존재를 인정해주십시오."

"그, 그게 됩니까?"

불려 나온 한 부장검사가 볼멘소리로 물었다.

"빛은 인간의 생각이나 계산을 뛰어넘는 무차원의 힘이자, 모든 에너지의 원천이 되는 힘입니다. 순수한 마음으로 의심 없이 이 힘을 받으시면 불편했던 몸이 원래의 건강한 상태로 되돌아갈 겁니다. 그럼, 이제부터 빛을 드리겠습니다."

나는 빛을 주는 동시에 각 부장검사의 허리와 팔을 손바닥으로 탁탁 쳤다.

"어떻습니까? 어서 허리를 깊숙이 숙여보시오. 당신은 두 팔을 땅에 대고 좌우로 흔들어 봐요."

"아니, 빛 선생님, 우에 이런 수 있습니까? 통증 때문에 꼼짝도 못 하던 허리가 이렇게 말끔하게 낫다니요?"

불과 수십 초도 지나지 않아 일어난 상황에 부장검사는 나를 빛 선생님이라고 호칭을 바꾸어 부르며 연방 허리를 굽혔다 폈다, 이리저리 움직이며 신기해했다.

"세상에, 돌아갑니다, 이제 돌아갑니다!"

곁에 있던 부장검사도 바람개비처럼 팔을 이리저리 빙빙 돌리며 좋아서 어쩔 줄 몰랐다. 이 모습을 본 주위 검사들의 매서운 눈빛이 조금씩 누그러지는 걸 느낄 수 있었다.

이후 나는 각 검사들의 크고 작은 문제들, 신체의 이상들을 집어내고 그 자리에서 변화를 바로 느끼게 해주었다.

그러던 중 빛분에 의혹을 갖고 처음부터 팔짱을 낀 채 상황을 지켜보던 제1형사부장 검사가 보였다. 나는 그에게 다가가 말했다.

"손을 펴보세요!"

무심코 팔짱을 풀고 손을 펴보던 형사부장은 소스라쳐 놀랐다. 어느 틈에 그의 손바닥 가득 반짝이는 빛분이 쌓여있었다.

"아, 아니 내가 팔짱을 꽉 끼고 있었는데 이게 어찌 된 일이오?"

"그건 제가 아니라 우주 근원에서 오는 빛의 힘입니다."

"허허, 그것참!"

제1형사부장은 자신의 손바닥에서 빛분이 나오자 지금까지 굳어있던 표정이 놀라움으로 바뀌었다.

"이제 다 검증이 되었지요? 더 이상 딴소리 안 하시겠지요? 그럼, 이상입니다."

나는 부장검사들을 바라보며 마지막 다짐을 하였다. 검증은 단 20분만에 끝이 났다.

단상에서 내려와 서둘러 검찰청 복도로 나왔다. 그때 수갑을 들고 있던 검사가 허둥지둥 나를 찾아왔다.

"저, 선생님, 아까 그 제1형사부장님께서 잠시 방으로 모셔오라 하셨습니다. 가시지요."

그는 정중하게 나를 안내하였다. 형사부장의 방으로 들어가자 그는 반갑게 나를 맞이해주었다.

"어서 오시오! 사실 아까는 너무 놀라서 할 말을 잃었습니다. 사실 검찰청에 들어왔다가 기획 수사에 걸려 구속 안 된 사람이 없습니다. 여기 와서 그렇게 배짱 좋게 딱딱 두 검사를 불러내 저희를 꼼짝 못 하게 하시다니 놀랍습니다. 게다가 저까지 놀라게 하다니요."

"참 아까는 말씀을 미처 못 드렸는데 형사부장님 몸에 암 덩어리가 보입니다. 아까 빛분을 받으셨으니 좀 좋아지리라 생각합니다만."

"정말 놀랍군요. 이걸 보십시오."

형사부장은 자신의 서랍을 열어보였다. 그 안에는 여러 가지 약봉지가 수두룩하게 놓여있었다.

"실은 제가 암 환자입니다. 그걸 딱 집어내다니 참으로 놀랍습니다." 형사부장은 혀를 내두르며 약봉지를 모두 쓰레기통에 넣어버렸다.

그 날 이후 나를 구속하려고 수갑을 들고 있던 검사를 비롯하여 소문이 점차 퍼져 법원과 검찰청의 많은 판검사들이 초광력화회를 찾아와 회원가입을 하였다. 그들 중에는 사부실을 찾아왔다가 놀라는 사람들도 있었다.

"우리는 당신이 어마어마한 돈이 있을 줄 알았는데 이런 누추한 곳에 있습니까? 우리가 뭔가 오해를 했군요."

결국 나는 처음의 우려와는 달리 위기에서 무사히 벗어날 수 있었다. 하지만 빛이 눈에 보이지 않고 생소하다는 이유로 부정적인 시선부터 던지는 세상의 편견에 안타까운 마음이 드는 건 어쩔 수 없었다.

신촌 하늘의 기적

1997년 5월 31일, 전국적으로 비가 내리는 이른 아침, 이화여대 권경수 처장이라는 분이 내게 전화를 걸어왔다.

"무슨 일이십니까?"

"정 선생님, 선생님에 대한 소문을 듣고 있었습니다. 제가 전화를 드린 건 다름 아니라 오늘이 저희 이화여대 개교 111주년 되는 날입니다. 오전 10시부터 오후 1시까지 기념식은 물론 내외 귀빈을 모셔놓고 야외 가든파티까지 준비가 되어 있습니다. 그런데 이처럼 중요한 날 하필이면 비가 내린다는 일기예보가 나왔습니다. 그래서 정 선생님께 비를 좀 그치게 해주십사 하고 청을 드리는 겁니다."

그 순간 나는 딱 10년 전의 일이 떠올랐다.

그 날은 1987년 4월이었다. 호텔 손님 유치를 위한 목적으로 나는 어린이날 기념행사로 〈솔밭 예술제〉를 기획하였다. 그중 가장 큰 행사는 어린이 미술대회였다. 대구 시내 유치원생부터 초등학생 모두가 한자리에 모여 동심을 화폭에 마음껏 담아 그림을 그리는 대회로 유치해놓은 초등학생 수만 해도 1,700여 명이 넘었다.

어린이와 함께 학부모들이 호텔을 찾아와 즐기는 동안 자연스레 호텔 홍보도 되고 매출도 높아질 거라는 기대로 나와 실무자들은 오랫동안 공을 들여 행사를 준비하였다. 그런데 행사 당일 아침이 되니 전날까지 그토록 맑았던 하늘에 먹구름이 끼더니 일기예보에서는 전국에 하루 종일 비가 올 거라고 했다. 특히 대구 지역은 비 올 확률 100%에다 예상 강우량이 60~70mm나 되었다.

"지배인님, 어떡하지요?"

직원들은 하늘 한 번 내 얼굴 한 번 쳐다보며 난색을 표했다.

"그것참, 하필이면……."

나 또한 심란하기 짝이 없었다. 하지만 수개월 동안 이 행사를 위해 온 정성을 다해 준비했는데 비 때문에 망쳐버릴 수는 없었다. 처음 행사 기획안을 내자 동료직원들과 관련 업계에서 실현 가능성이 없다며 반대해온 기획행사였다. 심지어 호텔의 한 간부까지도 '오늘 행사에 그림 그리러 온 아이가 다섯 명만 넘어도 손에 장을 지지겠다.'며 비아냥거리기도 했다.

무엇보다 여기저기서 행사 진행을 위해 불러온 행사 요원들이며 풍물단, 연날리기 전문 두 어른(전두진, 김대승)과 경희여상의 마칭 밴드, 전통 혼례 주인공들이며 혼례식에 쓸 옛날 가마와 마부까지 모두 준비한 상태였는데 비가 온다면 모든 게 다 엉망진창이 될 터였다. 이런 상태에서 행사를 취소하면 금전적인 것은 물론 호텔 신용에 있어서도 막

대한 손해가 돌아갈 판이었다.

"지배인님, 오늘 행사하냐고 묻는데요?"

이른 아침부터 신청자의 학부모들이 행사 진행 여부를 묻는 문의 전화로 전화통에서는 불이 났다.

"예정대로 한다고 그래."

나는 나도 모르게 불쑥 그렇게 말했다. 잘 모르지만 순수한 마음으로 하늘의 처분을 기다린다면 일이 잘 풀리지 않겠는가 하는 마음이 들어서였다. 그러나 행사 시간이 임박해서 기어코 비가 내리기 시작했다. 주위에서는 오늘 행사가 성공하면 손에 장을 지지겠다며 수군거렸다. 방법은 하나뿐이었다.

'이곳에 모인 학부모와 아이들을 위해 좋은 일을 하는 것이니 하늘이여 도우소서.'

나는 호텔 옥상으로 올라가 구름을 향해 빛을 펼쳤다. 그러자 내리던 비가 딱 그치면서 구름이 밀려가고 하늘이 드러나기 시작했다.

'2시까지 시간을 주겠다.'

내 마음속으로 우주의 목소리가 선명하게 느껴졌다.

행사는 예정대로 진행되었다. 빗발은 자취를 감추고 사방에는 밝은 햇살이 내리쪼였다. 다른 곳에서는 모두 비가 내리고 있다고 했지만, 행사장 하늘은 화창하기만 했다. 아이들은 호텔 숲밭 여기저기에 앉아 열심히 그림을 그렸다. 그러다간 아이들은 여기저기 뛰어놀고 싸 온 음식을 먹기도 하고 호텔 레스토랑에서 맛있는 음식을 사 먹기도 하는 등

보기만 해도 행복한 모습들이었다.

하지만 어느덧 시계가 1시 30분을 가리키고 있었다. 나는 직원들에게 그림을 거둬들이고 빨리 모든 참가자들을 실내로 이동시키도록 지시했다.

"아휴, 무슨 소리를 하시는 겁니까? 이렇게 날씨가 좋은데요."

"다른 말 하지 말고 빨리 사람들이나 이동시켜."

직원들은 무슨 변덕이냐는 듯 투덜거리며 마지못해 내가 시키는 대로 따랐다. 그러나 정확히 오후 2시가 되자 하늘에서는 다시 마구 비가 쏟아지기 시작하였다.

"아이고, 우리 지배인님이 비가 올 걸 미리 아셨구나!"

직원들은 마치 귀신을 본 것처럼 혀를 내둘렀다.

물론 그 날의 〈솔밭 예술제〉는 대성공으로 끝났다. 비를 멈추게 한 내 이야기도 사람들 입에서 입으로 퍼져 우습게도 나는 점점 유명인사가 되어갔다.

'아마 전화를 건 이화여대 권 처장도 10년 전에 있었던 〈솔밭 예술제〉에 관한 소문을 들은 모양이구나.'

물론 그 대학교수들 중에는 이미 빛을 만나 건강을 되찾은 분들도 많이 있었다. 나는 전화기 너머로 들려오는 권 처장의 다급한 목소리를 들으며 속으로 중얼거렸다.

"저, 선생님, 어떻게 좀 안 되겠습니까? 저희가 행사를 연기할까도 생각했지만, 국내외에서 오시는 천여 명에 이르는 VIP 내빈들의 일정을 생각하면 그럴 수가 없었습니다. 그렇다고 폭우가 쏟아지는데 야외에서 비를 맞으며 가든파티를 할 수도 없고, 기도도 해보고 이 방법 저 방법 다 생각하던 중 저희 학교 이은화 고문께서 빛 선생님을 소개해주셨습니다. 야외 행사는 오전 10시부터 오후 1시까지 잡혀 있습니다. 어떻게 좀 안 될까요?"

권 처장은 더욱 안타까운 목소리로 말했다.

이은화 고문은 우리 학회의 회원으로 이미 〈솔밭 예술제〉 때 빛의 힘으로 비를 멈추게 한 기적을 알고 있는 분이었다.

"글쎄요, 그건 제 뜻대로 되는 게 아니라 우주마음께 청해봐야만 압니다만, 그렇게 사정이 딱하니 제가 한 번 청해보겠습니다."

나는 마음을 가다듬고 우주마음께 여쭤보았다.

'된다!'

나는 그 순간 자신이 생겼다.

"계획대로 준비를 하십시오. 그 시간에는 비가 오지 않을 겁니다. 식사까지 다 마치고 뒷정리도 해야 할 테니 예정보다 1시간 늦은 2시까지 시간을 드리겠습니다."

전화를 끊고 나서 나는 서울의 신촌 하늘을 향해 초광력을 보냈다. 그리고 나서 바쁘게 일을 하고 있는데 오후 2시 반쯤 권 처장에게서 다시 전화가 걸려왔다.

"징 신생님, 이런 수가 있습니까? 징 신생님 말씀대로 행사를 마칠 때까지 비가 멈췄습니다! 덕분에 무사히 행사를 끝냈지요. 제가 징 신생님의 말씀을 전했더니 저희 학교 명예 교수와 고문 두 분이 무슨 그런 허무맹랑한 소리를 하느냐며 2시에 정말 비가 오는지 안 오는지 기다려 보자고 하셨답니다. 그런데 정말 2시가 되니까 갑자기 신촌 일대에 멈춰 있던 비가 천둥 번개를 동반한 채 쏟아져 내리더군요. 마치 오전에 참았던 비가 한꺼번에 내리듯 무섭게 쏟아졌습니다. 참으로 신기한 일입니다. 선생님, 고맙습니다, 정말 고맙습니다!"

권 처장은 그때까지 흥분이 가시지 않은 목소리로 외쳤다.

"하하, 행사가 잘 끝났다니 저도 기쁘군요."

나도 〈솔밭 예술제〉 이후 딱 10년 만에 그런 일이 일어나자 기분이 좋았다.

〈솔밭 예술제〉 때 이미 경험한 일이었지만 초광력, 즉 빛의 힘으로 할 수 있는 일들은 이처럼 초자연적, 초종교적, 초과학적임이 증명되는 사건이었다.

김수환 추기경님이 준 로사리오(묵주)

2004년 어느 화창한 봄날이었다. 고속철도가 개통하면서 지금은 사라져버린 대구와 서울을 오가는 비행기를 마지막으로 타던 때의 일이다. 그날따라 승객이 없어 거의 텅 빈 듯 보이는 비행기 객석 한 자리에 앉아 이륙을 기다리고 있을 때였다. 앞자리에 앉은 한 사람의 모습이 어딘가 눈에 익었다.

'어디서 많이 본 분인데……'

나는 가벼운 점퍼 차림에 머리가 허연 노신사를 흘끔흘끔 쳐다보며 알 듯 모를 듯 자꾸만 기억을 더듬었다. 그때 내 무례한 시선을 눈치 챈 노신사가 고개를 돌렸다. 순간 몹시 겸연쩍어진 나는 엉겁결에 이렇게 외쳤다.

"추수환 추기경님과 많이 닮으셨네요!"

"허허, 추수환이가 아니고 김수환 추기경과 닮았다는 얘기는 자주 들어요."

노신사는 너털웃음을 터뜨리며 말했다. 나는 그제야 내 실수를 깨닫고는 머쓱한 웃음을 지어 보였다. 그때 검은 뿔테 안경너머 노신사의 눈동자가 반짝였다.

"어허! 빛 선생 아니시오?"

내가 어리둥절한 표정을 짓자 노신사는 더욱 반갑게 말했다.

"이게 얼마 만이오? 어서 이리 오시오!"

수행원도 없이 소박하신 모습에 잠시 내 기억이 혼란해진 틈을 타 추기경님이 먼저 내 얼굴을 알아내신 것이다.

"어, 진짜 김수환 추기경님이 맞네요?"

"허허, 김수환이 아니라 빛 수환이오."

변함없는 위트와 여유가 다시금 그분임을 확인시켜주는 듯했다.

우연치고는 참으로 반가운 만남이었다. 나와 추기경님이 그동안 못다한 이야기를 나누다 보니 어느 틈에 50여 분의 비행시간이 눈 깜짝할 사이에 지나갔다.

"그 일이 세상에 알려지고 난 후 참 많은 사람들이 나를 찾아왔습니다."

김수환 추기경님이 먼 옛날을 떠올리듯 말을 꺼냈다.

기억 저편, 7년 전 그분과의 만남이 떠올랐다.

1997년 어느 날, 어린 시절부터 가까이 뵈어 온 정달용 대구 가톨릭대 학장님으로부터 전갈이 왔다. 정 신부님은 나의 학창 시절 복사단 지도신부이기도 하고, 가톨릭 교수협의회 지도신부로 있을 때 윗분의 분부라며 전체 교수들 앞에서 빛에 대한 강의 겸 시연회를 열게 했던 분이다.

"김수환 추기경님께서 자네를 만나고 싶어 하시네."

"추기경님께서요? 무슨 일로 절 보자고 하시는지요?"

나는 추기경님께서 어떻게 나와 빛에 대해 알게 되셨는지, 그리고 대체 무슨 연유로 나를 보자고 하시는지 궁금한 나머지 약속 날짜를 잡았다.

마침내 김수환 추기경님을 만나기로 한 날이었다. 나 역시 어린 시절 어머니 손에 이끌려 20여 년이 넘도록 복사를 서며 신앙생활을 해왔기에 과연 그분은 빛에 대해 어떤 말씀을 하실까 가슴이 두근거렸다.

나는 기대 반 궁금증 반으로 추기경실 문을 두드렸다.

문을 열고 들어서자 초면임에도 불구하고 낯익은 김수환 추기경님의 모습이 나타났다.

"빛 선생이시군요. 어서 들어오세요. 빛 선생 이야기 참 많이 들었습니다."

추기경님은 반갑게 악수를 청하며 자리를 권했다.

"처음 뵙겠습니다. 정광호라고 합니다. 이렇게 추기경님을 직접 뵙게 되다니 영광입니다."

나도 정중하게 인사를 올렸다.

"허허, 영광일 것까지야 있겠소. 오히려 바쁘신 분을 오라 가라 하며 귀찮게 하는 건 아닌지 모르겠군요."

"그럴 리가 있겠습니까? 저 또한 가톨릭 신자로서 이렇게 추기경님을 직접 뵐 기회가 생긴 걸 참으로 기쁘게 생각하고 있습니다.”

“하하, 그러시다니 다행이군요. 저도 빛 선생께서 우리 신자라는 말씀은 들었습니다. 그래 신앙생활을 하신 지는 오래되셨는가요?”

“네, 독실한 가톨릭 신자였던 어머님 영향으로 어릴 때부터 성당에 나갔으니 족히 40년은 넘었을 겁니다.”

종교라는 공통의 관심사가 있었기 때문일까? 서로 처음 만나는 자리임에도 불구하고 추기경님과 나 사이에는 아주 편안한 대화가 오갈 수 있었다. 무엇보다 추기경님은 권위적이거나 위엄을 내세우는 분이 아니셨다. 편안한 모습으로 말씀을 하시고 혹은 조용히 이야기를 듣는 모습이 퍽 여유로워 보였다. 가톨릭과 신앙생활에 대한 것으로 시작된 이야기의 주제는 차츰 빛으로 옮겨졌다.

“빛 선생이 가지고 있는 능력에 대해서는 참 많은 분들로부터 별의별 이야기를 듣고 있었습니다만.”

추기경님께서 나를 부르신 핵심 내용이 무척 궁금했다. 그래서 추기경님께 직접 여쭈었는데 자세한 말씀을 내게 해주셨다.

“지금까지 빛 선생님에 대한 수많은 보고를 직·간접적으로 받아왔지만, 결정적으로 부르게 된 이유는 지난 ‘이화여대 111주년 사건’ 때문이었지요. 이후 학교 간부들이 나를 찾아와 그날을 상기하며 빛 선생님이 비를 멎게 한 사건에 대해 이야기를 하더이다. 그날 이화여대 111주년 행사에 나도 초대를 받아 현장에 있었습니다. 전역에 비가 쏟아지고 있었는데 이화여대가 위치한 신촌 일대에는 비가 오지 않고 내내 맑다가 행사가 끝나자마자 곧 비가 쏟아지는 것을 보고 참 기이한 일이라 생각했지요. 하나님의 축복이란 생각도 들었지요. 그런데 알고 보니 빛 선생님이 관여되어 있다 하더군요. 이화여대 간부들은 정 선생님이 펼치는 일이 종교나 과학에서도 불가능하다고 합디다. '추기경님, 오후 2시에 정확히 다시 비가 쏟아진다고 예견했던 이야기가 일치하니 우연이라 우길 수도 없고……, 어찌하면 좋겠습니까? 추기경님께서는 이번 일을 어떻게 생각하고 계실지 여쭈고자 왔습니다.' 하더이다."

"……."

나는 차마 대꾸도 못 한 채 가만히 이야기를 듣고만 있었다.

추기경님은 잠시 무언가를 생각하시다가는 다시 말씀을 이어나갔다.

"음, 나 역시도 그들이 나를 방문한 뜻을 한참 동안 생각했지요. 가끔 나를 찾아온 그분들의 끝말은 정 선생님을 이대로 두고 보아도 됩니끼라는 이야기였어요. 그럴 때마다 정 선생님이 지나온 길을 김영환 몬시뇰로부터 줄곧 들어왔었지요. 사진도 보았고요. 그래서 그분들에게 마침 제 주변에 임종을 앞둔 두 분이 계시니, 그분들을 한 번 보여드리고 내 앞에서도 빛 선생님의 초광력, 그 빛 현상에 대한 결과를 보고 난 다음 내가 어떤 판단을 해야 될지 생각해보겠노라고 하곤 되돌려 보냈지요. 그래서 정 선생님을 이리 부르게 된 것이지요."

추기경님의 솔직한 답변이었다. 그 순한 보고에 직접 본인 앞에서 확인한 후 그 어떤 정확한 판단이 가능하지 않겠냐는 추기경님의 고심이 느껴졌다.

"네, 이화여대 111주년 행사 때의 일은 저도 참 다행스럽게 생각하고 있습니다. 하지만 그런 일은 어디까지나 생명 근원이신 빛마음에 의한 것이지 제가 마음대로 할 수 있는 게 아닙니다."

"그렇군요. 아무튼 그 일이 있기 전에도 빛 선생께서 주위의 어려운 분들을 위해 애쓰고 있다는 말을 많이 들어왔습니다. 훌륭한 일을 하고 계시니 분명 천주님의 은총이 함께 하셨겠지요."

"과찬의 말씀이십니다. 저는 그저 제게 주어진 능력이 보다 많은 사람을 위해 널리 쓰일 수 있도록 노력하고 있을 뿐입니다."

"사실 제가 빛 선생을 여기까지 오시라고 한 이유가 거기 있습니다."

"아, 뭔가 제게 부탁하고 싶은 게 있으십니까? 저도 추기경님께서 왜 저를 보자고 하셨는지 줄곧 궁금했던 참입니다."

"허허, 그러셨군요. 앞의 이야기가 길어졌습니다만 이제 본론을 말씀드리게 되는군요."

"무슨 부탁이신지요?"

추기경님은 차를 한 모금 마시더니 계속 말씀하셨다.

"아까 말한 것처럼 제 주변에 위중한 환자가 있습니다. 혹시 이름을 들어보셨는지 모르겠습니다만, 그중 하나가 우리 성소국장 일을 맡아 보는 김자문 신부입니다. 아무튼 그분이 요즘 건강이 위중하여 큰 걱정입니다."

"아, 그런 일이 있으시군요. 그렇다면 제가 그분을 직접 만나봐야 하겠는데요."

"그래 주시겠소?"

추기경님의 부탁을 듣고 나니 처음 추기경실에 들어설 때 가졌던 궁금증이 어느 정도 풀리는 듯했다. 하지만 다른 한편으로 한국 가톨릭계를 대표하는 가장 높은 어른으로서의 추기경께서 종교 밖의 힘이라 불릴 수 있는 이 힘을 스스럼없이 구하는 모습이 참 의외로 다가왔다. 과연 추기경님은 이 힘을 어떻게 생각하고 계신 걸까? 나는 이전부터 가슴에 담고 있던 질문을 추기경님께 직접 해보기로 했다.

"추기경님 말씀은 잘 알겠습니다. 그분이 그렇게 딱한 처지에 놓였다니 최선을 다해보겠습니다."

"그렇게 말해주니 참으로 고맙군요."

"그런데 그 전에 한 가지 여쭤보고 싶은 게 있습니다."

"그게 뭔가요?"

"추기경님께서는 과연 이 힘이 어디서 온다고 생각하십니까?"

이 질문은 비단 추기경님뿐만 아니라 내가 만난 여러 다른 분들, 즉 다른 종교 지도자라든지, 도인들에게 물어보았던 것이기도 했다. 나는 추기경님이 무어라 대답하실지 자못 궁금해졌다.

"허허, 그거야 정 선생께서 더 잘 알고 있지 않으신가요?"

"지금까지 이 질문을 다른 분들에게도 많이 해보았습니다만 추기경님께서는 어떻게 생각하실지 꼭 들어보고 싶었습니다. 추기경님이라면 진정 바른 답을 주실 수 있으리라 생각하기 때문입니다."

"나라고 뭐 다른 답이 있겠습니까? 정 선생이 말씀하시는 빛이란 바로 그분으로부터 오는 성총이겠지요."

추기경님은 당연하지 않느냐는 듯 웃음을 지으며 다시 찬찬히 말을 이어 나갔다.

"글쎄, 저는 그것이 중요하다고 보지 않습니다. 그런 힘이 분명 존재한다는 사실에 대해 더 이상 왈가왈부할 문제가 아니라 중요한 건 그걸 어떻게 사용하는가의 문제가 아니겠습니까? 다행히 정 선생께서 널리 형제자매들을 위해 좋은 일을 하고 계시다니, 우리에게 그 힘을 보내주신 천주님께 감사드리며 소중히 받아드릴 뿐이지요."

추기경님은 대답을 마친 후 '그렇지 않소?' 라는 표정으로 미소를 지었다.

내 입가에도 미소가 떠올랐다. 자신의 종교에 얽매여 마음을 열 줄 모르는 좁은 소견의 사람들과는 분명히 다른 지혜롭고 포용력 있는 대답이었기 때문이었다.

"추기경님께서 그렇게 말씀하시니 참 기쁩니다. 사실 그 질문은 다른 누구에게보다 저 자신에게 수없이 던졌던 것이기도 합니다. 하지만 매번 그 질문을 할 때마다 제 마음속에 울려오는 말은 하나였습니다. 그저 이 무한한 사랑과 행복의 빛을 더 많은 사람들과 나누자는 것입니다."

"부디 빛 선생이 가진 힘을 좋은 일에 두루 써주시기 바라오. 자, 이건 내가 늘 손에 쥐고 기도하던 거요."

추기경님은 특유의 잔잔한 미소와 함께 작은 로사리오(묵주) 하나를 내밀었다. 추기경님의 고유 문장이 새겨진 십자가와 마더 테레사에게 받으셨다는 타원형의 푸른 성모패가 달려있는 귀한 로사리오였다. 한 눈에 봐도 보통의 로사리오와는 달리 그분께도 큰 의미가 있는 성물임에 분명했다.

"앞으로도 저희들이 하지 못하는 좋은 일을 대신해서 많이 해주세요."

추기경님은 덕담을 아끼지 않았다.

나는 가톨릭의 최고 지위에 계신 분임에도 불구하고 종교 밖의 힘이라고도 볼 수 있는 빛을 이처럼 스스럼없이 구하시는 추기경님의 모습이 남다르게 다가왔다.

그 날 나는 거의 임종을 앞둔 김자문 성소국장이 입원해 있는 병실을 찾았다. 그 자리에는 김수환 추기경님도 함께였다.

"현대의학으로는 더 이상 어쩔 수 없다고 합니다. 빛 선생이 우리 성소국장을 한 번 봐주시오."

"네, 제힘이 아닌 우주마음을 통해서 오는 빛에너지를 드려보겠습니다."

나는 온 마음을 다해 김자문 성소국장의 이마에 손을 얹은 채 나직이 외쳤다.

"일어나세요!"

그러자 이를 지켜보던 김수환 추기경님이 의아한 얼굴로 물었다.

"다 됐나?"

내가 무슨 2,000년 전의 예수도 아니고 일어나라 한다고 일어날까

하는 표정이셨다. 빛을 준다고 하면 무슨 거창한 주문이나 요란한 행동을 취하기라도 하는 줄 알던 대부분의 사람들처럼 말이다.

나는 그 자리에서 더 이상 할 일도 없고 해서 인사를 하고는 대구로 내려왔다.

다음 날 이른 아침부터 한 통의 전화가 걸려왔다.

"정 선생이오? 나 어제 만났던 김수환 추기경이오. 지금 10시 비행기를 예약해 놓았으니 그걸 타고 다시 나를 만나러 와줘요."

느닷없이 김수환 추기경님이 직접 전화를 걸어 내게 말했다.

"아, 네, 그렇게 하겠습니다."

나는 또 무슨 영문인가 싶어 대구 공항으로 나가 비행기를 타고는 김포공항에 내렸다. 그러자 '정광호'라는 피켓을 든 한 남자가 나를 기다리고 있었다.

"내가 정광호요."

"정말 정광호 선생이 맞아요? 네?"

그 남자는 몇 번이나 내게 정광호가 맞느냐며 확인을 하였다. 하긴 김수환 추기경님이 부른 사람이라면 뭔가 거창한 놈이 올 줄 알았다가 늘 입고 다니던 차림 그대로 추레한 차림으로 나타나니 의아한 모양이었다.

그 남자는 바로 김수환 추기경님의 운전기사였다. 그는 공항을 떠난 후에도 중간중간 어디쯤 가고 있노라며 전화 보고를 하였다. 마침내 기사는 나를 명동성당 입구에 내려주었다. 그때였다.

"아이고, 정 선생!"

김수환 추기경님이 성모상 앞까지 직접 나와 나를 끌어안으며 반겨주었다.

"추기경님, 여기까지 나오셨습니까?"

나는 몸 둘 바를 몰랐다. 사무실로 들어가자 어제까지만 해도 빈정대던 비서실 사람들도 목례를 하며 예를 갖춰 나를 맞이해주었다.

"내가 정 선생을 이렇게 부른 건 감사하다는 인사를 하기 위해서요. 어제 김자문 성소국장 병실에 다녀온 후 참으로 놀라운 일이 벌어졌소. 아침에 커피를 마시는데 누가 방문을 열고 들어서지 뭐요. 세상에, 그 사람은 바로 어제 정 선생이 일어나라고 한 성소국장이 아니겠소? 내가 깜짝 놀라 '너, 사람이라? 귀신이라?' 하고 물었더니 빙그레 웃으며 '추기경님, 저 자문입니다.' 이러는 게 아니오?"

"이, 그분이 일어나셨군요. 참으로 다행입니다."

그 소식을 듣자 나도 진심으로 기뻤다.

"성소국장이 그러는데, 어제 정 선생이 '일어나세요!' 하는 소리가 들리더니 갑자기 어두웠던 터널이 밝아지면서 눈을 번쩍 떴다고 합니다. 그 순간 '내가 천당에 왔나?' 하고 방안을 두리번거렸더니 천당이 아니라 자신이 누워있는 병실이었다는구려. 그래, 어제는 푹 자고 아침에 일어나서 세수하고 수염을 깎고 나를 만나러 왔다는 겁니다."

추기경님은 여전히 신기한 얼굴로 말씀하셨다.

그때 마침 한 신부님이 안으로 들어왔다.

"성소국장, 이 분을 알겠는가?"

김수환 추기경님이 나를 보며 물었다.

"일어나셔서 참 다행입니다."

내가 웃으며 인사를 하자 성소국장이 놀라서 나를 바라보았다.

"아, 어제 저한테 '일어나세요!' 라고 말씀한 그분 목소리와 똑같군요."

"바로 그분이시네."

"아, 저를 살려주신 분이군요! 고맙습니다!"

김자문 성소국장은 위중했던 환자라고 할 수 없을 만큼 건강하고 환한 얼굴로 내게 인사를 하였다.

"하하, 제가 한 일이 아니라 생명 근원이신 우주마음께서 추기경님의 뜻과 성소국장님의 선한 마음을 보시고 빛을 주신 겁니다."

나도 덩달아 기분 좋게 웃었다. 그러자 김수환 추기경님이 다시 내게 말했다.

"오늘 내가 정 선생을 부른 건 우리 성소국장을 일어나게 해주셔서 감사하다는 것과 지난번에 말한 두 분 중 나머지 한 분을 더 부탁드리려는 것입니다. 지금 모 대학 총장으로 계시는 수녀님인데 지금 위암 말기로 병원에 있습니다. 빛 선생께서 좀 도와주실 수 있겠는지요?"

"네, 그러지요."

나는 김수환 추기경님의 진심 어린 부탁을 받아들여, 수녀님께도 우주마음이 보내는 빛을 보내드렸다. 그러자 수녀님도 경과가 좋아져 자리에서 일어나는 좋은 결과를 얻을 수 있었다.

그러던 어느 날 김수환 추기경님을 다시 만났을 때였다.

"허허, 빛 선생을 만난 일이 알려지고 난 후 참 많은 사람들이 나를 찾아옵디다. 한번은 젊은 사제들이 내게 왜 빛 선생 같은 이단자를 만나느냐며 항의를 하는 게 아니겠소. 그래서 내가 '그분의 힘이 어떤 방식으로 찾아올 지는 알 수 없네! 그저 성경 좀 읽고 사제가 되었다고 하느님의 섭리에 대해 다 안다고 생각한다면 그것이야말로 큰 교만 아니겠는가? 하고 크게 꾸짖어 돌려보냈지요. 추기경인 나도 이런 일을 겪는데 그동안 좋은 일을 하면서도 얼마나 어려움이 많았겠소. 그 분(빛)의 뜻에 따라 묵묵히 가십시오. 저도 빛 선생님을 생각하며 기도하고 있습니다."

추기경님은 빙그레 웃으며 나의 두 손을 함께 잡아 주었다.

'아, 참으로 대단한 분이구나.'

김수환 추기경님은 내게 최고 지위의 종교지도자 이전에 하나의 빛 마음, 즉 우주마음의 빛과 이어지는 인간 본연의 순수한 마음을 지닌 분으로 여겨졌다.

2009년 2월 16일, 김수환 추기경님이 선종하신 후, 나는 누구보다 나를 응원하고 지지해줬던 그분과의 아름다웠던 기연을 떠올리며 근원으로부터 오는 사후 영원한 빛^제을 드렸다.

김영환 몬시뇰

2014년 2월 1일, 이른 아침부터 전화벨이 울렸다.

"그분이 임종하셨습니다."

이날 새벽 1시 50분경 그가 83세의 나이로 선종하였다는 슬픈 소식이었다.

그는 오랜 세월 나와 함께 인연을 이어온 김영환 몬시뇰이었다.

문득 딱 한 달 전인 1월 1일 저녁의 일이 떠올랐다. 빛과 함께 오래 인연을 맺어온 울산 전형미 교수로부터 전화가 왔다.

"빛 선생님 여기 안 오세요?"

"거기가 어딘데?"

"여기 가톨릭병원입니다. 몬시뇰님이 오늘 밤을 못 넘긴답니다. 가까운 지인들도 와서 마지막 모습을 지켜볼 예정입니다. 의료진들은 몸에 붙은 의료기기들을 떼면 99% 운명하실 거라고 합니다. 의식도 없는 상황이라 마지막 얼굴을 뵙는데 빛 선생님이 안 보여서 연락드렸습니다."

"나는 연락을 못 받았는데……."

"선생님께 연락이 안 갔다고요?"

몬시뇰과 나의 관계를 생각하면 가장 먼저 연락이 닿아야 했다. 그런데 왜 연락이 없었을까? 짐작이 갈 만했다. 위급할 때마다 내가 가면 그가 깨어났으니 이런 기적을 지난 10여 년간 수차례 지켜본 간병인도 지칠 만도 했다. 그래도 나는 마지막으로 임종광력을 쥐야겠다는 느낌이 들었다.

가톨릭 병원 중환자실에 도착하니 저녁 8시 반이었다. 면회가 다 끝나고 외부인은 출입금지인 상황이라 간신히 아는 사람에게 부탁하여 9시 반이 되어서야 병실로 들어갔다.

"저, 정 선생님, 사실은 오늘 신부님이 달고 계신 호흡기를 뗀 뒤에 바로 부검을 하기로 했답니다. 도대체 이미 10년 전에 끝났어야 할 명줄이 어찌하여 이렇게 오래 버틸 수 있었는지 의학적으로 검사를 해보기로 했답니다. 이미 교구청에서도 그리 허락이 난 모양입니다. 이제 어찌지요?"

나를 기다리고 있던 전형미 교수가 살짝 귀띔을 해주었다.

"뭐라고요? 말도 안 되는 소리입니다."

나는 어처구니가 없었다. 김 몬시뇰이 빛을 받고 삶을 연장받았다는 걸 아는 몇몇 의사들이 그걸 부정이라도 하듯 나서서 주선을 한 모양이었다.

"어쨌든 들어가 봅시다."

나는 병실로 성큼성큼 들어갔다. 나를 보자 주치의를 비롯해 몇몇 사람들이 흠칫 놀라는 게 보였다.

"빛을 준다는 그분이 바로 이 분입니까? 택도 없는 소리 마시오. 안 오기로 했잖소? 오늘은 안 됩니다. 12시에 끝내고 내일 아침 7시에 부검에 들어갈 겁니다. 그러니 편안히 가십시오, 라고만 하시오!"

의사는 나를 윽박지르듯 말했다. 이미 교구청에서도 허락을 받아놓았으니 이제 호흡기만 떼면 끝날 일을 내가 망쳐 놓을까봐 겁이 난 모양이었다. 나는 눈 하나 깜짝 않고 병실을 둘러보았다. 김 몬시뇰과 가까운 지인들이 슬픈 얼굴로 모여 있었다. 그중에는 젊은 여성 한 사람도 와 있었다. 당시 효성여대에 근무하던 안젤라 씨의 딸 혜인이었다. 김 몬시뇰이 어린 시절부터 학비 지원은 물론 스승과 조부 역할까지 맡아 도와주던 사이였다.

"할아버지, 마지막으로 딱 한 번 내 눈 좀 보고 가시면 안 돼요?"

그녀는 친손녀처럼 자신을 아껴주던 김 몬시뇰을 붙잡고 슬피 울고 있었다. 이를 지켜보던 지인들 모두 눈시울을 붉혔다.

나는 생각한 대로 빛의 세상으로 가라고 임종의 빛을 드리기로 했다. 오늘 밤을 넘기기 어렵고 지금까지 이 상태로 10여 년을 버텼다는 게 기적이라고 했던 주치의의 말이 떠올랐다.

'신부님, 이젠 정말로 떠나시는군요.'

나는 의식도 없이 병상에 누워있는 뼈만 남은 김 몬시뇰을 보자 눈자위가 뜨거워졌다. 1970년쯤이던가, 김 몬시뇰은 박상태 신부의 수석보

좌신부로 내가 복사를 보던 계산 성당으로 부임해왔다. 그때부터 나와 몬시뇰은 때론 형제처럼 친구처럼 때론 사제처럼 허물없이 지내온 분이었다.

문득 김 몬시뇰이 첫 빛 만남을 하던 때가 떠올랐다.

1988년 그 당시 김 몬시뇰은 효성여대 총장 부임을 눈앞에 두고 있었다.

어느 날 김 몬시뇰이 내게 걱정스레 말했다.

"내 눈이 왜 이러지? 조간신문을 보는데 글씨가 쪼개져 보이기 시작하네. 눈이 피곤해서 그런가 하고 눈을 쉰 다음, 다음 날 기도를 하기 위해 성서를 펴는데 글이 또 쪼개져 보이는 거라. 이제 곧 총장 부임을 하면 각종 문서 처리 및 결제 업무가 많을 텐데 큰 걱정일세. 아무래도 안과를 가봐야겠네."

김 몬시뇰은 대구의 한 유명 안과 의사를 찾아갔다.

"신부님 큰일 났네요. 글자가 쪼개져 보이는 건 눈의 어떤 부분에 손상이 간 건데 이건 현대의학으로는 방법이 없습니다. 약도 치료 방법도 없고……. 원인을 정확히 모르니……."

"그럼 어떻게 해야 합니까?"

김 몬시뇰은 답답한 마음으로 물었다.

"한국의 의술로는 수술 정도는 해볼 수 있겠으나 성공 확률이 20~30%밖에 되지 않습니다. 게다가 수술을 하다가 실패하게 되면 실명할 수도 있으니 불편하더라도 이대로 참고 사시는 수밖에 없습니다."

그야말로 청천벽력과도 같은 말이었다. 김 몬시뇰은 그 길로 서울 유명 병원을 찾아갔지만 똑같은 대답만 들었다.

"한 의사가 내게 눈은 독일의 의술이 최고이니 독일로 가보라고 권했네. 거기서 한방, 양방, 대체의학까지 병행해서 시술을 하고 있던 터라 의학이 나날이 발전하고 있다더군."

김 몬시뇰은 한 의사의 권유로 독일로 날아가 안과 분야의 최고 의료진을 만났다. 그러나 불행히도 그 의사 역시 독일 의료기술로도 원인을 밝힐 수 없으니 치료방법이 없다는 대답이었다.

김 몬시뇰은 큰 실망감을 안고 다시 한국으로 돌아왔다. 앞으로의 삶은 물론 곧 다가올 대학 총장 부임 등 걱정이 이만저만 아니었다.

그러던 어느 날 김 몬시뇰은 독일에서 돌아오자마자 다급하게 나에게 전화를 걸어왔다.

"자네, 6개월 전쯤 나하고 나눈 이야기 기억하는가? 서울로 돌아오는 비행기에서 갑자기 그 말이 떠오르지 뭔가?"

"아, 그때 말인가요?"

나는 6개월 전 김 몬시뇰을 만났던 때가 떠올랐다. 차를 마시며 이야기를 나누는데 순간 그의 눈에 어떤 이상이 감지되었다.

"신부님, 눈에 뭔가 이상이 있습니까?"

"뭐? 내 눈이 어때서? 잘만 보이는데?"

김 몬시뇰은 대수롭지 않은 듯 물었다.

"지금 그 상태에서 6개월쯤 지나면 눈에 글자가 흐트러져 보일 겁니다. 그런 느낌을 받았습니다. 지금 빛을 받으시면 증상을 멈출 수 있는데 지금 받으시겠습니까, 아니면 6개월 뒤에 받으시렵니까? 좋을 대로 하십시오.”

“에이, 아무렇지도 않은데 뭘 그렇게까지. 나중에 받지 뭐.”

그때까지만 해도 빛의 힘에 대해 이야기만 들었지 직접적으로 그걸 느껴 본 적이 없던 김 몬시뇰은 대수롭지 않게 말했다.

“지금이라도 나에게 빛을 줄 수 있겠는가? 현대의학으로는 내 눈을 치료할 방법이 없다네. 빛을 받으면 괜찮아지겠나?”

김 몬시뇰은 잔뜩 두려운 목소리로 물었다.

“빛을 받으시게요? 알겠습니다.”

나는 약속 장소와 빛 받을 시간을 정한 후 전화를 끊었다.

마침내 총장 취임을 며칠 앞두고 남산동 주교관 내 사제들만의 특별 미사실로 들어갔다. 김 몬시뇰은 성당 십자가 앞에 앉았다.

“여기서 빛을 다오.”

나는 십자가 앞에서 빛을 달라는 신부님의 청이 선뜻 이해가 안 되었다. 하지만 곧 그 이유를 짐작할 수 있었다. 종교에서 말하는 마귀나 사탄 등 나쁜 귀신들은 십자가를 가장 무서워한다고 알려져 있다. 불교에서도 염주나 부적을 쓰면 귀신이 무서워하고 일부 민속학자는 정화수를 뿌려 악귀를 쫓는 민간풍습도 있다고 주장했다.

항간에서 어떤 종교인들은 내가 하는 일을 보고 신이나 귀신이 붙어서 해주는 일이라고 억지주장을 퍼뜨렸다. 빛은 법당이든 교회든 길거리에서든 그 어느 곳에서도 그 힘을 구애받지 않고 빛, 공기, 물이 함께 하는 곳이라면 그 어디든지 함께한다는 걸 모르는 사람들의 생각이었다.

나는 이미 그런 걸 모두 포용하고 초월하였지만 김 몬시뇰은 그걸 알기에 일부러 십자가 앞이라는 성스러운 장소를 택한 것이다.

김 몬시뇰은 마침내 두 손을 벌리고 앉아 빛을 받는 자세를 취했다.

"맑아져라!"

나는 한 마디로 빛을 보냈다. 우주 근원에서 오는 생명 에너지, 빛은 어떤 행위나 이론 등이 필요하지 않았다. 말이 떨어지기가 무섭게 어디선가 머리카락 타는 냄새가 진동했다. 나는 물론 김 몬시뇰도 놀라서 서로 눈을 떠 마주 보았다.

"니 뭐하노? 이거 머리카락 타는 냄새 아이가? 라이터로 머리 찌지는 줄 알았다."

"그러게요. 타는 냄새가 왜 나죠?"

신부님은 거울을 보며 머리카락을 만져보았지만 아무 이상이 없었다. 이건 머리카락이 실제로 탈만큼 어떤 인위적인 힘이 가해진 게 아니라 우주의 빛에 의한 초자연적인 현상이었다.

김 몬시뇰과 내가 각자의 머리를 매만지던 그 순간이었다. 갑자기 창가에서 '타탕'하며 돌멩이가 유리에 부딪히는 마찰음이 두세 차례 강하게 들렸다. 유리에는 아무런 흔적도 없었다. 이건 빛이 아주 강하게 올 때 가끔 함께하는 강력한 반사음이었다. 이 지구상에 존재하는 그 어떤 에너지도 이런 반사작용을 만들어 낼 수 없다. 다만 우주 근원의 생명 에너지 빛은 불가능을 가능으로 바꾸는 무한 능력의 힘이므로 그에 상응하는 불가능한 물리적 현상이 나타나는 것이다.

김 몬시뇰은 그 순간 옆에 있던 성서를 집어 들고 아무 페이지나 펼쳐서 구절을 읽기 시작했다.

"됐다! 정상으로 돌아왔다!"

글씨가 깨져 보여 성서를 읽을 수 없었던 김 몬시뇰은 두 눈을 감싸고 어린아이처럼 기뻐하며 소리쳤다.

"누가 이 빛을 두고 마귀냐 사탄이냐 하고 감히 판단할 수 있겠는가? 이 장소를 택한 게 죄송스럽고 겸손하지 못했던 것 같구나."

김 몬시뇰은 합장을 하고 두 눈을 감고는 감사의 기도를 올렸다.

그 날 빛의 기적, 빛의 현존을 실제로 체험한 김 몬시뇰은 빛에 대한 기존의 편견을 다 버리고 긍정적인 자세로 계속해서 묵상에 들었다. 그 모습이 너무나도 아름답게 보였다.

"기적이다! The God of Miracle!"

묵상에서 깨어난 김 몬시뇰은 다시 한번 크게 소리쳤다.

"이 성스러운 빛을 두고 우선 오해나 혹평부터 해대는 현실이 참 안타깝구나. 어린 때부터 너를 지켜보고 빛에 대해 불신에 찬 이야기를 들어왔지만 이젠 아니다. 6개월 전의 예고부터 시작해 지금 내가 체험한 이 기적을 보건대 내가 하는 일은 최첨단 과학이나 그 어떤 종교의 의식으로도 할 수 없는 초종교적이고 초과학적인 일이다. 빛으로 내 눈을 정상으로 되돌려 놓았잖느냐?"

빛을 두고 초과학, 초종교, 초자연적인 힘이라고 한 건 김 몬시뇰이 처음이었다.

이후 김 몬시뇰은 효성여대 총장에 취임하여 총장 직무를 잘 마치고 91년에는 몬시뇰에 서임되었다. 그리곤 대구 가톨릭대학교 총장, 학장, 교수로 활동하다가 정년퇴임 후에는 다시 중국 헤북으로 사목(司牧) 활동을 떠날 만큼 건강하게 일했다.

김 몬시뇰은 평소 자신이 몸소 빛의 능력을 받고 빛의 힘을 믿는 까닭에 빛이 많은 사람들에게 알려질 수 있도록 사회 지도층의 사람들을 많이 추천해 주었다. 특히 빛의 힘을 널리 알리기 위해 내가 집필한 『행복을 주는 남자』의 추천사를 기꺼이 써준 일은 지금도 큰 고마움으로 남는다. 당시 고위 성직자 입장에서 종교 밖의 힘이라고도 볼 수 있는 이 빛의 힘을 인정하고 수용하는 게 결코 쉽지 않은 일인데 가장 먼저 스스럼없이 그 일을 해주었다.

"내가 본 사실을 그대로, 양심대로, 원칙대로, 소신대로 쓰는 건데 누가 뭐라 그러든?"

김 몬시뇰은 흔쾌히 나와 자신의 관계를 비롯해 빛에 대한 긍정적인 힘에 대해 긴 서문을 써주었다.

2000년 즈음, 사단법인 빛명상이 자리를 잡아갈 때였다. 종교계, 학계, 법조계 할 것 없이 빛의 힘에 대해 오랜 세월 검증의 시간을 통과해야만 했다. 그 가운데 김 몬시뇰은 보이지 않는 힘이 되어 뒤에서 나와 학회를 지탱해주었을 뿐만 아니라 당당히 빛의 현존을 증거 해주었다.

특히 김대중 전 대통령이 처음 지팡이를 손에서 놓던 날 함께 이를 지켜보고 후일 이 일을 증거 하기도 했다. 특히 의·과학이나 종교로 불가능한 많은 외부 인사들의 사례를 가져와서 함께 하고 일본의 이찌가와 국회의원을 초청해 일본이나 미국의 의학으로도 불가능한 난치병을 빛으로 완벽하게 치유되는 모습을 지켜보기도 했다.

그러던 어느 날 김 몬시뇰은 내게 말했다.

"빛을 통해 많은 사람들의 고통을 없애주고, 그 일로 좋은 일을 많이 한다는 건 참 훌륭한 일이다. 하지만 오른손이 한 일을 왼손이 모르게 하라. 베푸는 일 또한 베풀었던 일을 남에게 절대 드러내지 마라. 그것이 하느님께 가장 큰 복을 받고 그분의 뜻에 순종하는 일이다. 요즘 수재의연금이나 기부금을 내고는 좋아하는 사람들이 많은 것 같다. 기부를 하든 기증을 하든 본인의 선행이 어떤 방식으로 크고 작든 알려지게 되면 그것은 하늘의 복이 되지 않는다. 세간에 알려지면 말과 평판으로 그 복을 받았기 때문에 사후의 복을 받을 수 없다."

김 몬시뇰은 행여 내가 빛으로 인해 교만이나 자만에 빠질까 염려하여 미리 경계를 하도록 일러주었다.

'아, 신부님과의 세상적인 인연이 이렇게 끝나는구나.'

김 몬시뇰의 추억들이 스냅사진처럼 스쳐 지나가자 나는 가슴 밑바닥에서부터 울컥 슬픔이 차올랐다. 계산 성당 복사시절부터 시작해서 그의 추천으로 첫 직장인 호텔에 발을 들이게 된 일이며, 빛의 힘을 널리 알리는 과정에 이르기까지 30여 년의 세월 동안 그는 나의 듬직한 버팀목이었다. 나는 다시 마음이 움직였다.

"신부님, 눈 뜨세요!"

함께 모인 사람들이 마지막 임종을 지켜보는 가운데 아름다운 마무리를 할 수 있기를 바라며 나는 빛을 주었다.

"잠시 의식을 되찾게 될 겁니다. 마지막으로 얼굴을 보고 가십시오. 10분 뒤에 깨어날 겁니다."

나는 순간 우주마음의 뜻을 담아 무의식적으로 말하고는 밖으로 나왔다. 이를 지켜본 의사가 어이없는 표정으로 내 뒤통수를 바라보는 게 느껴졌다. 하긴 당연히 그럴 만했다. 죽음 직전, 의식불명에 빠진 사람이 다시 의식을 되찾는 건 의학적으로는 불가능한 상황이었으니. 정확히 10분이 지나 전 교수가 쫓아 나와 소리쳤다.

"빛 선생님, 깨어나셨어요!"

병실로 다시 들어가 보니 김 몬시뇰이 두 눈을 뜨고 기적처럼 깨어나 있었다.

"세상에, 어떤 의학이나 과학, 기도 그 무엇도 안 되던 사람이 깨어났잖아!"

사람들이 잔뜩 흥분하여 외쳤다.

"신부님께 하고 싶은 이야기들이 있으면 하십시오."

지인들이 하나둘 신부님과 고별인사를 나누었다.

내 차례가 되어 그와 눈이 마주쳤다. 순간 좀 더 머물고 싶다는 그의 간절한 눈빛이 전해져왔다.

"신부님, 좀 더 살고 싶으십니까?"

나는 신부님을 보며 물었다. 신부님이 눈을 깜빡였다.

"어느 정도 필요하십니까?"

내가 묻자 신부님이 손가락 하나를 까딱였다.

"1년입니까? 아니면 한 달만 하면 되겠습니까?"

그러자 신부님은 다시 또 눈을 깜빡였다.

한 달, 신부님은 자신이 누워있는 동안 못다 한 마지막 정리를 할 시간이 필요했던 것이다.

"신부님, 이제 한 달간 삶의 기회를 더 드리겠습니다. 이제는 정말 마지막입니다. 정리 잘하십시오."

나는 생명 원천의 주인이신 그분의 뜻에 따라 다시 그에게 빛을 주었다. 10분이라는 시간이 1개월로 다시 연장되었다.

"빛 선생님, 정말 그게 가능한가요? 빛이 기적을 일으키는 힘이라는 건 알고 있지만 생명연장까지 가능합니까? 한 달을 더 살게하는 일까지 말입니다."

한 지인이 놀라 물었다.

"내가 아니라 생명의 주인이 하시는 일이니까요! 수녀님, 목사님, 스님 등 수많은 성직자들이 이 빛을 만나왔지만 그중에서도 가장 당당하고 스스럼없이 빛을 이야기하신 분이기에 가능합니다. 두고 보십시오. 의료진 반대로 내일 운명하실지, 한 달 더 사시게 될지……."

나는 빙긋 웃으며 병실을 나왔다.

그 후 김 몬시뇰은 한 달 동안 자신의 삶을 마무리하는 시간을 가졌다. 그리고 자신이 선종한 후 부검을 한다는 소리를 누워있는 상태에서 들었다며 완강하게 반대를 하였다.

"누가 나를 부검하느냐? 안 된다!"

그러던 2014년 2월 1일 그야말로 딱 한 달 후 울산 전형미 교수로부터 다시 전화가 왔다.

"빛 선생님, 김 몬시뇰께서 선종하셨습니다. 며칠 더 지나거나 하루 이틀 앞당겨 선종하셨다면 저희도 의료진도 선생님의 예언이 우연이라고 생각할 수 있겠지만 정말로 딱 한 달 만에 돌아가셨어요."

전형미 교수는 슬픔과 놀라움에 휩싸여 전했다.

'신부님, 그동안 참 감사했습니다.'

나는 빛과 함께 행복한 선종으로 들어간 김 몬시뇰에게 우주근원으로부터 오는 영혼의 빛viii을 드렸다.

프레스센터 기자회견과 조경철 박사

– 21세기 정신물리학 뉴에너지 선언

1996년 11월, 학회를 설립한 지 2년째 되는 해였다.

'어떻게 하면 보다 많은 사람들에게 빛을 알게 할 수 있을까?'

나는 사람들이 빛을 제대로 알지 못하고 외면하는 현실이 매우 안타까웠다. 사실 의외로 많은 사람들이 빛을 만나보기도 전에 마음의 문을 닫아버리는 경우가 허다하였다. 유사한 흉내를 내는 사이비가 판치는 세상으로부터 상처받지 않고 살아가기 위해 쳐 놓은 울타리를 내세워 빛을 무조건 외면하려는 사람들을 보자 더욱 그랬다. 그 마음의 빗장부터 열지 않고는 아무것도 할 수가 없었다. 마음이 닫혀 있는 자에게 이 빛은 그저 먼 세상의 허황된 이야기일 뿐이었으니까.

'그래, 그동안의 일들을 담아 책을 펴내자.'

나는 보다 많은 사람들이 빛을 알기 쉽게 다가갈 수 있도록 그간의 일이나 일들을 담아 『행복을 나눠주는 남자』라는 책을 출간하였다. 그리고 마침내 시청 시청 근처에 있는 프레스센터에서 책의 내용에 대한 검증을 위한 기자 간담회가 당시 백송출판사의 강 사장의 주선으로 마련되었다.

그 날의 기자 간담회는 세상의 두터운 빗장을 여는 한 작은 시도였다.

기자 회견장으로 들어서자 예상외로 많은 수의 기자들이 빼곡히 자리를 채우고 있었다. 주요 일간지, 잡지사는 물론, 국내 3개 TV 방송사 기자들을 비롯하여 족히 70여 명은 되어 보였다. 그 가운데에는 몇몇 외국인 기자들도 눈에 들어왔다.

마침내 정해진 시간이 되자 무대에 환하게 조명이 들어왔다. 나는 당시 책 출판을 맡았던 강 사장님과 함께 무대 중앙으로 들어섰다. 모두들 호기심과 궁금증 그리고 의심이 뒤섞인 기자들의 시선이 일제히 우리에게 집중되었다.

기자회견에 앞서 '빛'과 새로이 발간된 책을 소개하는 보도 자료는 이미 배포된 상태였다. 하지만 무엇보다 중요한 것은 그들의 눈앞에서 일어나는 '실체'였다.

'대체 빛명상이 뭐지?'

'저 사람도 혹시 사이비 교주 아니야?'

사람들은 끊임없이 나를 의구심 어린 눈초리로 바라보고 있었다. 나는 그러한 그들이 뭘 원하는지 이미 알고 있었다.

'그래, 그저 있는 그대로를 보여주면 된다. 어쩌면 끊임없이 의심하고 두려워하는 사람들보다는 이런 선입견 없는 관찰자들이 더 편한 상대일지도 모른다.'

나는 안타까운 마음으로 사람들을 둘러보았다.

우선 강 사장님이 책의 발간 취지와 대략의 내용을 소개하는 것으로 기자회견을 시작하였다. 그 순서가 끝나면 내가 한 시간가량 '빛'에 대해 설명을 하고 이후 질의응답과 이 에너지의 실체를 증명하는 간단한 시연을 할 계획이었다.

책 소개가 끝나고 곧 내 차례가 왔다. 그간 준비했던 이야기들을 머릿속으로 정리하며 말문을 열려는 순간 객석 뒤쪽에서 누군가가 일어났다.

"질문 있습니다!"

회견장 뒤쪽에는 흐린 갈색 머리칼을 가진 백인과 한국인 통역사가 서 있었다.

"여기 독일 일간지 한국 특파원이 정 선생님께 드릴 질문이 있다고 합니다. 지금 질문을 해도 괜찮겠습니까?"

회견장에 모인 사람들은 일제히 호기심 어린 눈빛으로 나와 질문자를 바라보았다.

"정 선생님도 이미 아시겠지만 '유리겔라'라는 유명한 초능력자가 있습니다. 그분은 특히 자신의 초능력을 집중하여 십여 분 만에 스푼벤딩(숟가락 구부리기)을 하는 것으로 널리 알려져 있습니다. 이야기를 듣자하니 정 선생님이 행하시는 우주초광력이라는 힘은 그런 유리겔라의 초능력을 뛰어넘는 대단한 힘이라고 하는데 그렇다면 과연 정 선생님께서는 몇 분 만에 숟가락을 구부러뜨릴 수 있습니까?"

그는 어깨를 모아 일방적으로 질문을 시작했다. 그의 얼굴에서는 이미 모든 과정은 무시한 채 결론부터 보겠다는 오만함이 느껴졌다.

"옳소! 저도 그게 궁금합니다!"

"정 선생님, 스푼벤딩을 먼저 보여주십시오!"

질문이 끝남과 동시에 객석에 앉은 사람들 사이에서 약간의 웃음소리가 나더니 이내 박수갈채와 함께 들뜬 목소리로 외쳐댔다.

순간 기자회견장의 분위기가 흡사 텔레비전 오락 프로그램처럼 되어버렸다. 옆자리에 앉은 강 사장이 조금 당황한 눈빛으로 흘낏 내 표정을 살폈다. 진지하게 우주의 에너지와 사람들의 마음, 그리고 우리들이 살아가는 지구에 대해 이야기하려 했던 내 계획은 이미 무너져버린 채 기자회견은 엉뚱한 방향으로 흘러가고 있었다.

나는 잠시 생각을 가다듬었다가 자리에서 일어났다. 그리고 내 앞에 놓여있던 스푼을 머리 위로 올렸다. 순식간에 주위가 쥐죽은 듯 고요해지면서 눈동자들이 한 곳에 집중되었다.

"자, 보십시오."

사람들 모두 무언가가 일어나기를 잔뜩 기대하고 있었다.

"얍!"

나는 순간의 기압소리와 함께 숟가락을 구부러뜨렸다. 물론 초능력도 염력도 아닌 내 손의 힘으로 말이다. 불과 2~3초의 짧은 시간이었다. 그리곤 휘어진 스푼을 다시 사람들 앞에 들이밀었다.

"자, 보십시오!"

그러자 기자석에서는 두 가지 반응이 일어났다. 뒤쪽에서 내가 어떻게 숟가락을 휘었는지 제대로 보지 못한 사람들은 정말 내가 초능력을 이용해 숟가락을 구부러뜨린 줄 알고 '와!' 하는 함성과 함께 박수를 보냈다. 그러나 앞쪽에 앉아 내 행동을 정확히 지켜본 기자들은 그렇지 않았다. '어, 저게 아닌데…' 하는 실망과 당황스러움의 표정이 역력했다. 이처럼 상반된 분위기가 뒤섞여 어수선해진 가운데 나는 다시 마이크에 대고 입을 열었다.

"자, 보십시오. 여러분이 요구하신 대로 제가 숟가락을 휘어보였습니다. 유리 겔라라는 초능력자가 이걸 하는 데 십여 분이 걸렸다고요? 저는 십 초도 걸리지 않았으니 제힘이 그분보다 더 센 모양이군요."

나는 웃음을 참을 수 없어 혼자 피식, 하고 실없는 웃음을 웃고 말았다. 그러나 좌중은 찬물을 끼얹은 듯 조용하기만 했다.

"여러분, 아까 저 뒤에 계신 분들은 뭘 잘 몰라서 박수를 치신 것 같은데 앞에 계신 분들은 자세히 지켜보셨으니 아실 겁니다. 스푼벤딩이요? 이 일은 저에게 너무 쉽습니다. 그런데 이 일이 저에게만 쉬운 것 같지는 않네요. 여러분들 중 누구라도 마음만 먹으면 구부러뜨리실 수 있을 겁니다. 방금 제가 한 것처럼 말이죠."

무언가 엉뚱한 방향으로 흐르고 있다고 느끼는 쪽은 이제 기자들인 듯했다.

"이제 제가 기자님들께 질문하고 싶습니다. 이 숟가락 하나 구부리는 일이 뭐 그렇게 의미 있는 일입니까? 유리 겔라보다 열 배는 더 뛰어난 초능력자가 나타나 10분이 아닌 1분 만에 숟가락을 휘었다고 칩시다. 그렇다고 뭐가 달라질 게 있습니까? 그 구부러진 숟가락으로 몸이 건강해지나요? 마음이 편안해졌나요? 그것도 아니면 인류에게 평화가 오나요? 뭐, 잠시 재미는 있겠습니다만, 그 이상은 저도 잘 모르겠습니다. 그저 멀쩡한 숟가락 하나가 못쓰게 된 것 말고는 달라진 게 뭐가 있습니까? 이제는 내가 기자 양반들에게 묻고 싶군요."

조금 전 환호성을 지르던 사람들은 온데간데없고 찬물을 끼얹은 듯 침묵이 가득했다.

"저는 염력이나 초능력을 사용해 숟가락을 휘거나 하는 일은 잘 모르는 사람입니다. 잘 모를 뿐만 아니라 관심도 없습니다. 저는 대한민국 언론을 대표하여 귀중한 시간을 쪼개어 이 자리에 오신 여러분에게, 겨우 숟가락 하나 휘어지는 것 보여주자고 먼 길 달려온 사람이 아닙니다. 저는 그런 초능력이나 염력과는 비교도 할 수 없는 힘, 단 하나뿐인 생명의 힘, '빛의 현존'(과학의 언어를 빌리자면 우주 제5의 힘의 실체)을 보여주려고 왔습니다. 이 '빛'은 여러분 모두에게 행복과 평화를 가져다주는 '우주 최상의, 최고의 생명원천의 힘―에너지'입니다. 무한한 잠재력을 지닌 자원입니다. 저는 그 힘의 실체에 대해 있는 그대로 이야기하고 싶을 뿐입니다."

사람들은 숨도 쉬지 않은 채 내 말에 귀를 기울였다. 나는 잠시 사람들을 둘러보다가 다시 말을 이었다.

"하지만 저는 이 힘이 어디서, 왜, 어떻게 내게 왔는지 알지 못합니다. 그저 그렇게 되었기 때문에 여러분에게 사실대로 이야기할 뿐입니다. 그 실체를 보여드리기 위해 이제 몇 가지 보여드리겠습니다. 제가 준비한 이 원고는 접겠습니다. 바로 검증의 시간으로 들어가겠습니다. 이 중에서 몸이 아픈 분이 있다고 들었습니다. 단상으로 올라오시기 바랍니다."

나는 사람들을 둘러보며 말했다. 이제 그들은 내 일거수일투족을 하나하나 뚫어지게 바라보며 내게 집중을 하고 있었다.

잠시 후 그들은 두 명의 난치병 환자를 무대 위로 올려보냈다. 두 사람 모두 세브란스 병원에서 치료를 받고 있는 환자들이었는데 두 방송사에서 현대 의학에서는 그 원인조차 명확히 규명할 수 없다는 사람들을 골라 데리고 왔다고 했다.

"이제 이 두 명의 환자들을 위해 '빛'을 보내겠습니다. 즉 우주 근원에서부터 오는 제5의 힘인 에너지를 전한다는 뜻입니다. 하지만 이 두 사람뿐만 아니라 이곳에 계신 모든 분들도 원하기만 한다면 이 우주의 빛에너지를 몸소 느낄 수 있습니다. 원하시는 분들은 눈을 감고 마음을 차분하게 하신 후 긍정적인 마음으로 돌아가시면 됩니다. 이 에너지는 마음과 마음으로 전달되기 때문에 순수한 마음 상태일 때 더 잘 느끼실 수 있습니다."

나는 이 에너지와 교류한 후 나타나는 반향들과 급분에 대해서도 간략한 설명을 붙였다. 사람들의 대다수가 반신반의하는 표정이었다.

무대에 있는 두 명의 환자 중 한 사람은 몸이 제대로 돌아가지 않아 뻣뻣한 채로 기우뚱 몸을 가누고 있는 정도였고, 다른 한 사람은 한쪽 다리근육에 장애가 있어 목발을 짚고 있었다. 계단을 제대로 오르내리기가 불가능한 상태라고 했다. 곧 환자들과 사람들을 향해 '빛'을 펼치기 시작했다.

그 순간에도 여지없이 나의 행동을 관찰하고 있던 카메라맨들, 그리고 몇몇 의심 섞인 눈초리로 내 행동을 끝까지 주시하는 사람들을 제외하고는 대부분의 사람들이 나의 지시대로 자세를 취한 후 빛을 청했다.

'모든 사람들이 마음을 열고 있는 그대로 이 빛을 받아들일 수 있었으면 좋겠습니다. 더 많은 사람들이 이 에너지의 실체를 받아들일 수 있도록 눈에 보이는 현상으로 나타났으면 좋겠습니다.'

나는 빛을 주며 속으로 이렇게 청했다.

마침내 나는 무대 위의 환자들과 회견장에 모인 사람들, 그리고 같은 시간 건너편 빌딩에서 금분 현상의 여부를 실험하기 위해 기다리고 있는 사람에게도 빛을 보내었다. 그렇게 십여 분 정도가 흘렀을 때, 정적을 깨는 감탄사가 들렸다.

"어, 어……."

목이 돌아가지 않는다며 줄곧 한쪽 손을 목 뒤에 대고 있었던 환자였다. 그런 그가 갑자기 탄성을 지르기 시작한 것이다. 사람들이 모두 눈을 뜨고 그 환자에게 눈길을 모았다.

"어, 목이, 목이……."

환자는 차마 말을 잇지 못하였지만 사람들은 이미 그의 고개가 조금씩 돌아가고 있는 것을 보고 있었다.

"목이 움직여요, 목이!"

남자는 신기한 듯 상하좌우 고개를 계속 움직였다. 이를 지켜보던 기자석에서 박수와 환성소리가 조금씩 쏟아져 나오기 시작했다. 그때였다.

"어어! 선, 선, 선생님…… 제 다리가 움직여요!! 허, 이럴 수가 있습니까?"

두 사람에게 카메라 플래시 세례가 쏟아졌다.

"어, 금가루다, 금가루! 손에 금가루 같은 게 나왔어요!"

이제는 객석 곳곳에서 신비스러운 탄성이 흘러나왔다.

"어, 나도, 나도 나왔어요!"

'빛'의 흔적을 발견한 사람들이 자신의 손에 생긴 빛분이 신기한지 손을 높이 쳐들고 소리를 질렀다.

"금분은 '빛'이 지나가고 난 후 나타나는 신비로운 물질입니다. 원천의 빛에너지가 지나가면서 남기는 흔적이라고 생각하시면 됩니다."

때마침 맞은편 건물에서 빛을 받고 있던 사람이 무대 위로 올라왔다. 그는 손에 나타난 금분을 동료 기자들에게 보여주며 말했다.

"정 선생님께서 빛을 보내는 시간에 제 손바닥에서 찌릿한 전율이 돌더니 평소 고통스럽던 어깨의 통증이 가라앉았습니다. 손바닥에는 이렇게 금분이 쏟아지고요."

그러면서 그는 동료 기자들에게 평소 불편했던 팔을 좌우로 돌려 보이며 나타난 금분을 보여주기 시작했다.

"이 빛은 우주 근원에서 오기 때문에 시간과 공간을 구애받지 않고 전달됩니다. 일본, 중국, 미국, 남미에 살고 있는 회원들도 멀리서 이 '빛'과 교류하시고 이렇게 여러분들처럼 금분이 나왔다며 그것을 직접 채취하여 제게 보내주기도 하십니다."

카메라 플래시가 쉴 새 없이 터지고 있었다. 늘 느끼는 것이지만 금분을 본 사람들은 남녀노소 지위고하를 막론하고 모두 다 신기해하며 어린아이처럼 즐거워한다.

"여러분께서 이 에너지의 실체를 보셨으니 이제 '빛'이라는 에너지의 존재에 대해서 어느 정도는 확신하시리라 생각합니다. 방금 여러분이 확인하신 금분과 같이 이 우주의 에너지는 막연한 정신의 힘이 아닙니다. 명백한 실체가 존재하고 현실에서 여러분의 몸과 마음을 변화시키는 현존의 힘입니다."

이제 정말 내가 하고 싶은 말을 할 차례가 된 까닭에 나의 목소리가 조금 높아졌다.

"이 시간 함께 진행 중인 기자분들이 보이는 그대로 받아들이시면 됩니다. 여기 이분들처럼 원인을 알 수 없었던 병이 일순간 치유되는 강력한 에너지일 뿐만 아니라 궁극적으로는 우리의 마음, 본연의 순수함을 일깨우는 힘입니다. 순간의 굴레와 어려움에 허덕이며 사는 것이 아닌 진정 우리들 모두의 마음이 가야 할 곳을 보게 됩니다. 그래서 이 빛과 만나면 여러분의 삶이 행복해집니다."

사람들이 고개를 끄덕이며 하나둘 박수를 치기 시작했다. 회견장 안을 가득 메운 박수소리가 한동안 멈출 줄을 몰랐다. 그렇게 그 날의 기자 간담회는 스푼 소동으로 기대한 것 이상의 반응으로 끝을 맺게 되었다.

목이 돌아간다며 기뻐하던 남자 환자는 기자회견이 끝난 후에도 무대 아래쪽에서 말없이 눈물을 흘리고 있었다. 아예 기자 몇몇은 그 사람에게 달라붙어 취재를 하고 있었다.

또 한 환자는 어디로 갔을까, 하고 생각하며 주위를 둘러보고 있는데, 기자회견장 뒤쪽에서 약간은 절룩거리는 걸음으로 그가 걸어오고 있었다. 목발이 필요 없는 상태였다. 만면에 웃음을 가득 띤 그가 자랑스레 외쳤다.

"저를 좀 보십시오! 이건 기적입니다, 기적!"

그 모습을 지켜보던 한 여 기자가 나에게 다가오더니 자신의 어깨 통증을 좀 멈추어달라며 무작정 내 손을 자신의 어깨에 잡아끌었다. 그 모습을 보던 사람들이 달려오기 시작하더니, 무릎을 좀 낫게 해 달라, 치매에 걸린 노모가 있는데 낫게 해줄 수 없느냐, 편두통을 고쳐 달라, 심한 위장병을 없애 달라며 앞다투어 내게 다가왔다. 순간 내가 살아 돌아온 편작이나 화타 선생이라도 된 듯하였다.

그 날의 일은 많은 일간지와 주간지, 월간지 등을 통해 보도되었다. 그러나 주요 중앙 일간지나 좀 더 사회적으로 영향력을 줄 수 있는 언론사, 특히 난치병 환자를 데리고 온 두 방송사에서는 보도되지 않아 아쉬움을 남겼다. 전례를 볼 수 없는 놀랍고 신비스러운 일이었기에 그러한 사회적 파장을 책임지기 곤란해서라고 했다. 또한 의학적으로 검증이 되지 않았기 때문이라고도 했다. 사람들이 가지는 마음의 빗받침이나, 사회 전체가 가지고 있는 편견과 울타리도 높은 법이다. 그 벽을 한 번에 깨지는 못하여도 조금이나마 신선한 충격은 주었기에 그것으로 아쉬움을 달래었다. 이것은 작은 출발일 뿐 낙숫물이 바위를 뚫듯, 진실은 언젠가 통할 것이라는 믿음이 있었기 때문이다.

이후 그 날의 기자 간담회를 계기로 새로이 발간한 책『행복을 나눠주는 남자』가 베스트셀러에 오르게 되었다.

그러자 1996년 12월, SBS〈금요베스트 10〉이라는 생방송 프로그램에서 나에게 출연제의가 왔다. 나는 보다 많은 사람들에게 빛에 대해 알려주기 위해 기꺼이 그 프로그램에 출연을 하였다.

하지만 당일 방송 대본을 받아드니 그 내용이 내 생각과는 큰 차이가 있었다. 근원의 빛[viii]에 대한 접근보다는 그저 빛분이라는 물질 자체를 눈요깃거리 내지는 흥미 위주로 취급하고 있을 뿐이었다.

'음, 그렇다고 이제 와서 방송을 펑크 낼 수도 없는 일 아닌가. 우선 부딪혀보자.'

나는 마음을 열고 자리에 앉았다. 하지만 아무래도 이 힘을 주신 우주 절대자의 뜻과 일치되지 않아 마음이 썩 내키지 않았다.

그러는 사이 생방송 카메라에 불이 들어왔다. 나는 대본대로 해달라는 제작진의 주문을 뒤로하고 내가 원하는 방향대로 방송을 끌고 나가기 시작했다. 전혀 계획에도 없었던 즉석 빛명상(빛 교류)을 시도한 것이다.

"여러분, 지금부터 제가 빛을 드리겠습니다."

그 자리에 있던 방청객들은 물론 사회자와 패널로 나온 연예인 출연자들에게도 잠시 빛[viii]을 받아보라고 했다. 그리곤 카메라를 향해서 다시 말했다.

"지금 이 화면을 보고 있는 시청자들도 집 또는 각자의 위치에서 조용히 빛[viii]을 받으면 빛분과 함께 여러 형태의 빛[viii]의 반향이 나올 것입니다."

이제 카메라는 어쩔 수 없이 사람들이 빛명상하고 있는 모습을 촬영하기 시작했다. 프로듀서나 작가들이 진땀 흘리는 모습이 역력했지만 그렇다고 대본대로 사실을 왜곡할 수도 없으니 어쩔 수 없는 일이었다.

잠시 시간이 흐른 후 당시 사회자였던 한선교 씨가 방청객을 향해 물었다.

"여러분 중에 혹시 금가루(빛분)가 나온 사람이 있습니까?"

그러자 여러 사람이 손을 들어 손에 나온 빛분을 카메라 앞에다 대고 보여주었다. 이외에도 패널로 나온 한 코미디언과 유명 천문학자인 조경철 박사도 자신의 손에 빛분이 나왔다며 놀라워하였다.

특히 조경철 박사는 특유의 기다란 목소리와 과장된 표정으로 방청객을 향해 잔뜩 흥분하여 말했다.

"여러분, 자연계에는 4가지의 힘, 즉 중력, 전자기력, 약력, 강력이 존재합니다. 오늘 이 프로그램을 진행하면서 그것들과는 또 다른 제5의 힘인 '조광력'이라는 우주 힘의 예고를 보는 것 같아 매우 놀랍고

두 손 두 발 바짝 들었습니다."

조경철 박사는 1969년 아폴로 11호 달 착륙 상황을 생중계하여 '아폴로 박사'란 별명을 갖게 된 천문학자였다. 펜실베니아 대학에서 천문학으로 석, 박사 학위를 딴 후 미국항공우주국(NASA)에 근무한 경력까지 있는 분으로 우주 물리학, 전파천문학, 현대 천문학에 관한 수많은 논문과 170여 권의 책을 집필한 뛰어난 학자였다. 이러한 업적으로 2002년 영국 케임브리지 대학으로부터 '20세기 탁월한 과학자 상'을 수상했을 정도였다.

그런 조경철 박사의 말은 얼마 후 정말로 밝혀졌다. 우주의 기원을 찾는 페르미(미국 국립 가속기연구소)에서 '우리가 알고 있는 힘 이외에 새로운 힘이 있을 수 있다.'는 결과를 내놓았기 때문이었다. 그 방송이 나가고 조경철 박사는 명색이 과학자라는 사람이 그런 말을 했다고 주변 과학도들에게 적잖이 지탄을 받았다.

하지만 조경철 박사는 방송 이후 나와 만나 빛의 실체에 대해 더 자세히 알게 되자 이런 말을 하였다.

－언젠가는 빛 선생님이 하시는 일이 물리학의 새로운 획을 긋게 될 것입니다. 지금 감히 엄두조차도 못 내고 있지만 제 추측이 맞는다면 언젠가는 대변화를 예고하고, 15세기 르네상스 이상의, 21세기 새로운 정신물리학 시대에 그것도 전 인류를 행복하게 할 것입니다. 결국에는 빛이 날로 병들어 가는 지구를 살리는 지구 탄생 이후 '최상의 힘', '강력한 new에너지'로서 세상에 떠오를 것입니다 － 라고.

그 날 방송이 나간 후 한동안 SBS 방송국에는 빛분이 나오는 것은 물론 다양한 빛[viii]의 반향이 나왔다는 방청객들의 문의 전화가 한 달 내내 빗발쳐 방송국 업무가 마비될 지경이었다고 한다.

이 과정을 통해 빛[viii]이 TV와 같은 전자제품을 통한 파장으로도 전달된다는 사실을 인식하게 되어 이 경험을 바탕으로 훗날 2008년도 인터넷 빛명상 프로그램을 개발하게 되었다.

여러 가지 사정상 직접 빛[viii]을 만날 수 없는 환경에 계신 분들도 인터넷 접속만 가능하다면 이 프로그램을 통해 빛[viii]을 만나고 빛명상 할 수 있다. 빛[viii]은 시간과 공간을 초월하여, 그리고 텔레비전은 물론 인터넷 파장을 통해서도 전달되는 에너지이기 때문이다.

이처럼 빛[viii]은 공간의 한계를 초월해 당신에게 다가간다. 그 빛[viii]과 더불어 당신의 소원도 시공간의 제약을 받지 않고 이루어질 것이다.

이태석 신부의 안타까운 선종

살면서 가끔 '대체 하느님의 뜻은 어디 있는 걸까?' 하고 혼자 자문해 볼 때가 있다. 내 능력으로는 아무것도 할 수 없고, 누군가를 돕고 싶어도 그 힘이 다해 우주마음께서도 어쩌지 못하는 상황을 마주할 때면 더욱 그런 생각이 들곤 했다.

새해가 막 시작된 지난 2010년 1월 11일 이태석 신부를 만났을 때도 그랬다.

그 날, 평소 가깝게 지내던 전재희 장관이 다급하게 전화를 걸어왔다.

"빛 선생님, 죄송하지만 제 부탁 좀 꼭 들어주십시오. 강남성모병원 18층으로 왕림 좀 해주실 수 있는지요? 오늘이라도요."

"누가 입원이라도 했습니까?"

나는 평소보다 유난히 허둥대는 전 장관에게 물었다.

"혹시 아실런지 모르지만 지금 이태석 신부님이 그곳에 입원을 하고 있답니다. 신부님은 2001년 사제 서품을 받고 아프리카 수단 남부지역 톤즈 마을에 둥지를 틀고는 의료와 교육봉사를 펼쳤던 분이예요. 의학을 전공한 의사이기도 한 신부님은 그곳에서 가난하고 배우지 못한 아이들에게 꿈과 희망을 심어주며 왕성하게 활동하고 있었지요. 그러던 지난 2008년 11월 한국에 들어온 후 대장암 3기 판정을 받고 치료를 받아왔답니다. 하지만 지금은 암세포가 전신에 퍼져 의사들도 더 이상 손을 쓸 수 없다고 합니다. 지금은 거의 임종을 앞둔 상태지요. 하지만 빛 선생님, 부디 신부님이 일어나실 수 있도록 해주십시오!"

전 장관은 혹시라도 내가 거절할까 봐 두려워하며 간청하였다.

"알겠습니다. 제가 가봐야지요. 젊은 신부님이 좋은 일을 하시다가 병을 얻으셨는데 제가 도울 수 있으면 도와드려야지요."

나는 서둘러 채비를 하고는 전 장관이 일러준 서울성모병원 18층으로 달려갔다.

"아, 빛 선생님, 감사합니다. 어서 오세요!"

기다리고 있던 전 장관이 반갑게 나를 맞아주었다.

"그래, 환자는 지금 어떤 상태인가요?"

나는 조심스레 물었다.

"모르핀도 안 듣고 칼로 베는 듯한 통증 때문에 몹시 고통스러워하고 계십니다. 모르핀 한량을 최고치로 투여해도 통증이 안 잡힌다고 해요."

"우선 들어가 봅시다."

나는 조심스레 병실 안으로 들어갔다.

"어서 오십시오. 선생님이 쓰신 '행복 순환의 법칙'을 잘 읽었습니다."

침대에 누워있던 이대식 신부님은 비록 몸은 마르고 얼굴빛은 검었지만 얼굴 가득 미소를 지으며 나를 맞아주었다. 임종을 앞둔 환자라고 하기엔 신부의 눈빛이 너무 맑고 순수했다.

'자신의 몸을 던져 마치 슈바이처럼 아프리카 사람들을 위해 헌신한 분이 아닌가.'

나는 신부를 보자 마음이 짠해졌다. 아직 이 땅에서 할 일이 너무나 많은 분이었다. 우주마음께 청해서 어떻게든 신부가 병을 이기고 벌떡 일어나 수많은 사람들이 애타게 기다리고 있는 톤즈 마을로 돌아가게 해드리고 싶었다.

"지금 무엇보다 통증이 너무 심합니다. 혹시 그걸 좀 멈추게 해주실 수 있는지요? 저는 빨리 일어나서 다시 아프리카 톤즈로 돌아가 열악한 그곳 사람들을 위해 병원과 학교를 지어야 합니다."

이태석 신부는 안타깝게 애원하였다.

나는 그 모습을 보자 더욱 마음이 울컥하였다. 하지만 모든 일은 내 뜻대로 되는 게 아니라 생명의 주인이신 창조주께 달려 있었다. 내가 할 수 있는 일은 그저 간절하게 그분께 청원하는 것뿐이었다.

"신부님, 제가 지금부터 빛을 드릴 테니 편안한 마음으로 받으십시오."

나는 두 손을 들어 신부가 건강을 되찾게 해달라고 간절한 마음으로 빛을 드렸다. 하지만 안타깝게도 우주마음은 내게 일러주었다.

'너무 늦었다. 이미 명(命)이 다하였다.'

다만 이태석 신부가 죽음 앞에 엄습하고 있는 마음의 불안과 암 말기의 마지막 고통에서 벗어나게 해주겠노라는 강한 느낌만을 전해주었다.

나는 애타게 건강을 되찾길 바라는 가족들과 이요한 신부에게 솔직히 우주마음의 뜻을 전했다.

"신부님이시니까…… 준비는 하고…… 계시겠지요. 빛을 드렸으니 바로 통증이 멎고 마음이 편안해지실 겁니다. 그리고 죽고 사는 것은 모두 그분의 뜻이지요. 이제 모두 내려놓으시고 빛으로 편히 가십시오!"

나는 생수에 초광력을 넣어 이태석 신부가 세상을 떠나는 그 날까지 영육의 갈증이 일어나지 않도록 마실 수 있게 해드렸다. 그리고 세상에서 해야 할 마무리(유종의 미)를 거둘 수 있도록 정확히 남아있는 시간을 얘기해드렸다. 인사를 마치고 병실을 나오는데 가족 중 한 분이 내 손을 잡고 마구 흐느꼈다.

"우리 신부님을… 신부님을 위해 와 주셔서… 감사합니다……."

나는 그 애끓는 울음소리를 듣자 이태석 신부의 임종이 얼마 남지 않았구나, 하는 안타까운 마음이 들었다.

다음 날, 화요일이었다.

정해진 일정에 따라 충부의 한 섬을 찾아 빛여행을 하고 있을 때였다. 진재희 장관이 다시 나에게 전화를 해왔다.

"이요한 신부님이 전화를 해오셨어요. 이태석 신부님이 선생님을 다시 한번 뵙기를 청하셨다고요. 어제 선생님이 병실을 떠나자마자 그토록 힘들게 하던 통증이 바로 멎었고, 마음이 편안해졌다고 하시면서…… 다시 한번 와주셨으면 하고 말이지요."

그 말을 듣자 나는 가슴이 아팠다. 하지만 한 번 더 찾아간다 해도 내가 더 이상 할 일은 없었다. 이미 그분의 뜻을 전해주지 않았던가. 참으로 안타까울 뿐이었다.

'내가 빛여행을 마치고 돌아갈 때까지 만약 이태석 신부님이 세상에 머물고 계시다면, 지난 만남에서 못 해준 아프리카 불모지에서 그토록 희생과 봉사의 삶을 몸소 실천해 오신 큰 노고에 위로와 감사라도 표하고 싶다……. 하지만 세상 인연이 여기까지인 것을…….'

나는 이태석 신부를 위해 멀리서나마 그저 마지막까지 편안히 마무리하시도록 한 번 더 빛을 보낼 뿐이었다.

그렇게 수요일이 지나고 목요일인 2010년 1월 14일, 편백나무 숲이 있는 미륵사를 찾았을 때였다. 나는 대웅전에 들어가 잠깐 향을 하나 피우고 빛명상에 들어갔다. 그때 또르륵 또르륵 하는 목탁소리에 빛향기가 실려 왔다.

그러자 한 영혼이 밝은 빛 풍선에 기대어 내 손끝을 스치고 지나가는 게 느껴졌다. 그 순간 나는 깨달았다.

'아, 이태석 신부님이 선종하셨구나.'

신부의 야윈 얼굴과 선한 눈빛을 떠올리자 저절로 가슴 끝이 저려왔다.

나는 속으로 가만가만 그분이 빛의 길로 가도록 빌었다.

'신부님! 선종하여 여기까지 오셨구려! 이제 "근원의 빛" 안에서 영원한 행복을 누리십시오. 잘 가요…….'

'네, 빛 선생님, 고맙습니다.'

빛 풍선은 내게 인사를 하며 너울너울 빛의 나라를 향해 날아갔다.

여행지에서 돌아온 날 밤, 전 장관이 내게 전화를 걸어왔다.

"신부님의 조문을 다녀왔습니다. 그리고 빛 선생님께 고마웠다는 말씀을 남기셨다는 말도 함께 전해드립니다."

"신부님은 비록 떠나셨지만, 그분이 이 땅에서 하신 일들은 한 알의 밀알이 되어 수많은 사람들에게 큰 용기와 희망을 주게 될 겁니다."

나는 이태석 신부를 떠올리며 말했다.

그 후 이태석 신부가 떠난 뒤 그분의 삶을 다룬 다큐멘터리 '울지마, 톤즈'가 극장에서 상영되어 수많은 사람들에게 눈물과 감동을 전해주었다. 그뿐이 아니었다. 뜻있는 사제들과 단체들이 톤즈로 달려가 그분이 못다 이룬 꿈을 이루기 위해 애쓴다는 반가운 소식도 전해졌다.

'아, 신부님의 삶은 헛되지 않았구나!'

나는 죽어서도 살아있는 이태석 신부를 떠올리며 눈시울을 붉혔다.

그렇다. 이태석 신부의 선종을 통해 우리 모두는 다시 한번 깨닫고 있다.

단 한 번뿐인 이 땅에서의 삶, 언제 어디서 어떤 일이 닥칠지 한 치 앞도 모르는 삶, 교만하지 말고 방심하지 말며, 나아가 생명을 주신 근원(부모님께, 신조님들께, 그리고 우주의 섭리)에 감사하고 타인의 행복을 위해 헌신하며, 이 세상에 "빛의 헌존"을 전하며 시간을 헛되이 보내지 말아야 한다는 것을.

제 2 장

빛잔의 탄생과 백두산의 기적

앞 못 보는 도경과의 만남

　종종 사람들이 내게 묻는다. 도대체 언제부터, 어떻게 하여 '빛[viii]'을 주는 사람, 빛과 함께하는 생활을 하게 되었느냐고. 하지만 나 자신도 그 이유를 알 도리가 없다. 평범한 직장인이었던 내게 찾아온 빛, 그 빛을 통해 사람들의 육체적, 정신적인 아픔과 고통, 슬픔을 치유해주고 여러 자연 현상을 바꿀만한 기적 같은 힘이 내게 생겼는지를. 다만 그럴 때마다 오롯이 떠오르는 분이 있다. 어린 시절 아버지를 따라 다니며 만났던 앞 못 보는 한 노인이었다.

　아버지는 고모네 집엘 갈 때면 이상하게 나를 데리고 가곤 하셨다. 그럴 때면 대구 계산 성당 가는 길, 붉은 벽돌로 지은 선교사 집을 지나가야만 했다. 그 노인은 바로 그 집 담벼락 앞에 수염을 길게 늘어뜨린 채 낡은 책을 앞에 놓고 앉아 있던 분이었다.

　그 작은 골목에는 노인 말고도 지나는 사람들을 상대로 점을 쳐주거나 당사주를 봐주며 돈벌이를 하는 노인 둘이 더 있었다. 하지만 이상하게도 앞 못 보는 노인은 돈 버는 일에는 관심이 없다는 듯 하루 종일 꼼짝 않고 앉아 있기도 하고, 어쩌다 마음이 내키면 지나가는 사람들에게 무어라 일러주며 호통을 치기도 했다.

나는 아버지를 따라 노인 앞을 지날 때면 지은 죄도 없는데 괜히 오금이 저리곤 했다. 노인의 얼굴에서 풍기는 범상치 않은 기운에 저절로 주눅이 든 탓이었다. 하지만 어찌 된 일인지 아버지는 그 노인을 도경 (道悶)이라 부르며 지나갈 때마다 마주 앉아 즐겨 이야기를 나누셨다.

그 당시 건어물 가게를 운영했던 아버지는 종종 비싼 안줏거리를 싸 가지고 가서는 도경과 나란히 앉아 술을 마시곤 했는데 이상하게도 그때마다 나를 데리고 가셨다. 아마도 술이 떨어지면 술을 사 오라거나 뭔가 잔심부름을 시키실 요량으로 데려가신 게 아닌가 한다.

나는 아버지와 함께 도경 옆에 앉아있는 게 딱 죽기보다 싫었다. 친구들과 어울려 딱지치기, 제기차기, 하다못해 말뚝박기라도 하며 노는 게 몇 배나 더 재미나던 나이였으니까. 하지만 아버지의 말씀을 거역할 수 없었던 나는 입을 쑥 내민 채 아버지가 일어날 때까지 그 옆을 지키고 앉아 있었다.

그러던 어느 날, 마지못해 아버지를 따라나선 내게 도경이 말했다.

"여섯째 놈 왔구나."

앞 못 보는 도경은 마치 나를 본 듯 정확하게 알아맞혔다. 그뿐 아니라 도경은 내가 태어난 생년월일시까지 딱딱 알아맞혔다.

'귀신인가? 도깨비인가?'

나는 숨도 제대로 못 쉰 채 입만 떡 벌렸다.

신기한 일은 그뿐이 아니었다. 어느 날 학교에서 돌아오다가 아버지에게 끌려간 내게 도경이 물었다.

"허, 녀석 메뚜기를 많이도 잡았구나!"

"네에? 메, 메뚜기 아, 안 잡았는데요?"

깜짝 놀란 나는 시치미를 뚝 떼고 거짓말을 하였다. 학교가 끝난 후 친구들과 논에 들어가 메뚜기를 잡아 허리에 찬 수통 속에 넣고 온 걸 앞 못 보는 도경이 어찌 알랴 하는 마음으로.

"예끼, 이 녀석! 그럼 수통 속에 든 건 메뚜기가 아니고 무엇인고?"

아뿔싸, 아버지를 따라오느라 미처 수통을 집에 두고 오지 않은 게 잘못이었다.

"그래, 몇 마리나 잡았느냐?"

"그, 그건 저도 잘 모르겠는데요……."

나는 무안한 마음에 속으로 우물거렸다. 마구잡이로 잡아서 수통 속에 넣은 걸 무슨 재주로 몇 마리인지 정확히 안단 말인가 하고 은근히 부아가 났다.

"어디보자, 음, 모두 일흔여섯 마리가 들었구나."

도경은 빙그레 웃으며 말했다.

"네에? 할아버지가 그, 그걸 어떻게 아세요?"

호기심과 함께 은근히 오기가 생긴 나는 수통 뚜껑을 얼고는 서둘러 메뚜기를 세기 시작하였다.

"하나, 두울, 세엣, 네엣……."

예순, 일흔이 넘어가자 나도 모르게 목소리가 떨리고 긴장이 되었다.

"일흔네엣, 일흔다섯…… 앗, 할아버지! 일흔다섯 마리인데요?"

도경이 말한 일흔여섯에서 한 마리가 모자라는 걸 확인하는 순간 나는 수통을 거꾸로 흔들며 의기양양하게 소리쳤다.

"허허, 이놈아, 뚜껑 속을 보아라!"

도경이 호통을 쳤다. 설마 하는 마음으로 뚜껑을 열어보던 나는 소스라쳐 놀랐다. 작은 메뚜기 한 마리가 그 안에 콕 박혀 다리를 버둥거리고 있는 게 아닌가!

"일흔여, 여섯 마리 맞아요!"

나는 코가 쭉 빠져서는 말했다.

"허, 참 대단하십니다! 어찌 그리 정확히 맞히십니까?"

아버지도 눈이 휘둥그레진 채 입을 다물지 못하셨다. 도경은 아무 말 없이 그저 빙그레 미소만 지을 뿐이었다.

그 일이 있은 후 나는 아버지를 따라 도경을 만나러 가는 게 그리 싫지 않았다. 도경은 내가 갈 때마다 신기하게도 책가방 속에 든 내 수학 시험지 점수나 봉투 속에 들어있는 오징어 다리 개수를 알아맞히며 내 호기심을 부추겼다.

"할아버지, 어떻게 그리 잘 맞히세요?"

나는 고개를 갸우뚱하고 물었다. 꾀죄죄한 옷을 입고 늙고 초라해 보이는 앞 못 보는 도경이 마치 옛이야기에 나오는 도인처럼 느껴졌다.

"내가 가르쳐 주랴?"

도경은 부드럽게 물었다. 나는 선뜻 대답을 하지 못했다. 그즈음 내가 도경과 가까이하는 걸 본 신부님의 말씀이 떠올랐다.

"그런 사람을 가까이 하면 안 되느니라."

성당에서 복사를 할 만큼 신앙심이 깊은 내게 신부님의 말씀은 하늘이었다. 내 마음의 갈등을 아셨을까?

"얘야, 이건 죄를 짓는 게 아니라 자연의 이치를 터득하는 일이니라. 네가 믿는 그 하느님이 주시는 복이니 잘 배워두면 나중에 긴히 사용할 날이 올게다."

도경이 말했다. 그리고는 마치 내가 들으라는 듯 아버지와 이야기를 시작하셨다.

"정 주사, 해가 무엇입니까? 일(日)이며, 달은 월(月)이지요. 이 해와 달이 곧 양과 음, 역(易)이니 변화를 말합니다. 우주만물이 모두 여기서 비롯되는 거지요."

도경은 그때껏 내가 들어보지 못한 이야기들을 하나, 둘 늘어놓기 시작했다. 지금 돌이켜 생각해보면 그것은 우주만물이 형성된 원리로부터 시작해 그것들을 응용하는 방법, 무극에서 태극, 오행의 상생상극 작용과 육십갑자, 팔괘와 육십사괘명, 추명학, 매화역수의 기원과 주역의 근간이 되었던 삼황오제 중 태호복희씨의 '팔괘'에 이르기까지 광대한 이야기들이었다. 내 귀에는 그저 딱딱하고 하품나는 지루한 이야기로만 들릴 뿐이었지만 말이다.

그 후에도 도경은 나를 만나기만 하면 이런 우주만물의 이치와 원리에 대해 이야기를 해주셨다. 참 신기한 일이었다. 어느 틈엔가 나는 가랑비에 옷 젖듯 그 심오하고 어려운 이야기들이 마냥 신기하고 재미있는 옛이야기처럼 귀에 쏙쏙 들어왔다.

그러던 어느 날 도경은 몹시 안타까운 얼굴로 말문을 열었다.

"애야, 훗날 네가 커서 살 세상은 지금과는 완전히 달라질 게다. 듣도 보도 못한 흉흉한 일들도 많이 생기게 될 게다. 그 모든 게 인간이 자연의 섭리를 알지 못하고 신식 과학에만 의존하다가 불러들인 재앙이니라. 훗날 네가 커서 큰 빛과 함께하기 시작하여 한 십 년쯤 지나거든 누구나 머무르다 갈 수 있는 큰 집을 하나 지어라. 그리하여 그 집에서 누구든지 병든 몸과 내면의 세계까지 치유할 수 있게 하여라."

"……."

나는 너무 엄청난 일이라 차마 대꾸도 못 한 채 꿀 먹은 벙어리처럼 앉아 있었다.

도경은 다시 말을 이었다.

"머지않아 하늘이 열리고 큰 빛이 쏟아져 내릴 것이다. 그때가 되면 지금 사용하는 주역, 역술서, 예부터 전해 내려오는 온갖 비서들이 현실에 들어맞지 않는 세상이 되느니라. 내가 지금껏 너에게 일러준 것들은 다가올 세상의 이치에 맞도록 한 것이니, 이 모든 우주 팔괘의 원리를 네가 빛과 함께 행하는 일에 응용하면 좋을 것이니라. 다만 명심할 것은 그 큰 빛에 비하면 이 모든 것이 먼지 한 톨보다 못한 것이니……. 그러나 이 먼지조차 이해하지 못하는 어리석은 사람들이 네가 행하는 그 빛을 알기나 하겠느냐? 오직 이 이치를 제대로 알고 바로 행할 때만 이 세상의 혼란과 어려움을 피하고 행복을 누리게 되느니라. 이 점을 꼭 명심해야 하느니라."

도경의 얼굴은 그 어느 때보다 밝고 확신에 차 있었다.

하지만 그 이후 내가 도경을 마지막으로 본 건 중학교 3학년 무렵이었다. 평소처럼 아버지와 술잔을 기울이던 도경은 무슨 이야기 끝엔가 한없이 눈물을 흘리시더니 나를 돌아보며 말했다.

"애야, 며칠 후 할머니 산소에 가거든 그 근처에 아버지가 누우실 자리를 보아드리도록 해라. 정확히 3년 뒤 칠월 초사흗날에 아버지를 모실 자리니라. 그러니 자리를 고를 때는 정신을 모아 네 마음에서 들리는 소리에 집중하도록 하여라."

나는 내 귀를 의심하였다.

'저렇게 건강하신 아버지가 3년밖에 못사신다니 말이 되나.'

나는 뭐라 대꾸도 못 한 채 기가 막히고 억장이 무너져 어쩔 줄 몰랐다.

"이걸 가지고 가거라. 쓸모는 없겠지만 그래도 네게 주고 싶구나. 내가 너에게 줄 수 있는 것은 이것뿐이구나."

도경은 네 귀퉁이가 다 터지고 빛이 바랜 낡은 가죽가방 하나를 내밀었다. 어쩐지 내키지 않아 받지 않으려 하자 아버지가 버럭 호통을 치셨다.

"받지 않고 뭐 하노?"

아버지의 기세에 눌려 하는 수 없이 받아든 가방은 뭐가 들었는지 꽤 묵직했다. 그러자 도경이 고개를 들어 하늘을 보며 그 어느 때보다 떨리는 목소리로 말했다.

"밝은, 아주 밝은 빛에 싸여있는 아드님의 모습이 보입니다. 오색찬란한 빛에 휩싸여 뭇사람들의 아픔을 쓰다듬어주고 있습니다. 머지않아 하늘 문이 열리고 큰 빛이 쏟아져 내릴 것이나, 다만 정 주사와 나는 그 모습을 볼 수 없으니 참으로 안타깝습니다. 그토록 빛나는 형상이거늘……."

언젠가 도경이 나를 처음 보았을 때 한 그 말이었다.

며칠 후 아버지는 정말 나를 데리고 할머니의 산소로 가셨다.

"이놈아! 그래, 내가 죽으면 어디다 묻어줄래?"

성묘를 마친 아버지는 느닷없이 내게 물었다.

'아무리 도경의 말이지만 아버지는 그 말을 곧이 듣는단 말인가?'

나는 적잖이 당황했다. 아직 한창인 아버지의 묏자리를 미리 점찍어 놓는다는 게 될 말인가. 하지만 더 이상 머뭇거릴 수가 없었다. 성미가 불같은 아버지가 다시 나를 재촉하셨다.

"어허, 어디다 묻어 줄거냐 말이다!"

나는 아버지의 성화에 무심코 사방을 둘러보았다. 그때 소나무 한 그루가 서 있고 풀이 잔잔하게 깔린 한 곳이 내 눈에 들어왔다. 풍경화처럼 마음을 편안하게 해주는 그곳이 나는 어쩐지 마음에 들었다.

"저쯤이 좋겠네요."

나는 손을 들어 그곳을 가리켰다.

"그래? 어디보자. 음, 내 맘에도 꼭 드는구나."

아버지는 자신이 죽으면 누울 자리를 바라보며 흡족해하셨다. 그리곤 산지기 아저씨를 불러 큰 돌 하나를 주워와 그 자리에 놓곤 단단히 일렀다.

"이 자리는 바로 내가 죽으면 묻힐 자리요. 그러니 이 씨도 그리 알고 있구려."

"아이고, 정 주사님, 그게 무슨 말씀인교!"

이 씨가 펄쩍 뛰며 놀랐지만, 아버지는 더 이상 아무 말씀도 안 한 채 휘적휘적 산을 내려왔다.

참으로 이상한 일이었다. 묏자리를 보고 온 며칠 후부터 아버지는 마치 이 세상 모든 걸 다 내려놓은 듯 시름시름 앓기 시작하셨다. 병원에 가서 검사를 해보니 암이라는 진단이 나왔다. 아버지가 자리에 눕자 집안의 가세는 점점 기울어가고 아버지는 점점 더 앙상하게 야위어 뼈만 남았다. 정확히 3년 후, 도경이 말한 칠월 초사흗날 아버지는 숨을 거두셨다. 그제야 아차 싶은 생각에 나는 늘 도경이 앉아있던 선교사집 담벼락으로 부리나케 뛰어갔지만, 노인은 이미 자취를 감춘 지 오래였다. 이후로 그 누구에게도 그분의 소식 한 줄을 들을 수가 없었다.

먼 훗날 내가 큰 빛에 싸여 뭇사람들을 고쳐준 거라며 낡은 가방을 건네준 그 날, 그것이 내가 본 도경의 마지막 모습이었다. 지금은 이미 어디선가 세상을 떠나셨을 테지만 한번 보고 싶은 마음만은 너무도 간절하다.

'어르신, 부디 편안하소서!'

나는 그저 마음속으로 빌고 또 빌 뿐이었다.

초광력, 빛을 만나다

　생각해보면 어릴 적부터 내게는 참 이상한 징후들이 있었다. 지금처럼 의사나 수의사가 흔하지 않던 시절, 이상하게도 후산증체에 걸린 소, 각설이가 던진 돌에 맞아 다리를 저는 강아지, 모이를 너무 많이 먹어 배가 터진 병아리에 이르기까지 내가 손으로 만져주면 금세 괜찮아지곤 했다. 친구들은 그런 나를 '도사'라 부르며 개한테 다리를 물리거나 어딘가 아픈 곳이 생기면 득달같이 내게로 달려왔다.

　"광호야, 나 좀 낫게 해도!"

　나는 친구들의 성화에 못 이겨 병원놀이 할 때처럼 아픈 데를 어루만져주었다. 그러면 이상하게도 친구들은 금방 다 나은 듯 환호성을 지르곤 했다.

　지금도 기억에 또렷이 남는 사건 하나가 있다. 고등학교 2학년 때 설악산으로 수학여행을 갔을 때였다. 잔뜩 들뜬 마음으로 비봉폭포와 금강굴을 보러 나섰던 우리들은 때아닌 가을 소나기를 만나 모두 물에 빠진 생쥐 꼴로 산을 올라갔다. 마침 맞은편에서 같은 또래로 보이는 어학생들이 산을 내려오고 있었다. 누군가 어느 틈에 정보를 알아냈는지 강화여상 학생들이라며 낮게 외쳤다. 여학생들도 우리와 마찬가지로 교복이 비에 흠뻑 젖은 채였다.

비룡폭포가 바라보이는 좁은 바윗길, 엉성한 난간 아래로 낭떠러지가 이어진 길을 우리들과 여학생들은 마주 보고 지나가야만 했다. 여학생들은 젖은 교복이 몸에 착 달라붙어 가슴이 드러나자 너도나도 두 팔로 가슴을 안은 채 어쩔 줄 몰랐다. 짓궂은 몇몇 남학생들은 일부러 휘파람을 휘휘 불며 놀려댔다.

그때였다. 갑자기 악 하는 비명소리와 함께 한 여학생이 비룡폭포 물줄기 속으로 떨어지는 게 아닌가! 눈 깜짝할 사이에 일어난 일에 모두 놀라 절벽 아래만 바라보고 허둥댈 뿐이었다. 그때 유인규라는 친구가 용감하게 물속으로 뛰어들어 그 여학생을 건져 물가로 기어 나왔다.

"어떡하지? 큰일 났다!"

사람들이 여학생을 둥글게 에워싸고 웅성거렸다. 그때 선생님 한 분이 달려와 인공호흡과 심장 마사지를 여러 차례 시도하였다. 하지만 그 여학생은 도저히 깨어날 기미가 보이지 않았다.

"정광호! 네가 해 봐! 너는 우리들의 응급처치원이잖아, 어서!"

유인규가 다급한 얼굴로 내 손을 잡아끌었다.

나는 얼결에 그 여학생에게 다가가 어서 빨리 깨어나기를 간절히 바라는 마음으로 인공호흡을 하였다. 부끄러움을 무릅쓰고 몇 차례 호흡을 불어넣자 놀랍게도 숨을 들이마신 여학생이 푸우 하는 숨소리를 내며 스르르 눈을 떴다.

"우와, 살았다, 살았어!"

여기저기서 놀람과 흥분의 박수갈채를 보내며 서로 얼싸안고 펄쩍펄쩍 뛰었다.

"정광호, 역시 대단해!"

친구들은 엄지손가락을 척 올리며 나를 칭찬해주었다.

그 일을 계기로 강화여상 여학생들과 우리 학교 남학생들 사이에 편지가 오고가고, 여학생을 구한 유인규는 강화여상에서 주는 선행표창장을 받는 등 즐거운 일이 연달아 벌어졌다. 하지만 나는 그 날 이후 속으로 주욱 한 가지 생각에 빠져들었다.

'나한테 정말 생명을 살리는 능력이 있는 걸까? 그렇다면 도대체 왜 나한테 그런 능력이 생긴 걸까?'

아무리 생각해도 모를 일이었다.

그 후 나는 학교를 졸업하고 내가 존경하고 좋아하는 신부님의 추천으로 호텔에서 일을 하게 되었다. 성당의 신자이자 막 호텔을 짓던 사장이 신부님에게 참한 젊은이를 소개해달라는 부탁을 받고 나를 추천해주신 게 그 일의 시작이었다. 처음에는 호텔을 개업하기까지 한 육 개월 정도만 일한 셈이었지만 사장의 간곡한 권유로 호텔을 개업하고 나서도 주욱 그 일을 하게 되었다. 그 후에도 몇 군데 호텔을 옮겨 다니는 20여 년 동안 나는 호텔 총지배인의 자리에까지 올랐다.

그중 한 호텔에 근무를 한 때이다. 이느 날 몇몇 직원들과 함께 경남

창녕에 있는 한 작은 산으로 등산을 갔다. 키를 넘어선 억새풀들은 초겨울 찬바람에 사르륵사르륵 떨고 있었다. 정상 가까이 오르자 세찬 바람으로 요동치는 억새 물결 틈새로 알 수 없는 향기가 스쳐가곤 했다. 일행은 잠시 그곳에 앉아 땀을 식히기로 했다.

그때였다. 무심코 정상 쪽을 바라보던 나는 소스라쳐 놀랐다. 정상에 서 있는 수많은 나무 중에서 유독 한 그루에서 불꽃이 활활 타오르는 게 보였다.

"어떻게 저럴 수가!"

신기한 장면을 본 나는 벌어진 입이 다물어지지 않았다. 처음엔 잘못 봤겠지 하고 내 눈을 의심했지만 아무리 보고 또 봐도 마찬가지였다. 촘촘한 가지들 사이로 황금빛 불꽃이 이글이글 타오르는 모습은 마치 불붙은 막대 폭죽처럼 보였다.

"저기 저 나무 좀 봐! 불에 타고 있는 나무 보이지?"

나는 잔뜩 흥분한 얼굴로 일행에게 물었다.

"네에? 어디요? 어떤 나무가요?"

일행은 무슨 뚱딴지같은 소리냐는 듯 나와 산등성이를 번갈아 바라보았다.

"아니, 저 위에 불꽃나무가 안 보인단 말이야? 불꽃이 활활 타오르고 있는데?"

나는 안타까운 마음으로 몇 번이나 산자락을 가리켰다.

"매니저님, 아무래도 헛것이 보이는 모양입니다. 하하하!"

일행은 이제 아예 나를 이상한 사람 취급이었다.

"좋아, 그럼 가보자고! 저 위까지 가보면 알 게 아닌가. 어서!"

나는 다급하게 앞장서서 산 정상으로 올라갔다. 마침내 9부 능선쯤 올라가자 긴 은빛 억새가 무성하게 자란 억새밭이 펼쳐져 있는데, 억새밭이 끝나는 100미터쯤 되는 곳에 불에 휘감긴 나무가 서 있었다.

"저기, 저기 보이지? 저 불꽃나무 말일세."

나는 다시금 안타깝게 외쳤다.

"아이고, 도대체 무슨 소리를 하시는 거예요? 불꽃이라니요? 오늘 좀 이상하신데요?"

일행은 여전히 고개를 갸우뚱하며 나를 바라보았다.

'아, 이게 어찌 된 일인가. 내 눈에는 똑똑히 보이는 저 불꽃나무가 이들에게는 안 보인다니! 그렇다면 나 혼자라도 가까이 가보자.'

나는 뭔가에 이끌리듯 떨리는 마음으로 한 발 한 발 불꽃나무 쪽으로 다가갔다. 하지만 무성한 억새 때문에 가까이 가기가 쉽지 않았다. 그때였다. 마침 바람이 불어오면서 억새밭 사이에 가늘게 뻗은 길이 보였다. 산짐승이 다니는 길로 보였다.

좁은 길을 따라 가까이 가자 마침내 불꽃나무가 눈앞에 나타났다.

그 순간 나는 그 자리에 돌이 된 듯 멈춰 섰다.

"오, 이럴 수가!"

그건 불이 아니라 '빛'이었다. 불꽃처럼 영롱하고 아름다운 주홍색 빛이 눈이 부시도록 나무를 감싸고 있었다. 그 어떤 빛도 이보다 더 찬란하게 빛날 수는 없을 듯했다.

"아아!"

나는 스르르 황홀감에 빠져 저절로 고개가 숙여지고 나도 모르게 그대로 바닥에 앉아 가부좌를 틀고 명상에 빠져들었다. 얼마나 시간이 흘렀을까? 세상의 모든 일을 잊은 채 오로지 빛의 마음을 보고, 빛의 소리를 들었다.

그 순간 어떤 알 수 없는 힘이 내게 다가오며 한꺼번에 우주가 열리듯 모든 걸 알 수 있었다. 이 빛이 무엇이며, 어떻게 존재하며, 어떤 섭리를 통해 함께 하고 있는지, 빛의 마음은 모든 것을 찰나의 느낌으로 전해주었다. 그와 함께 이 힘의 근원이 어디인지, 어디로부터 왔는지, 무엇을 위해 왔는지도 한순간에 알 수 있었다. 모든 것이 그야말로 한순간에 우주가 열리듯 내 안으로 쏟아져 들어왔다.

한참 후 빛과 함께 한 명상에서 깨어나자 나는 마치 새로 태어난 기분이었다. 모든 것이 다 새롭게 보였다. 마음은 한없이 고요하고 맑은 가운데 알 수 없는 기쁨으로 가슴이 벅차올랐다.

잠시 후 일행 중 두어 명이 내가 있는 곳으로 쫓아왔다.

"여기서 뭐 하세요? 어! 저 나무 좀 보세요!"

일행 하나가 말을 하다말고 깜짝 놀라 나무를 가리켰다.

눈을 들어 나무를 보자 어느 틈에 불타는 듯 보이던 빛은 사라지고 없었다. 그 대신 빛이 떠난 자리에 온통 반짝이는 금가루가 눈처럼 사락사락 하늘에서 내려오고 있는게 아닌가. 어느새 내 손도 손바닥에서부터 손등까지 완전히 황금빛이었다.

"도대체 이게 어찌 된 일이지요?"

일행들도 금가루를 손으로 만지며 신기해서 어쩔 줄 몰랐다.

나는 그저 그들을 보며 빙그레 웃을 뿐이었다.

그 날 우리는 그곳에서 기념 촬영을 했는데, 나중에 현상을 해서 보니 신비한 빛기둥이 나타났다. 그 이후 내가 빛을 펼칠 때마다 사진을 찍으면 신비로운 빛 현상이 나타나곤 하였다.

나는 그 날 돌아오는 차 안에서 문득 도경이 해준 말을 떠올렸다.

'언젠가 하늘 문이 열리며 큰 빛이 쏟아져 나오고, 내가 그 빛에 싸여 뭇사람들의 아픔을 어루만져주게 되리라고 하셨지. 그리고 이다음 내가 큰 빛과 함께하기 시작해서 한 십 년쯤 지나거든 누구나 머무르다 갈 수 있는 큰 집을 하나 지어 그 집에서 병든 몸과 내면의 세계까지 치유해주도록 하라던 말씀도. 도경은 바로 오늘을 두고 내게 그런 말씀을 하신 걸까?'

나는 어린 시절 들었던 그 말씀을 새삼 가슴에 새겼다.

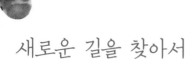

새로운 길을 찾아서

빛viit의 실체를 확인하고 난 후, 내게는 생각지 못했던 새로운 고민이 생겼다. 빛viit에 대한 소문이 조금씩 퍼지기 시작하면서 내가 근무하는 호텔로 사람들이 몰려들기 시작했다. 그중에는 몸과 마음이 불편한 사람, 집 나간 아이를 찾아달라는 이, 시험을 잘 치게 해달라는 입시생… 등으로 호텔 로비가 온갖 사람들로 북새통을 이루었다. 그들은 나를 찾아와 빛을 받고 나면 아픈 몸이 낫고 어려운 일이 풀리고 용기를 얻었다며 기쁜 얼굴로 돌아갔다. 그러면 그럴수록 소문은 점점 더 퍼져나가고, 호텔은 점점 그런 손님들이 늘어만 갔다.

이쯤 되고 보니 보통 문제가 아니었다. 우선은 고객들 보기에 미안했다. 호텔이라는 곳이 조용하고 안락해야 하는데, 이렇게 별별 사람들로 로비가 어수선하니 어느 고객인들 좋아하겠는가. 그렇다고 찾아오는 이들을 쫓아낼 수도 없는 문제고 정말 난감했다.

뿐만 아니라 아프다는 사람을 마냥 기다리게 방치할 수도 없는 일이다. 그래서 찾아오는 사람들을 시도 때도 없이 맞이하다 보니 자연 내 호텔 업무에도 지장이 생겼다. 무엇보다 사주 뵙기에 면목이 없었다. 호텔 분위기는 어수선하게 흐르는 데다가 나는 또 나대로 근무시간에 열중하지 못하니 어느 사주라고 좋아하겠는가? 그러다 보니 나는 자꾸 호텔을 옮겨 다니게 됐다. 물론 사주는 괜찮다고 하며 더 근무할 것을 권했지만 내가 그럴 수 없었다. 면목도 없었지만 눈치를 보아가며 사람을 만나기는 싫었기 때문이다. 내게 능력이 있다면 힘든 사람과 함께 하는 것은 당연하고도 기껍게 할 일이다. 그래서 나는 호텔을 옮길 때마다 이런 나의 처지를 이해해 줄 것을 조건으로 달았다.

"그럼요, 좋은 일을 하시는 건데. 정 선생만 오신다면 아무래도 상관없습니다. 정 선생의 능력을 생각한다면 그 정도가 문제겠습니까? 더구나 저절로 호텔 광고가 되는 건데요. 좋고말고요."

대부분의 사주들은 처음에 이렇게 말하며 환영의 뜻을 표하지만, 사람의 마음이란 게 그런 것인지 시간이 좀 지나다 보면 처음과는 달리 난처한 모습을 보이곤 한다.

"좋은 일 하시는 거니깐 기왕이면 앞으로 사람들을 만날 때는 내 방에서 만나도록 하세요. 그게 여러모로 좋겠어요."

사주는 기분 상하지 않도록 나를 배려해주었다. 하지만 사람들은 시도 때도 없이 들이닥치는데, 그때마다 사장실을 불쑥불쑥 들락거려야 한다는 건 쉬운 일이 아니다. 그건 어느 정도 내가 하는 일을 통제하겠다는 소리이기도 했다. 몇 번 더 호텔을 옮겼지만, 사정은 마찬가지였다.

'몇십 년 일해 온 호텔을 떠나야 하나.'

나는 고민에 휩싸였다. 하지만 호텔을 그만두는 것 외에 내겐 또 하나의 고민이 있었다. 어떻게 하면 이 힘을 우주의 뜻에 더욱 합당하게 널리 전파할 수 있겠는가 하는 점이었다.

'이 힘이 언제까지 내게 머물지 나 자신도 모른다. 어느 날 갑자기 떠나가 버릴 것인지, 아니면 영원히 내게 머물 것인지는 우주의 마음만이 알고 있을 뿐이다.'

나는 어찌 됐든 이 힘이 내게 머물러 있는 동안만은 더 많은 사람들을 만나고 싶었다. 그리하여 더 많은 분들에게 우주마음의 숨결을 알게 하는 일이 빛viii의 원뜻에 충실하는 길이라 생각했다.

그러기 위해서는 사람들이 나를 찾아오기를 기다리는 것만으로 부족했다. 내가 먼저 다가가야 한다는 생각이 뚜렷해지기 시작했다. 이것저것 구애받지 않고 오로지 빛viii을 전하는 일에만 전념한다면 지금보다는 훨씬 더 많은 사람들을 만날 수 있을 것 같았다. 그러나 나도 부양해야 할 가족이 있었기 때문에 무작정 직장을 걷어 버릴 수는 없었다. 쉽게 결단을 내리지 못하고 오랫동안 망설였지만, 결국 내 마음은 호텔을 떠나는 쪽으로 굳어갔다. 하지만 가족들의 생계가 끝까지 내 발목을 붙들었다. 아무리 가장이라고는 하나 가족들에게 희생을 강요할 수는 없었다.

"손님들한테도 미안하고 사주 뵙기도 그렇고……. 난 또 나대로 서운해요. 아무리 일을 열심히 해도 남의 고통을 해결해 주는 사람으로만 생각들을 하니……. 이래저래 마음이 심란하오. 직장을 그만두든가 무슨 수를 내야지, 이거야 원……."

고민이 계속되던 어느 날인가 작심을 하고 아내에게 은근슬쩍 내 속뜻을 비춰보았다. 혼자 끙끙 앓고 있으니 말이나 한번 꺼내 보자는 심사에서다.

"그렇게 그 일이 하고 싶으세요?"

펄펄 뛸 줄 알았는데 아내는 의외로 차분했다.

"꼭 하고 싶다기보다……. 생각해 봐요. 그렇다고 사람 찾아오는 걸 나 몰라라 할 수는 없는 일 아니야? 얼마나 절실하면 물어물어 호텔까지 찾아올까……."

"하긴 찾아오는 사람들 모른 체하는 것도 사람 할 일은 아니죠."

"그럼, 아니고말고. 나한테 그 사람들이 원하는 것을 줄 수 있는 능력이 있다면 당연히 해 줘야지. 안 그래요? 그런데 여러 면에서 직장일이 발목을 잡아요."

"……."

아내는 말없이 생각에 잠겼다.

사실 어려운 사람들에게 관심이 많기로는 아내도 빠지지 않았다. 아내는 대학을 다닐 때 팔공 재건학교에서 봉사활동을 했었다. 형편이 어려운 학생들에게 용돈을 아껴 필요한 학용품 등을 지원해주는 후견인 역할을 했다. 아내뿐만 아니라 장모님까지 학교 선생님과 학생들에게 밥을 지어 먹이는 등 처가 식구 모두가 재건 학교 일에 헌신적으로 봉사했다. 더불어 살아가는 삶 그 자체가 처가의 가풍이었다.

그런 아내였기에 더 쉽게 말을 꺼낼 수 있었는지도 모른다.

"그렇지 않아도 진작부터 호텔을 그만둘까 하는 생각을 가지고 있었소. 두 가지 일을 병행한다는 게 좀 그랬거든. 이 힘이 내게 온 참뜻을 너무 가볍게 여기는 건 아닌가 해서……. 여보, 사실 우리 형편에 물질적으로 남들에게 베풀 것이 뭐가 있겠소? 안 그래요? 그나마 내게 이런 힘이 있다는 것이 얼마나 다행한 일이오."

"그래요, 한 가지라도 남에게 베풀 것이 있다는 건 고마운 일이지요."

아내는 조용히 고개를 끄덕이며 수긍했다.

"그래서 하는 말인데, 여보, …내 털어놓고 말하겠는데, …솔직히 나 호텔을 그만두었으면 좋겠소. 그분의 뜻에 따라 전적으로 매달렸으면 해서……. 그래서 더 많은 사람들에게 더 가까이 다가가고 싶소. 하지만 이런 문제를 나 혼자 결정할 수도 없고……."

나는 말끝을 흐렸다. 아무리 내친걸음이라고 해도 아내에게는 충격적인 소리일 수 있기 때문이다.

"그럼, 그러세요."

아내는 이 소리뿐이었다. 오히려 내가 당황스러워졌다.

"아니, 여보. 내 말은, 직장을 그만뒀으면 하는데……."

"알아들었어요, 당신 말. 나쁜 일을 하겠다는 것도 아닌데 당신 하고 싶은 대로 하세요. 난 당신 뜻에 따르겠어요."

"당신, 정말 괜찮겠어?"

오랫동안 끌어온 고민이 이렇게 한순간에 결론 나다니 싱거운 기분까지 들었다.

"그럼 제가 길길이 뛰기라도 할 줄 아셨어요? 사실 그동안 당신 얼굴 보면서 대충 짐작은 하고 있었어요. 당신이 무슨 생각하고 있는지……. 잘 생각했어요. 저도 찬성이니깐 당신만 좋다면 그렇게 하세요."

아내는 은근한 힘으로 내 손을 잡아 주며 말했다. 얼굴엔 살풋한 미소가 돌았다.

"고맙소."

"고맙기는요. 대신 그만둘 땐 적어도 두 달 전에 나한테 구체적으로 통보를 해 주세요. 그래야 저도 대책을 세울 수 있으니까요."

"대책이라니?"

"그럼, 당신 호텔 그만두고 나면 우리 가족 손가락만 빨고 살아요? 당신 성격에 그 힘을 돈벌이로 연결하진 않을 테니 무슨 대책이라도 세워 둬야죠. 다행히 인테리어 소품 만드는 기술이라도 있으니 그걸로 가게라도 하나 내면 그럭저럭 먹고는 살 수 있을 거예요."

고맙게도 아내는 내가 가장 곤혹스러워 하던 부분까지 헤아리고 있었다. 이런 아내의 배려에 힘입어 희망을 현실로 옮기기 위한 수순을 본격적으로 밟을 수 있었다.

그로부터 몇 개월 뒤, 나는 대구 금호 호텔의 총 매니저 겸 관리 이사 직을 끝으로 20여 년간의 정든 호텔 생활을 마감했다.

그러던 어느 날 어머니에게 전화가 걸려왔다.

"아범아, 집에 한 번 다녀가거라. 내 너한테 할 말도 있고……."

나는 가슴이 덜컥 내려앉았다.

'이미 말씀을 드렸지만 어머니는 아무래도 내 결정이 못마땅하신 게 틀림없다.'

가족을 부양해야 할 가장이 멀쩡한 직장을 그만두고 빛의 길로 들어서기로 했다는 걸 알고 꾸중하시려는 게 분명했다.

나는 무거운 마음으로 다음 날 아내와 함께 어머님을 뵈러 갔다. 어머님은 무슨 일인지 한복을 곱게 갈아입고 나를 기다리고 계셨다.

"어멈은 그만 나가보고 아범은 거기 앉아라."

무슨 말씀을 하려는지 어머니는 길게 숨을 고르셨다. 뜻하지 않게 어머니를 걱정시켜 드린 나는 바늘방석에 앉은 듯 죄스러운 마음으로 잠자코 기다렸다.

"아범에게 그런 이상한 힘이 있다는 말을 처음 들었을 때만 해도 난 아범이 사탄에 빠진 줄 알았다. 그런데 아범이 병든 사람을 고쳐줬다, 고민을 해결해줬다 하는 사람들이 여기저기서 나오는 걸 보고 마음이 놓였다. 하느님이 우리 아들에게 성령의 힘을 주셨나보다 여겨졌지. 그런데 이제는 대놓고 그 일에 매달린다고 하니 별생각이 다 드는구나."

어머니는 그 어느 때보다 목소리가 침착하게 가라앉아 있었다.

'무슨 말씀을 하시려는 걸까? 혹시 그 일을 반대하시는 건 아닐까…….'

나는 여전히 불안한 마음으로 방바닥만 보고 앉아 있었다.

"허나 내가 말린다고 될 것 같지도 않고…… 이왕 하는 거 어려운 사람들 많이 보살펴주도록 해라. 이런 말은 처음 하는 거다만, 아범은 태어날 때부터 어딘가 특별했다. 너를 잉태할 즈음 태몽을 꿨는데 정확히 어딘지는 모르겠다만 벼를 다 베고 난 가을 들판에 볏단이 쭉 서 있더구나. 그 가을 들판에 황금빛이 좍 내리비치는데 내 생전 그렇게 환하고 밝은 빛은 본 적이 없단다. 그런데 이상한 건 커다란 볏단들이 일제히 작은 볏단을 빙 둘러싼 채 절을 하는 듯 엎드려 있는 거야. 그러더니 그 가운데 황금에 싸여 있던 볏단이 내게로 걸어오지 뭐냐. 나는 엉겁결에 두 팔을 벌려 그 볏단을 안았단다. 그리고 아범을 밴 거야. 아범을 낳기 전날에도 똑같은 꿈을 꿨지. 그리고 그저께 밤, 아범이 직장을 그만두고 빛활동을 한다는 전화를 한 그 다음날에도 똑같은 꿈을 꿨단다……. 세 번째로 똑같은 꿈을 꾼 게야. 왠지 이 말을 함부로 해서는 안 될 것 같아 널 뱃속에 가졌을 때도 태몽에 대해서는 여태 한마디도 하지 않았다만 이젠 너도 알아야 할 것 같아 들려주는 게다."

'아, 어머니는 당신이 소중하게 간직해 온 꿈을 자식이 새로운 길을 떠나는 앞에 들려주며 힘을 주시는 거구나!'

걱정했던 반대의 말씀은커녕 격려와 용기를 주시는 어머니를 보며 나는 눈시울이 뜨거워졌다.

"모든 일에 조심하여라. 아범은 세상을 위해 큰일을 한 사람이야. 늙은 어미의 말을 잊지 말았으면 고맙겠구나."

"예 어머니, 조심하겠습니다. 너무 걱정하지 마세요."

어머니는 내 손을 꼭 잡아주며 고개를 끄떡이셨다. 어머니의 그런 모습에 나는 가슴이 미어지도록 뻐근해졌다.

'내 앞길에 큰 힘을 불어 넣어주신 어머니를 위해서라도 이 힘을 보다 많은 사람들과 함께 나누겠습니다.'

나는 어머니 집을 나서며 다짐했다.

그 일이 지난 1994년 새해, 우리 부부는 지난 20년을 정리하고 새로운 생활을 맞이하자는 뜻으로 동해안 영덕 부근에 있는 선비치 호텔로 해맞이를 떠났다. 우리는 채 동이 트지 않은 진보랏빛 여명 속에서 해변을 걸으며 이런 저런 말들로 덕담을 나누고 있을 때였다.

"여, 여보, 저거 봐요!"

아내가 갑자기 수평선 쪽을 가리키며 소리쳤다.

"뭐가? 어디?"

나는 아내가 가리키는 쪽을 바라보았다.

"세상에……."

나도 모르게 입에서 탄성이 흘러나왔다. 유난히 밝고 선명한 해가 바람개비 돌듯 빙글빙글 돌면서 떠오르는 것이었다. 그 빛은 또 얼마나 환상적인지 마치 서치라이트처럼 확연하게 줄기를 이룬 광선 자락들이 하늘과 땅과 바다 위로 뻗어나며 천지를 온통 황금빛으로 물들였다.

"어! 어……."

주위에 있던 관광객들도 할 말을 잃은 채 입만 벌리고 있었다. 그리고 해가 완전히 떠올랐다. 주위에서 또 한 번 소동이 일었다.

"어, 어? 얘 좀 봐라! 너 손이 왜 그러냐?"

"그러는 너는 어떻고? 얼굴에 온통 황금가룬데?"

많은 사람들의 얼굴과 손, 다리에서 금분과 은분들이 생겨났다. 내 손바닥에도 금분들이 **빽빽**하게 솟아나 있었다.

"당신이 이 길로 나선다고 하니깐 하늘이 축복해 주는 것 같아요."

아직도 일출의 황홀한 광경에서 깨어나지 못한 듯 아내가 몽롱한 목소리로 말했다.

아내의 말처럼 그건 분명 우주의 마음이 내게 내려 준 환영과 축복의 빛이었다. 직장을 떠났다고 조금도 위축되거나 불안해하지 말라는 격려의 미소임이 틀림없었다. 그 일은 실제로 어머니의 말씀과 함께 내게 큰 격려가 되었으며, 오직 빛과 함께 하는 길에만 정진하겠다는 각오를 새롭게 할 수 있는 계기가 되어 주었다.

그 후 나는 도경의 예언처럼 더 많은 사람들과 함께 빛을 나누고자 뜻을 같이하는 회원들과 함께 초광력학회를 만들고, 빛명상본부를 세우고, 대구와 산청에 큰 집을 짓고 몸과 마음이 아픈 사람들에게 빛을 나눠주며 그들을 치유하는 공간으로 쓰고 있으니 지금 생각해도 그 도경의 혜안이 놀랍기만 하다.

화왕산 동굴 이야기

1986년 큰 빛을 만나고 나서 2년 뒤인 1988년 개천절이었다. 당시 함께 영어공부를 하던 사람들끼리 산행을 가기로 했다. 그런데 그 날 새벽, 꿈에 학 한 마리가 날아오더니 내 앞에서 점점 산만큼 커져서는 나를 태우곤 훨훨 날아 어디엔가 내려놓았다. 그 순간 나는 잠에서 깨어났다,

'참 이상한 꿈이구나.'

아무리 생각해도 모를 꿈이었다.

아침을 먹고 있는데 마침 등산 장소를 알아보기로 한 영어 선생이 연락을 해왔다. "오늘 청량산으로 가려고 했는데 그쪽에 문제가 생겨서 창녕 화왕산으로 가기로 했습니다."

그 순간 나는 머리에 퍼뜩 지난번 불꽃나무를 본 화왕산이 떠올랐다. 화왕산(火王山)은 '불의 임금'이라는 이름처럼 '불(火)'의 기운이 강한 산이었다. 그러다 보니 다른 산보다 물이 적었다. 워낙 불의 기운이 세다 보니 옛날부터 해마다 소금 몇 가마니를 정상에 묻어 산불을 예방

할 정도였다.

'오늘은 또 무슨 일이 일어나려나.'

나는 설레는 마음으로 일행과 함께 산을 올랐다. 지난번 '큰 빛'을 만났을 때는 오직 눈앞에 보이는 불꽃나무만 보고 갔지만 이번에는 정식 등산코스로 올라갔다. 휴일이라 그런지 산에는 단체 등산객이 많았다.

한창 가을이 무르익은 산에는 사람 키만큼 큰 억새 숲이 무성했다. 지금과 달리 그때는 취사가 가능했기에 사람들은 억새가 없는 곳을 골라 앉아 밥을 지어 먹었다.

그러나 일행 중 아무도 미처 물을 준비하지 못해 밥 지을 물이 없었다. 주변을 둘러보니 작은 샘물가에 사람들이 길게 줄을 서 있는 모습이 보였다. 샘이라고는 하지만 쫄쫄쫄 흐르는 계곡물을 받은 작은 웅덩이었다. 줄이 길게 늘어서 있는 걸 보니 한 시간은 족히 기다려야만 했다. 그런데 우리 차례가 되어 가보니 기다린 보람도 없이 흙탕물만 잔뜩 고여 있었다.

"허, 이거야 원!"

물이 없으니 생쌀을 씹어 먹어야 할 판이었다. 주변 장사꾼들 중에는 미리 그걸 알고 비싼 값에 물을 팔았다. 하지만 장삿속이 빤히 들여다보이는 걸 알면서 물을 사기는 싫었다.

"에이, 참!"

나는 가져온 쌀이 있는데도 밥을 지어 먹을 수 없자 괜스레 붙어가

났다. 간신히 받은 흙탕물을 도로 쏟아붓고는 주변 길목에 흐드러지게 피어있는 억새를 두 개씩 마구 엮었다. 아무리 생각해도 왜 그런 엉뚱한 짓을 했는지 알다가도 모를 일이었다.

"어허, 젊은이가 그것참 고약하구먼."

웬 노인이 지켜보다가 나를 나무랐다.

"이런 흙탕물을 받아서 뭐합니까?"

물을 마시지도 못한 데다 옆에서 뭐라 하자 신경질이 더 나서 퉁명스레 되물었다.

"허허, 좋은 물을 마시고 싶소?"

"어디 그런 물이 있습니까? 그럼 좀 알려주십시오."

"나를 따라 오소."

노인이 빙그레 웃으며 앞장섰다.

나는 묶어놓았던 억새 끈을 도로 다 풀었다.

"왜 그걸 다시 푸는 게요?"

"물을 준다니까 풀어야지요."

노인은 고개를 갸웃거리며 앞장섰다. 하지만 노인은 등산코스가 아닌 길도 없는 절벽 쪽으로 가고 있었다. 한참을 가자 노인은 일행에게 잠시 서 있으라 하더니 걸음을 멈추었다. 때맞춰 바람이 휙 부니 억새가 바람을 따라 한 방향으로 휩쓸리자 아까는 보이지 않던 오솔길 하나가 나타났다. 아마도 토끼나 오소리 같은 작은 짐승들이 다니는 길인 듯 보였다.

오솔길을 따라가자 별 어려움 없이 절벽으로 올라갈 수 있었다. 하지만 그게 끝이 아니었다. 겨우 절벽 끝에 올라서자 집채 만한 바위가 앞을 막고 있었다. 다들 무서워서 한 발짝도 못 떼는데 노인이 바위 틈새로 몸을 넣어 들어갔다. 우리도 따라 들어가 보니 그 안에 텐트 하나를 칠 만큼 넓고 평평한 평지가 보였다. 수많은 사람들이 화왕산을 다녀갔지만 절벽과 큰 바위 때문에 알려지지 않은 모양이었다.

자세히 보니 안쪽에 작은 동굴 하나가 보였다. 동굴 앞에는 신기하게도 약수가 찰랑거리며 고여 있었고, 그 앞에는 깔끔하게 차려진 제단과 산신도(山神圖)가 걸려있었다.

노인은 촛불을 밝히고 향을 피운 뒤 물을 떠서 제일 먼저 제단에 올렸다.

그러고는 물 한 그릇을 마신 뒤 딴 사람에게도 마시라며 물바가지를 건넸다. 나부터 주는 줄 알았는데 체면상 빼앗지도 못하고 주는 물을 받으려 하자 노인은 손사래를 치며 못 마시게 하였다. 다른 사람들이 내게 물바가지를 내밀려 해도 마찬가지였다.

'이거 참, 나한테 왜 이리 괴팍하게 구는 거지? 물 준다고 따라오라고 한 때는 언제고. 내가 억새풀을 엮어서 벌을 주려는 겐까?'

나는 의아한 마음으로 기도를 올리는 노인을 바라보았다.

얼마 후 기도가 끝나자 노인은 나에게 안으로 들어오라 일렀다. 다른 사람들이 덩달아 나를 따라 들어오려 하자 노인은 매몰차게 말렸다.

"사내들은 부정 타니까 밖에 있고 당신만 들어오게."

나는 영문을 모른 채 쭈뼛쭈뼛 노인을 따라 동굴 안으로 들어갔다. 노인이 오른편 바위 위의 가리개를 열자 놀랍게도 돌을 깎은 두세 계단이 2층으로 이어져 있었다. 노인이 말했다.

"이곳은 내 스승께서 3년간 기도를 올리던 곳이라네."

안으로 들어서자 서기(瑞氣)가 가득한 게 매우 신비로웠다. 신발을 벗고 위로 올라가자 천정에서 떨어진 물이 작은 옹달샘에 찰랑찰랑 고여 있었다. 오랜 세월 천장 바위 틈에서 떨어진 물이 돌을 움푹 패게 하여 그곳에 고인 물이었다. 그 물이 넘쳐서 아래 동굴로 내려가고, 그 물이 다시 땅 밑으로 흘러 방금 전 사람들이 줄을 서서 뜬 옹달샘으로 가는 거였다. 말하자면 그곳이 바로 화왕산 원천지였다.

나는 당연히 이번에도 물을 떠서 제단에 먼저 올리려니 생각했다. 하지만 노인은 정성스레 뜬 물을 무릎을 꿇은 채 내게 내미는 게 아닌가.

"아니 먼저 제단에 올리셔야죠?"

당황스러운 나머지 나는 엉거주춤 어쩔 줄 몰랐다.

"먼저 드시오! 정 선생이 그보다 더 높은 분이니."

노인은 다시 한번 권했다. 목이 바짝바짝 마르던 참에 나는 주는 물을 벌컥벌컥 마셨다. 그토록 감로수처럼 달고 시원한 물은 난생처음이었다.

'아, 내가 화왕산 원천지, 그 첫 샘물을 마셨구나!'

나는 감동으로 몸이 떨렸다.

노인은 다시 물을 받아 제단에 올린 후 메고 온 배낭에서 다섯 가지

과일과 오곡, 음식을 꺼내 제단 위에 차려놓고 감사의 예를 올렸다. 기도를 올리고 절을 하고 다시 경을 읊으며 108배를 하였다. 노인은 알고 보니 도를 닦는 도인이었다.

마침내 예를 올린 도인은 제단에 바쳤던 음식들을 내게 권했다.

"아닙니다, 저는 일행들과 함께 먹으면 됩니다."

내가 극구 사양했지만 내가 안 먹으면 도인도 안 먹을 것 같아 하는 수 없이 음식을 먹었다. 식사 후 도인은 다시 깊은 침묵 속에 빠져들었다. 나도 그 옆에 앉아 명상에 잠겼다. 얼마 후였다. 도인이 갑자기 벌떡 일어나 나를 보며 절을 하기 시작했다.

"몰라 뵈서 죄송합니다!"

"아니, 그, 그게 무슨 말씀이신지요?"

나는 얼떨떨해서 어쩔 줄 몰랐다. 그즈음 빛을 만났지만 명확하게 그 의미를 인식하지 못하던 터라 더욱 당황스러웠다. 도인이 다시 내게 물었다.

"당신은 누구십니까?"

"저는 정광호라고 합니다만, 왜 그러시는지요?"

"허, 선생은 자신이 누구인지 정말 모른단 말이오? 우리 도인의 세계에서는 신력(神力)이 최고 파워(power)인데 그건 모르오? 선생한테서는 알 수 없는 엄청난 힘이 있소. 지금까지 접해보지 못한 큰 빛에 쌓여 있는데……."

도인은 혼잣말처럼 중얼거렸다. 그러다가 무언가를 가리키며 말했다.

"선생님, 옆에 있는 저 이불 보따리가 보이십니까? 예전 저의 스승께서 언젠가 오실 분을 위해 습기 안차게 비닐로 잘 덮어놓은 새 이부자리입니다. 전설처럼 전해져오는 이야기에 의하면 비서(秘書)를 동굴 속에 숨겨놓았다고 했습니다. 비서는 세상의 이치와 미래에 대한 모든 예언이 담겨있는 책이지요. 딱 사흘만 여기서 이불을 깔고 지내보시지요. 그럼 비서를 찾는 방법도 알게 될 겁니다. 지금까지 숱한 도인들이 그걸 찾으려 했으나 찾지 못했지만 선생님은 반드시 찾을 테니 말이오."

"아, 언젠가 만난 최 도사라는 분에게 얼핏 그 전설 같은 이야기를 들은 적 있습니다. 비서가 숨겨진 데를 알려달라고 백일기도는 물론 3년을 더 머물러 수행했지만 찾지 못했다 하더군요. 하지만 저는 비서에 대해 관심도 없고 그럴 시간도 없습니다."

나는 고개를 저었다.

도인은 내 말은 아랑곳없이 말을 이었다.

"당대 역학자 제산 박재현 씨나 '사주첩경'의 저자 이석영 씨 등 역학대가들도 이곳에서 비서를 찾아 헤맸다고 합니다. 그들은 산 속을 뒤져가며 비서를 찾다가 우연히 이 동굴을 발견하고, 화왕산의 샘물의 원천지까지 찾게 되었지요. 그리곤 비서가 틀림없이 이 동굴 어딘가에 숨겨져 있을 거라고 확신하며 한 달에 보름을 수행하며 찾았지만 결국 찾지 못했다고 합니다. 사실 제 스승은 워낙 도가 높아 백일기도할 당시 호랑이가 두 마리가 지켜줄 정도였답니다. 아래 동굴에 한 마리, 윗 동굴에 한 마리 떠억 버티고 서서 다른 사람들이 들어오려고 하면 으르렁거리며 들어오지 못하게 했답니다."

"그래서 스승님은 비서를 찾으셨답니까?"

나는 호기심 어린 눈으로 물었다.

"그게 말입니다, 한 3년 목탁을 치며 지냈지만 비서를 찾는 대신 3년 동안 큰 공부를 한 셈 치고 떠나라는 신(神)의 목소리를 들었답니다. 화가 난 스승은 목탁을 바위에 깨서 깨뜨렸는데 목탁 채는 바닥에 튕겨 바위 구멍 속에 쑥 들어갔답니다. 그 뒤로 스승은 자취를 감추고 말았지요. 그 후 제가 스승 대신 비서를 찾으러 왔지만 역시 찾지 못했습니다. 하는 수 없이 스승의 목탁 채라도 가져가려 했으나 그마저도 저렇게 바위틈에서 빠지지 않았다오."

도인은 바위틈에 걸려있는 목탁 채를 가리켰다.

"그래요? 어디 봅시다."

나는 벌떡 일어나 목탁 채를 잡아당겼다. 목탁 채는 힘없이 쑥 빠져 나왔다.

"아니! 목탁 채 배 부분이 볼록 나와 있어서 그 어떤 도인이 빼려 해도 옴짝달싹 안했는데 그리 쉽게 빠지다니요! 아무래도 비서의 임자는 선생님인 듯하니 여기 머물며 비서를 찾아서 우리 도인들에게 보여주시고 또한 이 비서의 옛 주인을 기리는 의미에서 암자 하나만 지어주십시오."

도인은 잔뜩 흥분하여 간청하였다.

"저는 독실한 가톨릭 신자입니다. 이제 일행도 기다릴 테니 가보겠습니다."

나는 잠시 뭐에 홀린 게 아닌가 하고는 동굴을 나가려 하였다.

"그렇다면 선생님, 저하고 딱 한군데만 더 갔다가 내려가시지요."

도인은 내 대답은 듣지도 않고 동굴을 나가서는 배바위 골로 자리를 잡았다. 아까 절벽과는 반대 방향으로 40여 분쯤 걸리는 거리였다.

가만히 보니 도인은 내가 큰 빛을 만난 그 자리로 향하고 있었다.

'설마 저 도인이 그 자리를 알까?'

나는 모르는 척 뒤따랐다. 그런데 도인이 딱 그 자리에 우뚝 서는 게 아닌가.

"아니, 여긴 내 자리인데 그걸 어떻게 아십니까?"

"허, 정 선생은 이 자리를 아시오? 이 자리에 와서 그럼 뭘 했습니까? 혹시 이 절벽에서 무얼 찾거나 보았습니까?"

도인은 그 자리에 꿇어앉아 수염을 쥐어짜며 놀라 물었다.

"뭘 하다니요, 그저 명상 좀 하고 갔지요."

나는 딱 잡아뗐다. 그리곤 신발을 벗고 절벽 바위로 올라갔다.

"큰 바위야, 잘 있었어?"

억새 사이의 절벽에서 떨어지면 죽을 테지만 나는 바위를 끌어안으며 인사했다.

그 순간 빛 향기가 진동하며 빛이 나타났다. 그 모습을 본 도인이 덜덜 떨기 시작하였고 뒤따라 온 일행도 놀라서 어쩔 줄 몰랐다.

"대체 누구십니까? 혹시 미륵이십니까? 아님 가톨릭 신자라면 혹시 말로만 듣던 재림 예수입니까?"

"아닙니다. 나는 아무것도 아닌 그냥 인간 정광호입니다."

"에이, 그러지 마시고 알려주십시오. 비책을 갖고 있지요? 아님 어떤 큰 공부를 하셨습니까?"

"하하, 나는 이 사람들과 함께 영어공부를 하고 있습니다."

"그런 공부 말고 혼자서 하늘의 공부를 한 겁니까?"

"글쎄요, 했다면 했고 안했다면 안 했지요."

나는 도인이 하도 끈질기게 묻자 그렇게 얼버무렸다.

"이곳은 경남 일대에서 최고 명당 혈지고 임금이 나는 자리입니다. 그걸 알고 난다 긴다 하는 사람들이 어떤 비방(秘方)이나 유골의 일부, 살아있는 신체의 일부를 잘라 바위 밑을 파서 묻고 가지만 다 소용없는 일입니다. 새가 오든 짐승이 오든 반드시 파내며 그 집안은 그 날로 불행한 일을 당하거나 우환이 생긴다고 합니다. 어떤 사람들은 바위 위에 올라가기만 해도 큰일이 난다고 하지요. 그런데 선생님은 바위를 통째로 끌어안았으니……."

도인은 고개를 절레절레 내저었다. 그러다간 다시 나를 산 정상에 있는 헬기장으로 데려가시는 산 정상을 둘러보라고 했다.

"하이다! 하이아!"

마치 학이 날아가는 형상이 새벽녘 꿈에서 본 바로 그 모습이었다.

"지명이 학산입니다. 학의 모양을 한 산이라는 뜻이지요."

도인이 설명을 덧붙였다. 나는 새벽에 한 꿈을 꾸었으며, 원래는 다른 산으로 산행을 가려다가 갑자기 이 산으로 오게 되었다고 이야기했다.

"그게 정말입니까? 실은 저도 학 꿈을 꾸고 이리로 왔답니다. 꿈에 학이 제 목덜미를 콱 물더니 제가 공부하던 자리에 떨어뜨려 놓았지요. 옆에 보니 용이나 학이 아닌 날개가 달리고 발톱이 있는 형체가 그곳을 막 굴러다니지 뭡니까? 대체 이게 무슨 꿈일까, 혹시나 비서를 찾게 해 주려는 게 아닐까 하고는 새벽같이 목욕재계를 하고 서둘러 온 것입니다. 그런데 산 아래를 내려다보니 꿈에서의 큰 새가 억새밭을 이리저리 구불고 있는 게 보였습니다. 들뜬 마음으로 걸음을 재촉해서 가까이 가보니 웬걸 새는 간 곳 없고 웬 사람이 억새를 이리저리 묶고 있지 뭡니까?"

도인은 나를 보며 신기한 듯 말했다.

"아까 제가 동굴에서 기도를 드릴 때도 등 뒤에서 환한 빛이 비치기에 뒤돌아볼 때마다 선생이 서 있지 뭡니까? 사실은 제가 모시는 신이 아래 물은 일행들에게만 주고 위층의 물을 선생에게 드리라고 했지요. 정화수를 받아 제단에 올릴 때에도 '저분에게 먼저 물을 드려라. 저분은 화왕산신인 나보다 더 높으시다.' 라고 일러주셨지요. 하긴 선생이 동굴로 들어서자 동굴 안에 환한 불빛이 퍼지며 향기가 돌고 주변이 온통 황금빛으로 싸여있어 범상치 않은 분임을 알았지요."

도인은 여전히 흥분하여 나를 바라보았다.

그 순간 문득 아주 오래전 도경이 들려주신 이야기 한 토막이 떠올랐다. 도경의 청년 시절에 있었던 이야기였다.

어느 날 도경이 한 현자를 만났다. 그 현자는 뼈를 깎는 오랜 노력 끝에 세상의 모든 이치를 섭렵한 도인이었다.

"내가 스승에게 물려받은 비서(秘書)에 미래에 올 세상의 이치를 모두 담아두었네. 하지만 세상이 아직 그 책을 받아들일 준비가 되어 있지 않아 어느 산 깊은 동굴 속에 숨겨두었네. 그러니 그 책을 자네가 가서 한 번 찾아보게."

이 말을 듣고 도경이 대답했다.

"저는 앞을 보지 못해 작은 돌길 하나 다니기도 힘듭니다. 그런 제가 어떻게 깊은 산속 동굴에 숨겨둔 책을 찾을 수 있다는 말씀입니까? 그리고 만에 하나 그 책을 찾는다 한들 앞을 보지 못하는 제게 그러한 책이 무슨 소용이 있겠습니까? 왜 제게 그런 말씀을 하시는지 이해가 가지 않습니다."

그러자 현자가 다시 말을 이었다.

"세상 사람들은 비록 두 눈을 뜨고 있어도 마음의 눈을 감고 있어 진실을 보지 못한다네. 그러한 사람들은 그 책을 읽어도 자신의 잣대로만 판단하여 도리어 세상에 큰 혼란만 줄 뿐이지. 하지만 그대라면 욕심 없이 맑은 마음으로 그 책을 볼 수 있을 걸세."

그러면서 현자는 도경에게 자신이 평생에 걸쳐 완성한 소중한 비기(秘記)를 어디에 숨겨 두었는지 산과 동굴의 형상을 자세하게 일러 주었다.

'아, 그때 도경이 말씀하시던 그 비서(秘書)가 바로 그 책이란 말인

가? 그렇다면 도경은 그날 내가 그 책을 찾을 걸 미리 알고 계셨단 말인가?'

나는 갑작스런 그분 생각으로 저절로 온몸에 소름이 돋았다.

그야말로 아무 생각 없이 학 꿈을 꾸고 떠났던 산행에서 나는 또 한 번 기이한 경험과 빛의 힘을 깨닫게 되었다.

6,000년 뽑기의 비밀

어린 시절, 영문도 모른 채 도경에게 받은 빛바랜 가죽가방 하나, 나는 차마 그 가방을 버리지 못한 채 오래도록 간직하고 있었다. 그 안에는 어떻게 쓰이는지도 모르는 오죽으로 된 산목(算目; 괘를 뽑아보는 점술도구)과 케케묵은 고서 몇 권, 그리고 신비로운 분위기의 그림 한 폭이 들어 있었다.

그분이 왜 내게 이 가방을 남기려 하셨는지, 이것들이 모두 어디에 쓰이는 물건들인지 당시로서는 도통 알 방법이 없었다. 다만 가끔씩 생각이 날 때면 그 가방을 꺼내보고, 그분이 하신 말씀을 떠올려보는 일이 내가 할 수 있는 전부였다.

그렇게 세월이 흘러 어른이 되고, 평범한 사회인, 한 가족의 가장이 되었다. 그런데 언제부터였을까, 주위에서 자꾸 신기한 일들이 생겨나기 시작했다. 내 덕택에 건강이 좋아졌다고도 하고, 일이 잘 풀린다고도 하고, 어려운 일이 해결되었다고도 했다. 그들의 이야기에 내가 놀란 지경이었다.

처음에는 그저 그 모든 일을 우연으로 여겼지만 시간이 흘러 어느 시점부터인가는 수많은 우연의 조각들이 모이고 모여 거대한 필연의 그림을 그려나간다는 생각이 들기 시작했다. 딱 언제부터라고 꼬집어 말할 수는 없지만, 나의 깊은 내면이 어떤 알 수 없는 큰 힘과 맞닿아 있다는 느낌도 들었다.

그러던 중 1986년 초겨울 경남의 한 산에서 우주 근원의 큰 빛을 만나게 된 후 비로소 나는 이해하게 되었다. 그동안 내가 품고 있었던 의문과 원인을 알 수 없었던 많은 신비로운 일들의 바탕에 바로 '빛'이 있었음을. 그 힘은 우주근원에서 오는 생명과 창조의 힘이었고, 건강과 행복, 풍요로움을 가져다주는 절대자이신 창조주의 무한한 선물이었다.

그러자 어느 날 문득 도경이 남겨주신 고서에는 어떤 내용이 담겨져 있을까 궁금한 생각이 들었다. 도경이 남긴 책 안에는 숫자들이 서로 조합을 이루며 의미를 담은 한자들이 빼곡하게 담겨 있었다.

이후 나는 시간이 흐르면서 그 숫자들이 주역(周易)의 근간을 이루는 64 괘상(卦象)을 나타내고 있음을 알게 되었다. 즉 예측하기 위해 뽑아본 괘에 대한 풀이가 담긴 책이었던 것이다. 그런데 자세히 살펴보니 그 64 괘상에 대한 해석이 일반적으로 세상에 알려진 내용과는 차이가 있었다. 즉 도경에 의해 새롭게 재해석되고 수정·변형된, 새 시대를 위한 새로운 역(易)이었다.

도경은 이미 50~60년 전 당시 그 어느 미래학자보다도 정확하게 미래의 구체적인 상황까지도 예견하고 있었다.

나는 도경이 남기신 그 책을 바탕으로 어린 시절 들었던 이야기들을 종합하여 오랜 고심 끝에 '한역(韓易)'이라는 이름을 붙였다. '한역'이라는 명칭은 중국의 것이 아닌 우리 배달민족으로서, 이름 그대로 우리 '한민족의 역'이라는 의미로 역의 뿌리를 한국으로 재정립하고자 하는 의도가 담겨있다.

복희씨가 역을 지을 때 천지자연의 이치를 밝혀 하늘을 홀수 (─), 땅을 짝수(──)로 정하고 음양의 변화를 통하여 산과 못, 우레와 바람, 물과 불의 관계를 관찰하여 그 변화가 강하고 부드러운 것을 보고 팔괘(八卦)의 획을 만들었다. 또한 만물의 오묘한 법칙을 알아내 그것을 효(爻)로 표현하였고, ─ 을 양효(陽爻)라 하고 ── 를 음효(陰爻)라 칭하게 되었다.

이 팔괘의 획은 서로 거듭되고 교착되어 모든 변화를 가져오면서 인간의 길흉화복(吉凶禍福)에도 영향을 끼친다는 걸 알게 되었다. 즉 역을 이루고 있는 하늘과 땅, 못과 산, 불과 물, 우레와 바람, 이 여덟 개의 팔괘로 서로 조화를 이루고 변화를 만들어내면서 64개의 괘상을 나타내, 동방문명의 시초가 된 기본 원칙을 이끌어낸 것이다.

바로 이 괘를 창시한 분이 하늘의 뜻과 태양의 정기를 받아 탄생한, 지금으로부터 6,000여 년 전, 삼황(三皇) 중의 으뜸이며 성덕(聖德)을 지녔고 해와 달처럼 광명(光明)하므로 태호(太昊)라 일컫게 되었다.

대동이(大東夷)의 선구자이신 배달민족 태호복희는 그 당시 인간에게 화식(火食)하는 법을 가르치고 동서남북 사방위를 정하고 혼인법을 통하여 가장(가족)의 촌수 또는 족보를 만들게 하였다. 또한 하늘을 공경하고 부모와 선조를 모시는 제사법을 만들어 인륜을 일깨워 주는 등 인간을 본능의 삶에서 사람답게 살 수 있도록 지혜를 전수해 준 위대한 고대 동방제국의 실력자요, 지도자이며 과학자이자 사상가이며 점가(占家)이며 천문가이며 대예언자였던 것이다. 동이족인 태호복희씨(太昊伏羲氏)가 바로 우리 한국인의 선조인 것이다.

나는 여기까지 도경께서 들려주신 이야기에 여러 역사 자료를 바탕으로 우리의 한역을 만들었다. 그리곤 우주마음의 느낌을 받아 한역에 관한 책을 펴내고 싶었다.

하지만 도경이 남기신 책을 세상에 내놓기 전 일단 내가 해야 할 일이 몇 가지 있었다. 우선은 도경의 책을 현실에 적용해 실제로 어느 정도 정확한 예측이 가능한지 실험해 볼 필요가 있었다. 만약 부족한 부분이 있다면 빛을 접목해 보완하기로 했다.

그리하여 가장 우선적으로 나 자신의 경우는 물론 빛을 나누는 과정에서 만나게 된 사람들의 여러 상황에 대해 도경이 남겨주신 책에서 답을 구해보았다. 그리고 그 결과를 단순히 눈앞의 하루 이틀이 아닌 10년, 20년 장기적인 세월에 걸쳐 지켜보며 도경의 괘가 일러준 방향과 얼마나 일치하는지 지켜보았다.

이러한 과정을 30여 년간 수없이 반복하며 나름대로 실험을 완성한 끝에 비로소 『행복예보 생활한역』을 편찬함과 동시에 누구나 간편하게 이용할 수 있도록 미래예지도구인 한역팔목을 만들 수 있었다.

한역팔목은 삼목(三目)과 팔목(八目), 두 종류로 나뉜다. '삼목'은 1점에서 3점까지 세 개의 목 중 하나를 뽑아 답을 보는 것으로, 언제 어디서나

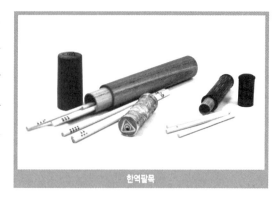

한역팔목

간편하게 의사결정을 할 수 있도록 쉽게 방향을 선택하는 것이다. 또한 '팔목'은 총 8개의 목을 잡고 그중 2개를 뽑아 그 목을 보고 미래를 예지하여 중요한 의사결정을 한다.

여기에서는 누구에게나 간편한 삼목에 대하여 이야기해보려 한다. 일반적으로 세 개의 목은 각각 다른 의미를 띤다. 첫째는 된다(긍정적이다, 하라, 행운이 온다), 둘째는 안 된다(어렵다, 하지 말라, 불행이 온다). 셋째는 보류하라(재고하라, 길흉 반)라는 암시를 준다. 쉽게 말하자면 삼목은 우리가 살아가면서 맞이하게 되는 숱한 결정의 순간에 예지력을 보여준다.

'오늘 A라는 사람을 만나야 할까, 말까?'

'주식을 살까, 말까?'

'아파트를 팔아야 하나, 말아야 하나?'

'그 남자(여자)와 결혼을 해야 할까, 말아야 할까?'

'어떤 색 옷을 입을까?'

‘고기를 먹을까, 생선을 먹을까?’

‘사업을 시작해야 하나 말아야 하나?’ 등등.

삼목은 이처럼 숱한 결정의 순간에 우리에게 상세한 해답보다는 대략적인 방향을 구할 때 도움을 준다. 하지만 삼목을 뽑아 본 뒤 더 자세한 내용이 궁금하다면 이때 팔목을 본다. 팔목은 8개의 목을 두 번 뽑아 그 내용에 해당하는 64가지 결과를 도표에서 찾아 참고로 하면 된다. 삼목을 뽑았을 때 1번, 즉 긍정의 결과를 얻어놓고도 경우에 따라서 그 결과가 어떠한 식으로 진행될지는 달라질 수 있다. 따라서 팔목은 보다 자세한 부분의 결과를 알 수 있으며, 그에 따른 자신의 마음가짐과 대비 방법도 달라질 것이다. 이때 주의할 것은 자신이 원하는 결과가 나오지 않았다고 해서 목을 중복해서 뽑거나 한역의 목(目) 자체를 무시 또는 폄하하는 마음을 갖지 않아야 한다는 점이다.

한역팔목은 그 주인이 원래의 순수한 마음으로 돌아가 삼목을 가장 신뢰하고 긍정할 때 그에 상응하는 정직한 답을 보내도록 정보가 심어져 있다. 따라서 단순히 눈앞에 나타난 것만으로 전체를 판단하고 심지어 부정한다면 한역팔목의 효과를 기대하기 어렵다.

한역팔목의 답이 원하는 대로 좋게 나왔다고 해서 교만할 것도 없고, 좋지 않게 나왔다고 해서 절망할 것도 없다. 한역팔목을 통해 우리가 얻고자 하는 것은 앞날의 어떤 정해진 길이나 무조건적인 것이 아니다. 우리는 이 과정을 통해서 삶에 대한 보다 겸허한 자세와 어려움을 넘어서는 희망과 지식을 앞서는 지혜, 진정한 내면의 빛 마음이 지닌 통찰력을 배울 수 있다.

또한, 우리는 이 과정을 통해 인간은 거대한 우주의 흐름 속 작은 일부분이기 때문에 그 흐름에 순응하며 살아가야 하는 존재임을 되새기게 된다. 행운과 성공, 기쁨의 결과가 주어졌을 때는 그 결과가 오로지 나로 인한 것만이 아님을 알기에 더욱 깊이 감사하고 주위 사람들에게 베풀어야 할 것이다. 풍요로운 추수가 있는 가을에 곡식을 저장해 겨울을 대비하듯, 현재의 행운을 바탕으로 또 다른 날에 다가올지 모르는 어려움과 불행의 시기를 대비해야 하기 때문이다.

힘들고 부정적인 결과, 불행의 결과가 예상된다면 그저 절망에 빠져 모든 것을 포기할 게 아니라 조금 참고 기다리면서 겸허한 마음으로 새로운 도약의 시기가 다가올 걸 준비하면 된다. 겨울이 다가오고 있는데 제아무리 우수한 농작법인들 통할 리가 만무하다. 그럴 때는 숨을 죽이며 끈기를 갖고 새로 다가올 봄을 기다리면 된다. 더불어 고통과 어려움이 있는 시기에는 우주 근원의 빛과 함께 이를 좀 더 수월하고 부드럽게 넘어갈 수 있다.

나 역시 나를 찾아오는 수많은 사람들의 문제점을 해결하기 위해 맨먼저 하는 일은 한역팔목에 답을 구하는 일이었다. 그 사람의 현재 상태를 가감 없이 보여주는 게 바로 한역팔목이기 때문이다. 하지만 설령 한역팔목에서 괘가 나쁜 쪽으로 나왔다 하더라도 우주마음에 끝없이 청하며 그들에게 빛을 주다 보면 좋은 결과를 얻는 경우가 많았다. 말하자면 명의(名醫)가 무엇보다 환자의 병을 정확하게 진단한 다음에 수

술이든 약을 처방하는 것과 마찬가지 이치이다.

그중에서 1998년, 미국 하버드 대학을 비롯해 세계 유수의 명문 대학에서 4개의 박사학위를 취득한 박정우 교수가 나를 찾아왔을 때가 떠오른다.

박정우 교수는 귀국하자마자 지금껏 자신이 이룬 학문을 고국의 후학 양성을 위해 쓰고싶다는 꿈으로 잔뜩 들떠있었다. 하지만 국내의 한 대학에서 강의를 시작한 지 불과 몇 개월이 지나지 않아 박 교수의 꿈은 난관에 부딪혔다. 평소 대수롭지 않게 여겼던 복통의 원인이 다름 아닌 위암 때문임을 알게 된 것이다. 불과 40대의 한창나이에 이제 막 자신의 꿈을 펼쳐보려는 순간, 박 교수는 3개월 시한부 선고를 받고 나를 찾아왔다.

"최소한 6개월에서 10개월 정도의 시간이 필요합니다. 제발 제게 시간을 주십시오. 제가 지금까지 공부하고 연구해온 것을 학생들에게 전해주고 떠날 수 있도록 제게 마지막 시간을 좀 주십시오."

박 교수가 절절하게 내게 매달렸다. 나 역시 가슴이 아팠다. 하지만 살고 죽는 일이 어디 사람 마음대로 되는 일인가. 우선은 박 교수의 극심한 고통을 덜어주기 위해 빛을 주고 매일 빛명상을 하게 했다.

그가 돌아간 후 나는 깊은 고요 속에 잠겼다. 박 교수의 앞날을 생각하며 한역팔목에 답을 구해보았다. 안타깝게도 결과는 6.4목. 이 목은 육체와 마음이 모두 긴 휴식을 취해야 하는 시기에 접어들었음을 의미한다. 온 사방에 흰 눈이 날리고 매서운 북풍이 몰아치고 있는데 과연 어떤 나무가 싹을 틔울 수 있겠는가. 이럴 때는 그저 죽은 듯 고요히 자세를 낮추고 겨울잠을 자야 한다. 한역팔목은 박 교수가 모든 욕심을 버리고 고요히 내면을 관조해야 할 시기임을 말해주고 있었다.

나는 그의 처지가 참 안타까웠다.

'오랜 시간 외국 생활을 하며 힘겹게 쌓아 올린 공든 탑이 병마로 무너져 내리게 되다니. 이런 세계적인 석학을 잃는 것은 국가적으로도 큰 손실이다.'

나는 무엇보다도 자신이 평생에 걸쳐 이룩한 배움을 개인의 명예나 이익을 위해서가 아니라 후학과 나라를 위해 쓰고 떠나고 싶다는 그분의 뜻이 마음에 와 닿았다. 빛명상에 들어 이런 내 마음을 우주마음에 전했다. 그러자 약 1년 정도는 고통 없이 박 교수가 원하는 걸 어느 정도 마무리할 수 있겠다는 우주마음의 느낌이 또렷이 다가왔다. 이후 박 교수는 매일 아침 빛명상으로 하루를 시작했다. 그리고 나 역시 틈틈이 그분께 빛을 보내드리고 가능한 편안한 상태에서 원하는 일을 할 수 있도록 해드렸다.

얼마 되지 않아 박 교수는 말기암의 극심한 고통에서 벗어났다. 마치 생명이 되살아나기라도 하는 듯 박 교수의 얼굴에 생기가 오르고 혈색도 좋아졌다. 하지만 그 모든 것이 하나의 과정에 불과했다. 그의 몸속에 있는 암세포들이 잠시 싸움을 중단하고 조용히 잠에 빠졌을 뿐 사라진 건 아니었기 때문이다. 결국, 우주마음과 약속된 시간이 다가왔을 때 이제 교단에서 내려와 휴식의 시간을 갖길 권하였다. 그는 남은 기간 최선을 다해 교단에 머물고자 했다. 그리고 약속된 날이 되어갈 즈음, 그의 병세는 다시 원래의 상태로 되돌아갔고, 박 교수는 학생들에게 강의를 하던 중 교단에서 쓰러지고 말았다.

내가 찾아갔을 때 박 교수는 이미 싸늘한 주검으로 변해 있었다. 나를 본 박 교수의 부인이 눈물을 흘리며 다가와 남편의 마지막 유언을 전했다.

"빛과 함께 자신의 마지막 길을 준비할 수 있음에 감사드리며 자신의 시신에라도 빛을 받을 수 있게 부탁드린다고 하셨어요."

나는 고인의 뜻에 따라 박 교수의 시신이 안치되어 있는 곳으로 따라가 그의 마음에 빛을 가득 주었다. 살아서 이루지 못한 부분에 대해 그의 마음속에 응어리가 남아 있다면 그 또한 모두 풀고 밝고 가벼운 어린이의 마음으로 빛의 세상으로 떠나가라고 했다. 그 순간 그의 영정 사진 앞에 밝혀놓은 촛불이 갑자기 크고 환하게 타올랐다. 이런 내 마음에 '알겠습니다, 고맙습니다' 하고 화답이라도 하는 듯이.

이처럼 6.4목은 큰 용이 좁은 웅덩이에 갇혀있는 형상과 같아서 마음먹은 것과 현실이 달라 답답하며, 어둡고 힘든 상황이 닥쳐 있음을 뜻한다. 그러나 6.4목은 절망과 어려움만 담고 있는 건 아니다. 봄이 거져 오지 않듯 희망과 행복은 이러한 어려움을 발판 삼아 더욱 따뜻하고 찬란하게 다가오기 때문이다. 그러니 비록 어렵더라도 그 고통의 시기를 잘 넘길 수 있다면 새로운 희망이 싹을 틔워 크게 열려갈 수 있는 목이다.

또한 건설 회사를 운영하는 한 재벌 회장이 한역팔목의 4.8목을 얻었다. 이 목은 미리 마음속에 품고 있는 계획과 목적에 따라 적절히 움직인다면 봉황이 새끼를 낳고 귀인을 만나 명성이 올라가며 재운이 올라가 즐겁고 유유자적한 목이다. 단 주위에 좋은 일을 하고 베풀고 나눠 복을 지어야 한다. 그래야 귀인이 돕고 좋은 운이 유지된다.

하지만 이 좋은 운도 지금 나의 행동이 어떠냐에 따라 바뀔 수 있다. 좋은 운을 유지하기 위해서 무엇보다도 겸손한 마음, 주위를 둘러보며 나보다 못한 사람에게 복을 지을 수 있는 마음을 가져야 한다. 지나친 자신감으로 경거망동하거나 주색을 가까이하면 도리어 화로 변해 패가망신하는 운으로 바뀔 수도 있기 때문이다.

당시 이 재벌 회장은 안양에 있는 한 대학의 입찰을 눈앞에 두고 있었다. 회장은 건설업을 통해 성공을 이루었지만 사회 발전에 큰 도움이 되고 싶다는 꿈을 갖고 있었다고 했다. 대학 설립은 회장의 꿈에 한 발 더 다가서는 일이었다.

나는 그분에게 '4.8목'이 어떤 의미인지 설명해 주었다. 무척 좋은 운이 함께 하고 있으나 그 운을 유지하여 좋은 결과를 얻고자 한다면 결코 방심해서는 안 된다는 충고도 덧붙였다. 주위의 어려운 분들을 조건 없이 돕고 순수한 복을 지으면 더 좋은 결과가 주어질 것이라고 말했다. 회장은 반드시 그렇게 하겠노라며 고개를 힘차게 끄덕였다. 그의 마음이 변하지 않고 행복한 결과가 함께 하기를 나 역시 진심으로 바라며 빛을 보내 드렸다.

이후 회장의 선행에 대한 이야기를 듣게 되었다. 그가 한 종교단체가 운영하는 강원도의 사회복지시설 운영에 상당한 액수를 기부했다는 것이다.

입찰일을 하루 앞두고 회장이 다시 나를 찾아왔다. 하지만 그는 내 앞에서 자신의 선행에 대해 입을 열지 않았다. 지금껏 만난 대부분의 사람들은 자신의 선행에 대해 크게 생색을 내거나 겉으로 드러내기를 좋아했는데, 그런 모습과는 큰 차이가 있었다.

회장은 내일 있을 대학 입찰 건을 생각하며 삼목을 뽑았다. 이미 팔목을 통해 좋은 결과가 예상된 바 있지만 삼목을 통해 더 단순한 답을 구했다. 결과는 1목. 긍정의 답이었다. 회장이 겉으로 드러나지 않게 조용히 복을 지어왔기에 자연스럽게 예상되는 결과이기도 했다. 다음 날 안양의 한 대학 입찰에 참여한 회장은 큰 어려움 없이 원하는 결과를 얻을 수 있었다. 하지만 한역팔목은 단순히 문제 해결을 위한 도구가 아니다. 한역팔목에 잠재된 빛을 통해 우리 내면의 예지력을 일깨우는 과정에서 잃어버린 본래의 순수한 나, 그 참 나(빛마음)를 깨달아 한역팔목을 통한 최선의 선택과 판단으로 건강하고 행복한 삶을 만들어 가는 데 목적이 있다. 한역팔목은 빛과 함께하지 않으면 점술도구에 불과하지만, 빛과 함께하면 우주의 섭리가 주는 최고의 미래예지도구가 된다.

6,000여 년 전 태호복희씨 때부터 유래되어 온 한역팔목, 그건 도경이 내게 남겨준 귀한 보물이자 수많은 사람들의 앞날을 밝혀줄 나침반과도 같은 귀한 도구이다.

팔공산 빛터와 정화수

    도경은 내게 온 세상 사람들의 마음을 정화할 큰 집을 준비하라는 말씀을 남겼다. 빛 만남 이후 나는 그 집을 지을 터를 잡기 위해 틈만 나면 전국의 이름난 산과 장소를 다녔다. 그러던 1998년 즈음의 어느 맑은 날이었다. 팔공산 산행을 하고 있는데 산 아랫녘 한 곳에서 두 개의 쌍무지개가 찬란하게 떠오르는 게 보였다.

    '비도 내리지 않았는데 웬 무지개가 떴지?'

    나는 순간 이상한 떨림과 예감으로 그 자리에 앉아 빛명상에 들어가 우주마음에 여쭈어보았다.

    '바로 저 터입니까?'

    그러자 어디선가 빛 향기가 날아왔다. 빛은 언어가 아니기 때문에 이렇게 실질적인 초자연적인 현상으로 보여주고 알려주는 것이다.

    나는 서둘러 빛 향기를 따라 산 아래로 내려갔다. 쌍무지개가 떠오른 곳은 앞에는 1차선 도로가 지나고 있고, 그 주변은 온통 복숭아밭, 사과밭이 있는 오래된 과수원이었다.

'정말 이 터입니까?'

다시 한번 우주마음에 여쭙자 산에서 맑은 빛 향기가 다시금 코끝에 전해지며 회오리바람이 일었다.

'그래, 바로 여기다!'

비록 땅을 살 능력은 없었지만 나는 설레는 마음으로 사과밭 주인을 찾았다.

"영감님, 이 땅 파실 생각 있습니까?"

"택도 없심더. 여긴 내 피와 땀이 묻은 정든 터전이라예."

주인은 손을 내저었다.

'오히려 잘됐네. 가진 돈도 없으면서 무턱대고 땅을 팔라고 했으니.'

나는 실소를 지으며 과수원을 떠났다.

그 후 바쁘게 사느라 그 일을 까마득하게 잊고 있었다.

그렇게 3년이 지난 2002년이었다. 대구 시내의 작은 사무실에서 마악 빛명상본부 사무실을 열고 출퇴근하던 때였다. 다른 때와 다름없이 사무실에 들어가 제일 먼저 빛명상을 하는데 갑자기 '빛명상본부'를 옮기라는 우주마음의 뜻이 전해졌다.

그동안 근처의 땅값을 알아보면서 터를 매입할 수 있는 여력을 만들고 있던 참이었다. 그때 문득 3년 전에 찾아갔던 과수원이 떠올랐다. 나는 무턱대고 다시 과수원을 찾아가 주인을 만나 물었다.

"주인 양반, 내게 이 땅을 파실 생각이 없소?"

주인은 긴 한숨을 내쉬며 말했다.

"때마침 잘 오셨구려. 안 그래도 이 땅을 팔려고 합니더. 그래 정 선생이 주고 간 명함이 적힌 연락처로 몇 번이고 전화를 했는데 연락이 안 되어 어쩌나 하던 중입니다."

"그래요? 갑자기 땅을 팔려는 이유가 있습니까?"

나는 내심 놀라워하며 물었다.

"여기 있는 과수들이 모두 40년 이상 되어 열매도 잘 열리지 않는 데다 그 사이 아내가 세상을 떠나 혼자 과수원을 돌보려니 재미도 없고 힘도 부쳐 팔려고 하오. 하지만 그보다 더 큰 이유는 얼마 전 과수원이 있던 동네에서 형제간에 재산 싸움이 벌어져 살인을 저지르는 참담한 일이 벌어졌지 뭐요. 그걸 보고 내가 살아있을 때 과수원을 팔아 자식들에게 고루 나눠주고 내 노후를 편히 하려는 게요. 그렇게 과수원을 팔려고 하자 자꾸만 정 선생 생각이 나서 연락을 하던 참이라오. 이렇게 나를 찾아온 걸 보니 이 땅 주인은 정 선생인가 보오. 정 선생이 사가소!"

주인은 마침 내가 와서 다행이라며 속마음을 내비쳤다.

'모든 일이 이처럼 술술 풀리다니!'

나는 속으로 감탄하며 서둘러 주인과 땅 계약을 하고 돌아왔다. 하지만 땅을 덜컥 계약하긴 했지만 마련해놓은 중도금이 없었다.

'허, 이걸 어쩌나.'

그 무렵 나는 미국으로 출국해야 하는데 걱정이 이만저만 아니었다.

그러던 어느 날 사무실로 출근하는데 봉도사 법사가 새벽같이 올라와 나를 기다리고 있었다.

그 법사는 언젠가부터 법당에서 기도를 드릴 때면 이상하게 자꾸만 대구에 오고 싶다는 느낌이 들었다고 했다. 그러던 중 우연히 빛을 알게 되고 대구 빛명상본부를 찾을 때면 통도사 법당에서 참선할 때 받았던 그 느낌을 똑같이 받자, 그 후 누구보다 열심히 빛명상 모임에 나오던 분이었다.

"아니 이렇게 일찍 어쩐 일이오?"

나는 놀라움과 반가움으로 물었다. 그러자 법사는 갑자기 바랑에서 통장 하나를 꺼내어 내 앞으로 불쑥 내밀었다.

"이거 필요하시죠?"

"이게 뭡니까?"

나는 영문을 모른 채 통장을 열어보았다. 그 안에는 놀랍게도 중도금을 치르는데 필요한 금액이 고스란히 들어있었다.

"대체 이만한 금액이 필요하다는 걸 어찌 알았소?"

"며칠 전 부처님께 예불을 드리던 중 정말 부처가 나타나서 제 이름을 부르시며 '네가 모아놓은 비자금을 대구의 빛 선생에게 갖다 주어라' 라고 하시지 뭡니까? 제가 머뭇거리며 미루자 다음 날 또 다시 나타나 제게 얼른 빛 선생에게 갖다 드리라며 채근을 하셨습니다."

"그래도 어찌 액수를 이리 딱 맞춰서 가져왔나요?"

"제가 부처님께 얼마를 갖다 드려야 합니까 하고 여쭙자 부처님께서 액수까지 말하셨습니다. 제 통장에 있는 돈보다 많은 액수라 고개를 갸우뚱하며 은행에 가봤더니 그사이 이자가 붙어서 정확히 부처님이 말씀한 그 돈만큼이 들어있지 뭡니까? 그래서 꼭두새벽부터 이렇게 달려왔습니다."

"참으로 고맙습니다, 고마워!"

나는 법사의 손을 꼭 움켜쥐며 감사 인사를 전했다.

법사가 떠난 후 나는 문득 한 가지 궁금한 생각이 들었다.

'통도사 법사가 내게 도움을 준 이유가 무엇일까? 나와 부처님과는 특별한 인연이 없는데…….'

법사가 큰돈을 선뜻 내놓은 데는 분명 보이지 않는 어떤 힘이 작용했을 거라는 짐작이 들었다. 나는 누가 도움을 주었는지 알고 싶어 깊이 빛명상에 들어갔다. 그러자 통도사 입구를 지키고 있던 500여 년 된 나무 한 그루가 떠올랐다.

내가 울산의 한 호텔에 근무하던 1992~3년 즈음이었다. 직원들과 함께 영취산 산행 중에 양산 통도사에 들러 연못 구경을 하고 있을 때였다. 갑자기 스님 한 분이 나타나 퉁명스레 말했다.

"물고기 밥 줘야 하니 저리 가이소!"

그러자 옆에 있던 총무가 언짢은 듯 물었다.

"물고기 밥 주는데 우리가 비켜야 할 이유가 뭡니까?"

"낯선 사람들이 있으면 물고기들이 안 와요. 그러니 비켜주시오."

"허, 우리가 고기 잡으러 온 것도 아니고, 어디 줘 보세요. 제가 물고기 밥을 줘 볼 테니요. 아마 잘 받아먹을 겁니다."

내가 나서서 말했다.

"그럼, 해 보이소!"

스님은 한 번 해보라는 듯 가만히 지켜보았다. 나는 스님이 건네준 모이를 힘차게 던지고는 빛을 펼쳤다. 그 순간 잠잠하던 연못 곳곳에서 물결이 심하게 일렁이더니 놀라운 일이 벌어졌다. 잉어, 붕어는 물론 자라, 가재, 미꾸라지 등 좀처럼 보기 힘든 놈들까지 수면 위로 나오기 시작했다. 사실 이들에겐 모이가 목적이기보다는 내가 펼친 빛의 힘 때문이었다. 생명 원천의 힘 빛은 동식물도 감응하며 알아본다.

"세상에, 어떻게 이런 일이! 혹시 공부하는 분입니까? 선생님은 좀 특별한 분 같습니다만……."

스님이 깜짝 놀라 어쩔 줄 몰랐다.

"아닙니다. 저는 그저 평범한 직장인일 뿐입니다."

"평범하다니요, 제 눈에는 보통 비범한 분이 아니십니다. 그렇다면 혹시 나무도 살릴 수 있습니까?"

"어디 한 번 봅시다."

나는 스님을 따라 통도사 입구에 우뚝 선 나무 곁으로 다가갔다.

"이 나무는 오백 년이 넘게 통도사를 지키고 있습니다. 그런데 언제부터인가 나뭇잎이 시들시들해지고 가지도 비실비실 말라가고 있어 마음이 아픕니다. 좀 살려주실 수 있겠습니까?"

스님은 간절하게 청했다. 한눈에 보기에도 나무는 벼락을 맞았는지 중간이 움푹 패여 수명이 다해 가고 있는 상황이었다.

"나무야, 죽지 말고 살아라!"

나는 안타까운 마음에 나무에 손을 대고 빛을 전해주었다. 그러자 나무는 마치 내 말을 알아듣기라도 하듯 잎새를 팔랑팔랑 흔들었다. 바람 한 점 없는데 나뭇잎이 흔들리자 나도 스님도 깜짝 놀랐다. 빛을 받고 반갑고 행복해하는 나무의 마음이 내게 느껴졌다.

"너희들에게도 빛의 힘이 전해졌느냐?"

내가 묻자 나무는 마치 고개를 끄덕이듯 아까보다 더 잎새를 팔랑팔랑 흔들었다. 빛은 사람뿐 아니라 동식물에게도 그 영향을 줄 수 있다는 걸 깨닫자 내가 더 기뻤다.

"오늘 너희들에게 좋은 걸 배우고 간다. 저기 움푹 팬 곳에는 시멘트를 발라줄까?"

내가 다시 묻자 나뭇잎은 다시 또 팔랑팔랑 움직였다.

나는 그 날 나무에게도 우주의 빛과 교류하는 초광력을 주었다. 통도사 큰 나무는 빛을 받고 간신히 되살아났고 시멘트로 속을 채워 생명을 이어갈 수 있게 되었다. 연구에 의하면 100년 이상의 수령이 된 나무는 말은 못하지만 기억을 하고 표현도 한다고 한다. 오래된 고목을 함부로 베면 안 되는 건 그 안에 목신(木神, 혼령)이 있다는 신앙 때문일 것이다. 그러니 나무를 베어야 할 상황이 생겼을 때는 반드시 나무에게 그 이유를 말해주고 위로해주어야 한다. 이유 없이 나무를 베어버리면 화를 입게 되는 경우가 종종 있다.

'아, 바로 그 통도사 나무가 나에게 은혜를 갚은 거로구나.'

나는 고마운 마음에 다시 그 나무를 찾아갔다.

"네가 그 법사님 생각에 나타나 나를 도와주라 했느냐?"

건강한 모습으로 서 있던 나무는 그렇다는 듯 잎새를 마구 흔들었다. 나는 나무를 두 팔로 안아주었다.

"네 덕분에 중도금을 잘 치뤘다. 고맙다."

나는 처음으로 오래된 나무에 생각이 있다는 걸 알게 되었다.

무사히 중도금을 치른 후 나는 계획대로 미국에 갔다가 돌아왔다. 그날 이후 미국에서 박종원 씨를 비롯하여 몇몇 분이 빛터를 구입할 수 있는 자금과 건축 등에 필요한 자금 일부를 감사 헌심금으로 내어놓았다. 또한 은행대출을 받아 잔금 등을 해결할 수가 있었다. 2001년 그랜드호텔에서 빛명상본부 설립 기념행사 때 만난 한 대구은행 지점장이 땅을 담보로 융자를 도와주어 잔금뿐 아니라 건물을 짓는 데 필요한 자금을 해결할 수 있었다.

그 후 3년이 지나자 땅 일부가 도로로 편입되면서 나온 보상금액이 은행에서 빌린 금액과 딱 일치하여 빚을 갚을 수 있었다.

결국 빛터는 은행에서 담보로 받은 대출금과 통도사 법사가 준 통장, 빛을 받고 건강을 회복한 미국 박종원 회원과 왕 회장 등이 보내준 자금, 지난 직장생활에서 알뜰히 모아두었던 비상금 등으로 마련할 수 있었고 오늘의 빛명상본부가 설립 23주년을 맞이하는 바탕이 되었다.

빛의 터는 이처럼 나의 의도된 뜻과 계획보다 앞서 알 수 없는 근원의 힘이 미리미리 그 작업을 해주고 있었다. 빛의 터를 준비하기도 전에 양산 통도사에 가서 나무와의 인연을 맺어주시고, 직선 쌍무지개를 통해 빛의 터를 미리 알려주시고, 그 터를 살 수 있는 3년이라는 시간을 갖게 해주셨고, 한 은행지점장이 빛명상본부 행사에 참석하는 인연을 주셨고, 과수원 주인의 마음을 바꾸게 해주셨다. 이런 일들은 사람의 계획이 아니라 우리가 알 수 없는 근원의 힘에 따른 결과들이라고밖에 볼 수 없다.

빛의 터는 우주 삼라만상을 스스로 운행하시는 그분의 계획에 따라 이뤄진 생명의 땅이자 예고된 땅이며 도경이 예언한 바로 그 약속의 땅이었다.

나는 터를 구입하고 나서 본격적으로 터를 가꾸는 일에 들어갔다. 오래된 사과나무를 베고 그 자리에 흙을 새로 넣고 땅을 골고루 다지는 일이었다. 일꾼들과 함께 삽과 호미, 곡괭이를 들어 터를 고르는 동안 나는 다시 한번 이 땅이 보물이라는 걸 느꼈다. 땅속에는 생각지도 못했던 기이한 돌과 바위가 숨어있었다. 아주 오랜 세월 마치 내가 세상 밖으로 꺼내주기를 기다렸다는 듯 진기한 모습을 띤 채였다.

빛의 터에 빛명상 본부를 세우고, 우주마음에게 드리는 감사 제단으로 쓰이고 있는 두 개의 큰 돌도 빛터에서 나왔다.

이 돌은 바로 선사시대 원시부족민들이 하늘에 감사제를 지낼 때 정화수를 떠서 올리던 매개체였다. 그것이 오랜 세월 땅속에 묻혀 있다가 모습을 드러냈으니 모든 일이 너무나 앞서 준비되어 있었다.

'이 터에 물이 있었으면 좋으련만!'

어느 날 나는 빛의 터를 둘러보다가 속으로 생각했다. 마당에 작은 샘이 하나 있었지만 그것으로는 부족했다.

'우주마음께서 이 땅을 주실 때는 이 터에 걸맞은 물도 함께 주셨을 텐데.'

그러던 어느 날 깊은 빛명상 중 하늘에서 돌 하나가 날아와 떨어진 지점에서 물이 솟는 광경을 보았다. 빛명상에서 깨어나자마자 아무 의심도 없이 돌이 떨어진 자리로 달려갔다. 그곳은 소나무 세 그루가 있던 자리였다. 그 순간 빛명상 중 보았던 그 장면과 똑같이 하늘에서 작은 돌이 피융 하는 소리와 함께 날아와 그 앞에 팍 찍혀 들어갔다. 놀라고 떨리는 마음으로 삽을 들어 땅을 파보니 그 안에서 작은 운석이 톡 튀어나왔다.

'이 자리에 물이 있습니까?'

나는 다시 우주마음에 물었다. 그 순간 물이 솟는 장면이 보였다.

나는 당장 공사업자를 불러 땅을 파도록 하였다.

"허어, 이 땅에는 물이 없심더!"

공사업자는 고개를 저었다. 며칠 전 물 문제로 수맥 전문가를 불러 수맥 조사를 했는데 이 터에는 물이 없다는 조사결과가 나왔기 때문에 꺼려하는 눈치였다.

"여보시오, 물이 안 나와도 내 책임이니 어서 땅을 파보시오!"

내가 다그치자 공사업자는 하는 수 없다는 듯 굴착기로 땅을 파 내려갔다. 공사업자는 연신 고개를 갸웃거렸지만 나는 조금도 불안하거나 초조하지 않았다. 우주마음은 가장 순수하시니 인간의 이상과 계산으로 따라서는 안 된다. 나는 그저 그분의 뜻대로 움직이면 된다. 내가 할 일은 그것뿐이다.

얼마 후 100m쯤 땅을 파고 내려갔을까? 갑자기 물기둥이 치솟았다. 알고보니 100m는 황토층이었고 50m는 옥층, 그 옥층 밑에서 화강암층이 나온 것이다.

"아이고, 화강암층입니더! 화강암층에서 나오는 물은 물 중에서도 최상으로 치지예! 그런데 이게 우찌된 일입니꺼?"

나보다 공사업자가 더 흥분하여 소리쳤다. 그리곤 서둘러 그 밑을 더 파서 200~250m 사이에서 물을 뽑아 올리니 정말 최상의 정화수가 나왔다. 정화수가 나오는 순간 하늘에서는 놀랍게도 무지개가 찬란하게 떴다. 이 기적 같은 일은 2003년 1월 22일 일어났다.

"물이 없는 곳에서 물이 나오다니!"

주변에 몰려든 사람들도 모두 감탄을 하였다.

나는 다시 한번 무에서 유를 만드는 생명 원천의 힘, 빛의 초자연적인 힘, 그 위대함을 깨달을 수 있었다. 빛의 힘은 무차원이다. 그 분은 바로 모든 생명 그리고 빛, 공기, 물의 원천적 주인이다.

그분이 '있다' 하면 없는 것도 생기는 것이다.

'이처럼 귀한 물에 알맞은 이름이 필요하다.'

나는 곰곰 생각하다가 빛이 교류된 물이라는 뜻으로 광려수라는 이름을 붙일까 하다가 자칫 물을 매개로 시비를 가리게 되는 일이 생길까

봐 망설였다. 고심 끝에 다시 아름답고 즐거운 물이라는 뜻의 '가천수'라는 이름을 붙였다. 하지만 우주마음에는 이 이름이 통하지 않았다. 빛이 내리지 않았다. 빛이 없는 물은 보통의 물과 다를 바 없었다.

'우주마음의 뜻에 맞는 가장 순수하고 깨끗한 물 이름은 무엇일까?'

그 순간 문득 옛날 우리의 어머니, 할머니들이 이른 새벽 우물이나 깊은 산 속 옹달샘에서 떠다 장독대 위에 올려놓고 천지신명에게 정성껏 빌던 정화수(井華水)가 떠올랐다.

'그래! 우주마음에 올릴 때 가장 순수하고 정결하고 깨끗한 물이란 의미로 정화수라 이름 짓자!'

나는 물의 이름을 정화수로 지었다. 그러자 우주마음은 바로 빛을 내려 그 이름이 마음에 든다는 증거를 보내주셨다. 우주마음은 이처럼 초자연적인 현상을 통해 화답해 주신다.

그 후 나는 무지개가 떠오른 자리를 보존하기 위해 작은 동산과 함께 '정화의 샘'을 만들었다. 물론 빛의 뜻을 받아 오행 음수대 시설도 해놓았다. 몸과 마음을 총체적으로 정화하는 우주 근원이 내리는 최상, 최고의 선물이 바로 정화수이다.

이처럼 빛의 터는 사람의 힘으로는 찾을 수 없을 만큼 예로부터 좋은 기가 모인 곳이다. 남쪽으로 나란히 놓인 두 개의 산으로 둘러싸여 있는데 그중 하나는 팔공산의 마지막 중간지점, 혈의 터로 응기봉(응기산, 네이버 지도상에는 응해산으로 표기됨)이 있다. 응기봉은 종이나 왕관, 선비의 갓 모양으로 권력과 명예를 상징한다. 응기봉 맞은편에는 넓은 품과 둘레를 가진 산(도덕산)이 보이는데 수십만 명이 한꺼번에 둘러 앉아 밥을 먹을 수 있는 밥상을 닮았다 해서 부를 상징하는 풍요의 산이다. 그 사이엔 전 세계인이 함께 나눌 수 있는 재고(財庫)의 터가 있다. 곧 빛의 터는 부와 명예가 직결된 땅이다.

또한 터 북쪽으로는 팔공산이 병풍처럼 둘러싸여 북풍을 막아주고 백두산 천지와 바이칼, 멀리는 몽골과 러시아 대평원에서 히말라야 산맥까지 그 기운이 연결되어 있다. 또 동쪽으로는 갓바위 부처를 모셔놓은 산 정상이 보인다. 갓바위 그 너머 해가 뜨는 바다, 동해와 태평양으로 연결되어 해기(海氣)가 이 터로 모이는 동시에 해와 달이 온종일 머무는 일출과 일몰, 월출과 월몰, 북두칠성과 북극성이 비치는 일월성신(日月星辰), 천지신명(天地神明)이 함께 이 터 위에 이뤄진다. 이런 빛의 터는 빛 마음이 머무는 터이다. 터 서쪽으로는 큰 누에가 종일 뽕을 먹고 배가 불러 쉬고 있는 형상으로 풍만함과 평화로움이 깃든 누에산이 있다. 이곳에는 예로부터 뽕나무가 많았다. 누에는 뽕을 먹고 실을 뽑아내는데 실은 곧 의복을 상징하므로 이는 곧 의식주가 해결된다는 의미이다. 터 주변으로 야생 뽕나무가 많이 있는 이유이기도 하다. 게다가 더 멀리 서쪽으로는 미국 백악관의 금(金) 기운까지 빛의 터와 연결되어 있다.

우주마음은 팔공산 정기는 물론 동서남북 최상의 기운이 집결되어 세계상에서 가장 아름답고 부와 명예, 건강과 행복이 깃드는 축복의 땅을 빛의 안테나를 통해 우리에게 선물로 주셨다. 그러므로 그분이 보듬

것을 준비하신 이 빛의 터를 보는 것만으로도 우리의 운명이 바뀌고 빛의 특은(特恩)을 입게 된다.

어느 날 우주마음은 내게 국내를 포함한 전 세계 빛여행을 다녀오라 명하셨다. 나는 미국의 그랜드캐년, 스위스의 융프라우, 호주의 울루루, 중국의 태산, 우리 민족의 영산(靈山) 백두산 등 자연 상태에 있던 순수한 정기를 이곳 빛의 터로 옮겨왔다. 그러므로 빛의 터에는 지구 곳곳에서 옮겨온 가장 아름답고 순수한 에너지들이 모여 있어서 언제나 그걸 가까이에서 느낄 수 있다. 빛의 터에서 빛명상을 하면 5대양 6대주, 지구상의 모든 최상의 핵심 기운들을 담을 수 있다는 뜻이다.

이곳에는 또 울루루에서 가져온 돌을 비롯하여, 터키산에서 가져온 소금돌, 이집트 피라미드 밑에 있던, 인간에 의해 처음 만들어진 기원전 3세기 무렵의 벽돌과 백두산 천지에서 가져온 돌 등 세계 곳곳의 에너지가 듬뿍 담긴 돌이 있다. 언젠가 우주마음의 명에 따라 에너지 탑을 세울 때 빛의 터에 모인 돌들과 함께 빛의 에너지와 세상의 다양한 에너지가 함께 모이는 근원의 안테나가 세워질 것이다. 이 모든 일을 위해 우주마음은 국내와 세계 곳곳을 돌아다니게 하셨다. 내가 옮겨온 그 에너지와 빛의 힘으로 언젠가 다가올 전 지구적 아픔과 어둠을 몰아내고 지구 정화의 기틀을 마련하기 위함이다. 빛의 근원지인 이곳은 모든 종교나 과학, 자연을 초월하는 동시에 포용하는 초자연적이고 초종교적이며 초과학적인 빛의 터이다.

그러므로 빛의 터에서 진심으로 빛명상, 기도, 참선, 묵상을 하면 궁정적인 소원(선의에 어긋나지 않는 범주) 한 가지는 반드시 들어주는 세상에서 가장 빛나는 명소가 될 것이다.

태백도사를 만나서

어느 날 동생이 사뭇 들뜬 얼굴로 내게 말했다.

"형님, 효암스님이 그러는데 태백산에 엄청난 도력을 가진 한 무명 도사가 있답니다. 도사의 도력이 얼마나 높은지 몸을 허공으로 붕 떠올리는 공중부양을 해서는 동서남북을 자유자재로 왔다 갔다 하는 정도랍니다. 그 말이 사실이라면 정말 엄청난 분 아닙니까?"

동생은 잔뜩 들떠서 어쩔 줄 몰랐다. 효암스님은 동생이 운영하는 도장에서 수련하는 비구니였다. 그 무명도사는 효암스님의 스승이라고 했다.

"나보고 그 말을 믿으라는 게냐?"

나는 어이없는 표정을 지었다.

"저도 처음에는 그랬습니다. 하지만 성품이 진솔하신 효암스님이 제게 쓸데없이 허풍을 칠 까닭이 없잖습니까?"

동생은 아무래도 나에게 그 무명 도사를 보여주고 싶은 눈치였다.

예로부터 도인들이 산속에서 도를 닦아 몸을 자유자재로 움직이는 도술을 부린다는 이야기는 종종 들어보았다. 아우 말이 사실이라면 그 분이 얼마나 도력이 높고 우주 진리를 깨달은 분일까 하는 존경심이 들었다. 그런 분을 만나 이야기를 나누다 보면 내게 찾아온 '빛'에 대해서도 무언가 더 정확한 대답을 찾을 듯했다.

"그래, 같이 가보자."

며칠 후, 어둠이 채 가시지 않은 이른 새벽 나와 동생은 태백도사가 즐겨 마신다는 독주를 열댓 병 챙겨들고 버스 터미널로 향했다. 단정한 이목구비에 서글서글한 눈매를 한 효암스님이 합장을 하며 우리를 반겨주었다.

"이렇게 두 분을 모시고 태백산을 찾게 된 것도 모두 깊은 인연 아니겠습니까? 그분은 제가 산중에서 도를 닦을 때 인연을 맺은 스승입니다. 사실 스승님은 평소 사람 만나기를 매우 싫어하는 데다 성격마저 괴팍하여 보통 사람들은 어지간해서 만나 뵙기 힘든 분입니다. 하지만 선생님은 보통 사람과 다르시니 분명 스승님도 반가워하실 겁니다."

나는 고개를 끄떡이며 스님의 말을 들었다. 그러다가 스님의 손에 들린 큰 보따리에 눈이 갔다.

"아, 이건 스승님께 드릴 약주입니다."

"저희도 독주를 열댓 병 준비했습니다만."

"잘됐네요. 스승님에겐 하루 저녁거리밖엔 안 될 테니까요."

"그렇게나 독한 술을 즐겨 드신단 말인가요?"

나는 깜짝 놀라 물었다.

"호호, 가보시면 알게 될 겁니다."

효암스님은 알 듯 모를 듯 웃음을 지었다.

"형님, 아무래도 뭔가 좀 꺼림칙한 느낌이 드는데, 그냥 돌아갈까요? 아니면 한역을 뽑아보시는 게 어떻겠습니까?"

"그래, 그것도 좋은 생각이구나."

나는 늘 몸에 지니고 다니는 도경이 남겨주신 오죽(烏竹)으로 만든 삼목을 꺼내어 그중 하나를 뽑아보았다. 1번이었다. 도사와 부딪쳐서 손해 볼 일이 없다는 뜻이다.

"그렇다면 계획 했던 대로 가보도록 하자. 늦가을 태백산 구경도 할 겸."

나는 성큼성큼 버스에 올랐다.

아침 일찍 출발했음에도 우리는 거의 두 시가 지나서야 태백산 입구에 닿았다.

태백산은 경상북도 봉화군과 강원도 영월군, 태백시 경계에 있는 해발 1,567m로 우뚝 솟은 산이다. 예로부터 하늘에 제사를 지내던 천제단을 머리에 이고 있어 민속의 영산으로 불릴 만큼 영험한 산이다. 민족의 영산인 태백산에 들어서니 나도 모르게 정신이 맑아지고 발걸음이 가벼워졌다. 하지만 늦가을로 접어든 태백산은 어느 틈에 단풍이 다 떨어져 초겨울처럼 스산한 데다 바람마저 차가웠다.

효암스님은 익숙한 발걸음으로 줄곧 앞장서서 산을 올라갔다. 처음에는 그저 잘 닦여진 등산로를 오르는 듯싶더니 차츰 인적이 드문 가파른 계곡을 따라 올라갔다. 험한 바위와 이리저리 얽힌 나뭇가지를 헤치며 걷자니 차츰 발걸음이 더뎌졌다.

"서둘러 올라가야겠습니다. 조금만 더 오르면 되니 힘들더라도 좀 참으십시오."

효암스님은 더욱 속도를 내기 시작했다. 시간은 어느덧 다섯 시를 향해 가고 있었다. 얼마나 걸었을까, 땀을 뻘뻘 흘리며 한참을 올라가자 마침내 시야를 가리던 나무들이 한쪽으로 물러나면서 왼쪽으로 앞이 탁 트인 절벽이 나타났다.

"와! 형님, 저기 좀 보십시오! 정말 굉장하지 않습니까?"

나보다 몇 발자국 먼저 도착한 아우가 절벽 아래를 내려다보며 탄성을 질렀다. 뒤이어 도착한 나 역시 절벽 아래 천 길 낭떠러지와 산 아래 멀리 동해까지 한눈에 바라보이는 절경에 그만 넋을 잃었다.

"지금까지 여러 산을 다녀보았지만 이처럼 전망이 좋은 곳은 처음이구나."

나와 아우는 차마 눈을 떼지 못한 채 경치에 취해 있었다.

"이곳에서 낙동강 굽이굽이 칠백 리가 굽어보이고도 남는다고 하지요. 자, 어서 저쪽으로 들어가십시다. 저기가 스승님이 사시는 곳입니다."

효암스님은 절벽 맞은편 싸리나무를 빙 두른 담장 쪽을 가리켰다. 싸릿대 사이사이에 알록달록한 오색 천이 묶여 있는데 마치 복희시대의 결승문자(結繩文字)처럼 기하학적 무늬를 이루고 있었다. 싸리나무 담장 가운데 작은 길이 나 있고, 거기에는 문짝 대신 긴 나무 둥치 두 개가 있었는데 하나는 가로로 젖혀져 있었다.

"다행입니다. 스승님께서는 이미 우리가 올 걸 아시고 이렇게 한쪽 나무를 젖혀놓으셨네요. 저희에게 들어오라는 표시를 해 놓으신 거지요."

효암스님이 뿌듯한 얼굴로 말했다.

전화도 편지도 닿지 않은 이곳에서 우리가 올 걸 어떻게 알았단 말인가? 낙동강 칠백 리가 굽어보인다는 절벽 위에서 우리가 산에 오르는 걸 보기라도 했단 말인가?

나는 갈수록 그 도인에 대한 궁금증이 커져만 갔다.

안쪽으로 들어가자 마치 너와집처럼 붉은 소나무 조각으로 지붕을 잇댄 토굴 같은 움막 한 채가 보였다. 움막 주위에도 싸리담장의 매듭처럼 여러 가지 색깔로 만든 깃발이 띄엄띄엄 꽂혀있었다.

나와 아우는 효암스님을 따라 움막 안으로 들어갔다. 그 안은 바깥과는 달리 아늑한 기운이 감돌고 있었다. 관솔불 하나가 창문 하나 없는 움막의 어둠을 간신히 몰아내고 있었고, 장식이라고는 찾아볼 수 없는 벽 한쪽에 나무로 깎은 목불(木佛) 하나가 보였다. 태백산 주목(朱木)으로 빚은 듯한 목불은 수백 년은 됨직해 보이고 그 아래에는 낡아빠진 고서(古書) 몇 권이 놓여있었다. 그 반대쪽 벽에는 바랑과 처음 보는 모양의 작은 퉁소가 걸려있는 게 전부였다. 그런데 어찌된 일인지 정작 움막의 주인인 도인의 모습은 보이지 않았다.

"아마 뒤뜰에 계신 듯하니 그리로 가보십시다."

효암스님이 다시 우리를 움막 밖으로 이끌었다.

그때 움막 뒤꼍에서 쿵, 쿵 무언가 땅을 울리는 소리가 들려왔다.

소리를 따라 조심스레 다가가자 장작을 패고 있는 도인의 모습이 눈에 들어왔다.

"허……."

나는 내 눈을 믿을 수가 없었다. 언뜻 보기에도 키가 2m도 더 될 듯한 어마어마한 거구였다. 웬만큼 담력이 큰 사람이라 해도 도인의 엄청난 체구를 보는 순간 압도될 정도였다. 게다가 길게 기른 텁수룩한 수염과 햇볕에 그을린 시커먼 얼굴, 거친 피부와 우람한 체격이 마치 덩치 큰 한 마리 곰을 보는 듯했다.

그는 또 한쪽 어깨를 축 늘어뜨리고 있었는데 후에 들으니 넘치는 힘을 어찌지 못해 자기 스스로 한쪽 어깨뼈를 빼놓았다고 했다. 그래서인지 그는 한쪽 손으로만 나무를 패고 있었는데 그 나무의 크기가 장정한 사람이 들기에도 벅찰 정도였다.

그는 쌀쌀한 날씨에도 여기저기 구멍이 숭숭 뚫어진 낡은 적삼 하나만 걸치고, 신발 따위 신지 않는지 굳은살이 두텁게 박힌 맨발이었다.

인기척을 느낀 도인이 장작 패던 걸 멈추고 우리 일행을 향해 고개를 돌렸다. 순간 그의 부리부리한 눈에서는 광채가 뿜어져 나왔다.

"스승님, 제가 오늘 특별히 귀한 손님들을 모시고 왔습니다."

효암스님이 도인에게 말했다.

나는 도인과 눈이 마주치자 가벼운 목례를 하였다.

"그래? 그럼 안으로 들어가자."

도인은 손에 들고 있던 도끼를 내려놓으며 말했다.

"처음 뵙겠습니다. 도인께서 공중부양을 하신다는 소문을 듣고 그걸 한 번 보기 위해 찾아왔습니다."

나는 정중하게 인사를 건넸다. 그러나 도인은 내 말을 들었는지 못 들었는지 힐끗 나를 한 번 쳐다보더니 아무런 말이 없었다.

"지금까지 공중부양을 한다는 사람 이야기는 들었지만 정말 제 눈으로 본 적이 없었습니다. 효암 스님이 도인님은 도력이 엄청 높아 자유자재로 공중부양을 하신다고 하더군요. 그래서 한 번 보고 싶어서 왔습니다."

아우도 옆에서 거들었다. 하지만 도인은 여전히 아무 대답도 없이 우리 둘을 번갈아 바라보다간 퉁명스레 내게 물었다.

"대체 당신 하는 일이 뭐요?"

"저는 그저 평범한 직장인입니다만, 언제부터인가 범상치 않은 힘이 제 몸 안에 가득해서 그 힘을 사람들을 위해 쓰고 있습니다."

나는 초광력을 펼 때 나타난 선명한 빛 사진을 도인에게 보여주었다. 도인은 유심히 사진을 들여다보았다.

"흠……."

도인은 벌써 삼십 분 째 아무 말 없이 앉아 있었다. 나는 점점 마음이 급해졌다. 이미 해가 져서 사방이 어둑어둑해지고 있었다. 서둘러 산을 내려가지 않으면 다음 날 출근할 일이 이만저만 걱정이 아니었다.

"저, 그 공중부양을 꼭 한번 보고 싶은데 지금 보여주실 수 없을까요?"

나는 조바심 끝에 다시 한번 공중부양 이야기를 꺼냈다. 그러자 도인이 입을 열었다.

"허, 젊은 사람이 급하기는! 그건 지금 볼 수 없소. 자시(子時)나 돼야 가능하오."

"자시라고요? 그럼, 지금 보여주실 수 없다는 말입니까?"

"그렇소. 그때까지 기다리기 싫거든 어서 내려가시오!"

자시라면 한밤중이 아닌가. 나는 도인이 어찌하여 그 시간을 고집하는지 답답하였다.

"형님, 일이 급하시면 먼저 내려가십시오, 저는 여기 남아 공중부양을 꼭 보고 내려가겠습니다."

아우는 도인을 보자 공중부양에 대한 미련이 더 커진 모양이었다. 이쯤 되자 나 또한 출근은 출근이고 여기까지 와서 공중부양을 못 보고 간다고 생각하자 아쉬운 생각이 들었다.

"그럼, 그때까지 기다리겠습니다."

나는 아예 마음을 느긋하게 먹고 꼭 공중부양을 보고 가리라 다짐했다.

저녁때가 지나자 나는 슬슬 배가 고파왔다. 그러나 아무리 기다려도 도인은 저녁 공양 소리를 꺼낸 기미조차 보이지 않았다.

"오늘 밤 당신들이 자야 할 곳은 저 방이니 우선 아궁이에 불이나 지피시오.”

도인은 밥은커녕 되레 일만 시켰다.

잠시 후 아궁이에 불을 지피는 우리에게 효암스님이 다가와 낮은 목소리로 말했다.

“고생스러워도 조금만 더 참으세요. 방금 스승님께서, 저들은 내가 여태 만난 사람들 중 가장 세다, 라고 하셨습니다. 아무래도 두 분을 이곳으로 모신 게 잘한 일 같습니다.”

효암스님은 스승에게 인정받았다는 사실이 무척이나 흐뭇한 모양이었다.

군불을 때고 나자 공양주가 저녁공양이라며 솔잎과 생밤 말린 거 몇 조각을 내왔다. 도인과 공양주, 우리 일행은 둘러앉아 말린 밤 한 조각을 먹고는 솔잎을 우적우적 씹어 먹었다.

‘이걸 먹고 어찌 저 체구를 유지할꼬. 과연 도인은 도인이구나.’

나는 그저 놀라울 뿐이었다.

저녁 공양을 하고 나자 도인이 이미 술을 가져온 걸 안다는 듯 말했다.

“어디, 가지고 온 걸 한 번 풀어 보거라.”

효암스님이 얼른 봇짐을 열고 술병을 꺼냈다.

“자, 한 잔씩 하시오, 자시가 되려면 한참 남았으니 술이나 마시자고.”

도인은 독주 한 병을 꺼내서는 냉면 그릇만한 사발에 한가득 부어 벌컬벌컥 들이켰다. 그러고는 성에 안 차는지 다시 술을 철철 넘치도록 부었다.

"자, 어서 마시지 않고 뭣들 하는 건가? 어서 마시게!"

나와 아우는 도인의 독촉에 떠밀려 술사발에 입을 대기 시작했다.

어느덧 11시가 되었다. 도인이 말한 자시가 시작된 것이다. 나와 아우는 눈짓으로 서로 약속했던 시간이 왔음을 확인했다. 그러나 정작 도인은 혼자 부어라 마셔라 하며 술 마시는 데만 열중해 있었다. 방안에는 도인이 꿀꺽꿀꺽 술 마시는 소리만 들려왔다. 효암스님도 공양주도 도인의 눈치만 흘끔흘끔 살피고 있었다.

"태백도사!"

보다 못한 내가 먼저 말을 꺼냈다. 도인은 내가 부르는 소리에도 불구하고 마시던 술그릇을 마저 비운 후에야 나를 쳐다보았다.

"왜 그러나?"

"아까 말씀하신 자시가 되었으니 공중부양을 보여주십시오!"

"그래, 시간이 벌써 그리되었어? 그럼, 한번 나가보세."

도인은 술그릇을 던지다시피 내려놓고는 몸을 가뿐히 일으켜 세웠다.

그 뒤를 따라 일행도 모두 밖으로 나왔다. 차가운 산 공기가 섬뜩하게 얼굴에 스쳤지만 나는 잔뜩 기대에 차서 도인을 바라보았다.

"다들 저쪽으로 다리를 내리고 앉으시오!"

움막 앞을 서성이는 우리에게 마침내 태백도사가 말했다.

"저쪽이라면 절벽에 다리를 내리고 걸터앉으라는 말씀인가요?"

아우가 겁에 질려 물었다. 절벽 아래는 칠백 리가 굽어보이던 천 길 낭떠러지였으니 행여 칠흑같이 어두운 밤에 그 아래로 굴러떨어지기라도 한다면 뼈도 추리지 못할 터이니 저절로 오금이 저릴 만했다.

"아니 그것도 할 자신이 없으면서 공중부양을 보겠단 말이오?"

태백도사는 무서운 얼굴로 윽박질렀다. 우리는 하는 수 없이 조심조심 다가가 절벽 끝에 걸터앉았다. 그때 발끝에 채인 돌멩이 하나가 끝도 없이 아래로 굴러떨어지는 소리가 들리자 두려움으로 머리카락이 삐죽 섰다.

"거기 앉아서 기다리시오!"

아슬아슬하게 절벽에 걸터앉은 우리 등 뒤로 태백도사의 음성이 떨어졌다.

'이제 드디어 공중부양이 시작되나 보다.'

나는 과연 태백도사가 공중부양을 어떻게 하는지 사뭇 마음이 설레었다.

"쿵…쿵…쿵쿵, 탁…타닥…타다닥…탁…."

태백도사의 육중한 몸이 땅을 딛고 속도를 내는가 싶더니 곧 땅바닥이 진동하는 소리가 사방에서 울려 퍼졌다.

"타타타탁, 타타타탁…."

태백도사는 더욱 빠른 속도를 내기 시작하며 마당을 왔다 갔다 했다. 뛰는 속도가 빨라지자 이번에는 휙휙 휘이익 하며 휘파람을 불었다.

소름이 끼칠 듯 날카로운 쇳소리는 온 산을 한 바퀴 감고도 모자랐는지 메아리로 들려왔다. 휘파람 소리가 끝나자 때맞춰 절벽 아래쪽에서부터 매서운 곡풍이 한꺼번에 불어 닥쳤다. 쏴아 하는 소리와 함께 낙엽을 떨군 메마른 나무들이 일제히 가지를 흔들어대고, 움막 앞에 꽂혀 있던 깃발들이 거친 소리를 내며 찢어질 듯 바람에 날렸다.

'뭔가 일어나려나 보구나.'

나도 모르게 머리카락이 쭈뼛쭈뼛 일어섰다.

그런데 참 이상한 일이었다. 한참을 달리고 휘파람까지 불어 젖혔음에도 도인은 정작 공중부양을 하지 못했다.

"헉, 헉, 헉……."

도인은 이제 가쁜 숨까지 몰아쉬었다. 그러다간 갑자기 달리기를 멈추곤 마당 한가운데 멈춰 섰다.

"어찌 된 겁니까?"

나는 절벽에서 급히 일어나 물었다.

"지금은 안 되겠네. 축시(丑時)에 다시 해보겠네."

도인은 인상을 잔뜩 찌푸린 채 움막 안으로 들어가 버렸다. 기대가 무너진 우리도 하는 수 없이 도인을 따라 안으로 들어갔다.

도인은 자리에 앉기 무섭게 또다시 사방에 술을 들이부었다. 관솔불에 비친 도인의 얼굴은 붉으락푸르락 영 말이 아니었다. 첫 번째 공중부양이 실패로 끝난 게 몹시 분한 모양이었다. 그때 갑자기 도인이 옆에 있던 공양주의 머리를 냅다 휘어 감기며 소리쳤다.

"술, 술 더 가져와!"

얼굴이 빨개진 공양주가 부리나케 벽장 안에서 술을 몇 병 더 꺼내어 앞에 놓았다.

"자네들은 왜 안 마시는가? 어서 마시게, 어서!"

도인은 술을 따르다 말고 눈을 부라리며 버럭 소리를 질렀다. 그러고는 술을 마시다 말고 화풀이를 하듯 다시 공양주의 귀싸대기를 연거푸 철썩철썩 때렸다. 험상궂은 얼굴로 씩씩거리는 도인의 모습은 무언가 불안해하는 게 역력했다. 나는 잠자코 그의 행동을 지켜보고 있었다.

"이보게, 정 선생, 저거 불 줄 아시오?"

도인이 느닷없이 벽에 걸린 통소를 가리키며 물었다.

"저는 저런 걸 한 번도 불어본 적 없습니다. 태백도사께서 한 번 불어보시지요."

나는 은근히 도인을 떠보았다.

"뭐라고? 저게 무슨 애들이 부는 피리인 줄 아시오? 내가 저걸 불면 아마 여기 있는 사람 중에 나만 빼고 모두 고막이 파열되고 내장이 터져서 절절매게 될 텐데? 그래도 듣고 싶단 말인가?"

도인은 코웃음을 치더니 이글거리는 눈빛으로 나를 노려보았다. 도인의 말이 사실인지 아닌지는 모르지만 무언가 내가 도인에게 한 수 지고 들어간 느낌을 지울 수 없었다. 태백도사는 그런 식으로 분위기를 슬슬 그와 나의 대결로 몰아가고 있었다.

축시가 되자 밤은 더욱 깊어졌고 움막 안은 긴장감으로 팽팽했다.

도인은 자리에서 일어나 밖으로 나갔다.

"어서 저쪽에 가서 앉으시오!"

도인은 이번에도 우리를 절벽 끝으로 내몰았다. 별수 없이 우리는 또 높고 높은 절벽 끝에 다리를 내리고 앉았다.

"음……."

도인은 무슨 주문이라도 외우는지 눈을 감고 입으로 무언가 웅얼웅 얼하더니 갑자기 땅을 박차고 다리를 움직이기 시작했다.

"타타타닥 타타타타닥……."

속도가 붙었는지 요란한 발소리와 함께 도인의 옷자락과 머리카락이 바람에 휙휙 날렸다.

'저렇게 체구가 큰 사람이 어떻게 무게의 중력을 이기고 떠오를 수 있단 말인가?'

'대체 무슨 원리로 공중부양을 할까?'

나는 잔뜩 긴장한 채 도인을 바라보았다. 하지만 이번에도 뭔가 잘못 되었는지 도인은 휘파람을 휘이익 휘이익 찢어지게 불었다. 예로부터 휘파람 소리는 귀신을 불러 모은다고 했다. 그렇다면 도인은 휘파람을 불어 누군가의 힘을 빌리려는 게 틀림없었다. 하지만 그 힘은 왜 쉽사 리 나타나지 않는 걸까?

"에이, 오늘은 일진이 좋지 않은 날이군! 인시(寅時)에 다시 해봄세!"

땀을 뻘뻘 흘리며 달리고 휘파람을 불던 도인은 뭔가 못마땅한 듯 우 리를 훑어보더니 안으로 들어갔다.

"형님, 아무래도 오늘 공중부양을 보기는 어려울 듯합니다."

아우가 실망한 얼굴로 말했다.

"그래, 어찌 될지 모르지만 한번 두고 보자꾸나."

나는 처음보다 더 호기심이 일었다. 이제 나의 관심은 공중부양보다 도인이라는 인물 자체로 옮아가고 있었다. 그의 행동이 괴팍하고 거칠긴 했지만 분명 오랫동안 도를 닦아 그 경지가 제법 높은 도인임을 느꼈다. 다만 오늘의 잇따른 실패가 어쩐지 나와 관련이 있지 않나 하는 의구심이 들었다.

안으로 들어가자 역시나 도인은 분을 이기지 못한 채 식식거리며 죄 없는 공양주의 뺨을 후려치기 시작했다. 그 공양주는 마치 그 행위를 말없이 눈물, 콧물을 뚝뚝 떨어뜨리는 것으로 전생의 '업'을 씻는 걸로 생각한다고 효암 스님이 살짝 귀띔해주었다.

태백도사는 그 뒤에도 계속 술만 퍼마시고 있었다.

"도인님, 공중부양은 왜 보여주지 않는 겁니까?"

아우가 참다못해 퉁명스레 물었다.

"인시에 하면 될 거 아닌가? 내 마지막으로 그때 보여 주겠다 했건만 왜 이리 재촉하는가?"

도인은 윽박지르듯 호통을 쳤다. 그러고는 거친 손놀림으로 우리 앞에 술잔을 내밀었다.

"자, 어서들 마시게, 어서!"

나는 하는 수 없이 또다시 술잔을 받아들었다. 이미 그 날 마신 술은 내 주량을 넘어서고 있었다. 더 이상 마셨다가는 지치고 피곤한 몸에 그대로 곯아떨어질 게 분명했다.

'정신을 바짝 차려야지!'

나는 몸을 곧추세운 채 생각을 가다듬었다. 지금 도인의 장단에 놀아났다간 공중부양을 보기는커녕 도인의 위압에 눌린 채 산을 내려가야 할 게 뻔했다.

"잠시 바람 좀 쐬고 오겠습니다."

나는 취기를 가라앉히려 밖으로 나갔다. 우물가에서 두레박으로 찬 우물물을 길어 들이키자 정신이 한결 맑아졌다. 그 순간 태백도사가 말한 통소가 떠올랐다.

'정말 도인이 통소를 불면 사람의 내장을 파열할 만한 위력이 나오는 걸까? 옳지, 도인만 그런 수를 쓰라는 법이 어디 있담. 나도 한 번 해보자.'

나는 저녁부터 깊은 밤까지 도인에게 질질 끌려다닌 게 부아가 나서 이번에는 내가 도인을 시험해보고 싶었다.

"도인, 내가 왜 밖에 나갔다 온 줄 아시오?"

나는 방으로 들어서며 짐짓 위엄 있는 목소리로 물었다.

"모르겠소."

여전히 술을 마셔대고 있던 도인이 퉁명스레 대답했다.

"아니 그걸 모르시오? 내장을 파열시킨다는 통소도 분다는 도인이 내가 방금 하늘의 천사들을 불러 가야금을 치게 했는데 그 소리를 정녕 못 들었단 말이오?"

나는 능청스레 꾸며낸 이야기로 으름장을 놓았다. 도인이 퉁소로 나를 약을 올린 것처럼 나도 똑같이 되갚아주고 싶었다.

"음……."

어쩐 일인지 도인은 아무 대답도 하지 않은 채 술만 연거푸 들이켰다.

'역시!'

도인은 도인다웠다. 사실 그 상황에서 아무런 대답을 하지 않는 게 현명한 처세였다. 그러는 사이 어느덧 새벽 3시, 인시에 접어들었다. 비록 도인은 인시에 공중부양을 보여주겠노라고 장담했지만 나는 이미 그 말을 믿지 않았다. 우리가 시큰둥하게 앉아 있자 도인이 먼저 재촉을 하였다.

"인시네. 어서 나가게 공중부양을 보지 않을 텐가?"

이번에는 도인이 우리를 내쫓듯 몰아냈다. 우리는 도인이 시키지도 않았는데 자진해서 절벽 위에 걸터앉았다. 도인은 합장을 하고 두 눈을 감은 채 입을 달싹거리며 무언가를 중얼거렸다. 정신을 한군데로 모으는 듯 보였다. 한참 동안 정성을 다해 기도를 하던 도인은 마침내 두 눈을 번쩍 떴다.

"휘익, 휘익, 휘이익!"

도인은 시작부터 휘파람을 연거푸 세 번이나 불더니 양손에 청, 홍색 깃발을 들고는 요란하게 흔들어댔다. 그러다간 마당 이쪽에서 저쪽으로 다다다 달려가며 산이 쩌렁쩌렁 울릴 듯 기합을 넣었다.

"이야압!"

하지만 이번에도 허사였다. 내 짐작대로 도인은 새하얀 입김을 뿜어대며 헉헉거리더니 그대로 멈춰 섰다.

"에잇, 오늘은 일진이 더럽군. 오늘은 날이 좋지 않아 공중부양이 안 되니 정 보고 싶으면 다음에 다시 오든 말든 맘대로 하시오!"

도인은 화를 풀풀 내며 움막으로 들어가 버렸다.

"철썩, 철썩!"

도인은 애꿎은 공양주의 머리를 또다시 철썩철썩 때리는 그 반사가 더해져 날은 조금씩 뿌옇게 움막 안을 밝혀가고 태백도사는 벽장 앞으로 다가가 '백두산 주(酒)'라고 쓰인 술 한 병을 꺼내어 벌컥벌컥 들이켰다. 독한 술 냄새가 방안 가득 퍼졌다. 나는 도인이 따라 준 독한 술을 차마 마실 수 없었다. 그때 도인이 눈을 치뜬 채 내게 물었다.

"옆에 보이시오?"

"뭐가 말입니까?"

나는 고개를 갸우뚱하고 물었다.

"그것도 못 봤단 말이오? 지금 태백 산신이 다녀가질 않았소. 그리고 이 술 향기를 모두 먹어버렸소. 한 번 맡아보시오!"

도인은 버럭 소리를 지르며 내 코 밑에다 술잔을 디밀었다. 정말 신기하게도 그 특이하던 술 향기가 감쪽같이 사라지고 없었다.

"정말 향기가 사라졌군요. 태백 산신이 그 향을 모두 먹어치웠다는 십니까?"

"그렇소."

도인은 야릇한 표정으로 말했다. 자신은 태백 산신도 움직여 술 향기를 날릴 정도인데 너는 대체 무슨 힘이 있느냐며 비웃는 듯 보였다.

"그러면 이 독한 술을 이제 마셔도 되겠습니까?"

나는 술대접을 가져다 살짝 혀를 대보았다. 하지만 백두산 주의 독한 기운은 그대로 남아있었다. 이제 내가 반격할 차례였다.

"도인, 당신이 모시는 신은 좋은 향만 가져갈 뿐 쓰디쓴 독은 그대에게 그대로 남겨준 모양이오. 하지만 잘 보시오. 내가 갖고 있는 빛은 향기는 그대로 두고 이 독한 기운만 빼 버릴 테니."

나는 마음을 모아 "술의 독한 기운아 사라져라!" 하고 큰소리로 외치며 술잔에 빛, 초광력을 불어넣었다. 그리고 술잔을 들어 한 모금 마셔보았다. 과연 술 향기는 그대로 남아있으나 독기는 모두 날아가고 없었다. 나는 술을 반이나 마신 후 나머지를 도인 앞에 내밀었다.

"자, 보시오! 혀에도 대기 힘들었던 술을 이렇게 마실 수 있게 되었소. 직접 확인해보시오!"

도인은 흠칫 놀라는 표정을 짓더니 술잔을 가져다 입에 대었다.

"음, 역시 내 짐작이 틀리지 않았군……."

도인은 혼잣말처럼 중얼거리더니 멍하니 허공을 바라보았다. 나는 도인에게 넌지시 말했다.

"도인께서는 이 술의 독한 기운을 즐기시니 이제 다시 그 독한 기운을 되돌려 드리겠소."

그 때였다.

"으아악!"

도인이 갑자기 온 산이 뒤흔들리도록 고함을 지르며 밖으로 뛰쳐나갔다. 도인의 끈질긴 청에 잠시 숨어들어와 술의 향기에 취했던 태백산신이 혼비백산하여 달아나는 찰나였다. 잠시 피로와 졸음에 못 이겨 꾸벅거리며 졸던 공양주와 효암 스님은 겨울잠을 자다가 놀란 곰 마냥 덩달아 고함을 지르며 후다닥 따라 나갔다.

밖으로 나간 도인은 우물물 두세 바가지 연거푸 머리 위로 쏟아붓더니 다시 물을 떠서 벌컥벌컥 마셨다. 움막으로 들어온 도인은 무릎을 꿇고 조심스레 술잔을 들더니 천천히 마시기 시작했다. 어느 틈에 방금 전의 우악스럽던 모습은 온데간데없고 마치 토끼처럼 순한 모습이었다. 한참 후 그는 공손한 말투로 내게 말했다.

"정 선생님, 제가 세 번이나 공중부양에 실패한 건 태백 산신의 신력(神力)이 함께 하지 못해서입니다. 필사적으로 태백 산신을 청해 보았지만 선생님의 빛에 가려 올 수 없었다는 걸 이제야 깨달았습니다. 마지막으로 제가 간곡히 청하여 태백 산신을 모셔와 술의 향기를 취하게 하였으나 선생님께서는 사라져버린 술의 향기를 되돌아오게 하고 오로지 독기만을 한순간에 날려버렸습니다. 그러고도 모자라 독기를 다시 되돌려주신다고 하니 태백산신께서도 겨우 이 자리에 숨어 왔다가 자유롭고 거침없는 선생님의 힘에 기진초풍하여 비명과 함께 달아나 버렸지요. 선생님이 가진 그 힘에는 태백산신 뿐 아니라 그 어떤 신통력도 감히 맞설 수 없을게요."

도인은 여전히 무릎을 꿇은 채 엄숙한 태도로 말을 이어갔다.

"태백산신도 기절초풍하여 물러서게 한 그 힘을 지닌 분! 정 선생님은 대체 자신이 누구인지 아십니까? 저의 조부이자 스승께서, 언젠가 이 땅에 선생님과 같은 분이 오리라는 걸 전설처럼 들려주곤 했습니다. 그분은 우리처럼 도력(道力)이나 신력(神力), 영역(靈域)이 아닌 빛의 힘을 지닌 분으로 20세기가 끝날 무렵 출현하신다고 들었습니다. 설마, 설마 했더니 오늘 살아서 빛viit선생님을 뵙게 되었습니다. 정 선생님! 지금까지 저의 무례를 용서하옵소서! 눈이 어두워 바로 알아 뵙지 못했습니다."

상상도 하지 못했던 도인의 태도에 나는 참으로 난감하였다.

하지만 어느 틈에 훤하게 밝아온 태백산을 내려오며 나는 속으로 생각했다.

'나에게 주어진 빛, 그 힘이 참으로 대단하구나. 태백도사의 말대로 내게 그런 힘이 생긴 건 분명 큰 뜻이 있어서 일게다.'

나는 새로운 다짐을 하며 찬 이슬이 맺힌 숲속을 휘적휘적 걸어 내려왔다. 올라갈 때는 그리도 힘들더니 마치 날아갈 듯 몸과 마음이 가벼운 건 아마도 빛마음이 함께 했기 때문이 아닐까.

빛잔의 탄생과 백두산의 기적

1994년 10월 15일은 공식적으로 '초광력'을 세상에 알린 날이다. 그 날 공개강연회를 성황리에 마친 후 그 날을 우주초광력학회(현 사단법인 건강과 행복을 위한 빛명상의 전신) 설립 기념일로 잡았다.

그 후 나는 특별한 사유가 있거나 어떤 느낌이 다가올 때 우주마음에 올리는 감사제를 올렸다. 정성껏 제물을 준비하고 마음을 모아 감사제를 드리는 순간은 나를 비롯한 온 회원들이 우주마음과 함께 하는 아주 귀한 시간이다. 그런데 감사제를 지낼 때면 늘 마음에 걸리는 게 한 가지 있었다. 모든 제(祭)가 그러하듯 감사제에서 빠질 수 없는 게 바로 술인데 헌주를 할 잔이 마땅치 않았다. 아쉬운 대로 회원 집에서 얻어온 조그만 은색 잔으로 대신했지만 무언가 부족한 느낌이 들었다.

'아무래도 감사제에 쓸 잔을 새로 만들어야겠다.'

나는 곧 마음을 정하곤 회원들의 정성을 모아 18K로 도금한 새로운 잔을 마련하였다. 나 혼자 힘으로도 할 수 있었지만 하늘에 대한 정성을 표하는 일에 이왕이면 많은 사람들의 마음을 모으는 게 더 뜻깊은 일이 아닐까 하는 생각에 회원들과 힘을 모아 만든 잔이었다.

"우주마음에 올릴 잔도 만들었으니 이번 감사제는 어디서 지내면 좋을까요?"

나는 회원들과 한자리에 앉아 의견을 나누었다. 그때 옆에 있던 중학교 1학년 아이가 말했다.

"백두산이 있잖아요. 가장 귀한 감사제니까 우리나라에서 가장 높은 곳에서 지내면 되잖아요."

그 아이는 바로 대구 동산병원에 재직하고 있던 **과 과장의 딸로 난치병을 앓고 있어서 걸을 때마다 한쪽 발뒤꿈치가 땅에 닿지 않는 상태였다. 의사인 아버지도 별다른 방법이 없어서 '초광력'이라는 힘을 알고는 학회에 가입한 터였다.

"학회장님, 대한민국을 대표하는 산, 배달민족의 기상이 어린 백두산이야말로 감사제를 올리기에 제일 적당한 곳이지요!"

회원들도 기뻐하며 환호성을 질렀다.

그렇게 하여 우리는 백두산 천지에서의 감사제를 위해 여행사에 문의를 하고 준비를 하기 시작하였다. 그런데 여행사 측에서는 단체 비용을 적용받으려면 최소 15명을 모집해야 하는데 참석 인원은 모두 12명뿐이었다. 남은 3명을 더 확보해야 할 상황이었다.

나는 문득 맨 먼저 '백두산'이라는 장소를 제안한 중학교 여자아이를 떠올렸다. 하지만 그 아이를 데려가려면 먼저 부모님의 동의가 필요했다. 의사인 아버지는 그 멀고 험한 곳까지 걸음도 힘든 아이를 데려가서 무슨 일이 생기면 책임질 수 있느냐고 물었다.

"물론이오, 그만한 각오도 없이 데려가겠소?"

나는 무슨 배짱이 들었는지 내가 다 책임진다고 큰소리를 쳤다. 이제 남은 건 2명이었다. 그때 뜻밖에도 장삼용 씨가 무척 고심한 듯한 표정으로 손을 들었다.

"선생님, 저도 가고 싶습니다."

"장삼용 씨가요?"

나는 물론 회원들도 놀라 눈이 휘둥그레졌다. 그는 현대의학으로는 치료가 불가능한 버거씨 병을 앓고 있었다. 버거씨 병은 혈관 폐쇄로 인해 사지의 끝이 괴사(세포나 조직의 일부가 죽음) 상태에 빠지거나 심한 경우 절단까지 초래할 수 있는 혈관질환이었다.

그는 이미 한쪽 다리에 상당한 괴사가 진행되고 있어서 병원에서는 다리를 절단해야 한다고 할 정도였다. 하지만 그마저도 시기를 놓쳐 병원에서 죽을 바에는 차라리 하고 싶은 것 마음껏 하고 죽을 각오로 남은 시간을 보내다가 초광력을 만나게 된 사람이었다.

"죽더라도 백두산에는 한번 가보고 싶습니다. 이미 가족들 불러놓고 유언까지 남겨놓고 왔습니다."

장삼용 씨는 간곡하게 함께 가기를 원했다.

"그럽시다. 장 씨도 우리와 같이 가도록 합시다."

나는 흔쾌하게 그의 동행을 허락하였다.

이제 남은 한 명만 모집하면 되는데 분들 당시 영남대학교 신경정신과 과장으로 재직하면서 한국초능력학회를 이끄는 박충서 회장이 떠올라 전화를 하였다. 하지만 박충서 회장은 이미 다른 일정이 있어서 갈 형편이 아니라고 했다.

"학회장님, 그럼 제가 한 사람 추천하지요. 연세대학교 세브란스 병원 수간호사랍니다."

마침내 15명의 인원이 우리의 의사가 아니라 여행사에서 끼워 맞춘 6월 말경에 백두산으로 떠나게 되었다. 장마철 비수기라 비용이 저렴한 건 좋았지만 우기(雨期)인 걸 알았더라면 다른 좋은 날을 선택할 수도 있었는데 말이다. 이 모든 일이 우연처럼 만들어졌지만 결코 평범한 우연으로만 볼 수 없는 빛의 역사로 남게 될 줄은 그때는 아무도 몰랐다.

1995년 6월 27일 이른 아침이었다. 숙소에서 나온 우리 일행이 모두 자리를 잡고 앉자 중형버스는 감사제가 치러질 백두산을 향해 달리기 시작하였다.

"안녕하십네까? 오늘 백두산 천지 여행을 도와드릴 안내원입네다. 잘 부탁드리갔시오."

출발과 함께 안내원 아가씨는 북한쪽 사투리에 가까운 조선족 특유의 억양으로 인사했다. 창밖으로는 맑고 푸른 하늘 아래로 간간이 보이는 달구지와 느긋하게 풀을 뜯는 소 떼들의 모습이며 순박한 사람들과 소박한 집들이 마치 1960년대, 70년대 우리 옛 시골 풍경을 보는 듯 마냥 정겨웠다.

하지만 마음 한 편에서는 백두산이라는 장소가 지닌 무게와 상징성 때문인지 저절로 긴장감이 들었다. 백두산이야말로 우리가 터 잡은 이 땅의 정수리요 배달의 혼백이 살아 꿈틀대는 민족적 성지가 아니던가.

사실 내가 이곳을 흔쾌히 감사제의 장소로 선택한 것도 그런 이유에서였다. 민족의 정기와 국토의 기운이 발원한다는 백두산 천지, 남북의 대립으로 더욱더 사랑과 화해의 정신을 떠올리게 하는 장소가 아닌가. 더구나 삼천리강산이 처음으로 시작되는 곳이면서 육천 년 민족혼과 기백이 서려 숨 쉬는 곳이기에 이곳 백두산의 감사제는 하늘에게 더 없는 정성이 될 것이요, 우리에게도 잃어버린 그 무엇인가를 되새기게 하는 좋은 계기가 되리라 굳게 믿었다.

잠시 그런 생각에 잠겨 창밖을 보고 있는데 안내원의 말소리가 들려왔다.

"손님 여러분께 잠시 죄송한 말씀 드리겠습니다. 여러분이 묵은 숙소에서 백두산 입구까지는 본데 네 시간 정도 걸립니다만 얼마 전부터 중간에 도로 보수공사가 시작되어 두 시간 정도 다른 길로 돌아가야 하니끼니 지루하더라도 양해해 주시면 고맙갔습네다."

무려 여섯 시간이나 차를 타고 가야 한다는 소리였다.

"피곤하시 않아요? 눈 좀 붙이지 그래요?"

나는 들뜬 마음에 간밤에 잠까지 설친 회원들이 걱정이 되어 물었다. 하지만 그긴 나의 기우에 지나지 않았다.

"아니요, 전혀 피곤하시 않아요. 이미 이 모두가 다 선생님이 주신 조광력 덕분인 것 같아요.”

“보세요, 이렇게 팔팔하잖아요. 선생님이 옆에 계신데 피곤할 리가
있겠어요?”

회원들은 너도나도 환하게 웃으며 대답했다.

나도 모르게 입가에 미소가 지어졌다. 소소한 데까지 은근히 챙겨주
시는 우주마음의 배려에 감사하며 나는 다시 시선을 창밖으로 돌렸다.

몇 시간을 달렸을까? 주변이 조금씩 산악지형으로 바뀌기 시작하였
다. 안개 뒤로 뿌옇게 보이는 산세가 제법 가파른 것으로 보아 이제 목
적지가 얼마 남지 않은 모양이었다. 하지만 반가움보다는 먼저 안개가
걱정되었다. 아무래도 날씨가 심상치 않았다. 아니나 다를까 조금 뒤부
터는 기어코 빗줄기가 내리치기 시작하였다.

“이거 어쩝네까? 이제 30여 분만 더 가면 되는데 기사님이 비 때문
에 땅이 고르지 못해 버스로 이동하기가 어렵다고 합네다. 우회하여 가
는 길이 있는데 세 시간을 더 달려야 한다고 합네다.”

하는 수 없이 버스는 다시 우회로로 접어들었다. 하지만 그쪽도 비가
쏟아져 길이 엉망이었다.

“여러분, 천지는 오늘 못 봅네다. 이런 날씨로는 천지는 고사하고 올
라가기도 힘듭네다. 아시는지 모르지만 백두산 일대는 기후 변화래 매
우 극심한 곳입네다. 한 열 번 오면 두 번이나 천지를 볼 수 있갔나 하
는 정도디요. 그러니 천지를 못 보더라도 너무 서운해하지 마시라요.”

안내원은 위로를 하는 건지 김을 빼는 건지 계속 천지를 볼 수 없다

고 하였다. 그 순간 나는 우주마음에 의지해 보기로 하였다. 이것이 진정 하늘의 뜻이라면 어쩔 수 없지만 그렇지 않고 단순한 자연현상이라면 분명 어떤 답이 있을 거 같았다.

나는 조용히 눈을 감고 침묵에 들어갔다.

'세 번의 기회를 주겠다. 세 번 천지를 볼 수 있을 것이다.'

마음속으로 우주의 목소리가 선명하게 느껴졌다. 침묵을 끝내자 자신이 생겼다. 평소보다 수북하게 나온 손바닥의 빛분을 보자 더욱더 확신이 생겼다. 그 순간 나는 가이드가 들고 있던 마이크를 빼앗았다.

"오늘 백두산 천지는 세 번 볼 수 있습니다!"

"천지를 꼭 볼 수 있단 말입네까? 세 번을요? 혹시 선생님이래 백두산에 대해서 잘 알고 계신 모양이디요? 아니면 그 머이냐, 점을 치는 분입네까? 죄송하지만 오늘 천지는 세 번 못 봅네다. 지금까지 가이드 생활 10년의 경험으로 비춰봐서 오늘 이 날씨로는 천지를 본다는 건 꿈도 꾸지 못할 일입네다."

안내원은 눈이 휘둥그레진 채 장담하듯 말했다.

그때 믿을 수 없는 일이 벌어졌다. 비가 멎고 하늘이 개기 시작했다. 회원들은 환호성을 지르며 손뼉을 쳤다. 내가 확신에 차서 하는 말을 회원들은 이미 사실로 받아들인 것이다.

"아니, 우째 이런 일이 다 있습네까?"

안내원만 그저 아까보다 더 놀란 얼굴로 하늘을 바라볼 뿐이었다.

나는 그저 한 번 빙그레 웃어주는 도리밖에 없었다.

그 후 30여 분 정도를 더 달려 일행은 마침내 백두산 등정 입구에 도착했다. 다행히 비는 그쳤지만 여전히 하늘은 한껏 흐려있었다. 하지만 이미 우주마음의 뜻을 전달받았으니 아무 걱정이 없었다.

다시 몇 대의 지프차에 나누어 타고 15분 정도 더 올라간 후 일행은 천지 등정 입구에 도착했다. 우리 말고도 여러 단체 여행객들이 우비를 입고 모여 있었다. 그들은 천지에 올라갈까말까 망설이는 듯 보였다. 일부 일행은 등정을 이미 포기한 듯 백두산 천지를 그린 대형 그림판 앞에서 사진을 찍고 있었다.

"여기서 사진 찍고 가세요."

안내원이 우리에게도 그림판 앞에서 사진 찍기를 권했지만 나는 일행을 데리고 앞장서서 산을 올라갔다. 일행 중 아직 빛을 모르는 수간 호사만 빼고 모두 그냥 우비도 입지 않은 채로였다. 비가 오지 않을 거라는 확신이 있었기 때문이었다.

멀리 장삼용 씨가 신발이 맞지 않아 발보다 훨씬 큰 고무신을 신고 덜그덕 덜그덕 거리며 따라오는 게 보였다.

우리 일행이 산을 오르자 망설이고 있던 4, 50여 명의 다른 일행들도 뒤따라 올라오기 시작했다. 비가 내리지는 않지만 하늘에는 구름이 잔뜩 끼어있었다.

얼마나 올라갔을까. 갑자기 눈앞이 탁 트였다. 마침내 천지에 올라온 것이다. 그야말로 7시간에 이르는 대장정 끝에 도착한 곳이었다. 기대와 달리 천지는 먹구름과 너울거리는 안개가 가득 덮여 볼 수가 없었다. 게다가 꾸물거리던 하늘에서 부슬부슬 비까지 내렸다.

"제가 그랬잖아요, 천지를 볼 수 없다고요."

안내원이 그럴 줄 알았다는 듯 퉁명스레 말했다.

나는 아랑곳하지 않았다. 그저 순수한 마음으로 우주마음께서 약속해주신 그 약속을 믿고 기다리면 될 일이었다.

"자, 이제 마음을 가라앉히고 감사제 지낼 준비를 합시다. 감사제 중에는 비가 오지 않겠지만 조금 지나면 다시 비가 올 테니 어서 서두르세요."

나는 회원들을 독려하며 감사제 준비를 하였다. 그러자 근처에 있던 관광객들도 무슨 일인가 하고 하나둘 우리 주위에 몰려들었다.

나는 마침내 이 날을 위해 준비한 잔을 꺼냈다. 우주마음에 드리려고 가져온 귀한 술도 꺼냈다. 예로부터 하늘과 땅을 연결하는 매개가 바로 술과 잔이었다.

마침내 나는 제단이 차려지자 술잔 가득 술을 따랐다. 그리곤 잠시 숨을 고르면서 구름과 안개 저편에 숨은 천지 모습을 가늠해 보았다. 그때 머릿속이 맑아지면서 따스한 온기가 느껴졌다. 우주마음으로부터 어떤 기운이 내릴 때 받는 그 느낌이었다.

'생명 원천의 빛을 모두에게 나눌 중심, 우주초광력학회 설립을 신고하며 우주마음에 감사를 올립니다!'

나는 진심 어린 감사의 마음과 함께 하늘과 천지를 향해 잔을 높이 들어올렸다. 그 순간 '보라!' 하는 느낌과 함께 천지 주위에 가득 어려

있던 먹구름과 안개가 한가운데로부터 서서히 갈라지더니 양옆으로 밀려나면서 천지가 그 모습을 드러냈다. 마치 굳게 닫힌 장막이 젖혀지듯, 떡시루를 칼로 자르듯 그렇게 구름이 갈라지면서 천지가 깊고도 넓고 그윽한 그 모습을 보여주기 시작하였다. 날씨가 흐려서 천지의 그 푸른 빛은 덜했지만, 물빛도 더없이 맑고 깨끗했다.

"어쩜, 천지가 보여요, 천지가!"

"아아, 어떻게 저런 일이 일어날 수 있지!"

일행은 물론 곁에 몰려있던 관광객들까지 놀람과 감탄으로 함성을 질렀다.

나는 서서히 잔을 내렸다. 그러자 동시에 먹구름이 서서히 몰려오면서 천지는 다시 희뿌연 안개 속으로 잠겨 들었다. 하지만 나는 서운하지 않았다. 두 번의 약속이 더 남아있잖은가.

다시 마음을 정제하고 두 번째로 술을 따라 하늘과 천지를 향해 올렸다. 그때였다. 가운데서부터 밀려 나가던 처음과 달리 이번에는 왼쪽에서부터 구름이 걷히기 시작하면서 천지가 나타났다. 한쪽부터 반듯하게 구름이 걷혀가는 광경은 마치 한옥의 미닫이문이 열리며 병풍 속의 천지가 반갑게 얼굴을 내미는 듯 보였다.

"두 번!"

나는 두 번째로 천지가 열렸다는 의미로 크게 외쳤다.

"세상에나! 어떻게 이런 일이!"

"제가 경비원 생활 수십 년이지만 이런 광경은 처음 봅니다."

빙 둘러선 사람들과 백두산 천지를 감시하던 중국 경비병이 놀라 말했다.

잔을 내리자 약속한 듯 다시 구름이 밀려와 천지가 닫혔다.

마침내 세 번째 잔을 올리자 이번에는 하늘 위의 하늘이 열리고 빛줄기가 잔 위로 쏟아져 내렸다. 순간 우르릉 천둥 번개가 치면서 번개가 잔을 내리쳤다. 그 천둥소리는 내게 이렇게 들렸다.

"받아라, 빛의 두 번째 보물이다!"

그러고는 천지의 구름이 이번에는 오른쪽에서 왼쪽으로 쭈욱 밀려들어가 천지의 모습을 한 번 더 보여주었다.

구름이 열린 백두산 천지와 백두산 감사제

"우와!"

주변 관광객들이 환호성을 질렀다. 한 번도, 두 번도 아닌 세 번 천지가 닫혔다 열리는 경이로운 광경에 그저 말을 잃은 사람들도 보였다. 사람들의 웅성거림 속에서 천지는 여전히 고요하고 넉넉한 기운을 감싸고 있었다. 마치 빛이신 그분께서 품은 맑고 밝은 사랑과 자비의 마음이 스며있는 듯 보였다.

'자연의 순수함을 잃어가는 우리를 깨우치기 위해 우주마음께서 지금 천지를 열어 보이시는 건 아닐까?'

나는 우주마음의 깊은 뜻을 헤아려 보았다.

감사제 끝에 마지막으로 회원들에게 초광력을 주는 시간을 가졌다. 천지가 열린 것에 놀란 관광객, 중국 경비병, 안내원 등등 주위에 있던 사람들이 모두 자리를 떠나지 않고 있었다.

나는 기꺼이 거기 모인 모든 사람들에게 초광력을 보내주었다.

초광력이 끝나자 잠시 주위가 소란스러워졌다.

"이게 뭐지? 손바닥에 금가루가 이렇게 나왔어!"

"내 팔에도 금가루가 묻었는걸!"

"나는 빛까지 봤어요. 붉은 불기둥이 분명히 보였다고요!"

우리 회원들은 당연하다는 듯 조용한데 주변 사람들이 야단법석이었다. 중국인들은 자기네 말로 더욱더 큰소리로 외쳤다. 그중에서 제일 놀란 건 안내원이었다.

"내래 몇 년 동안이나 안내원 생활을 해왔디만 이런 경우는 처음이야요. 그동안 천지를 본 적보다 못 본 적이 많고, 또 봤어도 부분적으로 본 적이 더 많은데 대체 이거이 어케 된 일인지…… 게다가 조금 전에 선생님께서 기도 비슷한 걸 하실 때는 찌릿찌릿 전기래 통하는 겁네. 그러면서 눈에 불똥이 안 튀나, 손바닥에서 이케 금가루래 나오디 않나 하여튼 놀랐습네. 대단하십네다."

안내원은 갑자기 땅바닥에 털썩 무릎을 꿇고 합장을 하였다.

"하하, 어서 일어나시오!"

어딘가 딱딱해 보이는 인민복 복장을 입은 아가씨의 느닷없는 행동에 나는 그만 웃음이 나왔다. 사람들이 놀라고 기쁜 얼굴로 연방 사진을 찍는 모습을 보며 나는 이번에도 역시 약속을 어기지 않은 우주마음께 깊은 감사를 드렸다.

더군다나 새로 만든 잔으로 모신 감사제에서 예사롭지 않은 기적이 내렸다는 게 더욱 뜻깊었다. 만일 부정이나 반려의 뜻이 계셨다면 적어도 이런 기적은 내리지 않았을 게다.

'그렇다면 이 잔은 보통의 잔이 아니다. 우주마음의 존재를 드러내 보이며 그 축복을 입은 잔을 어찌 평범하다고 할 수 있겠는가?'

나는 성스러운 하늘의 기적, 빛이 내렸다는 의미에서 새로 만든 잔을 빛의 잔이라고 부르기로 했다. 지금껏 우리 학회의 보물 2호로 소중하게 간직하고 있는 빛의 잔은 이렇게 해서 그 유래가 시작되었다.

마침내 백두산 천지에서 뜻깊은 감사제를 마친 후, 나는 일행들에게 하산을 서둘렀다. 관광객들 중에는 천지가 네 번째로 열릴까 하고 머뭇거리는 사람들도 있었다. 하지만 천지는 감사제가 끝나자 다시 먹구름과 안개로 닫혀있고 하늘에서는 빗방울이 떨어지기 시작했다. 그런데 하산을 위해 인원점검을 할 때였다.

"한 사람이 없습니다!"

아무리 세어 봐도 한 사람이 부족했다. 그러고 보니 버거씨 병을 앓고 있는 장삼용 씨가 안 보였다.

"아니 몸도 불편한데 어디 가셨을까요?"

일행들은 잔뜩 근심 어린 얼굴로 나를 바라보았다. 천지는 점점 안개가 자욱하게 몰려와 앞사람도 보이지 않을 만큼 시야가 좁아져 있었다. 행여 다리도 불편한 사람이 발이라도 잘못 디디면 산기슭으로 굴러떨어질 수 있는 위험한 상황이었다. 그때 다른 관광객 한 사람이 말했다.

"다리가 시커먼, 고무신 신은 사람이 저만치 앞서가는 걸 봤어요."

우리 일행은 서둘러 산 아래로 내려갔다. 그 순간 장삼용 씨는 마치 눈밭을 구르는 강아지처럼 좋아서 팔짝팔짝 뛰며 우리를 반겼다.

"선생님, 제 다리 좀 보세요! 선생님께서 잔을 올리고 천지를 여시는 순간 다리에서 쩌르르 하는 어떤 느낌이 들기에 봤더니 이렇게 정상으로 돌아왔지 뭡니까? 그래서 한달음에 여기까지 먼저 내려왔습니다. 감사합니다! 선생님, 어떻게 이런 일이!"

장삼용 씨는 눈에 눈물이 그렁그렁하고 얼굴엔 가득 웃음을 담은 채 잔뜩 흥분하여 외쳤다. 나는 그 순간 한쪽 발이 땅에 닿지 않던 아이를 찾았다.

"애야, 네 발 어떠니? 지금 걸어보렴."

"어, 선생님, 제 발이 이제 땅에 닿아요! 어떻게 된 일이지요?"

아이는 이쪽저쪽 한 바퀴를 휘 걸으며 좋아서 어쩔 줄 몰랐다.

"빛이 너에게 주시는 기적의 선물이란다."

나는 장삼용 씨와 아이에게 찾아온 기적을 보며 저절로 눈시울이 뜨거워졌다.

빛은 이처럼 그 어떤 종교를 떠나서 원천의 힘, 어린아이 같은 순수한 마음 그 자체였다. 억만 년이 지나도 우리와 함께할 인류의 희망과 행복임을 다시 한번 깨달은 순간이었다.

"저기, 무지개 좀 보세요!"

일행이 가리킨 곳에는 직선 쌍무지개가 선명하게 떠올라 있었다.

직선 쌍무지개

아마도 우주마음께서 오늘의 기적을 두고두고 기억하라는 무언의 약속이 아닐까.

산청 초광력전의 유래

사람이 살다보면 뜻하지 않은 인연을 만날 때가 있다. 학연, 지연, 그 어느 것에도 얽히지 않은 생판 모르는 사람과의 만남도 그렇다. 울산의 한 호텔에 근무할 때였다. 하루는 호텔 커피숍에 범상치 않은 모습의 노인 한 분이 찾아와 몇 시간째 앉아계신 게 보였다. 나이 지긋한 노인이기에 나는 직원에게 찻값을 받지 말라고 이르곤 사무실로 들어가 일을 보고 있었다. 얼마 후 직원이 나를 찾아와 말했다.

"아까 그 노인이 자꾸만 지배인님을 뵙고 싶다고 하십니다."

"그래? 찻값을 안 받아서 무안하셨나?"

나는 의아한 마음으로 다시 커피숍으로 내려갔다. 그 노인은 나를 물끄러미 보다간 자신을 소개했다.

"나는 산청 지리산 골짜기에 있는 한 암자에 묻혀 도를 닦는 사람이오."

"아, 그러십니까? 여긴 어쩐 일로?"

"사실 나는 지난번 김영삼 대통령 당선에 도움을 준 것과 관련해서 의도하지 않게 세간에 이름이 알려지게 되었다오. 평소 조용한 생활을 하다가 사람들이 나를 최 도인이라 부르며 어찌나 찾아오는지 암자를 누군가에게 내주고 자유롭게 훨훨 떠나고 싶은 마음이 들었다오. 그런데 하루는 이상하게 '울산'에 가야겠다는 느낌이 들어 발길 닿는 대로 오다 보니 이 호텔에 이르게 되었다오. 그리고 당신을 보는 순간 나도 모르게, '아, 저분이 주인이시다!'라는 생각이 들지 뭐요"

"네에? 저를 보시고요?"

나는 소스라쳐 놀라 되물었다.

"그렇소. 내 예감은 틀림이 없다오. 지금 당장 나와 함께 산청 지리산 암자에 가보지 않겠소?"

최 도인은 밑도 끝도 없이 제안을 하였다.

"아이고, 제가 암자의 주인이라니요, 당치 않습니다."

나는 손사래를 치며 뒤로 물러났다.

"허허, 그저 나를 따라 한 번 가서 보기나 하시오."

최 도인은 그 날 이후 수차례 끈질기게 나를 설득하였다. 거듭되는 간청에 나는 더 이상 거절하지 못하고 어느 날 날을 잡아 산청으로 향했다. 차는 지리산 자락을 돌고 돌아 한참 꼬부라진 길을 거쳐 '미륵사'로 불리는 자그마한 암자에 도착하였다. 그때였다. 갑자기 어디선가 이상한 울음소리가 들려왔다.

"이게 무슨 소리지요?"

깜짝 놀라 사방을 둘러보는데 암자 마당에 우뚝 선 은행나무에서 들려오는 소리였다.

"이 은행나무는 암자 앞 오색토에 뿌리를 내린 채 해가 뜨는 정 동쪽을 향해 서 있으면서 매일 해와 달이 뜨고 지는 걸 지켜보고, 땅에서 올라오는 좋은 자연의 기운을 가득 머금고 있지요. 이 은행나무가 예사롭지 않은 손님이 온 걸 알고 저렇게 큰 울음을 우는 듯합니다. 보통의 은행나무와는 다른 특별한 나무지요."

최 도인이 은행나무를 올려다보며 말했다.

그 순간 나는 울산 문수사 마당에 있는 코끼리 나무를 떠올렸다. 내가 그곳을 찾아가던 날 아침, 그 코끼리 나무가 큰 소리로 울음을 울어 큰 손님이 오실 걸 미리 예견했다고 하였다. 그 소리를 들은 주지스님이 깨끗이 앞마당을 쓸어놓고 하루 종일 그분이 오시길 기다렸는데 정작 나를 보고는 소탈한 모습에 미처 알아보지 못하다가 뒤늦게 알게 되었다고 하였다.

'이게 무슨 징조일까?'

나는 점점 마음이 복잡해졌다. 하지만 암자 여기저기를 둘러보는데 참으로 이상하게도 자주 들렀던 듯 익숙한 느낌과 함께 마음이 편안했다. 산세를 둘러보니 그곳은 백두산에서 시작된 한반도의 정기가 백두대간을 비롯한 여러 산맥을 타고 이곳 지리산 가득 흘러든 특별한 곳이었다.

"보셔서 알겠지만 이곳은 지리산 중에서도 가장 핵심인, 사람에 비유하자면 생명을 잉태하는 어머니의 자궁과 같은 곳이지요. 그 형상을 호랑이의 입(호구虎口)에 비유하기도 합니다. 그만큼 비옥한 곳이어서 오색토와 오색수가 나오는 아주 고귀한 장소입니다. 또한, 아까 들어오다 보셔서 알겠지만 입구에 큰 저수지가 있어 최고의 좋은 기운이 모이게 되는 지형이지요. 그래서 예부터 이곳을 도호사, 못골절, 미륵전 등 다양한 이름으로 불리며 수도와 도량을 하는 곳으로 이용되었던 곳입니다. 이런 좋은 기운이 어린 곳이라는 소문을 듣고 김영삼 전 대통령 부인 손명순 여사가 대선 전에 여기 와서 불공을 드렸던 겁니다."

최 도인은 암자 앞에 서서 자세히 설명을 해주었다.

"제가 보기에도 좋은 기운이 느껴집니다."

나는 처음에 완강하게 거절했던 걸 잊은 채 흡족한 얼굴로 대답했다.

"자, 그럼 법당 안으로 들어가 보실까요?"

최 도인을 따라 법당 안으로 들어가자 한 가지 특이한 점이 눈에 띄었다.

"아니, 불상은 어디로 가고 웬 일출 사진이 걸려 있습니까?"

"하하, 그게 말입니다, 여기 오는 스님마다 불상을 모셔놓으려 했지만 무슨 이유에서인지 불상이 그대로 고꾸라지고 마는 겁니다. 아무리 세워놓으려 해도 소용없었지요. 그래서 불상 대신 일출 사진을 모셔놓은 겁니다."

최 도인은 그 이유를 설명해주었다.

'빛은 종교적 테두리를 넘어선 우주 전체를 움직이는 근원의 힘이다. 따라서 빛은 종교나 과학, 인간의 관념을 초월한다. 그 어떤 형상이나 관념에 얽매이지 않고 지구 전체에 태양의 빛줄기가 닿듯 일출 사진이 상징하는 우주의 변함없는 진리를 향해 주인을 기다리고 있었던 게 아닐까?'

나는 알 수 없는 묘한 기운에 휩싸인 채 일출 사진을 바라보았다.

그 날, 날이 저물어 암자에서 자려 할 때였다. 밤 11시가 되자 최 도인이 무언가 길게 외우기 시작하였다.

"지금 세상의 모든 길흉화복을 움직이고 종교나 신앙의 뿌리가 되는 신장들의 이름을 불러드리는 겁니다. 정 선생, 여기서 한 시간만 더 앉아 있다가 자시 지나면 주무시오. 나는 먼저 자겠소."

최 도인은 자리에서 일어나 법당 옆 토굴 속으로 자러 들어가며 말했다.

'허, 한 시간이나 왜 앉아 있으라는 거지?'

나는 얼결에 법당 안에 혼자 덜렁 앉아 있었다. 얼마간 시간이 흘렀을 때였다. 갑자기 어디선가 짤랑짤랑하는 방울소리가 들려왔다.

'여기 도둑고양이가 있나?'

나는 고개를 갸우뚱한 채 소리에 귀를 기울였다. 그때였다. 갑자기 지붕 위에서 쿵쿵, 저벅저벅 하는 큰 발걸음 소리가 들려왔다.

'이거 영감쟁이가 나를 놀리는 건가?'

나는 또다시 그 소리에 귀를 기울였다. 하지만 웬걸, 이번에는 저벅저벅, 딸랑딸랑, 두 소리는 마치 서로 경쟁이라도 하듯 더욱더 요란하게 들려왔다. 그러더니 마치 천정에서 거미줄을 타고 수직낙하 하듯 귀청을 찢을 듯 요란한 소리가 내 머리 위로 쏟아져 내려왔다. 그 순간 무언가 탁 머리를 쳤다.

'여기 사는 신들이 내게 신호를 보내는 거로구나.'

나는 한동안 명상에 들어갔다.

다음 날 이른 아침, 최 도인은 궁금하다는 듯 내게 물었다.

"정 선생, 간밤에 뭐 특별한 일이 없었습니까?"

"말도 마십시오. 웬 고양이 방울 소리에다 큰 발자국 소리까지 들려서 시끄러워 혼났습니다."

나는 시치미를 떼고 말했다. 그러자 최 도인은 물론 옆에 있던 공양주까지 놀라서 입을 떡 벌렸다.

"하아, 간밤에 신장님들이 다녀가셨군요. 10년을 한결같이 공부하고 기도해도 만나기 쉽지 않은 신장들인데 정 선생은 단 하룻밤 만에 신장님들의 영접을 받다니요. 선생님이 행하는 빛은 그런 신장들의 힘을 초월하여 존재하는 것이니 선생님이야말로 내 짐작대로 여기 땅 주인이 될 자격을 갖춘 유일한 분입니다. 더 이상 망설이지 마십시오. 내 말대로 하면 아마도 좋은 일이 일어날 것이오."

최 도인은 자꾸만 생짜배기로 나에게 밀어붙였다.

"글쎄요, 당장 결정할 문제가 아니니 좀 더 생각해보겠습니다."

나는 최 도인의 제안을 뿌리친 채 울산으로 돌아왔다. 하지만 참 이상한 일이었다. 일을 하면서도 문득문득 산청 암자가 떠올랐다. 무엇인가가 나를 끌어당기는 기분이었다. 그 후 몇 차례 더 암자에 다녀온 후 마침내 나는 최 도인의 제안을 받아들였다.

암자를 산 후 나는 그곳을 '산청 초광력진'이라 이름 붙이곤 팔공산 빛터와 마찬가지로 학회 회원들을 위한 공간으로 쓰고 있다. 그곳에 누군가 상주하며 보존하고 관리를 하는 대신, 일 년에 일고여덟 차례 회원들과 함께 찾아가 정리, 보수를 하고 있을 뿐이지만 그 본래의 모습을 잘 간직하고 있다. 그곳은 스스로를 지키는 정화와 관조의 힘을 지닌 땅, 신들이 함께 머무는 곳이기 때문이다. 여기서 신이란 종교나 이론에서 말하는 것이 아니라 세상의 길흉화복을 관장하는 큰 에너지를 뜻한다.

그 이후, 산청 초광력전에는 여러 가지 신기한 일들이 일어났다. 한 번은 몸이 아픈 혜명스님이 나를 따라와 요사채에서 요양을 할 때였다. 캄캄한 밤, 화장실에 가려고 문을 열었는데 호랑이 한 마리가 마당에 떠억 서 있는 게 아닌가. 소스라쳐 놀란 혜명 스님은 나오지도 들어가지도 못한 채 문고리를 잡고 벌벌 떨고 있었다. 이상한 기척에 내가 문을 열고 나오니 그 형상이었다.

'허, 이걸 어쩌나.'

나 역시 올라가지도 못하고 내려가지도 못한 채 호랑이를 노려보았다. 호랑이도 나를 마주보며 서 있었다.

"너 왜 여기 왔느냐? 산으로 가라. 여기 있으면 위험하니 빛을 받고 산으로 가거라."

나는 호랑이를 향해 말했다. 그 순간 호랑이는 마치 내 말을 알아들었다는 듯 고개를 숙이고 앞발을 딱 내밀며 빛 받을 자세를 취했다.

'참으로 영험한 동물이로구나.'

나는 호랑이를 향해 빛을 주었다. 그러자 호랑이는 마루 밑으로 건너가더니 산신각 계단을 날듯이 펄쩍 뛰어넘고서 초광력전 지붕 위로 올라갔다. 그리곤 마을이 다 울리도록 어흥 하며 포효를 하였다.

그 날 아침 마을 사람 몇몇이 하얗게 질린 얼굴로 초광력전으로 찾아왔다.

"간밤에 호랑이 울음소리 들으셨지요? 아, 글쎄 우리 집 삽살개가 그 소리를 듣자마자 피똥을 싸고 죽었지 뭡니까!"

"정말 호랑이 울음소리였다니까요."

사람들은 벌벌 떨며 어쩔 줄 몰랐다.

"사람을 해치지 않을 테니 걱정하지 마십시오."

나는 그들을 안심시켜 돌려보냈다. 하지만 그 후 호랑이는 초광력전을 떠나지 못하고 가끔 새벽 2시가 되면 나무 뒤에서 눈에 불을 켠 채 나를 지켜보았다. 그 이야기를 들은 삼중 스님이 신도들을 데리고 와서는 문구멍을 뚫고 밖을 내다보았다. 소문은 점점 퍼져서 마침내 SBS 기자한테까지 들어간 모양이었다. 취재를 오겠다며 한사코 나를 졸라대었다. 나는 어느 날 나타난 호랑이에게 말했다.

"호랑이야, 너 방송에 나오면 오래 못 산다. 그러니 빨리 멀리 떠나거라."

호랑이는 그 후 어디론가 휙 바람처럼 사라져버렸다.

나는 호랑이가 앉았던 자리가 예사 자리가 아님을 알았다. 그리곤 우주마음의 느낌에 따라 탑을 쌓기로 하였다. 그런데 이 말을 들은 법조 스님이 나름대로 공을 들여 탑을 쌓아 올렸는데 이상하게도 다음 날 와르르 무너져 내리고 말았다.

'무슨 이유일까?'

나는 또다시 깊은 명상에 잠겨 들었다. 그 순간 한 가지 깨달음이 찾아왔다.

'그래, 초광력전에 쌓아올릴 탑은 어떤 형식에 맞춰 올리는 게 아닌 전국 팔도의 돌을 모두 모아 올려야 한다.'

그 뜻을 전해들은 보살 부부가 전국 각지에서 돌을 가져와 탑을 쌓아 올렸다. 맨 아래 있는 것은 동해안 감포의 돌, 그 위로 가야산, 팔공산, 모악산 등등 전국 각지의 돌을 8개 모아 쌓아올렸다. 그런데 참 신기하게도 그 어떤 무서운 태풍이 몰아쳐도 돌탑은 끄떡도 하지 않았다. 그어떤 재난에도 쓰러지지 않고 백 년, 천 년을 이어질 튼튼한 탑이 세워진 것이다. 가끔 몹시 가물고 비가 내리지 않을 때면 나는 이 돌탑에 물을 한 바가지 퍼붓는다. 그러면 신기하게도 얼마 지나지 않아 비가 내리곤 하였다. 이 모든 게 초광력전을 관장하는 빛의 힘 때문이리라.

그러던 어느 날 이름만 대도 다 아는 유명한 스님 한 분이 찾아왔다. 스님은 초광력전을 한바탕 둘러보더니 넌지시 물었다.

"이렇게 좋은 수도도량을 그냥 비워두신다니 너무 아깝습니다. 제가 이곳에 머물면서 초광력전을 가꾸며 수도정진을 하면 어떻겠습니까?"

어차피 주 중에는 그 터를 돌볼 사람이 없고 나 또한 직장생활로 주말에나 올 수 있는 형편이라 나는 스님의 제안도 괜찮겠다는 생각이 들었다.

"좋습니다. 하지만 이 터는 우주의 마음이 지정한 매우 특별한 터입니다. 만약 교만한 마음을 품거나 순수한 마음이 아닐 경우 큰 봉변을 당할 수도 있습니다. 특히 이 터에 있는 말벌들은 빛의 마음에서 벗어난 사람은 용케 알아보고 호되게 쏜답니다."

나는 조심스레 일렀다. 사실 얼마 전에도 초광력전에서 경거망동하던 사람이 말벌에 쏘여 혼이 난 걸 보았던 터였다.

스님은 손을 내저으며 크게 껄껄 웃었다.

"걱정하지 마십시오. 정 선생님, 저는 오랜 수도를 통해서 새와 대화를 할 줄 아는 경지입니다. 그러니 안심하고 제게 이곳을 맡겨주십시오."

"그래요? 그럼 그렇게 하시지요."

스님이 너무도 호언장담하기에 나는 선뜻 허락을 하였다. 그런데 사흘이 채 지나지 않아 스님이 다급한 목소리로 전화를 걸어왔다.

"제가 아무래도 잘못 생각했던 것 같습니다. 너무 자만했습니다. 죄송합니다. 저는 다시 내려가겠습니다."

큰소리를 탕탕 칠 때와는 사뭇 다른 목소리였다.

"대체 왜 그러십니까?"

나는 무슨 일인가 의아해서 물었다.

"오늘 아침 초광력전 입구에서 큰 말벌이 날아와 윙~하고 이마를 탁 쏘더니, 다시 또 한 마리가 날아와 다시 한 방을 쏘지 뭡니까? 처음에는 그저 우연이라고 생각했다가 세 번째로 쏘였을 때에는 도대체 정신이라고는 없고 그저 '내가 너무 자만했구나' 하는 후회만 들었습니다. 죄송합니다."

스님은 말벌에 놀라 줄행랑을 치고 말았다.

초광력전에는 은행나무를 비롯하여 불상을 세워놓으면 쓰러지고, 말벌이 일침을 가해 본뜻을 흐리는 사람을 쫓아내는 등 신기한 일들이 많았다. 그중에는 몰래 물건을 가져갔다가 우환을 당하는 분들도 많아 초입에 경고 표지판을 세워둘 정도였다. 이처럼 초광력전에는 특별히 관리인을 두어 지키게 하거나 보살피지 않아도 나무와 풀 때로는 산새와 말벌과 개미들이 자유롭게 살며 사람을 대신해서 때로는 그곳을 지키는 호위병 역할을 하기도 한다.

또 초광력전 뒷산으로 이어지는 오르막길 한쪽에는 대나무 숲이 우거져 있다. 초광력전을 구입한 후 지난 1996년 나는 『빛으로 오는 우주의 힘 초광력』이라는 첫 번째 책을 쓰기 위해 대나무 숲에다 평상 하나를 만들었다. 그리곤 약 보름간 초광력전에 머물며 이른 아침부터 해질녘까지 그곳에 앉아 우주의 느낌과 함께 그 책을 쓰기 위한 집필에 들어갔다. 사각사각 바람에 흔들리는 댓잎 소리를 들으며 글을 쓰다 보면 그어느 서재나 도서관에서 쓸 때보다 신기하게도 글이 술술 풀려나갔다.

그 후 몇 년이 흐른 지난 2007년이었다. 무심코 대숲에 들어간 나는 소스라쳐 놀랐다. 내가 앉아있던 평상 근처에 서 있던 대나무들이 일제히 꽃을 피운 것이다. 대나무는 일생동안 딱 한 번 죽기 전에 꽃을 피운다고 알려져 있다. 그런데 이렇게 대나무가 한꺼번에 꽃을 피우는 것은 좋지 않은 징조라고들 전해져왔다. 역사적으로도 임진왜란, 병자호란, 6.25전쟁처럼 나라에 큰 우환이나 어려움이 있을 때 대나무들이 집단으로 꽃을 피우고 죽은 사례가 기록으로 남아 있다고 했다.

'대체 무슨 징조일까?'

나는 고개를 갸웃하며 우주마음을 헤아려보았다. 그러자 앞으로 큰 어려움이 닥쳐올 텐데 이것이 거꾸로 전화위복이 되어 좋은 일로 바뀌게 되리라는 느낌이 들었다. 아니나 다를까, 대나무꽃이 피고 얼마 후 한 방송사에서 빛을 초염력과 혼동하여 왜곡 보도하는 일이 벌어졌다. 이를 알고 학회 회원들이 일제히 해당 프로그램에 항의를 하는 등 웃지 못할 해프닝이 벌어졌다. 빛을 정확히 인지하지 못하는 데서 온 명백한 오보였다. 초광력전의 대나무꽃은 이런 불상사를 미리 예견했던 것이라 볼 수 있다.

이렇게 해서 그해 가을, 겨울을 지나며 모두들 대나무가 말라 죽을 것으로 생각했다. 하지만 신기하게도 이듬해 봄 대나무들이 모두 살아 다시 새잎을 틔웠다. 대나무는 한 번 꽃을 피우면 그 일대 군락이 모두 활짝 꽃을 피운 후 죽는 게 생물학적 상식이다. 하지만 이러한 상식을 뒤엎고 꽃을 피운 후에도 대나무가 살아남는 건 단순한 우연이 아니었다.

나는 산청 초광력전에 올 때면 그 어느 때보다 마음이 평온하다. 양(陽)적이고 밝고 활기가 넘치는 팔공산 빛명상 터와 대조적으로 음(陰)적이어서 밖으로 드러나지 않게 고요한 곳이기 때문이리라. 앞으로도 많은 사람들이 초광력전을 찾아와 고요함 속에서 자신의 내면을 돌아보고 성찰할 수 있는 치혜의 공간이 되기를 바랄 뿐이다.

❝ 제 3 장 ❞

구룡반도의 쌍무지개

The Beautiful 라파엘 성모상

가끔 여행을 갈 때면 참 알 수 없는 일이 벌어지곤 한다. 낯선 거리나 현지인의 생생한 숨결이 느껴지는 재래시장이나 골목을 지나다 보면 어디선가 알 수 없는 향기가 풍겨오고, 무심코 그 향기를 따라가면 누군가가 사전 예약이나 주문을 해놓은 듯 뜻밖의 귀중한 인연들을 만날 때가 있다. 바로 수십 년에서 수백 년 동안 케케묵은 먼지를 뒤집어쓴 채 오직 알 수 없는 향기로 나를 이끈 성스러운 성물(聖物)들이다.

지난 2015년 10월, 이탈리아 남부 카프리 섬에 갔을 때도 그랬다.

회원들과 함께 눈이 부시게 푸르른 지중해와 해풍에 익어가는 올리브와 향긋한 레몬 향기가 풍겨오는 한 작은 마을에 갔을 때였다. 좁고 오래된 골목에 늘어선 인형처럼 작은 가게들을 지나며 그 안에 진열된 아기자기한 소품들을 둘러보며 즐기위하고 있는데 갑자기 어디선가 솔솔 향기가 스쳐왔다. 꽃향기도, 나무 향기도, 최상의 침향이라는 기남향도 아닌 뭔가 말로 설명할 수 없는 신비로운 향기였다.

'이게 대체 무슨 향기지?'

나는 알 수 없는 향기에 이끌려 한 작은 가게로 들어섰다.

향기는 진열대 한쪽에 놓인 탁상시계처럼 생긴 작고 초라한 조각품에서 풍겨왔다. 조심스레 다가가 뚜껑을 열자 놀랍게도 조각품 안에는 시계가 아닌 한 어머니가 천사보다 더 고운 아기를 안고 있는 그림이 들어있었다. 바로 어린 예수를 안고 있는 성모상이었다.

'아, 경제적 편리와 물질적 풍요에 쫓기느라 모성도 인성도 멀어져 가는 이 아픈 세상에서 이 작은 성모상은 우리에게 무엇을 주시고자 이렇게까지 향기를 품으며 기다리고 계셨을까?'

나는 눈시울이 뜨거워졌다. 성모님은 이 세상에서 권력도 부도 명예도 아닌 오직 어머니의 순수한 참사랑을 보여주신 이 지구상의 어머니의 어머니…… 끝까지 올라가면 전 생명을 스스로 창조하시고 이뤄내신 그 근원이며 무한능력의 원천이신 분이 아닌가.

나는 이 성모상을 '조각감실'에 모셔야겠다는 생각이 번뜩 들었다. 눈치 빠른 주인이 내 간절한 눈길을 느끼곤 잽싸게 계산기에 180유로를 치며 가져가라는 듯 어설픈 미소를 지으며 말했다.

"이 조각품은 17세기경에 만들어진 'The Beautiful 라파엘상'이라고 하오. 어느 명망 높은 가문에서 소장하고 있던 걸 그 가문이 멸문하면서 나온 게요."

나는 두 말없이 성모상을 사서는 소중하게 내 안주머니에 모셨다.

그런 다음 며칠 후 다시 올리브가 익어가는 향기를 따라 작은 마을을 지나는데 조그맣고 고풍스런 성당 하나가 보였다. 잠시 빛 묵상을 드리려 안으로 들어가자 제대 위에 제단의 상징인 십자가상 대신 성모상이 놓인 게 보였다.

'아니 저건?'

나는 혹시나 하는 마음으로 조심조심 제대 앞으로 다가가 찬찬히 성모상을 바라보았다. 아무리 눈을 씻고 보고 또 봐도 그 성모상은 얼마 전 가게에서 산 성모상과 똑같아 보였다. 떨리는 마음으로 안주머니에서 성모상을 꺼내 살펴보니 그 표정이며 모습이 크기만 축소한 것일 뿐 너무나도 똑같았다.

"이럴 수가!"

나는 떨리는 손으로 성모상을 제단 앞에 살포시 올려놓았다. 그러자 다시금 어디에선가 가게 앞에서 맡았던 그 향기가 풍겨왔다. 나는 저절로 제대 앞에 무릎을 꿇고 앉아 두 성모님을 바라보았다. 문득 대구 계산 성당 복사 시절, 제단 앞에 두 무릎 모아 시린 손을 호호 불며 성모님을 지긋이 바라보던 때가 떠올랐다. 마치 푸른 구름 위에 솟아있는 듯 자애롭게 느껴지던 성모님을 보며 깊은 묵상에 빠져들면 마음이 평온해지고 어떤 고민이나 어려움도 눈 녹듯 사라지던 그 시절 말이다.

'이 교회를 설계하신 분도 나와 똑같은 생각을 하신 게 아닐까?'

나는 빛묵상에 잠겨 성모상을 바라보며 알 수 없는 황홀감에 빠져들었다. 지금도 내 방에 모셔놓은 '라파엘 성모님'을 뵐 때마다 그때의 일이 떠올라 가슴이 벅차오른다.

고물상의 성모님

'왜 그런 꿈을 꿨을까?'

이른 새벽 눈을 뜨자마자 나는 고개를 갸우뚱하고는 간밤에 꾼 꿈을 떠올렸다.

어디론가 하염없이 걷다가 길을 잘못 들어섰을 때였다. 갑자기 코를 싸쥐게 하는 악취와 함께 쓰레기 매립장이 나타났다.

"아이쿠, 어쩌다 이런 데로 왔을꼬!"

나는 서둘러 되돌아나가려 하였다. 그때 하늘에서 갑자기 샛별 하나가 포물선을 그리며 매립장 한쪽으로 떨어지는 게 보였다.

"무슨 일이지?"

궁금증을 이기지 못한 나는 여전히 코를 싸쥔 채 샛별이 떨어진 곳으로 발을 옮겼다. 그 순간 그 자리에 오색 빛을 띤 큰 촛불이 활활 타오르고 있는 게 보였다.

나는 어느새 냄새 따윈 다 잊은 채 후다닥 그쪽으로 다가갔다. 그러자 찬란하게 빛나는 금관을 쓴 성모님이 울고 있는 게 아닌가!

"세상에! 성모님이 저렇게 누추하고 냄새나는 곳에 계시다니!"

평소 천주교 신자로서 성모님을 그 누구보다 사랑하던 나는 얼른 성모님을 번쩍 들어 품에 안았다.

그때였다. 갑자기 어디선가 신비로운 향기가 바람결에 날리더니 조금 전까지 쓰레기 매립장에서 풍겨오던 그 썩은 냄새는 간 곳이 없고 은은한 향기가 진동했다. 게다가 아무렇게나 쌓여있던 수많은 쓰레기들이 모두 하얀 꽃잎으로 바뀌어 마치 하늘을 향해 춤추듯 나풀거리는 게 아닌가?

"참 이상한 꿈이구나."

나는 꿈속에서 맡았던 향기를 코끝에 느끼며 혼자 중얼거렸다. 하지만 하루 내내 쓰레기 매립장에서 울고 있던 성모님과 오색 빛을 띤 큰 촛불, 신비로운 향기를 떠올리며 그게 무얼 뜻하는 꿈인지 해석을 해보려 안간힘을 썼다.

그다음 날도 마찬가지였다.

함께 점심을 먹자는 동료들의 제안을 뒤로한 채 나는 꿈속에서 본 광경을 떠올리며 산책에 나섰다.

어느 틈에 내 발길음은 대구의 상동 성당 쪽으로 향했다. 예전에 상동에 살 때 그곳 상동 성당에 모셔놓은, 아기 예수를 안고 있는 성모상의 모습이 보기 좋아 가끔 꽃 한 송이씩을 가져다 놓곤 하던 곳이다.

나는 성모상 앞에 서서 두 손 모아 기도를 드렸다.

성모님은 언제나 처럼 나를 향해 빙긋 웃어주시는 듯했다. 성모님을 만나 뵙고 발을 돌리려던 나는 갑자기 성당 후문 앞에 있는 고물상이 떠올랐다.

'혹시?'

쓰레기 매립장에서 울고 있던 성모님이 나타난 꿈이 어쩐지 그 고물상과 관련이 있을 듯한 예감이 들었다.

나는 서둘러 성당 후문으로 나갔다. 그 앞에는 부서진 자전거며 냉장고, 텔레비전, 철물 등 온갖 버려지는 물건들을 아무렇게나 마구 쌓아 놓은 고물상이 여전히 자리를 잡고 있었다.

나는 무언가에 홀린 듯 고물상 안으로 들어가, 마치 보물찾기를 하는 어린아이처럼 여기저기를 마구 헤치며 무언가를 찾기 시작하였다.

"당신, 거 뭐요? 찾는 물건이라도 있소?"

임시 사무실에서 일을 보던 주인이 나와 퉁명스레 물었다. 하긴 남의 영업장에 들어와 말도 없이 이것저것 들춰내니 기분이 나쁠 수밖에 없을 터였다.

"아니, 뭐가 있나 좀 보는 게요."

나 또한 물러서지 않고 고물상 이쪽 저쪽을 마구 헤집고 다녔다.

그때였다.

"어, 어어…… 서, 성모님께서……."

녹이 슬어 다 찌그러져 가는 냉장고 밑에 신음하듯 성모상 하나가 눌려 있는 게 아닌가! 냉장고 밑에 깔린 성모님은 먼지와 때가 묻은 채 눈물을 흘리듯 물기가 어려 있었다.

"아아, 도대체 누가 이, 이런 고약한 짓을 했단 말인가!"

나는 터져 나오는 울화통을 간신히 억누른 채 허둥지둥 성모님 곁으로 달려갔다. 그리곤 어디서 그런 힘이 솟아났는지 냉장고를 번쩍 들어내곤 조심스럽게 성모님을 모시고 나왔다.

"이봐요, 이봐! 남의 물건을 그냥 가져가는 법이 어디 있소?"

나를 지켜보던 주인이 여전히 볼멘소리를 하였다.

"이 사람이, 서, 성모님을 이 지경으로……."

나는 한바탕 꾸지람을 퍼부으려다간 가만히 입을 닫았다. 성모님을 구해낸 것만으로도 가슴이 벅차올랐기 때문이었다.

나는 지폐 몇 장을 건네주곤 뒤도 돌아보지 않고 집으로 달려왔다.

"세상에, 이 지경이 되도록 얼마나 슬프셨을까?"

집에 와서 보니 성모님 모습이 말이 아니었다. 옷 주름 사이사이엔 때가 덕지덕지 앉아있고 상앗빛 얼굴에도 온통 땟자국이 가득했다.

나는 물을 따뜻하게 데워 성모님을 목욕시켜 드리려 하였다. 옆에서 지켜보던 아내가 걱정스런 얼굴로 물었다.

"당신이 성모님을 목욕시켜 드려도 돼요?"

"이렇게 때가 꼬질꼬질 묻었는데 목욕이라도 깨끗이 씻겨드려야잖겠소? 걱정 마요. 성모님께서도 기뻐하실 테니."

나는 성모님을 말끔하게 씻겨드렸다. 성모님은 세월의 두께가 앉아 색이 바래긴 했지만 깨끗하고 인자한 모습 그대로 되살아나셨다.

'아, 내가 엊그제 꾼 꿈이 바로 이것이었구나. 내게 고물상에 갇혀있

는 성모님을 구해드리라는 계시였던 거야.'

　나는 성모님을 우리 집에서 제일 좋은 자리에 소중하게 모셨다.

　그 순간 꿈속에서 맡았던 그 신비롭고 향긋한 향기가 온 집안에 진동하였다.

　"내가 네 친절을 잊지 않으마."

　성모님은 마치 내게 그렇게 인사하는 듯 자비로운 미소를 지어 보였다.

　"아아, 성모님! 제가 더 감사하나이다!"

　나는 두 손 모아 공손히 기도를 올렸다.

그랜드 마스터를 깨우다

전미태권도협회(ATA)의 이행웅 회장은 한국전쟁 직후 맨손으로 미국으로 건너가 미국 전역에 태권도를 퍼뜨린 대부이며 클린턴 전 미국 대통령이 아칸소 주지사 시절 그의 태권도 사부였다. 그는 미국 전역에 태권도 도장을 세우고, 미국인들에게 태권도를 가르치며 공장을 지어 태권도 관련 물품을 보급하는 등 태권도를 널리 알리는데 크게 기여했다. 또한 태권도를 현지화하여 생활스포츠로 자리 잡도록 하는 데 많은 노력을 기울였다.

그의 노력으로 아칸소 주는 태권도의 주가 되었다. 매년 열리는 태권도 축제에 참여하기 위해 많은 사람들이 몰려들면서 미국에서 하위권에 뒤처져 있던 아칸소 주 지역경제도 크게 살아났다. 이 때문에 대통령이 되기 전 아칸소 주지사로 재직하던 클린턴 전 미국 대통령이 이행웅 회장에게 태권도를 배웠으며, 대통령이 된 후에는 특별히 그에게 태권도 교관을 맡길 만큼 위상이 대단했다.

이처럼 코리안 드림의 새 역사를 쓰며 태권도를 미국 전역에 알리고 승승장구하던 그에게 안타깝게도 암이라는 무서운 복병이 찾아왔다. 그것도 이미 말기에 접어들어 절망적인 상태였다.

미 정부는 물론 측근들은 갖가지 수단을 동원해서 그를 살리고자 애썼다. 하지만 그의 암세포들은 이미 폐와 간을 중심으로 전신에 퍼져 있어서 최첨단 치료는 물론 한방, 민간요법, 대체의학이며 세계적인 명의들을 초빙하여 치료를 받게 했지만 되레 그는 가물가물 의식을 잃어가며 목구멍까지 막혀갔다.

그는 죽음만 기다리는 상태로 500년 묵은 북한산 산삼까지 다려 먹이려 하였으나 그것마저 먹을 수 없는 지경에 이르렀다.

사람이 막다른 길에 다다르면 새로운 길이 열린다고 했던가? 그 무렵 기적처럼 놀라운 일이 벌어졌다. 한국인 2세인 엘리자베스 변호사가 우연히 워싱턴의 한 주립 도서관에서 내가 쓴『행복을 나눠주는 남자』를 읽었다.

'그래, 이 분이다!'

책을 읽자마자 번개처럼 나를 떠올린 그는 당장 당시 빛명상본부가 있는 대구 상아맨션 사무실로 전화를 걸어왔다.

"혹시 빛명상본부 정광호 선생님이십니까?"

"네, 그렇습니다만……."

그는 내가 전화를 받자마자 간단한 설명과 함께 다짜고짜 당장 내일 미국으로 날아와 달라며 간청하였다. 나는 전화기를 통해 들려오는 그의 다급함과 간절함, 빛에 대한 확신에 찬 그를 보며 저절로 마음이 움직였다. 그러곤 당치 않은 제안을 하였다.

"김대중 대통령이나 대구시 문희갑 시장을 통해서 초청해달라고 하십시오."

"알겠습니다."

모든 일은 눈 깜짝할 사이에 일사천리로 진행되었다. 다급한 그는 미 아칸소 주지사를 통해 나를 초청한다는 공문을 청와대와 대구시에 보내왔다.

나는 공문을 받은 후에도 미국행을 결정하기 전에 늘 지니고 다니는 한역삼목을 뽑았다.

마이크 허커비 아칸소 주지사가 대구시 문희갑 시장에게 보낸 공문

'음, 1번이 나왔구나. 그럼 됐다!'

그들을 따라가도 좋다는 긍정적인 메시지를 받자 마음이 놓였다.

마침내 미국행 비행기를 타고 공항에 도착하니 'Welcome Jung Kwang-Ho, Grand Master'라고 쓴 현수막을 붙인 초호화 버스가 대기하고 있었다.

버스는 낯선 이국땅을 달리고 달려 곧장 아칸소 주 리틀록(little rock) 시에 ATA회장이 머물고 있는 곳으로 달려갔다.

"먼 길 오시느라 수고하셨습니다. 이리로 들어오십시오."

눈이 빠지게 나를 기다리던 수행원을 따라 이행웅 회장이 의식을 잃고 누워있는 방으로 들어갔다. 침대 위에는 한눈에도 거의 시체나 다름없어 보이는 그가 보였다. 그 옆에는 주치의를 비롯하여 관계자 2, 30여 명이 죽 늘어서서 이 모습을 지켜보고 있었다.

나는 한 치의 망설임도 없이 이행웅 회장 옆으로 다가갔다.

"빛의 힘, 초광력을 받고 당장 깨어나시오!"

나는 온 마음을 모아 큰소리로 외쳤다.

내가 해줄 수 있는 일은 그뿐이었다. 무슨 푸닥거리처럼 요란한 의식이라도 벌일 줄 알고 잔뜩 기대했던 사람들이 의아한 표정으로 서로를 바라보았다. 하지만 나는 그 길로 숙소에 들어가 짐을 풀었다. 이윽고 이미 시간이 새벽 2시경 인데다 시차 때문에 피곤하여 누가 업어 가도 모를 만큼 곤한 잠에 곯아떨어졌다.

그런데 새벽 한 서너 시쯤 되었을까? 갑자기 밖이 소란스러워지며 사람들 발소리가 온 층을 다급하게 쿵쿵 뛰어다니는 소리가 들려왔다.

"세상에, 이 회장님이 깨어나셨다! 깨어나셨어!"

"다 죽은 사람이 저렇게 살아나다니!"

잠결에 들으니 감격에 겨워 울먹이는 소리도 들려왔다.

나는 벌떡 일어나 이 회장이 있는 곳으로 달려갔다. 아니 사람들이 하도 그 방을 에워싼 채 요란을 떠는 바람에 떠밀리다시피 그 앞으로 가야만 할 정도였다.

이 회장은 언제 그랬냐는 듯 의식을 되찾은 채 안색마저 발그스레하게 돌아오고 있었다.

"정신이 드십니까?"

나는 차분한 목소리로 물었다.

"······제, 제가······."

이 회장은 눈물을 글썽이며 무슨 말인가 하려 했지만 무언가 목에 걸린 듯 더 이상 말을 잇지 못했다. 가만히 보니 입안에 가득 백태처럼 낀 곰팡이가 보였다.

"물을 가져오시오!"

나는 가져온 물에다 빛^{VIII}을 교류해 초광력수를 만들었다. 의식이 없는 탓에 이행웅 씨의 목이 마치 거미줄을 친 듯 꽉 막혀 있었다. 이를 깨끗이 정화하기 위해 초광력수를 그의 입속으로 세 숟가락 흘려 넣어주었다. 그러자 이를 지켜보던 사람들이 "북한에서 가져온 500년 된 산삼을 달인 물도 못 마시던 분이······."라며 놀라워하였다. 특히 이 모든 과정을 옆에서 지켜본 의료진들은 빛^{VIII}이라고 하는 신비로운 힘과 이 힘이 교류된 초광력수에 지대한 관심을 나타내었다.

내가 이 회장에게 초광력수를 흘려 넣어주는 등 이 모든 것을 하기까지 불과 십여 분의 시간이 흘렀을 뿐이다. 하지만 내가 할 수 있는 일은 그것이 전부였다. 빛은 어차피 마음과 마음으로 전달되므로 오랜 시간이 필요하지 않기 때문이다. 이제 최선을 다했으니 추이를 지켜보며 기다리는 일만 남았다. 그런데 날이 훤하게 밝아올 무렵 놀라운 일이 또 벌어졌다. 목 안에 잔뜩 끼어있던 거미줄 같은 곰팡이가 다 사라지고 이 회장의 말문이 트였다.

"제가 터널처럼 깜깜한 동굴 속에 있었는데…… 갑자기 그 앞이 환해지면서 선생님 얼굴이 보였습니다. ……그리곤 제 얼굴을 짚으며 깨어나라 외치셨습니다. ……꿈인 줄 알았는데 이렇게 생시일 줄은 미처 몰랐습니다……. 당신이 나를 살려주셨습니다! 참으로 고맙습니다!"

이 회장은 눈물을 주르르 흘리며 내 손을 잡고 어쩔 줄을 몰라 했다.

"하하, 이 회장이 살아난 건 제힘이 아닌 생명(마음, 영혼)의 주인이신 빛의 힘 때문이오!"

나는 그에게 다시 빛을 주며 호탕하게 웃었다.

이행웅 회장은 그 후 몇 차례 빛을 더 받는 과정에서 일어나 앉을 수 있을 정도로 기력을 회복했다. 이를 보고 누구보다 놀란 건 현지 의료인들이었다.

"이거야 원, 우리는 그 어떤 특이점도 발견하지 못했는데 빛[viii]이라는 눈에 보이지도 않는 힘을 받고 하룻밤 만에 기적처럼 깨어나다니!"

누군가가 신음소리처럼 내뱉었다. 그야말로 이 회장을 통해 현지 의료진들은 빛[viii](초광력;超光力, UCS)이라고 하는 신비로운 힘과 이 힘이 교류된 초광력수에 지대한 관심을 나타냈다.

이처럼 초광력수는 심신을 정화하고 치유하는 힘이 있으며 그 어떤 물과는 비교할 수 없는 독특한 특성과 효력이 있다. 항간에 심층수, 해저수, 빙하수 등등 다양한 종류의 고급 물이 나와 있지만 초광력수에는 일반 물들이 흉내 내지 못하는 고유의 특성, 즉 모든 생명을 창조한 우주 원천에서 오는 무형 에너지가 담겨있어 더욱 특별하게 다가온다.

결국 이 일을 계기로 미 아칸소 주 정부는 나를 종신 명예대사와 주도(州都)인 리틀록 시의 명예시민으로 추대하였다. 그리고 현지의 미국인들에게도 빛과 빛명상을 전할 수 있는 소중한 기회를 마련해주었으니 이 일은 단순히 개인적인 차원의 명예이기보다는 빛이 과학을 초월하는 대안의 힘, 혹은 대체의학의 힘(Top Energy)으로 국제적 차원에서 공식 인정을 받았다는 점에서 큰 의미가 있었다.

미시시피 강 발원지에서 들려오는 북소리

    해외를 갈 때면 국적이나 인종과 문화, 언어가 아무리 다르다 해도 그건 외형적인 부분일 뿐 우리 모두의 내면에는 우주의 마음에서 떨어져 나온 작은 보석, 빛마음이 담겨있다는 걸 느낀다. 전미태권도협회(ATA)의 이행웅 회장을 소생시킨 후 그곳에서 멀지 않은 엘비스 프레슬리 생가, 라스베가스, 그랜드 캐년, 미시시피 강 등 여러 곳을 여행하게 되었다.

    그런데 그레이스랜드(Graceland)를 관광하러 갔다가 그 지역에서 태어난 유명 가수 엘비스 프레슬리(Elvis Presley)의 생가를 둘러보고 나올 때였다. 어디선가 체구가 건장하고 구릿빛 피부가 돋보이는 한 남자가 환하게 웃으며 다가왔다.

    "안녕하십니까, 그랜드 마스터 정!"

    그는 이미 나를 알고 있는 듯 매우 공손하고 친근한 표정이었다.

    "저는 스튜어트 하워드(W.Stuart Howard)라고 합니다. 이곳에서 멀지 않은 곳에 살고 있는 네이티브 아메리칸(Native American)의 마지막 추장이지요. 아칸소 주 ATA 태권도협회 이행웅 회장을 위해 당신이 오셨다는 이야기를 듣고 여러 날을 기다렸습니다. 괜찮으시다면 오늘 밤은 저희 집에서 묵으시는 게 어떻겠습니까? 꼭 드릴 말씀이 있습니다.”

나는 알 수 없는 끌림으로 그의 초대를 받아들였다.

차로 한 시간 남짓 달려 도착한 곳은 집이라기보다 큰 공원에 가까웠다. 네이티브 아메리칸들을 보호하기 위해 주정부에서 지정한 보호구역인데 추장인 자신이 그곳 대표를 맡고 있다고 했다. 차에서 내려 앞서 걸어가는 추장의 걸음걸이가 어딘가 이상해 보였다.

“다리가 아픈 게요?”

“퇴행성 관절염으로 걸을 때마다 발바닥에 엄청난 고통이 따르고 뼈마디가 시려서 한여름에도 두꺼운 이불이 없으면 잠을 이룰 수 없답니다. 게다가 원인을 알 수 없는 편두통과 불면증에 시달리고 있지요.”

추장은 얼굴을 일그러뜨린 채 말했다.

정성껏 차린 저녁 식사를 마친 후 나는 그의 환대에 대한 보답으로 추장과 그의 식구들 모두에게 빛을 전해주었다. 특히 추장의 몸이 원래대로 맑게 돌아가기를 바라며 빛을 펼쳤다. 추장은 매우 진지한 태도로 이 힘에 깊이 젖어든 채 빛을 받아들였다. 잠시 후 그가 큰 숨을 들이쉬며 눈을 떴다.

“다리와 발을 한 번 움직여 보시오.”

발을 놀려보던 그가 놀란 표정으로 외쳤다.

"마치 따스한 바람이 제 몸을 부드럽게 감싸 안는 걸 느꼈습니다. 그리고 아름다운 꽃향기가 콧속으로 가득 스며들어왔습니다. 정말 놀랍습니다. 이렇게 걸어도 발바닥에 통증이 느껴지지 않아요. 두통도 사라졌습니다."

"당신의 몸과 마음이 조금 전 빛을 받으면서 정화되었기 때문입니다. 이 에너지는 우주 에너지 흐름의 중심에서 옵니다. 자연을 창조하고 움직이게 하는 근원의 힘이지요."

"당신의 말을 이해할 수 있습니다. 우리들의 선조는 위대한 정령(Great Sprit)과 자연 속 형제들과 어울려 살아왔습니다. 저는 방금 전 그 자연의 위대한 정령이 보내주는 강력한 에너지를 느꼈습니다. 그랜드 마스터 정, 정말 감사합니다. 당신에게 꼭 보여주고 싶은 게 있습니다."

추장은 나를 이끌고 집안 곳곳을 다니며 여러 가지를 보여주었다. 농기구라든지 여러 유물, 생활 소품들을 보며 과거 그들의 삶이 우리네 선조들의 생활 풍습과 많이 닮았다는 생각을 하게 되었다. 끝으로 그는 별관 건물의 위층으로 나를 안내했다.

"이곳은 가족들에게도, 저와 절친한 친구인 고어(Al Gore) 부통령에게도 보여주지 않았습니다. 그만큼 신성하고 조심스러운 곳입니다. 하지만 당신에게만은 꼭 보여드리고 싶었습니다."

안으로 들어가자 널찍한 방 안에는 삼단으로 된 제단이 보이고 그 위에 촛불들이 고요히 타고 있었다. 그 촛불들 뒤로 방석이 하나씩 놓여

있고, 각기 다른 모양과 색깔의 깃털, 깃발, 머리장식 같은 것들이 차례로 놓여있었다.

"이것들은 모두 선조 추장님들의 유품입니다. 나의 아버지들의 영혼이 숨 쉬고 있는 곳입니다."

나는 우리나라 사람과 마찬가지로 조상과 정신적 뿌리를 소중하게 여기는 그의 마음에 공감이 갔다.

'그런데 이 소중한 곳을 왜 낯선 이방인인 내게 보여주려는 거지?'

나는 더욱 궁금증이 일었다.

"몇 주 전 매우 신비로운 꿈을 꾸었습니다. 이 방에 홀로 앉아 깊은 명상에 잠겨있는데 갑자기 선조 추장 한 분이 제 앞으로 다가왔습니다. 저는 머리를 숙여 그분을 맞이하였지요. 그런데 그분 옆에 반짝이는 눈을 가진 동양인이 서 있었습니다. 선조 추장은 그 동양인의 손을 제 손에 쥐어준 후 멀리 연기처럼 사라졌습니다."

추장은 꿈 이야기를 하며 놀라워하였다.

"꿈을 깨고 난 후 저는 조만간 제가 동양인을 만나게 되리라는 걸 직감했습니다. 며칠 전 우연히 리틀록에 머물고 있는 한 한국인에 대한 소문을 듣고는 이른 새벽부터 당신을 만나기 위해 엠비스 생가의 매표소 입구에서 기다리고 있었지요. 그런데 당신의 얼굴을 보는 순간 깜짝 놀라고 말았습니다. 꿈속에서 선조 추장님이 제게 인도하신 그분의 얼굴과 너무나도 똑같았기 때문입니다."

추장은 새삼 떨리는 목소리로 말했다.

나는 그 이야기를 듣자 그제야 그가 왜 처음 본 나를 자신의 집으로 초대하고 자신의 선조를 모셔놓은 방을 보여주는지 이해할 수 있었다.

"대체 선조 추장님은 왜 나를 당신과 만나게 한 걸까 곰곰 생각을 해보았습니다. 단지 내 병을 고쳐주기 위해 당신을 이곳까지 모셔오게 하지는 않았을 테니까요. 그런데 조금 전 당신이 두 손을 높이 들고 뭔가를 행하는 뒷모습에서 큰 힘이 함께 하고 있음을 느꼈습니다. 그 모습을 보며 비로소 오랜 세월 대물림 해온 우리 부족의 염원을 당신에게 말해야겠다고 생각했습니다. 그리고 그 순간 제 깊은 명상 속에 찾아오셨던 선조 추장님의 모습이 다시 떠올랐습니다. 지금 이 기회를 놓치면 영원히 다시 오지 않으리라는 생각이 들었습니다."

그렇게 그는 조심스레 그들 부족에게 내려오는 염원에 대해 이야기를 시작하였다.

"저희의 염원은 오직 한 가지, 바로 인종 차별 없는 진정 평화로운 세상이 오기를 바라는 것입니다."

추장은 잔뜩 목이 메어 말했다.

"그러기 위해서는 당신네 선조 추장들의 선택을 받은 훌륭한 지도자가 나와야 합니다. 하지만 아직은 때가 아닌 모양이오. 무척 힘든 시기가 지나갈 것이며, 오랜 꿈을 이뤄줄 '한 사람'이, 이 방을 다녀간 후비로소 그 준비가 시작될 것이오."

나는 방을 둘러보며 느낀 대로 이야기를 해주었다.

"정녕 희망이 있다는 말씀이지요? 그렇다면 언제라도 기다릴 수 있습니다. 그동안 저희 부족이 당한 고통과 슬픔을 생각한다면 얼마든지 기다릴 수 있고말고요!"

추장은 가슴이 벅차오른 듯 울먹였다. 그러다간 나를 보며 제안을 하였다.

"조금 전 저에게 보여준 그 엄청난 힘을 저의 친구, 이웃, 이 땅의 사람들을 위해서도 나눠주기를 바랍니다. 만약 그러한 때가 오거든 그랜드 마스터께서 원하는 대로 이 땅을 마음껏 사용하십시오."

그의 제안은 분명 감사했지만 아직은 현실과 거리가 먼 이야기였다. 나는 한국 사람이기에 내가 나고 자란 한국 땅에서 가장 먼저 이 힘을 나누어야 한다는 생각이 마음 깊이 자리하고 있었던 까닭이다.

다음 날 아침 길을 나서는 내게 추장이 말했다.

"미시시피 강 발원지를 꼭 한 번 찾아보십시오. 그곳은 대대로 네이티브 아메리칸들의 영혼이 깊이 살아 숨 쉬고 있는 곳입니다. 당신이라면 무언가 좋은 일이 생길 것입니다."

"그래요? 그럼 한 번 가보리다."

부쩍 호기심이 생긴 나는 서둘러 미시시피(Mississippi) 강의 발원지인 이타스카(Itasca)호수 쪽으로 여정을 떠났다. 호수에는 얇고 잔잔한 물이 넓게 퍼져 있었고 군데군데 연둣빛 습지식물들이 자라고 있었다. 몇몇 관광객들이 바지를 둥둥 걷어 올리고 물로 걸어 들어가는 게 보였다. 어디선가 바람결에 북소리가 들려오고 있었다.

나도 곧 신발을 벗고 북소리가 이끄는 곳으로 본능으로 들어갔다. 정

강이 정도에도 미치지 않는 얕은 물이었지만 매우 차고 시원했다. 그렇게 조금 걸어가다 보니 물이 조금 깊어진 곳에서 북소리가 멈추는 장소를 발견했다. 나도 모르게 호흡을 크게 들이쉬며 고요함에 잠겼다. 상쾌한 빛viii바람이 불어오고 눈을 감은 내 얼굴에서 향기를 품은 햇살이 따사롭게 내려앉았다. 그렇게 잠시 시간이 지났을 무렵이었다.

"둥둥둥둥⋯⋯."

순간 내 귀를 의심했다. 어디선가 바람결에 실려 오는 듯 아련한 북소리가 계속 들려왔다. 살며시 눈을 떠 주위를 둘러보았다. 그러자 북소리도 함께 멈췄다. 뒤를 돌아다보니 멀리 사람들이 보였지만 아무도 북을 들고 있지 않았다. 조용히 눈을 감았다.

"둥둥둥둥, 둥둥둥둥⋯⋯."

다시금 북소리가 들려오기 시작했다. 처음에는 아주 작고 희미하던 소리가 시간이 지날수록 차츰차츰 커져갔다.

'만약 이 북소리가 환청이 아니라면 눈을 뜬 후에도 북소리가 났으면 좋겠다.'

나는 속으로 생각하며 다시 눈을 떠보았다. 둥둥둥둥 선명한 북소리가 사라지지 않고 그대로 났다.

'참 신기한 일이로구나.'

나는 북소리가 나는 쪽으로 조금씩 발걸음을 옮겼다. 몇 발짝 움직이니 소리가 더욱 크게 들려왔다. 소리가 아래쪽에서 나는 듯하여 허리를 숙이는 순간 어디선가 내려온 강렬한 빛줄기 하나가 돌무더기 틈새를 선명하게 비추고 있었다.

'아, 이게 뭘까?'

빛이 내리고 있는 돌무더기를 조심스레 들춰보았다. 그러자 빛줄기가 어느 돌멩이 하나를 따라서 움직이는 게 보였다. 곧 그 돌을 건져내어 손으로 감싸 안았다. 그리고 눈을 감았다. 둥둥둥, 하는 북소리가 더욱 커지면서 많은 원주민들이 정성스레 마음을 모아 어떤 의식을 지내는 영상이 떠올랐다.

자세히 보니 그 돌은 주먹만 한 크기에 둥근 모양으로 한쪽 면에 열십자로 된 문양이 새겨져 있었다. 단순히 물속에서 구르며 생긴 모양이라기보다 누군가가 인위적으로 새겨 넣은 게 분명했다. 반대쪽에도 여러 가지 알 수 없는 무늬들이 있었는데 해, 달, 별과 같은 천체를 상징하는 듯 보였다.

'이건 분명 그 옛날 이 땅을 살아가던 원주민들이 위대한 정령, 즉 우주의 근원을 향해 제사를 올릴 때 그 제단의 가장 높은 곳에 상징적으로 올라가 있던 돌이 틀림없다. 그야말로 수천 년 동안 자연과 더불어 살아온 순수한 빛 마음이 담겨있는 돌이다!'

나는 그 돌을 손에 꼭 쥐고 눈을 감았다. 그리고 그 오랜 마음들을 느껴보았다. 그 어떤 것보다 순수한 수많은 사람들의 영혼, 그리고 그들의 기쁨과 슬픔이 함께 느껴졌다.

해원상생(解冤相生)이라 했던가? 인종과 국적, 종교, 성별에 관계없이 모두가 하나 된 풍요로운 마음이어야 한다는 것이 우주마음 뜻이었다. 그건 어젯밤 추장이 내게 했던 오랜 염원과도 똑같았다.

나는 그 바람이 이루어질 수 있도록 손을 들어 우주마음에 청했다. 그 순간 놀라운 빛 현상이 일어나기 시작했다. 사방에 빛이 가득하고 불그레한 빛무리 같은 것들이 주위를 떠다니고 있었다.

멀리 호숫가에서 사람들이 웅성거리는 소리가 들렸다. 뒤를 돌아보니 몇몇 사람은 눈을 감고 명상에 잠겨 있었고, 공중을 떠다니는 빛무리를 보며 탄성을 지르는 사람, 얼굴과 옷깃에 빛분이 생겼다며 신기해하는 사람들도 있었다.

나는 발길을 돌려 물에서 나와 사람들에게 다가가 그 돌을 보여주었다.

사람들이 우르르 몰려와 내 주위를 에워싸더니 차례로 그 돌을 구경하였다. 그중에는 기도를 하는 사람, 입을 맞추는 사람도 있었다.

'이 돌은 빛을 받은 으뜸돌이니 원광석(元光石)이라 해야겠구나.'

나는 돌 이름을 원광석이라 붙이곤, 그 돌을 함부로 그곳에 내버려 둘 수 없어 양해를 구하곤 한국으로 가져왔다.

수천 년간 이어져 온 네이티브 아메리칸들을 지탱하게 한 정신이 담겨있기에 분명 후손들을 위해 긴히 쓰일 용도가 있으리라는 느낌이 들었다. 어느 날 보니 원광석에는 빛분이 한가득 내려앉아 그 신비로움이 한층 더해지고 그들의 염원이 이뤄지리라는 확신마저 들었다.

그 후 20여 년 가까운 세월이 흘러 화합과 상생의 기치를 든 미국 최초의 흑인 대통령이 탄생하였다. 나는 기억 속에 묻혀 있던 원광석과 그 날 미시시피 강 발원지에서 일어난 찬란한 우주마음의 축복을 떠올렸다.

'부디 버락 오바마(Barack Obama) 미 대통령이 네이티브 아메리칸들은 물론 억압과 차별을 견디며 살다간 수많은 소수인종들 그리고 온 세계인들이 바라는 대로 진정 우주마음의 뜻에 맞는 밝은 세상을 이끌어줄 지도자가 되길! 그리하여 남북관계는 물론 한미 양국이 더욱 돈독한 신뢰와 우정의 관계로 거듭나기를!'

구룡반도의 쌍무지개

'참 이상한 일이다. 왜 이리 마음이 산란하고 내키지 않는 걸까?'

예약한 비행기 표를 찾으러 가는 내내 나는 자꾸만 마음이 찜찜했다. 미 국무성과 한의사협회 초청으로 미국 5개 주 순회강연 일정이 바로 코앞인데 자꾸 떠나기가 꺼려졌다.

'이제 와서 안 간다고 하면 주최 측이나 같이 갈 사람들 모두 큰 낭패 아닌가.'

나는 어떻게든 마음을 돌리려 우주마음에게 물었지만 역시 대답은 마찬가지였다.

'그래, 내키지 않는데 떠나는 건 무리다.'

나는 마침내 일정을 취소해야겠다고 결심했다.

그런데 그 날 밤, 잠자리에 들었던 나는 이상한 꿈을 꾸었다. 하늘의 큰 나무에서 빛이 마구 쏟아지는데, 그 위에서 두 마리의 쌍룡이 서로 엇갈리어 꿈틀거리다간 스르륵 내게로 다가왔다.

'용이라…그것도 쌍룡이라…내게 무언가를 암시하는 꿈이 아닐까?'

큰 나무와 빛은 종종 꿈에 나타나는 광경이었지만 용은 거의 처음 꾸는 꿈이었다. 그런데도 그 모습이 어찌나 생생한지 그 눈빛 하며 수염, 비늘 등이 마치 실제로 본 듯 뇌리에 또렷하게 남아있었다.

다음 날 미국 일정 취소에 따른 뒷정리와 밀린 상담으로 하루 종일 분주한 가운데도 꿈에 대한 생각이 자꾸만 나를 따라다녔다. 하지만 그 의미를 찾는데 그리 오래 걸리지 않았다. 그 날 저녁 전혀 뜻하지 않았던 곳에서 한 통의 전화가 걸려왔다.

"선생님, 안녕하셨어요? 별일 없으시죠?"

수화기를 타고 흘러나오는 젊은 여성의 목소리는 어딘가 낯익었다. 하지만 언뜻 얼굴이 떠오르지 않았다.

"누구……시더라……?"

"어머, 선생님, 저예요, 미세스 네디예요!"

"미세스 네디? 아, 미세스 네디!"

그때서야 긴 머리에 얼굴이 갸름한 그녀의 인상이 스치듯 떠올랐다. 목소리의 주인공은 바로 평소 잘 알고 지내던 뉴영남 호텔 배종순 사장의 처제였다. 그녀는 대학 졸업 후 전문직에 종사하다가 네디라는 홍콩 사람과 결혼해서 홍콩에 살고 있었다.

"아이고, 이게 누굽니까? 그동안 잘 지냈어요? 그래, 부군도 잘 지내시요?"

나는 커다란 눈에 안경을 쓴 선한 인상의 네디를 떠올리며 물었다. 화교 출신의 그녀는 홍콩에서 광고 감독 일을 하고 있었는데 그 세계에서는 실력을 인정받은 유능한 젊은이였다. 그는 허리 디스크로 고생하다가 배종순 사장의 소개로 나를 만나 초광력을 받고는 허리 통증을 말끔하게 고친 적이 있었다. 그 무렵 그는 아침 비행기로 홍콩에서 울산까지 와서 저녁 비행기로 돌아갈 만큼 열성적으로 몇 차례 초광력을 받았는데 그럴 때면 손바닥에 금분이 나타나기도 하고 향기를 맡았다며 어린아이처럼 신기해하며 환하게 웃던 모습이 떠올랐다.

그 후에도 네디는 신기한 일을 경험했다고 했다. 자가용 요트를 타고 구룡반도 앞바다로 나갔다가 폭풍우에 휩쓸려 요트가 뒤집어질 뻔 할 만큼 큰 사고를 당했다. 다행히 요트 앞머리가 무인도의 한 바위틈에 단단히 끼어드는 바람에 그는 엄청난 풍랑 속에서도 살아남았다.

"선생님, 제가 그 날 살아남은 건 다 선생님 덕분입니다. 제가 요트 핸들에 선생님이 주신 초광력 씰을 붙여 놓았거든요. 초광력 빛이 담긴 그 씰이 저를 살린 겁니다!"

어느 날 그는 흥분하여 내게 전화를 해 왔다.

나는 그때 일을 떠올리며 그제야 네디의 안부를 물었다.

"그래, 부군께서도 잘 있습니까?"

"덕분에 그이도 잘 지내고 있어요. 일도 잘되고 있고요. 오늘 이렇게 전화를 드린 건 다름이 아니라 선생님을 홍콩으로 한 번 모셨으면 해서예요."

"나를요? 내가 홍콩에 가서 뭘 한다고……?"

"그냥 여행하신다고 생각하고 다음 주에 시간 좀 내주세요. 선생님 때문에 목숨을 건진 그 신세를 갚을 수 있게 말이어요, 네?"

"신세라니, 무슨 말씀을요……."

"아니에요, 선생님, 꼭 와주셔야 해요. 그이가 선생님을 한 번 모셔야 한다고 성화가 대단해요. 그러니 바쁘시지만 다음 주에 시간 좀 내주세요!"

"허허, 너무 갑작스런 일이니 지금 대답하기는 그렇고 내가 여기 형편 좀 살펴본 다음 내일쯤 다시 전화를 주리다."

나는 전화를 끊은 후 잠시 생각에 잠겼다. 한가하게 유람을 다닐 처지도 아니건만 이상하게도 미국 방문과는 달리 마음이 긍정적으로 기울었다.

'미국 출장을 취소시킨 마당에 이런 한가한 여행에 마음이 쏠리는 건 뭘까?'

내가 생각해도 참 이상한 일이었다. 그때 문득 전율처럼 한 가지 생각이 떠올랐다.

'가만, 홍콩이라고? 홍콩이라면 구룡반도가 아닌가?'

나는 그 순간 화들짝 놀랐다. 그건 바로 용이었다. 홍콩 하늘에 머물며 그곳을 수호한다는 아홉 마리 용의 꿈틀거림이 눈에 보이는 듯했다. 게다가 간밤에 꾼 꿈에서도 용이 나오지 않았던가!

"이것이었나? 이것이었던가?"

나도 모르게 낮은 신음소리가 흘러나왔다.

춤추듯 꿈틀대던 빛나무 위의 쌍봉과 구룡반도의 용들이 무언가를 예고하는 듯 보였다. 나는 곧바로 명상에 들어갔다. 그러자 문득 어제 선물로 받은 성잔함과 때맞춰 날아온 홍콩에서의 전화, 갑작스런 미국행의 취소, 지난밤의 꿈을 통한 우주마음의 계시, 이 모든 게 한 줄로 꿰맞춰졌다.

"아, 그랬구나……. 그런 것이었어."

우주마음의 뜻을 알아차린 나는 더 이상 미룰 것도 없이 그 자리에서 네디 여사에게 승낙의 전화를 걸었다. 예정에도 없던 홍콩 여행은 그렇게 해서 시작되었다.

마침내 몇 명의 뜻 맞는 회원들과 나는 7월 25일 한여름에 홍콩으로 떠났다.

처음 며칠 동안 나와 일행은 네디 부부가 이끄는 유명한 관광지들을 두루 구경하였다. 듣던 대로 홍콩은 독특한 매력을 지닌 곳이었다. 동양과 서양의 문화가 만나 거리 곳곳은 다채로운 풍광과 향기들로 넘쳐났다. 물질과 정신, 자유와 절제, 현대와 고색창연한 전통 등 서로 화해할 수 없을 듯한 주제들이 절묘하게 조화를 이루고 있었다. 화해와 조화의 정신이 공존하는 그 모습을 보고 우주마음이 나를 이곳으로 부른 게 아니었을까?

그러던 어느 날이었다. 네디 부부가 우리 일행을 데리고 바닷가로 나갔다. 복잡한 도시와 달리 한적한 바닷가에는 파란 바다와 부드러운 바람, 깨끗한 모래들이 있어 한결 운치를 더해주었다. 그 때 네디가 다가와 먼바다에 떠 있는 요트 한 척을 가리켰다. 외국영화에서나 봤음직한 꽤 크고 화려한 요트였다.

"선생님, 오늘 저걸 타고 바다를 한 바퀴 돌 예정입니다. 어서 가시지요."

네디 부부는 앞장서서 우리를 안내하였다.

"허허, 이거 덕분에 호강을 다 합니다."

나는 난생처음 타보는 요트에 올랐다. 생각지도 못한 뱃놀이였지만 요트 위에서 바라보는 바다는 가히 장관이었다. 하늘과 맞닿은 구름 한 점 없는 파란 바다와 끼룩끼룩 우는 갈매기떼, 부서지는 하얀 파도, 그야말로 신선놀음이 따로 없었다.

나는 오랜만에 맛보는 한가롭고 편안한 이 평화로움이 참 좋았다.

'옳지, 이런 평화로움을 주신 하늘에게 감사의 제를 올려야겠다.'

나는 성전함 문제도 그렇고 모처럼 이국땅에서 우주마음에 감사의 제를 올리는 것도 괜찮을 것 같았다. 그러려면 우선 배에서 내려야 했다. 나는 네디 부부에게 사정을 이야기하고 근처에 무인도가 있는지 물었다.

"여기서 한 30마일쯤 더 가면 괜찮은 무인도가 하나 나온답니다."

네디가 조타실 선장에게 가서 물어본 후 대답해주었다.

"그럼, 그리로 좀 가볼 수 있을까?"

"물론이죠, 선생님!"

네디는 곧바로 뱃머리를 무인도 쪽으로 돌리게 하였다.

한참을 가서 마침내 멀리 동그스름한 공 모양의 무인도가 보였다. 네디 부부는 물론 일행들은 손차양을 만들어 그 섬을 바라보며 잔뜩 들뜬 모습이었다.

"천제는 무슨 종교나 주술적 차원의 행사가 아니라 그저 순수한 마음으로 하늘을 향해 감사의 인사를 드리는 것이지요. 그 하늘의 내용은 여러분 마음대로 바꾸셔도 좋지만, 다만 공경하고 감사함을 느낄 줄 아는 심성으로 거듭나보는 시간이라고 받아들이면 좋을 겁니다. 그러니 미신이라 생각할 것도 없고 반대로 지나친 기대도 할 것 없이 그저 순수하게 받아들이십시오."

나는 배에서 내리기 전 그들에게 천제의 의미를 일깨워주었다.

배는 이윽고 섬의 전방 100여 미터 지점에서 천천히 움직이며 정박할 곳을 찾기 시작하였다. 나는 가방을 들고 일행들과 함께 갑판 위로 올라갔다. 그때 미리 나와 있던 네디 부부가 걱정스런 얼굴로 다가와 말했다.

"선생님, 저기 좀 보세요!"

나는 그들이 가리키는 대로 해안 쪽을 바라보았다.

"저런? 어허……."

조금 전까지도 잔잔하던 섬 해안 쪽에 제법 덩치가 큰 파도가 사납게 일렁이고 있었다. 이상하게도 등 뒤의 바다 쪽은 물결이 잔잔하고 맑은데 유독 해안가 쪽에만 파도가 사납게 몰아쳤다. 사람들도 잔뜩 겁에 질린 채 웅성거렸다. 그러는 사이 선장은 행여나 섬 뒤쪽은 괜찮을까 하고는 섬을 한 바퀴 돌았다. 하지만 상황은 마찬가지였다.

"선생님, 선장이 도저히 배를 대지 못하겠다는데요? 어쩌지요?"

"그렇겠지요. 파도가 저렇게 치는데……."

나도 차마 위험을 무릅쓰고 억지로 섬에 오르고 싶지 않았다. 천제란 하늘과의 교감이면서 동시에 자연과의 교감이기도 했다. 무심코 스치는 듯한 바람 한 점도 우주마음의 표정이라는 걸 생각한다면 이건 아니었다. 모름지기 천제란 모든 게 맑고 온화한 상태에서 치러져야만 했다.

그때 선장과 이야기를 나누던 네디가 다가와 말했다.

"저, 마침 이 근처에 무인도가 몇 개 더 있다고 하네요. 어떻게 할까요, 선생님?"

"그래요, 잘 됐군요. 그럼 내친걸음이니 한 번 더 가봅시다!"

나는 기쁜 마음으로 배를 그쪽으로 돌리도록 하였다. 하지만 이게 무슨 조화란 말인가? 잔잔하던 바다가 우리가 무인도 쪽으로 다가가자 아까와 마찬가지로 요동을 치며 파도가 일렁이기 시작했다.

"어? 또 파도가 몰아치네요? 선생님, 이게 대체 어찌 된 일이죠?"

"……."

네디 부인이 놀라 물었지만 나는 차마 대답할 말이 없었다.

나는 눈을 감고 조용히 생각을 모아보았다. 하지만 이렇다 하게 잡히는 상이 없었다.

'천제를 취소해야 할 만큼 부인가 부정적인 기운이 보여야 할 텐데 백지장처럼 깨끗하기만 한데 대체 이게 무엇이란 말인가?'

나는 아무리 생각해도 우주마음의 뜻을 읽을 수가 없었다.

"아까 무인도가 몇 개 더 있다고 했지요? 그럼 한 번 더 그쪽으로 가 봅시다. 삼세번이라는 말도 있잖습니까?"

나는 3이라는 숫자가 주는 안정감을 떠올리며 괜스레 미안해하는 네디 부부에게 말했다. 하지만 세 번째 무인도에 도착하자 나는 그만 망연자실 할 말을 잃고 말았다. 무심하도록 잔잔한 주변 바다를 비웃듯이 섬 주변에는 다시 또 무서운 파도가 일렁이고 있었다. 이쯤 되고 보니 나도 흔들리기 시작했다.

'다른 때 같으면 줄기차게 퍼붓던 비도 멈추고 무섭게 다가오던 태풍도 비껴가곤 했는데 이번에는 거꾸로 잔잔하던 섬이 내가 다가가기만 하면 무섭게 풍랑이 몰아치다니 대체 무슨 일이란 말인가.'

그야말로 진퇴양난이었다. 나가려니 파도가 막아서고 물러서려니 느낌이 허락지 않았다. 게다가 네디 부부는 마치 자기들의 잘못이라도 되는 양 안절부절못하고 일행들은 슬슬 두려움에 떨고 있었다. 그렇다고 속수무책으로 넋만 놓고 있을 수는 없었다.

"다른 섬으로 가봅시다!"

나는 마침내 또 한 번의 실험을 해보기로 했다. 그때였다. 갑자기 콰당 쾅 하는 천둥소리와 함께 억수같이 비가 쏟아지기 시작했다. 화창하던 하늘에는 먹구름이 가득하고 이젠 아예 잔잔하던 바다에도 파도가 일렁였다.

엎친 데 덮친다더니 나는 더 이상 할 말이 없었다. 그 순간 갑자기 꿈에 보았던 용들이 내 머릿속을 미로처럼 휘젓고 다녔다.

"앗, 용이라…… 용…… 그렇다면 혹시……?"

나는 급히 네디 부부를 찾았다.

"물어볼 게 좀 있는데, 혹시 이곳을 왜 구룡반도라고 하는지 압니까? 구룡의 뜻이 뭡니까?"

"용은 동양권에서는 대체로 영물로 통하잖아요? 그런데 특히 이곳에서는 수호신의 성격이 강하다고 해요. 또 아홉이란 수는 많다, 꽉 찼다는 뜻이기도 하고요. 그러니까 아홉 마리의 용이 이곳을 지켜주고 있다는 의미로 구룡반도라고 부르는 것 같아요."

"그 아홉 마리의 용들이 어디서 머문다고 합니까?"

"여기 반도 앞바다의 하늘 위를 감싸고 있다고 했죠, 아마……."

그 순간 나는 망치로 머리를 얻어맞은 듯 정신이 번쩍 들었다.

'역시 그랬구나, 그랬어, 바다였어…… 바다…….'

나는 그동안의 혼돈이 한순간에 씻겨 내려가는 기분이었다. 원래 용이란 동물은 물과 떼어놓을 수 없는 존재가 아니던가. 그런데 그동안 꼭 섬만을 고집했으니 문제가 생긴 거였다. 천제를 모셔야 할 장소는 섬이 아닌 바다 위였다. 그런데 이번에는 또 다른 일이 벌어졌다. 요트의 기관실 쪽에서 갑자기 검은 연기가 솟구쳤다.

"무슨 일입니까? 고장이에요?"

"좀 무리가 있었던 모양이에요. 모터가 타는 것 같다는데요?"

조타실에서 올라온 네디의 인상에는 걱정스런 빛이 가득했다.

그때 나에게 무언가 상서로운 기운이 전해져왔다. 바다에 나오고 처음으로 확연히 받은 느낌이었다. 나는 의연하게 말했다.

"그렇진 않을 겁니다. 큰 고장은 아닐 것 같아요. 어쨌든 확인하기 전에는 알 수 없으니 조금만 기다려봅시다."

역시 내 짐작이 맞았다.

"이상한데요? 새어 나온 오일이 좀 탄 것뿐인데 그렇게 연기가 나다니요. 가끔 있는 일이지만 이런 심한 연기는 또 처음 보네요. 하여튼 모터는 괜찮습니다."

모터를 보고 온 기술자가 고개를 갸우뚱하며 말했다. 그로써 모든 것이 분명해졌다. 그렇다면 바로 여기였다.

"배를 좀 세웁시다."

"왜요 선생님, 모터도 괜찮다고 하는데요?"

"그게 아니라 여기서 천제를 올리려고 합니다."

"예? 이 바다 한가운데서요?"

"그래요, 여기가 천제를 모실 곳이에요. 나도 조금 전에야 비로소 알게 되었어요. 바다에 나와서 보고 겪었던 일들이 모두 우주마음의 뜻이었어요. 우리가 이곳까지 도착할 수 있도록 하신 거죠. 육지에만 명당이 있는 게 아니라 바다에도 명당이 있어요. 땅에 지기(地氣)가 있다면 바다엔 해기(海氣)가 있는 것과 마찬가지이요. 지금 여기에서 바로 해기가 올라오고 있는 겁니다. 조금 전의 모터 소동이 바로 그 증거지요. 하늘이 장소를 찍어준 거예요."

그랬다. 땅이라는 고정관념에 묶여서 보지 못했을 뿐 바다 역시 똑같은 하늘 아래의 공간이었다. 더구나 모든 생명이 바다로부터 시작돼 번성됐다는 걸 생각하면 그 기운도 육지에 비할 수 없이 강력하고 본원적일 게 분명했다. 지금 우주마음은 바로 그런 곳 중 하나를 골라 우리와 만나게 하려는 거였다.

다행히 내 말을 이해한 네디가 사람을 시켜 닻을 내렸다. 마침내 배는 바다 한가운데 멈춰 서고 곧이어 천제가 시작되었다.

뱃머리에 서서 하늘을 우러러보자 장중함과 온유함이 함께 서려 있었다. 그 분명하게 느껴지는 따스함이 빗줄기를 뚫고 내게로 다가오는 것 같았다. 나는 온 정성을 다해 잔에 술을 따랐다.

그 첫잔에는 이곳까지 인도해주신 우주마음에 대한 감사의 마음을 담았다. 파도로 샛길을 막으시고, 꿈으로 암시를 주시고, 연기로 장소까지 알려주시며 이곳까지 인도해주신 성광의 자애로움에 절로 고개가 숙여졌다.

그 감사함을 담아 잔을 하늘 높이 올릴 때였다. 갑자기 번쩍하면서 주변이 환해지는가 싶더니 번개가 내 잔을 내리쳤다.

"까악!"

뒤에 둘러서 있던 여자회원들이 비명을 질렀다. 하지만 나는 쓰러지지 않았다. 오히려 벼락이 내리치는 순간 내 눈에는 신원보다 더 희고 태양보다 더 밝은 불기둥이 스쳐 가면서 짜릿한 진동과 함께 따스한 온기가 퍼지며 마치 천상을 떠도는 듯한 부아지성의 황홀함이 밀려왔다.

그러나 그뿐이었다. 잠깐 동안의 황홀경이 끝났을 때 나는 죽지도 않았고 어디 한 군데 상한 곳도 없었다.

"선생님, 괜찮으세요? 정말 아무렇지도 않으신 거예요?"

내가 말짱하자 사람들은 벼락이 쳤을 때보다 더 놀라 물었다.

은으로 만든 성잔함과 금으로 만든 잔에 벼락이 내리쳤는데도 털끝 하나 상하지 않았다니 놀라울 수밖에. 나는 그 모든 게 우주마음이 이 자리로 내리신 긍정과 격려와 축복의 흔적으로 여기고 겸허히 받아들였다.

나는 이번에는 성잔함을 허락하신 우주 근원의 빛마음에 감사를 올리며 두 번째의 잔을 하늘에 올렸다. 그러자 아까의 일이 우연이 아니었다는 걸 증명해 보이듯 또다시 잔 위로 번쩍 번개가 내리꽂혔다. 하지만 이번에도 역시 나는 아무렇지도 않았으며 오히려 마음이 평온해졌다. 벼락이 무섭기는커녕 뒤따라 온 천둥소리가 마치 천제를 위한 예포처럼 들렸다. 마지막으로 세 번째 잔에 술을 채우려는데 뒤쪽에 서 있던 회원들이 한꺼번에 소리쳤다.

"선생님! 주위를 한 번 보세요!"

무슨 일인가 하고 바다를 보니 비가 내리는 중인데도 쌍무지개가 떠올랐다. 하나는 바다 쪽 수평선에 걸려 있고, 또 하나는 우리를 가운데 두고 감싸 안듯 공중에 매달려 있는데 참으로 보기 드문 장관이었다. 그와 함께 이번에는 천둥과 번개를 동반한 빛비가 마치 온 세상에 뿌리는 금빛 씨앗처럼 쏟아져 내리기 시작했다.

나는 쌍무지개와 빛비의 황홀함 속에서 마지막으로 세 번째 잔을 하늘에 올렸다. 보통 천제를 드릴 때처럼 경배와 축원, 그리고 다짐의 마음을 담은 잔이었다.

그런데 세 번째 잔을 올릴 때도 마찬가지로 지축을 뒤흔드는 굉음과 함께 이번에는 아예 불기둥처럼 큰 번갯불이 잔 위로 다시 내리쳤다. 세 번째 모두 정확히 잔 위로 벼락이 떨어진 것이다.

주위 사람들은 이제 반쯤 넋이 나간 얼굴로 나를 바라보았다.

사람들의 놀란 표정만 봐도 이게 꿈이 아닌 게 분명했다.

그렇다면 틀림없는 섬광의 빛이었다. 나는 한편으론 뿌듯하고 또 한편으론 걱정도 되었다. 나를 통해 우주근원의 빛이 온 건 분명 영광이지만 그만큼 빛의 정신을 세상에 전해야 할 책임 또한 무겁다는 걸 느끼기 때문이다.

나는 우주의 빛이 내렸던 잔을 바라보며 다시 한번 각오를 새롭게 했다.

"감사합니다. 모두 끝났습니다."

묘하게 가라앉은 분위기가 조금은 어색도 하여 나는 웃으며 천제의 종료를 알렸다. 그러자 이번에는 끈질기게 내리던 비가 거짓말처럼 그치면서 하늘이 씻은 듯 개는 게 아닌가. 원래 상태로 되돌아온 건 날씨뿐이 아니었다.

천제가 끝난 후 옷이 젖어 신심에도 못 들어가고 갑판에서 뭉기적거리고 있었는데 누군가 소리쳤다.

"선생님! 옷 좀 보세요!"

"왜 내 옷이 어때서?"

되물으며 옷을 더듬던 나는 깜짝 놀랐다. 어느새 옷이 바싹 말라 있었기 때문이었다.

"어머, 선생님, 저도요!"

"저도요!"

여기저기서 옷이 다 말랐다며 함성을 질렀다.

천제가 끝나자 구룡반도는 어느새 천제를 드리기 전의 상태로 되돌아와 있었다. 맑은 하늘과 잔잔한 바다, 그리고 멀쩡하게 마른 옷 등이 언제 비가 왔었냐는 듯 능청을 부리는 듯 말이다.

'아, 이래서 나를 구룡으로 인도해주셨구나……'

갑판으로 스치는 해풍을 맞으며 나는 벅찬 감정을 느꼈다. 만약 미국으로 갔으면 내 이름을 날리고 몇 푼의 금전적 이익을 챙겨올 수 있었을 게다. 하지만 하늘의 마음과 이처럼 진한 만남 속에서 놀라운 은혜의 숨결을 경험할 수는 없었을 것이다. 생각할수록 보이지 않게 나를 조정해주시는 그분께 다시 한번 감사의 마음을 느꼈다.

구룡반도의 일정을 마치고 귀국하는 길이었다. 네디 부부가 마치 무언가 할 말이 있는 듯 간절한 청원의 눈빛을 보내왔다.

"진심으로 바라는 게 있습니까?"

나는 구룡반도에서의 환대, 그리고 그곳에서 있었던 큰 빛과의 만남에 도움을 준 부부에게 고마움을 전하고 싶었다. 그러자 네디 부인이 잠시 망설이다가 입을 열었다.

"실은 저희 부부가 결혼하고 10년이 지나도록 아이가 생기지 않아 크게 상심하고 있었답니다. 지난 번에는 제 남편의 허리를 고쳐주시고, 오늘 구룡반도에서 신비롭고도 큰 빛의 힘이 함께하는 일을 겪으면서 우리 부부에게도 아이가 생긴다면 얼마나 좋을까 하는 생각을 했답니다."

네디 부인의 두 눈에는 어느새 눈물이 가득했다. 비록 크게 내색하지는 않았지만 두 사람이 얼마나 간절히 아이를 기다려왔는지 저절로 고개가 끄덕여졌다. 게다가 중국에서는 결혼 10년이 지나도 아기가 없으면 이혼을 하거나 후처를 들이는 풍습이 있다니 네디 부인이 얼마나 애간장을 태우고 있을지 짐작이 가고도 남았다.

나는 두 부부에게 새 생명을 잉태할 수 있도록 우주마음에 부탁드리며 생명 탄생의 빛을 주었다.

'부디 부인에게 좋은 소식이 있으라! 아기가 생기거라!'

나는 버스 앞에 선 채 간절하게 생명의 근원이신 창조주의 빛마음에 청하었다.

이후 나는 네디 부부를 생각하며 한역팔목을 꺼내들었다. 과연 이 부부가 아이를 가질 수 있을까, 그 답을 구해보기로 했다. 결과는 2.4목. 우레가 크게 우니 바다도 따라 함께 울린다. 좋은 시기, 주위의 도움이나 조력자를 만나 순리에 맞는 변화를 꾀하면 아주 좋은 결과를 얻는다는 의미이다. 머지않아 이 부부에게 고대하던 소식이 들려오겠구나 하는 좋은 예감이 들었다.

이후 한국의 대구 공항에 도착하자 해가 진 이후 7시가 지났는데 찬란히 쌍무지개가 피어올랐다. 그 분(빛)의 약속대로.

그러던 어느 날, 마침내 기다리던 기쁜 소식이 날아왔다.

"선생님, 고맙습니다, 고마워요! 저희 부부에게 아이가 생겼습니다!"

네디 부인이 기쁨에 겨워 울먹이며 전화를 걸어왔다. 결혼 10년 만에 그토록 기다리던 임신 소식을 알려온 것이다. 그로부터 일 년 후 네디 부부는 아이를 데리고 한국으로 와서 돌잔치를 하였다.

구룡반도에서 이룬 세 가족의 행복한 모습을 보며 나는 진심으로 그들의 앞날을 축복해주었다.

홍콩구룡반도 빛여행 후 대구 아치형 무지개

사라진 꿀벌이 돌아오다

　요즘 토종벌이 점점 사라지고 있다는 뉴스가 나온다. CNN에서도 미국 꿀벌의 절반 이상이 사라져 국가적으로 꿀벌을 찾아내기 위해 비상이라는 기사를 내보낼 정도이다. 이상 한파와 폭서 같은 기상이변과 괴질, 유해파의 범람 등 여러 가지 이유로 벌이 사라지고 있다는 증거이다. 더욱 걱정스러운 것은 한두 마리 사라지는 것이 아니고 집단으로, 엄청난 수가 흔적도 없이 사라지고 있다는 것이다. 그래서 이러한 현상을 놓고 미국에서는 '꿀벌 실종 사건'이라는 표현을 쓰고 있다.

　이 작은 꿀벌이 좀 없어졌다고 미국 전체가 시끄러운 데는 이유가 있다. 꿀벌이 사라지면 꿀만 못 먹게 되는 것이 아니다. 모든 곡식과 과일나무가 열매를 맺기 위해서는 꽃의 수술에서 만들어진 꽃가루가 바람이나 곤충에 의해 암술머리로 옮겨붙어야 한다. 이와 같은 식물의 수정에 큰 비중을 차지하고 있는 것이 꿀벌이다. 꽃과 꽃 사이를 날아다니며 날개와 다리 등 온몸에 꽃가루를 묻혀 암술로 옮기며 수정을 돕는다. 따라서 꿀벌이 사라진다는 것은 많은 식물이 열매를 맺을 수 없다는 것이고,

곧 전 생태계의 교란과 인간의 식량 고갈로 이어진다는 의미이다. 그래서 아인슈타인은 일찍이 꿀벌이 생태계에서 차지하는 중요성을 알고 '꿀벌이 사라지면 인류는 4년 이내에 멸종'하게 되리라 예측하였다.

토종벌이 사라지면 제일 먼저 사과, 배, 과수농가가 큰 타격을 입는다. 배, 사과 꽃이 필 무렵인 4월 하순이 돼도 과수원에 벌이 많이 모이지 않으니 과수농사를 망치기 일쑤이다. 보통 농가에서는 꽃이 피면 꿀벌들이 꽃가루 수정을 마친 후 꽃송이를 솎아낸다. 그래야 적당한 크기의 열매를 얻을 수 있기 때문이다. 그런데 사과 농사를 처음 시작한 박경수 회원이 그만 큰 실수를 하고 말았다. 꽃가루 수정이 시작되기도 전에 꽃송이를 솎아버린 것이다. 수정하기 위해서는 벌들이 이 꽃 저 꽃에 꽃가루를 쉽게 날라다 줄 수 있도록 꽃이 많이 피어 있어야 한다는 걸 미처 생각하지 못한 것이다. 꽃이 많아도 벌이 없어 수정이 어려운 판에 상황이 더욱 심각해진 것이다.

"아니, 벌이 수정하기도 전에 꽃을 솎아냈단 말이오? 쯧쯧, 한 해 농사 다 망쳤군."

이웃 주민이 혀를 끌끌 차며 낙담을 하였다.

자신의 어이없는 실수에 눈앞이 캄캄해졌지만, 순간 머릿속에 반짝하고 한가지 생각이 떠올랐다.

"그래! 유해파칩이야! 유해파칩이 빛을 받을 수 있도록 안테나 역할을 해서 꿀 수확량을 늘려준 일이 있지 않은가!"

박 씨는 당장 가지고 있던 유해파칩을 들고나와서 과수원 가운데 있는 오두막 기둥에 높이 붙였다.

남은 꽃이라도 모두 수정이 된다면 좋겠다고 생각하며 많은 벌들이 날아와 수정을 도와주기를 바라면서 눈을 감고 간절한 마음으로 빛명상을 했다. 그렇게 얼마쯤 지났을 때였다. 갑자기 어디선가 윙윙거리는 벌소리가 들려왔다. 눈앞에 믿기 어려운 광경이 벌어진 것이다. 어디서 날아왔는지 수많은 벌들이 사과나무 사이를 날아다니며 이 꽃, 저 꽃에 수정을 해주었다. 그 덕택으로 박 씨의 사과나무는 주렁주렁 가지가 휘도록 열매를 맺었다.

사실 이런 일을 겪은 사람은 박 씨가 처음은 아니었다. 어느 날 한 분이 우연히 벌집을 네 개 얻어 두 개는 빛명상 본원이 있는 팔공산 빛의 터 입구에 두고, 나머지 두 개는 그곳에서 얼마 떨어지지 않은 공산 서원 마당에 두었다. 각각의 두 벌집에 차이가 있다면 빛의 터에 둔 벌집에만 유해파칩을 붙여두었다는 점이다.

그렇게 봄, 여름이 지나고 가을이 되어 두 벌집을 열어보았을 때였다.

"세상에!"

빛의 터에 둔 벌집에는 온통 향기로운 꿀이 넘치고 벌들이 가득했다. 하지만 공산 서원에 둔 벌집은 벌들이 거의 사라져버려 수확량이 빛의 터에 둔 것보다 10배나 적었다.

'대체 유해파칩이 어떤 작용을 했기에 이런 일이 가능했던 걸까?'

나 역시 유해파칩의 효능에 대하여 궁금증이 커져만 갔다.

그러던 어느 날이었다. 우연히 평소 친환경 기술에 관심이 많고 이 분야에서 오래 연구를 해온 정정길 박사를 만났다.

정 박사는 빛에 대한 몇 가지 실험을 해보았다.

"먼저 제가 오염된 물과 중금속에 오염된 토양을 대상으로 빛 실험을 해보겠습니다."

정 박사는 그 두 가지 물질에 유해파칩을 붙인 후 그 결과를 살펴보았다.

"참으로 놀랍군요. 실험 결과물의 산성도가 인체에 가장 적당한 수준으로 변화하고 농약과 중금속에 오염된 토양이 되살아나는 등 지금껏 어떤 에너지를 통해서도 거두지 못한 획기적인 결과를 얻었습니다. 그런데 더 놀라운 건 이러한 결과들이 어떤 눈에 보이는 과정을 통해서가 아니라 순간적인 변화로 나타난다는 사실입니다."

정 박사는 놀라워하며 말했다.

"이걸 과학적으로 증명할 방법이 있을까요?"

나는 궁금해하며 물었다.

"글쎄요, 안타깝게도 이걸 이론적으로 규명해내려 해도 중간 과정이 없으니 과학적 접근에는 한계가 있습니다. 다만 한 가지 방법이 있습니다. 이걸 원적외선 평가 전문 기관에 의뢰해 유해파칩에서 나오는 원적외선 방사율을 검사해보면 어떨까 합니다."

"음, 그거 좋은 생각이오!"

나는 고개를 끄떡였다. 현대과학의 수준으로는 빛을 검증할 수 있는 방법이 없으니 그 대신 인체에 유익한 파장으로 인정받고 있는 원적외선의 차원에서 검사를 해보는 것도 괜찮은 발상이었다.

"정 선생님! 이, 이걸 좀 보십시오!"

며칠 후 정 박사는 잔뜩 흥분하여 내 앞에 종이 한 장을 팔랑팔랑 흔들며 달려왔다. 그건 시험기관인 KIFA(한국원적외선협회)에서 나온 시험 성적서였다.

"검사 결과 유해파칩에서 원적외선이 88.3%의 높은 비율로 방사되고 있다는 게 증명되었습니다. 유해파칩의 외형인 스티커, 즉 인공적으로 합성된 물질에서는 원적외선이 방출되지 않는 게 일반적인 상식이지요. 하지만 유해파칩은 그 안에 교류되어 있는 보이지 않는 우주 에너지, 빛의 영향으로 원적외선 검사에서 높은 비율의 반응을 보인 겁니다!"

나도 정 박사만큼이나 기분이 좋았다.

"하지만 정 선생님, 이런 결과는 빛의 효능 중 지극히 일부분을 증명한 것에 지나지 않습니다. 현대과학으로 빛을 밝혀내는 데 한계가 있기 때문에 원적외선을 넘어서는 상위의 우주 에너지이기 때문에 그 효능을 넘어 무궁무진한 잠재력을 갖고 있다는 걸 확신합니다."

정 박사는 여전히 들뜬 목소리로 말했다.

그 후 나는 우연한 기회에 유해파칩이 또한 전자파를 차단한다는 걸 알게 되었다. 컴퓨터, 휴대전화 등 현대인은 하루도 전자파와 떼려야 뗄 수 없는 사이가 되어버렸다. 전자파에 장시간 노출될 경우 피로감, 무기력감이 증대된다는 보고가 있다. 나아가 전자파는 두통, 안면통증은 물론 백혈병, 암을 야기하며 남성의 생식기능 감소, 불임, 유산을 초래한다. 특히 전자파는 원인을 알 수 없는 병이나 신경성, 난치성 질병과 합세하여 병세를 더욱 악화시킨다. 이런 폐해에도 불구하고 전자기기나 생활 속 가전제품에서 방출되는 전자파를 차단할 방법이 미비하다는 게 더 큰 문제였다.

'전자파의 영향을 받지 않도록 유해파를 차단하는 방법이 없을까?'

나는 곰곰 생각에 잠겼다. 그러던 어느 날 전자파를 흡수하는 물질을 연구하는 일에 평생을 바친 한 분을 만나게 되었다. 그분은 최대 80~90% 정도 전자파를 흡수, 차단할 수 있는 특수물질을 개발한 상태였다.

"선생님이 연구개발 하신 그 특수물질에 제가 빛[viii]을 교류하면 어떨까요?"

"좋습니다. 한번 해보지요."

나는 그분이 개발한 특수물질에 빛[viii]을 교류하였다.

그 결과는 놀라웠다. 전자파차단흡수율(SAR;Specific Absorption Rate) 99.9% 즉, 거의 완벽에 가까운 전자파 차단효과를 얻을 수 있었다.

이 전자파 차단 원리는 쉽게 말해 비가 내릴 때 우산을 쓰거나 비옷을 입는 것과 비슷하다. 예를 들면 휴대전화 수신구나 컴퓨터 모니터와 같이 전자파가 많이 발생하는 곳에 유해파칩을 붙여 몸에 해로운 전자파를 흡수, 차단하게 하는 거였다.

"이건 참으로 놀라운 결과입니다."

빛을 교류한 전자파 차단 특수물질은 그 후 국내에서는 물론 국제적으로도 획기적인 발명이었기에 이는 곧 국내발명 특허 및 유럽 특허 획득으로 이어졌다. 인간 기술력의 한계를 빛을 통해 넘어선 결과였다.

이 모든 걸 종합해 볼 때 박 씨의 사과밭에 벌이 몰려온 것이며 빛의 터에 놓은 벌통에만 꿀과 벌이 가득한 것은 바로 유해파칩 때문이라는 결론을 내릴 수 있다. 유해파칩에 교류된 빛이 생명에 유익한 원적외선을 방출하고 전자파 또한 차단해주니 꿀벌들이 이 사실을 본능적으로 감지하고 다가온 것이리라.

그 후 나는 더욱 확신있게 빛과 교류하는 유해파칩을 수많은 사람에게 나누어주었으며 알 수 없는 현대병으로 고생하는 사람들, 특히 한참 학업에 열중해야 할 청소년들을 유해파(전자파 등)의 위험에서 보호해주었다. 이 또한 전 생명 근원의 빛마음이 주신 귀하디귀한 선물이었다.

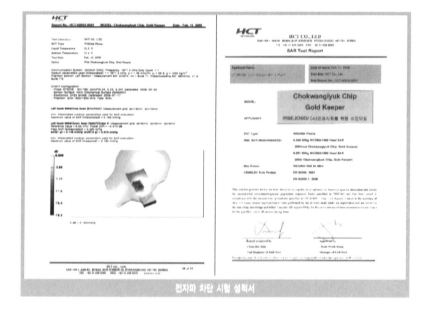
전자파 차단 시험 성적서

선생님, 누구세요?

　　지난 2009년 9월 3일 오후 6시 45분, 나를 포함해 빛명상본부 회원 15명은 말레이시아 코타키나발루로 빛여행을 떠나기 위해 아시아나 항공기 OZ757기에 올랐다. 빛명상본부에서는 세상의 풍요와 정화를 위한 빛 프로그램들이 몇 개 있는데 그 중 우주의 빛과 가장 밀접하게 교류할 수 있는 프로그램 중 하나가 바로 빛여행이었기 때문이다.

　　마침내 비행기는 이륙하자마자 높고 높은 하늘로 날아올랐다.

　　한차례의 식음료 서비스가 끝나자 어느 틈에 창밖은 캄캄한 어둠으로 변해 있었고, 승객들도 하나둘 눈을 감은 채 쉬고 있을 때였다.

　　나는 떠나기 전날, 출판사에서 부랴부랴 만들어 온 『빛명상, 눈덩이처럼 불어나는 행복순환의 법칙』의 가제본을 꺼내 들었다. 사실 이번 빛여행을 떠나면서 나는 우주마음에게 감사제를 드리는 것은 물론 그동안 집필해온 이 책에 대한 우주마음의 평가를 받고 싶었다.

　　'부디 이 책이 우주마음의 마음에 드셔야 할 텐데.'

　　나는 두근거리는 마음으로 책을 읽지는 않고 그냥 창밖을 향해 한 장한 장 펼쳤다. 각 챕터마다 빛의 기운을 담아 앞으로 이 책을 읽는 이로 하여금 그 마음이 더욱 밝아지고 행복해지도록 하기 위해서였다.

그런데 참 이상한 일이었다. 스튜어디스 2명이 그런 나를 의아하게 여기며 몇 번이나 차를 가져다주며 신기하게 쳐다보았다. 하긴 책을 읽지는 않고 마치 창밖으로 보이는 달에게 보여주는 듯 책을 펼쳐 보이고 있으니 이상할 수밖에.

나는 빙긋 웃으며 여전히 똑같은 행동을 하였다. 마음속으로 부디 이 책이 우주마음에 들기를 바라는 마음으로.

얼마나 지났을까, 갑자기 더 이상 궁금증을 참을 수 없다는 듯 스튜어디스 한 명이 나를 보며 머뭇머뭇 물었다.

"선생님, 도대체 이게 어찌 된 일이어요?"

"뭐가 말이오?"

나는 갑작스런 질문에 의아한 얼굴로 되물었다.

"저기, 이 빛 말이어요! 빛줄기가 창밖에서부터 비처들고 있잖아요!"

"아니 그게 무슨 소리요? 내가 책을 보고 있으니 당신들이 불을 켜준 줄 알았는데?"

나 역시 깜짝 놀라 얼른 독서등을 바라보았다. 하지만 독서등에는 불이 꺼져있었다.

그제야 깜짝 놀라 창밖을 바라보자 환하고 밝은 빛줄기 하나가 마치 플래시를 켠 듯 또렷이 또렷이 내가 들고 있는 책 위를 환하게 비추는 게 아닌가!

"세상에!"

그 환한 빛은 스튜어디스가 켜 준 독서등이 아니라 우주마음께서 내려주신 빛이었다. 그뿐 아니라 보름달이 환한 빛을 내며 초광력씰을 상징하는 삼각형으로 모양이 바뀌고, 그 주위에 큰 원형 달무리가 나타났다. 달무리의 안쪽 색깔은 진하고 바깥은 점점 옅어지는 게 마치 오색 무지개처럼 보였다.

'아, 우주마음께서 응답해주셨구나!'

나는 떨리는 마음으로 속으로 부르짖었다. 내가 쓴 『빛명상, 눈덩이처럼 불어나는 행복순환의 법칙』을 보고 기쁨의 선물을 내려주신 거였다.

그런 나를 지켜보던 스튜어디스가 놀란 얼굴로 물었다.

"선생님, 누구세요? 이런 현상은 난생처음이어요!"

스튜어디스는 혼자만 이 모습을 보기가 벅찼는지 후다닥 달려가 기장에게 이 사실을 알렸고 부기장을 데려왔다.

"부기장님, 보세요, 제 말이 맞지요? 빛줄기며 저 무지개 좀 보세요! 삼각형 모양의 빛도요!"

"아니, 구름이 있어야 어떤 형상이 나타나는데 구름 한 점 없는 8000미터 상공에서 이런 빛이 나타나다니요? 대체 선생님은 뭐 하는 분이십니까? 그리고 대체 그 책이 무슨 책입니까?"

부기장은 놀라 물었다.

"허허, 이 책은 빛명상에 관한 책이오. 이 책이 세상에 나오기 전에 미리 우주마음에게 보여드리던 중이었소. 이렇게 환한 빛줄기가 온 걸 보니 아마도 우주마음에 드신 모양이오. 저렇게 오색 무지개가 뜨고 우리 빛명상본부의 빛마크가 뜨는 걸 보니 말이오."

나는 기분 좋게 웃었다. 그동안 책을 쓰며 느꼈던 걱정이나 알 수 없는 두려움이 한순간에 다 날아가 버린 기분이었다.

"비행 수십 년 동안 밤하늘에 무지개가 뜬 건 처음입니다. 저희 기장께서도 지금 비행 중이시지만 이미 이 상황을 다 지켜보고 계십니다."

부기장은 여전히 놀라워하며 말했다.

그러자 비행기를 타고 있던 승객들도 하나둘 일어나 창밖의 모습을 보며 놀라워 어쩔 줄 몰라했다. 물론 우리 회원들의 얼굴도 웃음이 떠나지 않았다.

얼마 후 비행기는 난기류 지점을 통과하고 있었다. 기장은 기체가 심하게 흔들릴 수 있으니 안전벨트를 꼭 매라는 안내방송을 하였다.

그 순간 나는 두 손을 들고 "조용해져라, 조용해져라! 비행기야, 조용히 가자!"하며 다독였다. 그러자 비행기는 조금도 흔들림 없이 상공을 날아갔다.

그 사실을 안 부기장이 다시 다가와 물었다.

"선생님, 저희 기장님께서 선생님을 '미륵이다, 미륵이 타셨어!' 라고 하셨습니다."

"저희가 어떻게 하면 그 책을 볼 수 있습니까?"

스튜어디스와 승무원들도 잔뜩 흥분하여 내게 물었다.

"이 책이 완성되면 내 보내주겠소. 다만 한 가지 부탁이 있소. 훗날 내가 오늘 이 일을 글로 남길 때 그대들의 이름을 기재해도 되겠소?"

"아, 그럼요. 저희가 두 눈으로 똑똑히 봤으니까요."

승무원은 물론 스튜어디스들은 고개를 끄떡였다.

그들은 바로 아시아나 OZ757기의 승무원이었던 48기 박정근 매니저와 94기 승무원 서민희, 98기 승무원 서유정이었다.

"선생님, 이럴 때 저희가 뭘 해야 해요?"

스튜어디스 하나가 잔뜩 들뜬 얼굴로 물었다.

"소원 한 가지를 빌면 이루어질 테니 지금 청하도록 해요."

"고맙습니다!"

그러자 승무원과 스튜어디스들이 한쪽에 가 명상을 하며 소원을 간절하게 빌기 시작했다. 나 또한 그들의 소원이 이루어지기를 마음으로 빌었다.

코타키나발루에 도착해서도 여러 가지 신기한 빛현상은 그치지 않았다. 다음 날 밤 10시에 우주마음에 감사제를 올릴 때였다. 빛잔 가득 빛의 물을 만들어 헌주를 올리는데 그만 물이 흘러 촛불이 지지직 소리를 내며 꺼지고 말았다.

'아뿔싸!'

나는 뭔가 실수라도 하여 우주마음의 노여움을 산 게 아닌가 걱정이 되었다. 하지만 웬걸 잠시 후 다 꺼진 촛불이 활활 되살아나며 촛불 받침대 절반을 태워버렸다. 우주마음은 내게 다시 한번 그 현상을 보여주신 거였다.

그 날 밤, 나는 감사제를 지낼 때부터 달 주위에 환하게 떠 있는 원형 테두리를 보며 무언가 우주의 큰 변화가 나타나리라는 직감을 하였다.

'혹시 깨어있다면 새벽 1시에서 3시까지 바다 쪽을 향하여 특별 빛 명상을 해보세요'

나는 회원들에게 문자를 보낸 후 그 시간을 기다려 바다가 보이는 베란다 쪽으로 나갔다.

두 손을 들어 빛명상에 들어가자 갑자기 어디선가 둥둥둥둥 북소리가 들리듯 웅웅거리는 소리가 들리더니 따뜻한 열기가 확 하고 느껴졌다.

눈을 들어 바다 쪽을 보니 파도가 평소의 서너 배나 높이 치솟는 게 아닌가.

그뿐이 아니었다. 넷째 날 저녁 무렵, 세계 3대 비치 중 하나라는 탄중아루 해변에서 저녁을 먹을 때였다.

해변 쪽에서 커다란 돌이 하늘에서 빛을 그리며 떨어지는 게 보였다.

'무언가 있다!'

나는 식사를 하다말고 두 번씩이나 해안가로 걸어나가 그 돌을 찾아 나섰다. 그리곤 빛이 떨어진 자리의 모래사장에 초광력 마크를 그려놓았다.

그리고는 세 번째로 다시 회원들과 탄중아루 모래사장으로 나갔을 때이다. 파도가 한 차례 바다에 그려놓은 초광력 마크를 쓸어간 후 바로 그 앞쪽에서 마치 플래시를 비추는 듯 환한 빛줄기가 뽀글뽀글하는 공기방울과 함께 올라왔다.

'저게 뭐지? 가재인가?'

나는 고개를 갸우뚱하며 그쪽으로 다가가 물속에서 그걸 집어 올렸다. 그건 다름 아닌 아까 빛과 함께 떨어진 작은 돌이었다. 비록 부피가 작긴 해도 큰 돌처럼 제법 무게감이 느껴졌다.

"아니!"

손바닥에 돌을 올려놓고 가만히 들여다보던 나는 소스라쳐 놀랐다. 돌 가운데에 삼각형 초광력 마크가 새겨져 있는 게 아닌가!

"이건 우주마음이 보내주신 금돌이다."

나는 돌 이름을 금돌이라 부르곤 회원들과 함께 돌려보며 신기해하였다. 금돌을 집어 올린 후 하늘에서는 소리 없는 번개와 같은 빛현상이 약 30~40분 일어났다. 2007년 8월 18일 빛의 터에서 일어난 현상과 비슷한 현상이었다.

빛현상이 끝나고 모두들 식당으로 돌아오자 기다렸다는 듯 스콜이 쏟아지며 양동이로 퍼붓듯 빗줄기가 쏟아졌다.

"빗줄기의 물방울처럼 빛의 책이 사방으로 퍼져나갈 것이다!"

나는 하늘을 우러러보며 회원들에게 말했다.

그리곤 하늘에서 내려온 금돌을 소중하게 간직하며 숙소로 돌아왔다.

생각해보면 비행기에서와 해안가에서의 빛현상 모두 우주마음이 빛의 책에 보내주는 축하와 격려 메시지가 분명했다. 그렇게 우주마음의 축복 속에 태어난 『빛명상, 눈덩이처럼 불어나는 행복순환의 법칙』은 2009년 발간한 후 지금까지 34쇄를 찍으며 많은 사람들의 사랑을 받고 있으니 말이다.

❝ 제4장 ❞

터졌어요, 터졌어요!

일본 기(氣)도사와의 대결

어느 날 호텔에서 회의를 마치고 막 점심시간이 시작될 때쯤 전화 한 통이 걸려왔다.

우리나라 굴지의 모기업 총수이자 대단한 재력가인 C 회장이었다. 그는 첨단의학으로도 낫지 않는 희귀병에 걸리자 그 병을 고치기 위해 중국으로 가서 신침(神鍼)도 맞고, 일본의 도인에게 기(氣)치료를 받는 등 여러 가지 노력을 기울였지만 차도가 없자 아는 스님의 소개로 나를 찾아왔던 사람이었다.

그 후 그는 나에게 몇 번에 걸쳐 초광력을 받고 건강을 되찾게 되었다.

"정 선생, 어떻게 이런 일이 있지요? 내, 세계적으로 유명하다는 데는 다 가봤는데 그럴 때마다 그들은 정성 부족이니 시간이 더 걸린다느니 하면서 큰돈만 챙겼는데 단 몇 번 빛을 받았을 뿐인데 이렇게 거뜬하게 낫다니요! 빛을 받을 때마다 어디선가 은은한 향이 날아와 마치 내가 천상에 다녀온 기분이었는데, 이제부터 이 빛을 '향기 나는 빛'

이라 부르겠소!"

그는 흥분하여 어쩔 줄 몰랐다. 그런데 들리는 소문에 의하면 그가 만나는 사람들에게 자신이 일본 기도인의 치료를 받고 살아났다는 말을 하고 다닌다고 했다.

"아니, 정 선생한테 빛을 받고 살아난 거 다 아는데 그런 거짓말을 하다니요!"

"허허, 누구의 힘으로 나았으면 어떻습니까? 어려운 병마에서 헤어난 것만도 좋은 일 아닙니까?"

나는 아무렇지도 않게 대꾸했다.

그런 그가 나에게 대뜸 전화를 걸어오자 무슨 일인가 싶었다.

"지금 당장 올라오셨으면 합니다."

그는 다짜고짜 나를 서울로 오라는 것이었다.

"글쎄요, 너무 갑작스런 일이라…… 급한 일입니까?"

"예, 몹시 급합니다. 그러니 지금 당장 오셨으면 합니다. 정 선생님 이름으로 3시에 떠나는 비행기 표를 예약해 두었으니 이름만 대시면 될 겁니다. 도착 후에도 편히 모실 테니 무조건 와주십시오. 급히 모셔야 할 상황이니 이해해주시기 바랍니다."

그는 간절하게 청했다.

'지병이 도진 걸까? 아니면 또 다른 누가 아픈 걸까?'

나는 그가 하도 간곡하게 부탁을 하자 거절할 수 없어 승낙을 하고 말았다. 서둘러 대구공항으로 가자 그가 말한 대로 VIP 티켓을 내주었다. 김포공항에 도착하자 이번에도 말끔하게 양복을 차려입은 젊은 남자가 '정광호'라는 피켓을 들고 나를 기다리고 있었다. 그는 바로 C 회장의 운전기사였다. 운전기사는 청바지에 티셔츠, 밑창이 납작한 운동화를 신은 나를 이상하다는 듯 아래위를 흘깃거렸다. 나처럼 초라하게 생긴 사람을 회장이 이렇듯 깍듯하게 전용차로 모셔오라니 황당하다는 표정이었다. 사실 호텔 총지배인이라면 보통의 경우는 깔끔한 양복에다 검은 넥타이를 맨 정장 차림이 대부분이었다. 하지만 나는 예외였다. 객실이며 주방, 창고, 정원 등 호텔 안팎을 이리저리 뛰어다니며 직원들을 독려하고 지휘하려면 자유롭고 간편한 차림이 제일이었다.

운전기사는 나를 청와대 뒷문 근처의 한 한정식집으로 데려갔다. 가끔 유명 인사들의 초청을 받고 가본 적이 있는 요정 스타일의 한옥이었다. 안내를 받고 안으로 들어가자 그 자리에는 C 회장 뿐 아니라 뜻밖에도 기모노 차림의 일본 노인 세 사람과 통역관이 앉아 있었다.

"정 선생, 어서 오시오!"

C 회장이 반갑게 나를 맞이해주었다. 그리고 세 노인들과 마주 보이는 한 자리 남은 상석에 앉도록 하였다.

나는 맞은편에 앉은 노인들을 바라보았다. 눈매로 보나 차림새로 보나 모두 다 예사로워 보이지 않았다. 특히 가운데 앉은 노인은 배꼽까지 늘어진 흰 수염에 백발, 위풍당당하게 떡 벌어진 어깨에다 번뜩이는 호안(虎眼) 같은 두 눈동자는 추상(秋霜) 같은 기운을 뿌리고 있었다. 두 노인들은 그를 보좌하는 듯 위엄이 가득한 모습으로 양 옆으로 앉아 있었다.

"자, 먼저 음식을 좀 드시지요!"

인사가 끝나자 본격적으로 산해진미가 가득한 음식이 쏟아져 들어왔다. 어느 틈에 한복을 곱게 차려입은 아가씨들이 들어와 식사 시중을 들어주었다. 맛난 음식을 열심히 먹던 나는 가운데 앉은 일본 노인이 나를 보며 빙긋 웃는 게 보였다.

'대체 나를 왜 부른 거지? C 회장이 저 노인들에게 어떤 신세를 졌기에 나를 불렀을까? 저렇게 혈기 왕성하고 음식을 잘 먹는 걸 보면 C 회장의 병이 도진 건 아닐 테고.'

밥숟가락을 뜨던 나는 문득 고개를 갸웃하였다.

마침내 거대한 수라상을 물리고 몇 순배의 술이 돌 때쯤 C 회장이 잔뜩 들뜬 목소리로 말을 꺼냈다.

"오늘 저는 정말 기쁩니다. 정 선생과 저기 앉아 계시는 도인들을 한자리에 모셨으니 말입니다. 저…… 그런데, 정 선생, 사실 이분들은 그저 평범한 분들이 아니라 일본에서 유명한 기(氣) 단체를 이끌고 있는 기(氣) 도인들이십니다."

"네, 그러세요."

나는 별다른 반응을 보이지 않고 무뚝뚝한 표정으로 대답했다. 그러나 C 회장은 아랑곳하지 않고 기분이 좋은지 잔뜩 들떠서 말했다.

"정 선생, 제가 일전에 일본에서 기 도인에게 오랜 기간 기 치료를 받았다는 얘기 들으셨지요? 중국에서도 한동안 신침(神針)을 맞았다는 것도요?"

"네, 그런데요."

사실 C 회장은 희귀병 외에도 여러 가지 합병증이 있었다. 재력가인 그가 자신의 병을 고치기 위해 무슨 일인들 하지 않았으랴.

"정 선생, 뭐, 선생님을 통해 건강을 되찾은 걸 병원에서도 기적이라고 합디다. 당뇨 수치가 400~500하던 게 100으로 떨어지고 혈압도 정상으로 돌아오며 그 외에도 편두통을 비롯하여 여러 가지 잡다한 병이 제자리로 돌아왔으니 주치의도 놀랄 수밖에요. 아…… 그런데 말이요, 오늘 이 만남의 결과에 따라서 제 치료를 담당한 중국의 신침 도사와도 이런 자리를 가져야 할 것 같습니다. 아, 물론 제가 선생 때문에 건강을 되찾았으니 보은을 해드려야 하는데 말입니다."

C 회장은 처음 흥분하던 모습과는 달리 점점 말을 이상한 방향으로 이어갔다.

"그런데요?"

나는 횡설수설하는 그의 다음 말이 자못 궁금해서 다그쳐 물었다.

"제가 오랫동안 앞에 계신 저분들을 찾아보지 않자 저분들이 내 병세가 어떤가 하고 한국에 나왔지 뭡니까? 그래 제가 한국에서 '빛'을 주는 분이 있어서 그분에게 빛 향기를 받고 건강을 회복했다고 하자 펄펄 뛰면서 선생님과의 만남을 부탁한 겁니다. 신침 도사도 마찬가지로 자신의 덕이라며 내일이라도 당장 달려온다고 하고요. 한국의 정신세계로는 결코 제가 병을 고칠 수 없을 거라면서 말이오."

C 회장은 멋쩍게 웃으며 나를 바라보았다.

나는 그 순간 사건의 전말을 단박에 알 수 있었다.

'오라, C 회장은 나를 호의 어린 밥상에 초대한 게 아니로구나. 지금 저들은 나를 시험하려는 게야.'

나는 새삼 그의 야비한 모습에 실망감이 밀려왔다. 하지만 세상만사가 다 그랬다. 유명인사들 중에는 병을 고쳐주거나 힘든 일을 해결해주면 평생 은인으로 여기겠다며 굽실거리다가 언제 그랬냐는 듯 연락을 끊은 사람이 한둘이 아니었다.

C 회장 역시 마찬가지였다. 초광력을 받을 때마다 온몸이 샤워를 한 듯 개운하다며 좋아하고, 솟아나는 장미향에 취하여 코를 벌름거리며 기뻐 날뛰더니 이제 와서 나를 시험하겠다는 게 아닌가.

"정 선생, 내 입장 좀 이해해주구려. 나는 아직도 정 선생이 나를 고쳐 주었다고 생각하니 오해는 말아줘요. 어쨌든 저 도인들은 정 선생의 힘이 정말 자신들의 힘보다 강하다면 물러서겠다고 해요. 그런데 만약 아니라면……."

"만약 아니라면요?"

내가 되받아서 쏘아붙였다. 그가 나에게 예의를 저버린 이상 나도 그에게 호의를 베풀 필요는 없었다.

"아니라면 나보고 자기들에게 치유의 대가를 줘야 한다고 야단하면서 만약 사례금을 주지 않으면 도로 나빠질 거라고 해요, 음, 그러니 정 선생이 불쾌하게만 생각하지 말고 날 좀 도와준다고 생각하고 기분 좀 푸시구려."

그는 비굴할 만큼 간절하게 자신의 입장을 내비쳤다.

'그래, 재벌이니 분명 낫기만 하면 엄청난 사례금을 주겠다고 큰소리쳤겠지. 한밑천 잡으려는 도인들은 바짝 달라붙었을 테고.'

그가 내 눈치를 보면서 말했다. 몸이 완쾌된 걸 빌미로 돈을 얻어내려는 일본 기도사들과 까짓것 깨질 때 깨지더라도 일단 맞서보자는 장사꾼다운 C 회장의 속셈이 맞물려 마련한 자리였다.

'음, 싸우느냐 마느냐. 만약 저들의 제안을 받아들이지 않으면 패배를 인정하는 꼴이 된다. 그리고 이젠 꼼짝없이 신침 도사까지 만나봐야 할지도 모른다.'

엉뚱하게 그들의 계략에 말려든 나는 잠시 생각에 잠겼다.

그 순간 식사 중에 나를 보며 미소 짓던 우두머리 도인이 다시 그 능글맞고도 사람을 무안하게 하는 비웃음 섞인 얼굴로 나를 바라보았다.

'그래, 나의 힘은 저들과 다른 힘이 아니던가. 나도 모르게 저절로 스민 우주의 힘. 일전에 태백도사도 내 힘은 지상에도 없었던 생명 원천과 창조의 힘이라면서 무릎 꿇고 조아리지 않았던가. 무엇이 두렵고 무엇 때문에 망설이랴. 회장이 화술을 부리든, 싸움을 붙이든 그건 모른 척하자. 그런 얄팍한 계산은 일단 뒤로 하자.'

그 순간 나는 저 밑바닥에서부터 내재된 빛의 힘이 온몸에 감도는 걸 느꼈다. 그러자 결정은 순식간에 내려졌다.

"좋습니다. 제가 도와 드려야지요. 저분들도 저 때문에 먼 길을 오셨는데 회장님 체면도 있잖습니까. 그러니 말씀대로 한번 시작해 봅시다.

하하!"

나는 이왕 결심한 이상 호탕하게 웃어댔다.

"아, 그래요? 좋소이다!"

회장은 그 대답과 동시에 통역관에게 눈짓을 하였다. 통역관이 통역을 하자 도인들은 기다렸다는 듯 서로를 보며 바삐 손짓을 해댔다. 자기네끼리 나와 맞설 순서를 정하는 거였다.

마침내 좌측에 앉은 노인이 나를 위아래로 애처롭게 바라보며 물었다.

"정 선생님이라고 했죠? 내 힘에는 1번 2번 3번의 힘이 있소이다. 어떤 걸로 하시겠소?"

나는 1번과 2번과 3번이 뭘 뜻하는지 몰라 잠시 망설였다. 그러자 그는 더욱 애처로운 표정으로 말했다.

"아니 물을 것도 없이 내 생각엔 당신에겐 3번이 가장 맞을 듯하오. 그것도 아주 부드럽고 약하게 힘을 보낼 테니 받아보시게."

그는 가소롭다는 듯 이젠 아예 반말지거리를 하였다.

"하하, 그럼, 1번과 2번은 무엇이오?"

나는 오기가 발동하여 물었다.

"간단하게 말하자면 1번은 당신의 오장육부가 다 터져 나오는 힘이오. 2번은 머리가 박살나서 고꾸라지는 힘이고, 마지막으로 3번은 이것들보다는 약한 힘이오. 그래도 당신에게 위험할 수 있으니 특별히 내가 아주 부드럽게 보내겠소. 그것도 힘들면 받는 도중에 중단시키든지 알아서 하구려."

그는 짜증어린 목소리로 부연설명을 하였다.

'무슨 무협지를 쓰는 건가, 오장육부가 터지고 머리가 깨지고 심지어는 죽을 수도 있다니.'

하지만 그들의 강철같이 단단한 체구, 훤한 인물로 보나 눈빛과 하는 모양을 보나 과장이 아닐지 모른다는 생각도 들었다. 게다가 저들은 일본의 기를 이끌고 있는 단체의 수장이라고 하지 않았던가. 우리나라 최고의 도인 한 사람이 저들에게 깨져 나갔다는 풍문도 있었는데 나 같이 깡마른 외모, 초라한 차림새를 본 저들이 사람 취급도 하지 않는 게 당연한 일인지도 몰랐다.

하지만 어린 시절 도경은 내게 물었다.

"광호야, 조그만 백두 호랑이 한 마리와 아프리카의 뿔 달린 황소 무리가 싸우면 누가 이길 것 같으냐?"

"글쎄요, 덩치로는 황소 떼가 이길 테지만 제 생각에는 호랑이가 힘이 세니 호랑이가 이기겠지요."

나는 제법 친해진 도경 할아버지의 말투를 흉내 내며 대답했다.

"어떻게 이기는지 아느냐? 똑똑히 들어둬라. 힘으로 하면 오히려 호랑이가 한 번에 황소 뿔을 받고 넘어진다. 하지만 호랑이가 이기는 건 힘이 아니라 눈으로 싸우기 때문이다. 호랑이는 어떤 큰 짐승을 만나도 상대의 눈을 보고 정기(精氣)로 싸우는 법, 그 정기에 눌린 황소는 그만 눈 아기 먼저 주저앉는 것이지. 호랑이는 그 순간을 놓치지 않고 소의 급소를 물어 일격을 가하는 것이고, 단 한 순간으로 승부가 나는 게다.

알겠느냐?"

문득 도경과의 선문답 같은 이야기는 바로 오늘을 위한 이야기였다. 나는 마음을 차분하게 가라앉히고 한 번 부딪혀 보기로 했다. 더 나아가 서열 3위의 도인과 대결을 하는 건 내겐 의미가 없었다. 일격을 가하는 호랑이처럼 단 한 판에 승자가 결정되어야만 했다.

나는 세 도인과 시계를 번갈아 보며 마침내 준비된 말을 받아쳤다.

"벌써 시간이 이렇게 지났군요. 저는 오늘 저녁에 또 영업을 준비해야 하는 바쁜 몸이오. 늦기 전에 가봐야 하는데 언제 1번, 2번, 3번의 힘을 받겠습니까? 게다가 남은 두 도인의 힘까지 합하면 도합 9번의 힘을 받고 오장육부가 터지고 머리가 박살나고 고꾸라지고, 심지어는 저승 문턱까지 건너가야 할지도 모르는데 그러다간 날이 샐지도 모르는 일 아니오? 1번이고 2번이고 뭐고 할 거 없이 아예 세 분이 아홉 개의 힘을 한꺼번에 제게 보내 주십시오."

통역관이 입을 떼자 그들은 놀라서 얼굴이 새파랗다 못해 까맣게 질려서는 대체 내가 뭘 믿고 그리 큰 소리를 치는지 호기심 어린 눈으로 귀를 쫑긋 세워 통역관의 말을 들었다.

"으음……."

그들의 얼굴은 점차 험악하다 못해 살기가 가득하였다. 그들의 눈에 볼품없어 보이는 내가 그리 세게 나오자 굴욕감에 몸을 떨었다.

"아이고, 정 선생, 그건 안 됩니다. 그러다가 저들의 말대로 정말로 다치면 어쩌려고 그러십니까? 그냥 이 자리에서 슬며시 떠나십시오.

뒷일은 제가 알아서 할 테니 말이오."

"보십시오, 회장님! 이게 아이들 장난인줄 아십니까? 저는 오늘 회장님이 초대한 밥값이라도 해야겠습니다. 터져 죽든 깨져 죽든 그건 당신과 상관없는 일로 할 테니 신경 쓰지 마십시오!"

은근히 싸움을 부추기더니 사태가 걷잡을 수 없이 번지자 발뺌하는 C 회장의 태도에 나는 분노가 치밀었다.

"좋소! 그렇다면 당신, 이제 우리는 책임 안 진다. 눈을 감고서 받는 자세로 손을 내밀고 앉아!"

그들은 갑자기 명령조로 얼음을 깨듯 차갑게 말을 던졌다.

나는 곧 그의 말대로 손을 내밀고 힘을 받을 자세를 취했다.

"그래도 정 참기 어려우면 소리를 질러라. 그러면 우리가 중단하겠으니."

그들은 아무래도 마음이 안 놓이는지 내게 말했다.

나는 듣는 척도 않고 눈을 감았다. 한 치 앞도 모르는 일이었다.

'과연 그들 말대로 오장육부가 터지고 머리가 깨질 것인가. 그들이 말한 기(氣)의 힘은 대체 어디까지일까?'

눈을 감은 채 이런저런 생각들이 떠올랐다. 5분이 지났을까, 손에 온기가 스며들면서 따스해지기 시작했다. 그렇게 또 조금 지나자 마치 따뜻한 욕조에 누워있는 듯 부드러운 느낌이 들었다.

'아, 이런 것이 기로구나. 은은한 기운이 주변에서 도는 듯한 느낌. 그렇다면 다음 차례는 무엇일까?'

나는 세 사람이 뭉쳐 보내는 힘의 다음 단계를 기다리고 있었다.

'그들이 말한 대로라면 저들의 기운이 내 뱃속에 들어와 꿈틀거리겠지. 그래, 조금만 더 있으면 귀가 먹먹해질 것이고 그리고는 마침내 온 몸이 뻣뻣하게 굳어지겠지.'

나는 더욱 강해질 힘의 단계를 마음속으로 조용히 기다리며 계속 앉아있었다. 하지만 더 이상은 없었다. 그게 전부였다. 배가 꿈틀거리기는커녕 아프지도 않았다. 나는 10여 분이 지나도록 다음 차례를 기다리며 그대로 앉아있었다. 그러다간 줄곧 눈을 감고 있자니 지루하고 심심해서 살며시 실눈을 뜨고 그들을 바라보았다.

'세상에!'

나는 터져 나오려는 웃음을 참느라 배가 아플 지경이었다. 세 도인은 마치 비를 맞은 듯 엄청난 땀을 흘리고 있었다. 값비싸고 멋있는 기모노는 이미 땀에 젖어 몸에 착 달라붙어 있었고 그들의 윤기 흐르던 수염마저 처마 그늘에서 말린 옥수수 수염처럼 힘없이 처져있었다.

하지만 그들은 땀을 닦을 겨를도 없이 나에게 힘을 보내느라 두 눈을 감고 마치 개구리가 헤엄치듯 두 손을 계속 내뻗으면서 휘젓고 있었다. 그들이 할 수 있는 건 오직 하나 나를 박살내고야 말겠다는 필사적인 몸짓뿐이었다. 그 휘몰아치는 팔의 속도가 어찌나 빠른지 내 눈으로는 도저히 따라갈 재간이 없었다.

그러자 문득 그동안 내가 만났던 기공사(氣功士)를 비롯하여 초염력자, 마인드 콘트롤사, 심지어 UFO를 부린다는 사람, 최고의 무속인들이 했던 익숙한 모습이라는 게 떠올랐다. 그들은 모두 안간힘을 쓰며 나를 내치려 했지만 오히려 나에게 힘을 받고 돌아가지 않았던가.

그런 생각이 들자 나는 자못 걱정이 되었다. 저렇게 나이 많은 분들이 손을 뻗고 몇십 분간 땀을 흘리고 있었으니 나로서는 나보다 저들이 먼저 쓰러질 것만 같았다. 대체로 기(氣)란 여러 가지 설이 있겠지만 간단하게 말하면 우주로부터 오는 좋은 에너지의 한 종류이다. 따라서 나의 기를 준다, 보낸다 하는 말은 자신이 모은 에너지를 남에게 소모시킨다는 뜻이다. 물론 우주에서 무한정 나오는 힘을 비축했다가 상대에게 줌으로 체력 소모는 없다지만 사실 그 힘을 주는 과정 자체만으로 체내에서 힘이 빠져나감은 어쩔 수 없는 일이다. 그래서 기를 내보낸 후에는 축기(畜氣)라는 과정을 거쳐야만 다시 힘을 비축할 수 있는데, 이건 마치 다 써버린 배터리를 충전해야 쓸 수 있는 이치와 같다.

그런데도 도인들은 이제 젖 먹던 힘까지 내게 보내고 있었다. 그들의 몸짓은 더욱 격렬해져 갔고 그러면 그럴수록 지치는지 숨을 헐떡대며 땀을 비 오듯 흘렸다. 이미 내게는 세 도인의 필사적인 팔놀림 따위는 아무 소용이 없었다. 이대로 가다간 끝도 없을 것만 같았다.

"아직도 멀었나요?"

내가 소리치자 그들은 깜짝 놀라 눈을 뜨곤 주춤거리며 하던 동작을 멈췄다. 그들과 눈이 마주치자 나는 바지 주머니에서 곱게 접힌 손수건을 꺼내 그들에게 건넸다.

"땀부터 좀 닦으시지요."

윗사람에 대한 예의로 공손하게 건넨 손수건, 하지만 그 손수건의 의미는 이제 게임은 끝났다는 나의 암시였다. 내가 멀쩡한 모습으로 손수건까지 건네자 그들의 표정은 침통해졌다. 조금 전까지만 해도 무섭게 노려보던 그 눈빛은 찾아볼 수 없었다. 그건 C 회장도 마찬가지였다. 그는 내가 줄곧 힘을 받기 시작할 때부터 끝날 때까지 놀란 토끼처럼 앉아있더니 내가 힘을 받고도 아무렇지 않자 그저 멍하니 쳐다볼 뿐이었다. 그제야 그동안 내가 보인 배짱들이 무모한 용기와 오기로 무책임하게 내뱉은 말이 아니라는 걸 느낀다는 듯이.

나는 어색하고 껄끄러운 분위기를 빨리 피하고 싶은 나머지 말했다.

"자, 이제는 제가 시작할 차례입니다. 받을 준비가 되셨습니까?"

도인들은 내 말에 서로를 쳐다보기 시작했다. 이번에도 차례를 정하려는 눈치였다.

"도인님들, 그러실 필요 없습니다. 시간이 없으니 세 분에게 제힘을 동시에 보내드리겠습니다. 참 그리고 이 힘은 동시에 10명에게 보내나 100명에게 보내나 별반 다르지 않습니다. 또 저는 당신네들처럼 1,2,3번으로 나누어 드리지 않으니 그리 아십시오."

"어떻게 받으면 되겠소?"

여전히 눈빛이 살아있는 가운데 앉은 우두머리 도인이 물었다.

"그저 당신들이 내게 힘을 줄 때처럼 손을 내미십시오."

말을 마친 나는 조용히 일어섰다. 그 순간 그들의 움찔거리는 작은 몸짓이 보였다. 좌우 도인들은 무서운 호기로 노려 볼 때와는 달리 도도한 모습을 잃지 않으려 애쓰며 정면을 주시하는 것으로 눈을 피했다. 가운데 왕초 도인만이 끝까지 나를 보고 있을 때 나는 마지막으로 소리쳤다.

"저는 딱 원 미닛트(One minute), 단 1분 동안만 보내겠소."

그 순간 분위기는 걷잡을 수 없는 긴장감으로 팽팽해졌다. 나는 초광력을 보낼 마음의 준비가 되자마자 가운데 앉은 도인을 향해 눈을 번뜩이기 시작했다. 어차피 양옆의 도인들은 볼 것도 없는 법, 제일 우두머리 도인만 사로잡으면 게임은 끝나는 거였다.

마침내 나는 검지와 중지 손가락을 곧추세운 채 초광력을 보내기 시작했다. 그러자 옆에 있던 C 회장과 통역관이 주춤 뒤로 물러났다. 이때까지의 부드러운 표정과는 달리 날카로운 표정으로 우두머리 도인을 향해 손가락을 세워들자 겁에 질려서였다.

하지만 우두머리 도인의 저항도 만만찮았다. 그는 마지막까지 자존심을 회복하려는 듯 태연한 모습으로 눈을 부릅뜨고 나를 치켜보았다. 잠시 후 그는 더 이상 나를 쏘아보지 못한 채 지그시 눈을 감았다. 그걸 놓치지 않고 나는 마치 권총을 쏘듯 한 손을 움켜쥐고 손가락을 꽂아 초광력을 보내기 시작하였다. 그 순간 미처 초광력을 보내기도 전에 우두머리 도인이 혼비백산하여 내 팔을 잡고는 소리쳤다.

"됐습니다! 됐습니다, 정 선생님!"

정말 순식간에 일어난 일이었다. 내가 손을 쓸 겨를도 없이 그는 내 앞에 무릎을 꿇고 연이어 외쳤다.

"센세이, 고멘구다사이, 고멘구다사이, 고멘구다사이!"

나는 내 귀를 의심했다. 우두머리 도인은 분명 머리를 조아리며 '선생님, 잘못했습니다, 잘못했습니다, 잘못했습니다!' 라며 고멘구다사이를 세 번씩이나 외쳤다.

어느새 좌우 도인들도 덩달아 방바닥에 무릎을 꿇고 고개를 조아리며 내게 똑같이 소리쳤다. 세 도인 모두 완벽하게 패배를 인정하는 순간이었다.

"됐습니다, 도인님들, 어서 일어들 나시지요. 저는 처음부터 회장님의 몸이 불편하신가 해서 왔을 뿐, 대결을 하기 위해서 온 사람이 아닙니다. 그러니 그만들 일어나시지요. 덕분에 저도 정말 좋은 경험을 했습니다."

나는 그들을 일으켜 세웠다. 우두머리 도인은 천천히 일어난 후 첫 대면 때와는 완전히 다른 모습으로 조용히 말을 꺼냈다.

"이 힘은 내 평생 살아오면서 처음 만나보는 힘입니다. 제가 선생님의 힘을 채 받지도 않고 이렇게 말씀드릴 수 있는 건, 이미 힘을 받기도 전에 강한 느낌이 뚜렷이 왔기 때문입니다. 탁탁 튀는 듯한 느낌이 오면서 온몸이 전율 되더군요. 그 빛인지 뭔지 하는 힘을 받는다면 그야말로 머리가 깨질 것 같다는 생각이 들었습니다. 그래서 급히 선생님의 팔을 붙잡았던 겁니다. 제가 그동안 한국의 최고 도인이라는 분도 만나보았고, 단전에 금빛이 난다는 중국의 대사도 만나보았지만 이렇게 강력한 힘은 아니었습니다. 마치 벼락을 맞은 느낌이라 할까요? 선생님,

대체 당신의 스승은 누구십니까? 부디 알려주십시오."

우두머리 도인은 거듭 예의를 갖추어 공손하게 물었다.

하지만 나는 난감할 뿐이었다. 나는 이 힘을 얻기 위해 무엇을 배우고 노력한 적도 없으니 말이다. 나는 그저 대충 얼버무렸다.

"제 스승은…… 음, 호텔을 드나드는 모든 사람들입니다. 각양각색인 그들의 삶이 아마 제 스승이겠지요. 그럼, 저는 이만 바빠서 가봐야겠습니다."

"잠깐만요, 정 선생님!"

내 스스로도 무슨 말을 하는지도 모르며 급히 빠져나오려 하는데 우두머리 도인이 다급하게 나를 붙잡았다.

"정 선생님, 바쁘신데 정말 죄송합니다. 드릴 말씀이 있어서요."

"무슨 말씀을?"

"다음에 일본으로 모시겠으니 꼭 와주십시오. 연말에 초청장을 보내면 꼭 응해주셔야만 합니다. 제발 부탁입니다."

"아, 그러세요."

나는 우두머리 도인이 하도 공손하게 청하는 바람에 혼잣말처럼 승낙하고 말았다. 바빠 방을 빠져나오자 C 회장이 다급하게 뒤쫓아 나왔다.

"정 선생, 잠깐 나 좀 봐요."

귀하신 몸이 몸소 문밖까지 따라 나와 나를 불렀다. C의 눈빛은 이제 사뭇 달라져 있었다. 나를 이상한 힘을 발휘하여 병을 치유하는 사람이 아닌 마치 다른 초인을 보는 듯 공손한 모습이었다. 그는 그 눈빛을 어색한 웃음으로 얼버무리며 말했다.

"저, 정 선생, 오늘 바쁘신데 수고가 많았어요. 고생하셨을 텐데 이건 차비니 받으시구려."

그는 자랑스럽고 당당하게 흰 봉투를 안주머니에서 꺼내 내 손에 찔러주었다.

'대체 이 흰 봉투는 뭐란 말인가? 사람을 불러다 어쭙잖은 대결이나 시키고 이제 와서 돈 몇 푼으로 그걸 무마하려 하다니.'

나는 목구멍까지 역겨움이 치밀어 올랐다. 장사꾼인 그는 대결 내내 일본 도인들이 이기면 대체 얼마를 줘야 하나 속으로 계산하고 있었을 게 뻔했다. 뜻밖에도 내가 이기자 저런 얄팍한 봉투로 나를 또다시 우롱하고 있었다.

"회장님, 이 봉투를 대결 전에 주셨더라면 감사한 마음으로 받았을 겁니다. 허나 지금으로서는 받고 싶지 않네요. 받으면 오히려 제 기분이 상할 것 같아서 말입니다. 참 그리고 다시 말씀드리겠습니다. 오늘로써 저와 회장님이 다시 만나는 일이 없기를 바랍니다. 그럼, 건강하시기 바라며 이만!"

나는 C 회장에게 인사를 하고 돌아서 나왔다. 일개 호텔 지배인에게 수모를 당한 그는 입이 열 개라도 할 말이 없다는 듯 벌게진 얼굴로 돌아서는 나를 그저 물끄러미 바라볼 뿐이었다. 그와 나의 인연은 거기서 끝이었다.

나는 자유롭고 홀가분한 발걸음으로 골목을 돌아 나왔다.

센세이, 고멘구다사이!

"징글벨~ 징글벨~"

거리마다 크리스마스트리가 반짝이고 캐럴이 울려 퍼지는 12월이 되었다. 연말연시 대목을 누리기 위해 호텔은 그 어느 때보다 분주할 때였다.

우리 호텔만의 특별한 크리스마스 프로그램을 준비하는 등 바쁜 나날을 보내고 있던 나는 책상 위에 수북이 쌓인 연하장 중에서 일본에서 날아온 흰 봉투 하나를 발견하였다.

초청장, 일본본주(日本本主)라고 쓴 여행 티켓이었다. 그것도 10원하나 들 것 없는 VIP투어 티켓이었다. 나를 초청한 쪽은 바로 6개월 전나에게 '센세이, 고멘구다사이, 고멘구다사이, 고멘구다사이!'를 외친바로 그 우두머리 노인이었다.

그 날 내게 언젠쯤 일본으로 초청하겠다고 하기에 그냥 지나가는 인사치레라 생각하고 그러라고 하고 헤어졌는데 그 해가 가기 전에 정말로 약속을 지킨 거였다.

'음, 가야 하나 말아야 하나.'

나는 답장을 보내기 전에 잠시 망설였다. 우선은 바쁜 호텔의 업무가 마음에 걸렸고, 그렇다고 그들의 성의를 무시하는 것도 결례가 될 것이다. 게다가 이번 기회에 일본 도인들의 본거지를 보고 싶다는 호기심이 일었다.

'좋아, 가자!'

나는 시간을 내어 일본으로 향하는 비행기에 올랐다.

마침내 나는 일등석에서 특급대우를 받으며 일본에 내리자 마치 유명인이라도 되는 듯 큰 환영을 받았다.

"곤니찌와, 센세이!"

수많은 사람들이 큰소리로 인사를 하며 박수를 치고 환영 피켓을 들고 흔들었다. 어리둥절한 얼굴로 고급 승용차에 오르자 앞뒤로 몇 대의 검은 승용차가 나를 호위하며 달렸다. 내 옆자리에는 어느 틈에 기모노 차림의 마사코라는 여성이 앉아서는 연방 미소를 지으며 지나가는 도쿄 거리를 안내해주었다. 하지만 창밖은 어느 틈에 아슴아슴 어둠이 내려앉는데 차는 도쿄 시내를 빠져나와 외곽으로 달려가고 있었다.

'이거 어디로 납치를 당하는 건가?'

순간 머리카락이 쭈뼛 설 만큼 무서운 생각이 스쳤다.

"저희 기단체가 있는 총본부로 가는 중입니다. 오늘은 관례상 총본부에서 모시고 내일부터는 도쿄에서 쉬게 되실 겁니다. 한국으로 돌아가실 때까지 제가 조금도 불편함이 없이 정성껏 모실 테니 안심하세요."

나의 그런 마음을 알아차렸는지 마사코가 내게 살짝 기대듯 하며 말했다.

마침내 차가 도착하자 나를 맞이하는 일행들이 잘 가꿔진 정원수 사이사이에 서서 손을 흔들어주었다. 문득 일본으로 오기 전 뽑아본 산목의 괘가 떠올랐다.

1번-당당하게 맞서라, 큰 수확이 있다.

2번-포기하라, 결정적인 함정이 있다.

3번-재고하고, 충분한 시간을 갖고 생각한 후 결정하라.

그중에서 답을 구하고자 할 때 1, 2번 중에서 결정해야만 했다. 그때 왼손에 잡힌 산목 중 하나가 1번 괘(卦)였다.

'그래, 무슨 일이 기다리고 있는지 모르지만 당당하게 맞서보자.'

나는 심호흡을 한 채 두 개의 일본풍 건물을 지나 객실로 들어갔다. 밖에서 볼 때와는 달리 일본풍 다다미에다 서양풍 고급 가구가 조화롭게 어우러진 방이었다. 그러면서도 벽 곳곳에 칼을 쥔 무사도 그림이 그려져 있어 왠지 무서운 무협영화를 보는 듯 섬뜩함을 느끼게 했다.

잠시 방에 앉아 빛명상에 젖어 있는데 기모노를 곱게 차려입은 두 여인이 들어와 차를 대접하였다. 신기하게도 한 여인이 일본어로 말하면 다른 여인이 한국어로 통역을 해주었다.

"선생님, 식당으로 가시지요."

그녀들의 안내를 받아 식당으로 들어가자 이미 식탁에는 음식이 차려서 있고, 도복 차림의 그곳 사람들이 죽 앉아있었다. 그중 한 사람이 나를 맞이해주었다.

"먼 길 오시느라 노고가 크셨습니다. 오셔서 영광입니다."

"다시 만나게 되어 반갑습니다."

나와 그들은 축배를 들며 만찬을 즐겼다. 하지만 아무리 둘러봐도 내가 서울에서 만났던 세 도인의 모습은 보이지 않았다.

마침내 식사가 끝나고 숙소에 들어와 세면을 마악 끝냈을 때였다. 마사코가 들어와 나를 다시 다른 곳으로 가자고 하였다.

"예? 어디로 또 갑니까?"

"걱정일랑 마시고 저를 따르시지요. 우리 본부의 최고 어른에게 모시려 합니다."

마사코는 여전히 환하게 웃으며 나를 이끌었다.

'음, 이제부터 예견된 만남의 시작이구나.'

나는 심호흡을 길게 하곤 그녀가 이끄는 방으로 들어갔다.

내가 간 곳은 바로 일본 도인들의 힘이 모인 '천지정기도장(天地精氣道場)'이었다. 그곳은 이때까지의 분위기와는 달리 정신을 아찔하게 할 만큼 장엄함과 위압감이 흘러넘쳤다. 방안에는 이미 검은 도복을 차려입은 70여 명의 남자들이 무릎을 꿇고 마치 명령을 기다리듯 양쪽으로 주욱 앉아있었다.

서울에서 내가 만났던 세 도인이 온갖 위엄을 갖춘 채 상좌에 앉아있었다. 그들 양옆으로는 아리따운 기모노를 입은 여인들이 큰 부채를 들고 서 있었다. 세 도인 모두 나에게 '센세이, 고멘구다사이!'를 외치던 모습은 온데간데없고 명령만 내리면 나를 사로잡을 듯한 근엄한 황제의 모습이었다. 내가 만났던 우두머리 도인이 바로 이 단체의 본주(本主)였던 것이다. 짐작은 했지만 이렇게까지 사람을 위압하는 분위기를 만들어놓을 줄은 미처 상상도 못 했던 일이었다. 잠시 정신이 아득한 사이 명이 내려졌다.

"모셔라!"

그러자 마사코가 이때까지와는 딴판인 거만한 목소리로 말했다.

"저기 가서 앉으시오!"

마사코는 나를 맨 끝자리에 있는 방석 하나 쪽으로 안내하더니 화살처럼 사라져버렸다.

'저 뒤에 앉으라고? 그것도 끝머리에? 적어도 저들을 단단히 혼내주고 승복케 했던 나를 이렇게 노골적으로 푸대접하다니! 이거 공짜 여행 좋아하다가 큰코다치게 생겼구나!'

나는 속이 부글부글 끓었다. 하지만 로마에 가면 로마법을 따르라 하지 않았던가. 나는 머리끝까지 차오르는 분노를 꾹 참고 그 자리에 앉았다.

"가져오너라!"

내가 자리에 앉자 기다렸다는 듯 본주가 명령을 내렸다. 그의 음성은 천하를 뒤흔들 만큼 당당함과 우렁참으로 온 도장을 휘어 감고 단원들의 머리 위로 찌렁찌렁 내려앉았다.

곧이어 기모노 차림의 아리따운 여인이 붉이 담긴 백자 사발을 들

채 조용히 걸어 나와 메인테이블 위에 올려놓았다. 그러자 왼쪽에 앉아있던 도인이 잔뜩 위엄 어린 모습으로 단상을 내려와 그 물 사발 앞에 섰다.

'대체 뭘 하려는 걸까?'

나는 호기심과 함께 잔뜩 긴장하여 그를 바라보았다. 도인은 마치 경건한 의식을 하듯 품 안에서 조그만 시약병을 꺼내더니 소리 없이 뚜껑을 열었다. 그 순간 코를 쥐어짜는 듯 독한 냄새가 진동하면서 저절로 인상을 찌푸리게 하였다.

'도대체 저 시약은 무엇이며 저 독한 약품을 무엇에 쓰려는 걸까?'

나는 그들의 괴상한 행동에 한 치의 긴장을 놓을 수 없었다.

도인은 나를 힐끔 한 번 쳐다보고는 그 시약을 물 사발에 한 방울, 두 방울 떨어트린 후 동작을 멈췄다. 온 도장이 정적에 휩싸이고 칼날처럼 얼어붙었다. 잠시 후 숨 막히는 정적을 깨고 차가운 목소리가 또 한 번 장내를 흔들었다.

"시작하라!"

본주의 명령이 떨어졌다.

세 도인의 동작에 따라 70여 명 전체가 한 동작이 되어 마치 받들어 총을 하듯 물 사발이 있는 쪽을 향했다. 마침내 본주가 다시 입을 열었다.

"오옴, 오~~~~음~~~~."

"오옴, 오~~~음~~~~, 옴~~~."

본주의 선창에 따라 70여 명의 도인들이 모두 한목소리로 주문을 읊기 시작하였다.

두 눈을 지그시 감고 전신의 힘을 모아 물 사발을 향해 읊는 주문 소리는 도장을 집어삼키더니 마침내는 폭포가 되어 쏟아져 내리는 듯하다가 다시 온 도장을 통째로 뒤흔드는 태풍으로 바뀌어졌다. 무시무시한 그 진동 옴 소리에 귀신조차 새파랗게 질려 내쫓길 듯 보였다.

그들은 거의 240초가량을 숨도 쉬지 않고 소리를 내뿜었다. 240초라면 4분, 그 4분 단위로 5회 정도를 반복하니 약 20분 이상 이 엄청난 힘을 실어내고 있었다. 그 모습에는 어떤 수련도 초월한 이교도 의식에서 보이는 성스러움과 함께 음산함이 배어져 나왔다.

그렇게 20여 분이 지나자 그들은 모든 동작을 일제히 멈췄다. 또다시 태풍의 격랑이 한바탕 지난 후 정적이 흘렀다. 그때 처음 백자 사발을 가지고 나왔던 아가씨가 나와 탁자 위에 놓인 사발을 조심스럽게 받쳐 들고는 내게로 다가왔다.

물 사발을 받아들자 도장에 있는 사람들은 약속이라도 한 듯 모두 내 쪽을 바라보았다.

'이 물을 나보고 어쩌라는 게요?'

나는 눈을 들어 본주를 바라보았다. 그러자 옆에 섰던 여인이 말 대신 손을 코에 대는 시늉을 하며 냄새를 맡아보라 하였다. 비로소 그들의 뜻을 알아차린 나는 물 사발을 코 밑에 대고 킁킁 냄새를 맡아보았다. 놀랍게도 물 사발에서는 어떤 냄새도 나지 않았다. 조금 전까지도 방안을 가득 메우던 그 독한 약품 냄새가 완전히 사라진 것이다.

'아, 바로 이거였구나!'

나는 그때서야 그들이 주문의 힘으로 약품 냄새를 없앴다는 걸 알았다. 힘을 가하지 않고 정신의 힘만으로 냄새의 독성을 날렸다는 사실에 나는 자못 경탄하였다. 이 일은 어느 정도 경지에 이르지 않고는 할 수 없다는 걸 나 역시 잘 알고 있기 때문이었다. 내가 주춤 놀라는 표정을 보이자 그때까지 표정 하나 바꾸지 않던 세 도인은 물론 70여 명의 도인들은 입가에 만족과 희열의 미소를 지었다.

"정 선생, 한국에서는 이런 힘을 내 이제껏 보지 못했다. 정 선생 또한 경험하지 못했으리라 생각하오, 어떤가? 당신도 한 번 해보겠소?"

본주는 엄숙하면서도 우월감에 넘친 얼굴로 내게 정곡을 찌르듯 물었다.

'그렇다면 물맛은 어떨까?'

호기심이 생긴 나는 본주의 말에는 대꾸도 없이 한 모금 마셔볼 요량으로 물 사발을 입으로 가져갔다. 그때였다.

"안 돼! 마시는 건 아니 되오! 그저 냄새만 맡아보라!"

본주가 화들짝 놀라 소리쳤다.

'오라, 이들은 냄새만 날렸을 뿐 물의 성분은 바꾸지 못했구나.'

나는 무언가 실망한 듯 고개를 갸웃거렸다. 이제 본주의 말대로 내 차례였다. 저들은 내가 처음 당해보는 이 일을 내가 어떻게 하나 견주어 보고 싶은 거였다.

'음, 한 번도 해보지 않은 일이다. 하지만 그래도 여기서 물러날 순 없다. 한 번 해보자.'

나는 심호흡을 하며 결심하였다. 그때였다. 갑자기 본주가 뜻밖의 제안을 해왔다.

"정 선생, 오늘은 날이 늦었구려. 먼 길 오시느라 고단했을 테니 오늘은 이만 푹 쉬도록 하시오."

잔뜩 긴장을 하며 생각을 집중하고 있는데 내일 하자니 나는 맥이 탁 풀렸다. 하지만 그곳은 그들의 홈그라운드였다. 벌써 도장을 가득 메웠던 도인들이 본주의 말이 끝나기 무섭게 행렬을 하듯 밖으로 나가는 게 보였다. 긴장감으로 팽팽했던 도장은 순식간에 삭막함과 적막함이 찾아들었다.

그때 기다리고 있었다는 듯 마사코가 내 앞에 나와 나를 숙소로 안내하였다.

"선생님, 여기가 바로 선생님께서 주무실 최상의 귀빈실입니다. 저는 여기까지입니다. 편안한 밤 되십시오."

프레지던트 룸(President Room)이라고 쓰인 숙소로 들어가자 특급 호텔의 최상급 스위트 룸보다 더 으리으리하게 꾸민 룸이 보였다.

'참으로 호화롭구나. 피곤한데 잠이나 자두자.'

나는 서둘러 씻은 후 침대에 몸을 뉘었다. 얼마나 지났을까? 갑자기 똑똑 문 두드리는 소리가 들려왔다. 시계를 보니 어느 틈에 자정이 넘은 시간이었다.

'이 시간에 누구지?'

나는 고개를 갸웃하며 서둘러 가운을 걸친 채 문을 열었다.

"정 선생님, 저희들이에요."

문이 열리자 기모노 차림의 아리따운 아가씨 둘이 진한 향기를 풍기며 서 있었다. 한 아가씨는 술이 담긴 호리병, 다른 아가씨는 과일과 안주가 담긴 작은 소반을 들고 있었다.

"실례를 용서하십시오. 들어가도 되겠는지요?"

그들은 미처 말릴 겨를도 없이 안으로 쑤욱 들어왔다. 그러고는 잰 손놀림으로 이미 호리병과 주안상을 곱게 차려 내놓았다. 잠결에 보는 그녀들은 마치 천상에서 내려온 선녀처럼 천하절색 가인이었다. 옷차림 또한 요염하기 그지없었다. 이때 한 아가씨가 과감히 다가와 기모노의 가슴과 허리를 매는 오비(おび)를 위에 갖다놓았다.

"선생님, 저희는 먼 곳에서 오신 선생님의 여독을 풀어드리라는 명을 받잡고 이렇게 왔습니다. 부디 저희를 거절하지 말아 주십시오."

아리따운 아가씨는 교태 어린 목소리로 말했다. 그 순간 나는 나도 모르게 지그시 눈을 감았다.

'이 여인들에게 빠지는 순간 내일은 없다!'

나는 아득해지려는 정신을 가다듬고 그녀의 손을 내치며 단호하게 말했다.

"아가씨들의 정성과 호의는 이미 받은 걸로 하겠소. 그만 돌아들 가시지요. 이젠 자야겠소."

"선생님, 그러시다면 제발 이 술 한 모금 머금고 자리에 누우십시오, 네?"

"아니면 저희가 가벼운 안마라도 해드리겠습니다."

그녀들은 아예 대놓고 치근덕거렸다.

"어허, 쉬고 싶다고 하지 않았는가? 이만 물러들 가게."

이미 마음을 다잡은 나는 어떤 달콤한 말이나 유혹에도 흔들리지 않았다.

"선생님, 저희를 살려주십시오, 제발…… 선생님, 으흐흑……."

"선생님을 뫼시지 못하고 이대로 나간다면 저희들은 명을 거역한 죄로 그 어떤 대가를 치러야 할 지 모릅니다."

그녀들은 흐느껴 울며 사정사정하였다.

'음, 오늘 밤의 일은 모두 계획된 거로구나. 저들은 마치 삼국지 소설에서나 읽을 수 있는 미인계를 내게 쓰려 한 게야.'

나는 사정을 듣고 보니 두 아가씨의 뒷일이 걱정이었다.

나는 침실 곁에 놓인 병풍을 중간으로 옮겨놓았다.

"자, 그럼, 이쪽에서 편히들 자요. 나도 두 분에게 최상의 서비스를 받고 잘 잤다고 할 터이니."

나는 아가씨들을 안심시키곤 내 자리에 돌아와 잠을 이뤘다.

아침이 되어 두 아가씨를 내보내고 산책을 나가니 마침 나와 있던 노인이 내게 물었다.

"밤새 잘 지냈소?"

그 말투는 마치 아가씨들의 보고를 받았다는 의미로 들렸다.

"네, 아주 즐거운 밤을 보냈습니다."

나는 어색한 웃음과 함께 인사를 건넸다.

마침내 아침 식사가 끝나고 차를 마시는 시간이 되었다.

"정 선생, 준비되었소?"

본주가 나를 보며 나지막하면서도 비수처럼 날카로운 목소리로 물었다.

"준비가 뭐 있나요? 그저 한 번 해보는 거지요."

나는 애써 맥이 다 빠진 척, 어쩔 수 없이 끌려가는 척 말했다. 그 순간 냉랭하기만 하던 그들의 얼굴에서 '넌 이제 죽었다!' 라는 듯 조소와 조롱의 웃음이 번져 나왔다.

나는 그 자리에서 벌떡 일어나 도장 한 가운데로 걸어나갔다. 뜻밖의 내 행동에 어제처럼 그 자리에 모인 70여 명의 기도사들이 비웃음을 그친 채 나를 바라보았다. 나는 정면으로 본주와 눈을 마주쳤다. 그러자 그도 나를 무섭게 쏘아보기 시작했다. 얼마나 시간이 지났을까? 지금까지 상상하지 못했던 긴장감으로 장내는 불꽃이 튀고 있었다.

그때 기모노의 여성이 나와 내 앞에다 재빨리 물이 담긴 백자 사발과 시약을 놓아주고 쏜살같이 사라졌다. 마치 사약사발이라도 되는 듯 잔뜩 겁에 질린 채였다. 무거운 침묵을 깬 건 내가 먼저였다.

"자, 보십시오!"

나는 약병 뚜껑을 열고는 한 방울, 두 방울, 세 방울을 떨어뜨렸다.

약품의 엄청난 독기가 방안을 가득 메우자 사람들이 경악하며 웅성웅성거렸다.

"탁!"

내 손에서 탁자 위로 백자 사발이 내리쳐졌다. 갑자기 일어난 일에 모두 놀라 낯빛이 파래져 가고 있을 즈음 나는 큰소리로 외쳤다.

"맑아져라!"

더도 덜도 말고 딱 한 구절이었다. 물을 바꾸기 위해 필요한 건 오직 우주마음이 함께 하는 이 말뿐이었다. 전날 70여 명의 기도사들이 20분간 '옴' 진동과 '기'를 쏟아부은 에너지의 총량이 두 방울에 1,400분, 한 방울에 700분이라면 나는 단 수 초 만에 모든 걸 끝내자 도장은 놀라움으로 술렁거렸다.

그 순간 본주와 나는 서로 맹수처럼 이글이글 거리는 눈으로 마주 바라보았다.

'음, 일산부장이호(一山不藏二虎), 하나의 산에 두 마리의 호랑이가 함께 있을 수 없는 법!'

나는 속으로 중얼거렸다.

그때 약을 탄 물 사발은 이미 장내를 한 바퀴 돌아 본주에게 전달되었다. 조심스레 물 사발을 들고 냄새를 맡던 본주의 당당하던 눈빛은 이미 땅으로 꺼지고 당황한 기색이 역력했다. 나는 자리에서 벌떡 일어나 뚜벅뚜벅 그 앞으로 가서는 본주가 들고 있던 물 사발을 빼앗아 그 자리에서 벌컥벌컥 마셨다.

"으윽, 저, 저럴 수가!"

여기저기서 저절로 놀라움의 탄성이 터졌다. 물이 목구멍을 타고 꿀꺽꿀꺽 내려가자 그들의 얼굴은 아예 공포에 질린 표정이었다.

그때 본주가 이미 침통해질 대로 침통해진 목소리로 말했다.

"물그릇을 이리 가져오너라."

기모노 아가씨가 망설이며 다가와 내가 든 물 사발을 받아서는 본주에게 내밀었다. 본주는 조심스레 사발에 든 물을 마셨다.

"으음……."

본주는 낮게 신음소리를 내며 고개를 떨어뜨렸다. 긴 수염마저 파르르 떨리고 형형하던 눈빛은 어느 틈에 그 빛을 잃고 흔들리고 있었다. 마치 지난 6개월 전 한정식집에서의 모습과 똑같았다. 얼마나 시간이 지났을까, 임금님의 용상처럼 높은 곳에 앉아있던 그는 서서히 자리에서 일어났다. 기도사들도 일제히 본주를 따라 일어섰다.

비장한 표정으로 계단을 내려온 본주는 내가 앉은 맨 끝자리까지 와서는 나에게 손을 내밀었다.

"정 선생님, 일어나시지요."

조금 전까지의 표독스럽고 날카로웠던 분위기는 온데간데없고 따뜻하고 정다운 목소리였다. 나는 못 이기는 척 자리에서 일어났다. 그 순간 6개월 전에도 들었던 그 소리가 내 귓전에 울려 퍼졌다.

"센세이, 고멘구다사이!"

그 어떤 권위의식도 체면도 다 내던진 애달픈 그 말이 도장 가득 울려 퍼졌다.

"고멘구다사이, 고멘구다사이, 고멘구다사이, 정 센세이!"

본주를 따라 기도사들도 입을 모아 외치며 우레와 같은 박수를 쳤다.

"사실 6개월 전에도 저희의 패배를 인정했습니다만, 시간이 지날수록 혹시 그때의 일이 우연이 아니었을까 하는 의구심과 함께 도저히 패배를 받아들일 수가 없더군요. 그래서 선생님을 다시 모셨습니다만 역시 이번에도 저희가 깨끗하게 졌습니다. 선생님은 참으로 진인(眞人)이시자 초인(超人)이시자 미륵이십니다!"

본주는 최상의 예의를 갖추어 말했다.

"과분한 칭찬입니다. 나는 그저 진인도 초인도 미륵도 아닌 한국 사람 '정광호'일 뿐입니다. 다만 우주 근원의 빛, 초광력이 내게 함께 할 따름이지요. 이 초광력은 근원에 대한 감사와 겸손한 마음을 가지고 청하기만 하면 마음이 맑아지고 기쁨과 행복이 넘쳐나는 삶을 살게 해주는 고귀한 에너지입니다. 우리가 함께한 이 시간 이후 한일 두 나라가 진정한 이웃으로서 평화로운 관계를 이루기를 소원해봅니다."

나는 진심으로 그런 날이 오기를 바라는 마음이었다.

마침내 나는 그들의 환송을 받으며 비행기에 올랐다.

귀신나무

어느 날 대구의 한 고등학교에 있는 윤 교장이 내게 긴급히 도움을 요청해왔다.

"선생님, 저 좀 도와주십시오!"

나는 무슨 일인가 싶어 부지런히 윤 교장이 근무하는 학교로 찾아갔다. 정문에서부터 나를 기다리고 있던 윤 교장은 학교 입구에 있는 커다란 느티나무 앞으로 나를 안내했다.

"얼마 전부터 저 느티나무에서 이상한 소리가 나 학생들이 불안해하고 있습니다. 어떻게 방법이 없을까요?"

"이상한 소리가 난다니요?"

나는 의아한 얼굴로 물었다.

"아이고, 말도 마십시오. 언제부터인가 저 나무에서 이상한 소리가 나더니 밤만 되면 그 소리가 더 심해지지 뭡니까? 바람 소리를 따라 흑흑흑 거리는 울음소리가 커졌다, 작아졌다, 마치 파도치는 것처럼 나무 주위를 맴돌며 소리가 난답니다. 이 소리 때문에 근처에서 기숙사 생활

을 하는 학생들의 동요가 너무 심해 학교 운영이 정상적으로 되지 않을
정도입니다."

윤 교장은 몸서리를 치며 설명했다. 그러다간 또 흥분하여 말을 덧붙
였다.

"짓궂은 이웃 남학생들이 장난을 치는 게 아닌가 하고 학생주임이 밤
새 불침번을 서기도 했습니다. 하지만 그 선생님 역시 하루 당직을 서
보더니 고개를 절레절레 내저었습니다. 분명히 울음소리가 들렸다는 겁
니다. 그 후부터는 선생님들조차 나무 근처에는 얼씬하지 않는답니다."

"참 이상한 일이로군요. 왜 그런 일이 생길까요?"

나 역시 뚜렷한 해답을 얻을 수 없었다.

"글쎄요, 저희도 하도 답답하여 무당을 부르기까지 했지 뭡니까?"

"그래서요? 뭐라고 하던가요?"

나는 솔깃하여 물었다.

"오래전 학교 도서관에서 자살한 젊은 처녀 선생의 귀신이 이 나무
에 붙었다고 하더군요. 그러면서 큰 굿을 해야 된다고 하기에 굿도 했
습니다. 하지만 굿판을 벌인 뒤 얼마간 잠잠한가 싶던 울음소리는 채
일주일이 지나지 않아 다시 들리기 시작했습니다. 이제는 전보다 상태
가 더 심해서 밤낮을 가리지 않고 울음소리가 들려왔습니다. 조금 날이
흐리거나 빗줄기라도 내리는 날에는 울음소리는 더 커지고요. 이에 학
생들이 더욱 무서워하는 바람에 수업을 진행할 수 없을 정도가 되었답
니다. 저 귀신나무 때문에 학교가 엉 말이 아닙니다요."

윤 교장은 두려운 얼굴로 어쩔 줄 몰라 하였다.

"그간 걱정이 이만저만 아니었겠습니다."

나는 귀신나무에게 시달린 윤 교장을 위로하였다.

"말도 마십시오. 이 사실을 알게 된 학부모들이 거센 항의를 하고, 몇몇 학생들은 다른 학교로 전학까지 가면서 문제는 점점 더 심각해진 상태입니다. 이대로 두었다간 학교 위상은 둘째 치고 학교 문을 닫아야할 지경이라니까요! 빛 선생님, 제발 저 나무 좀 어떻게 해주십시오!"

얼마나 시달렸는지 윤 교장은 허리를 숙이며 간절하게 부탁하였다.

'음, 귀신나무라……'

나 역시 윤 교장의 간절한 모습과 어린 학생들이 고통을 받는다는 이야기를 들으니 가능한 한 도와주고 싶은 생각이 들었다.

나는 일단 문제의 느티나무부터 살펴보았다. 그리곤 느티나무 앞에서 두 손을 벌려 빛명상에 잠겼다. 그 순간 무언가 한스러운 마음, 죽고 난 후에도 저승으로 떠나가지 못하고 아직 이승을 헤매고 있는 어두운 마음이 느껴졌다.

'누군지는 모르지만 이 사람은 죽은 후에도 너무나 괴로운 나머지 자신의 고통을 호소하며 소리 내어 울고 있었구나.'

나는 갑자기 느티나무에 어려 있는 누군가의 영혼이 가엾게 느껴졌다. 얼마나 속상하고 슬펐으면 그렇게 슬피 울었을까.

'이제 여기에 남아 학생들을 괴롭히지 말고 밝은 빛을 따라 떠나거라.'

나는 느티나무에 드리운 그 어두운 마음, 가여운 마음에 빛을 주었다. 또한 그 나무에 초광력을 교류한 씰을 붙여 계속해서 빛과 교류할 수 있게끔 했다. 그렇게 하여 나무에 붙어 있는 유해한 파장을 정화한 것이다. 불을 환히 켜고 정화한 곳에서는 어두운 파장을 보내는 마음들이 붙어 있지 못하게 된다.

다음 날 윤 교장으로부터 반가운 소식이 날아왔다.

"빛 선생님, 어제 저희 학교에 다녀가신 후부터 귀신나무에서 들려오던 정체 모를 울음소리는 더 이상 들리지 않고 있습니다!"

"아, 그렇습니까? 정말 다행이군요."

여학생들이 다시 까르르 웃으며 교정을 걸어 다니는 모습을 떠올리자 나 역시 웃음이 났다.

그런데 윤 교장이 어찌나 나에 대한 소문을 냈던지 그 학교 여학생들이 유명 연예인도 아닌 내 사인을 받겠다며 동성로 유명서점 앞에 도로를 가득 메우고 줄을 서는 사건이 벌어졌다.

"호호호, 정 선생님 덕분에 저희가 맘 놓고 학교에 다닐 수 있답니다!"

"정말 대단하세요!"

여고생들은 하하 호호 웃으며 내게 사인을 받아갔다.

"하하, 고맙구나, 고마워!"

윤 교장 덕분에 졸지에 어여쁜 여고생들을 떼거리로 만난 나도 서점 앞 입이 함지박만 하게 벌어졌다.

그 날 이후 나는 죽은 사람도 문제지만 살아있는 사람들의 생각이 만들어낸 부정적인 유해파장도 심각한 문제라는 걸 새삼 깨달았다. 누군가를 시기하고 미워하고 저주하는 생각들, 부정적이고 파괴하는 마음들이 비록 눈에 보이지는 않지만 한데 뭉쳐 커다란 유해파장이 되어 공기 중을 떠돌고 있다. 그러다 그것이 파장이 맞는 사람을 만나게 되면 사회적으로 큰 물의를 일으키는 악행으로 표출되어 무고한 사람들에게 피해를 주기도 한다. 게다가 요즈음은 미디어가 발달하면서 인터넷, 동영상, 영화 등을 통해 이 부정적인 유해파장이 더욱더 멀리 퍼져나가고 있어 문제다. 독자들의 시선을 끌려다 보니 좋은 뉴스, 감동적인 기사보다는 자극적인 내용, 사회의 부정적인 면을 강조하는 것들이 더 많이 실리게 되기 때문이다. 그런 까닭에 우울증으로 고통받는 사람들이 급증하고 자살률, 범죄율이 높아져 간다. 이를 방지하기 위해서라도 생활 속에서 빛명상, 기도, 참선을 병행하는 방법이 더욱 적극적으로 활용되어야 한다. 자기 주변을 에워싸고 있는 유해파장을 없애고 깨끗하고 밝은 환경을 만들어야 하기 때문이다.

터졌어요, 터졌어요!

1992년 늦가을, 울산의 모 호텔에서 총 매니저로 근무를 하고 있을 때였다.

"매니저님, 저쪽에 누가 찾아왔습니다."

벨 보이 하나가 엄지손가락으로 로비 쪽을 가리키며 말했다.

한 눈에도 병색이 완연한 중년 여인이 소파에 등을 깊숙이 묻고 앉아 있었다. 전혀 안면이 없는 얼굴이었다.

'소문을 듣고 빛을 받으러 왔구나.'

나는 속으로 짐작하곤 그쪽으로 발길을 옮겼다. 1992년 무렵엔 이미 나에 대한 소문이 대구와 부산 일대를 중심으로 돌고 있었기 때문에 내가 근무하는 호텔로 이렇게 환자들이 찾아오는 건 드문 일이 아니었다.

"안녕하십니까? 저를 찾으셨다고요?"

"아, 정 선생님이십니까? 저는 삼중 스님의 말씀을 듣고 선생님을 뵙고자 왔습니다."

여인이 자리에서 일어나 인사를 하였다. 목소리가 조용하고 단정했다. 핏기없는 얼굴에는 오랜 시간 병마에 시달린 흔적이 역력했지만 곱게 가른 가르마와 유난히 커다란 눈망울 또한 단아한 인상을 풍겼다.

"그래, 어쩐 일로 절 찾아오셨습니까?"

"……."

여인은 쉽게 말을 꺼내지 못했다. 하긴 삼중 스님이 보냈다면 이 여인의 병이 예사롭지 않을 터였다. 스님께서 불자 아낙네의 소소한 잔병이나 해결하자고 불가 밖에 있는 나를 소개했을 리는 만무하잖은가.

"어렵게 생각 마시고 편히 말씀하십시오. 제가 도와드릴 수 있는 일이라면 기꺼이 도와드리겠습니다."

그래도 여인은 말을 잇지 못했다. 고개를 숙인 채 한참 발끝만 내려다보던 여인의 발등으로 눈물이 뚝뚝 떨어졌다. 여인은 울고 있었다. 나는 일단 그녀를 진정시키기 위해 커피숍으로 자리를 옮겼다.

"죄송합니다. 처음 뵙는 자리에서 이런 꼴을 보여드리고 말았네요. 사실 제가 몹쓸 병에 걸려서…… 그래서 선생님을 찾아왔습니다. 스님 말씀이 선생님을 뵈면 좋은 일이 생길지 모른다고 하시기에……."

여인은 어렵게 말문을 열었다.

"그랬군요. 헌데 무슨 병을……?"

"……암이에요, 자궁암……."

여인은 오래전부터 자궁암을 앓고 있었다. 나를 찾아왔을 때는 더 손을 쓸 수 없을 만큼 암덩이가 퍼져 죽을 날만 기다리고 있는 상태였다.

그때 그녀의 나이 마흔셋, 고등학교와 중학교에 다니는 아들이 있고 남편은 대기업 차장으로 근무하고 있었다. 그야말로 인생의 황금기에 죽음을 눈앞에 두게 된 것이다.

　"어느 날 허리가 아파 병원에 갔더니 그냥 단순한 생리통이라기에 약만 사 먹고 말았는데…… 점점 악화되어 대학병원에 가서 검사를 했더니 왜 이제 왔느냐고 하더군요. 암세포가 너무 퍼져 수술도 할 수 없다는 거예요. 우리나라의 유명한 대학병원이란 병원은 정신 나간 사람처럼 모두 찾아다녔지만, 결과는 모두 마찬가지였어요. 너무 늦었다는 거예요……. 한동안은 그저 누군가에 대한 미움과 분노, 절망에 빠져 아주 엉망진창으로 살았어요. 그러다 좀 지나니까 정신이 들더군요. 어차피 죽을 때 죽더라도 곱게 죽자는 생각이 들었지요. 집착의 찌꺼기도 다 털어버리려고 노력했고요. 요새는 절에도 다니게 되었고 이제는 부처님의 가르침으로 마음이 아주 편하답니다. 하지만 삼중 스님의 말씀만 믿고 정 선생님을 찾아뵌 걸 보면 그래도 제가 아직 삶에 대한 미련은 버리지 못했나 봐요, 호호……."

　여인은 해맑게 웃었다. 중병에 걸렸음에도 저토록 해맑게 웃는 여인의 모습이 내게는 더욱더 처연하고 애틋하게 다가왔다. 다른 사람들 같으면 자신의 재산이나 지위를 은근히 내세우며 협박조로 나오고, 입으로는 자신의 잘못이요, 부탁이라고 말하면서도 눈에는 가득 오만과 탐욕을 담고 있는 사람을 얼마나 많이 보았던가.

　나는 여인을 어떻게 해서든지 꼭 살리고 싶었다.

"병원에서는 얼마나 남았다고 하던가요?"

"앞으로 한 달 남았다고 하더군요."

조심스레 묻자 여인이 의외로 담담하게 대답했다. 이미 자신의 죽음을 삶의 일부로 받아들이고 있는 듯했다.

"좋습니다. 한번 해 보십시다. 손등을 양 무릎 위에 얹어 놓고 편안한 마음으로 눈을 감으세요."

나는 일단 그 여인에게 초광력을 주기로 했다. 물론 빛의 효과를 좌우하는 데는 몇 가지 요인이 있다. 무엇보다 행하는 내 마음가짐도 중요한 몫을 차지한다. 그리고 남은 건 우주의 마음과 이 여인의 언행에 달려 있었다. 나는 먼저 생명 원천이신 우주의 마음에 물었다. 가만히 눈을 감고 느낌을 기다렸다.

'된다!'

된다는 확신이 순간적으로 정수리에 내리꽂혔다. 이건 역술인들처럼 점괘를 뽑아서 아는 것도 아니고 무속인들처럼 신의 계시에 의지하는 것도 아니다. 다만 우주 삼라만상과 무한능력의 주인이신 그분의 마음이 내 마음으로 전해주는 일종의 메시지를 느낌으로 접수하는 것일 뿐이다. 이제 남은 것은 이 여인의 빛에 대한 확신뿐이었다.

"이 힘은 긍정적으로 받는 것이 무엇보다 중요합니다. 마음을 열고 순수한 마음으로 이 빛을 받아들이셔야 합니다. 될 수 있다는 신념과 빛에 감사마음과 함께라면 기적을 부를 수 있습니다."

"예, 그렇게 하겠습니다."

여인이 눈을 감은 채 나직하게 그러나 또렷한 어조로 답했다.

나는 팔을 들어 우주의 마음을 청했다.

잠시 후, 나는 내 의지와는 상관없이 아늑한 황홀경에 빠져들었다. 몸은 땅 위에 있지만 영혼은 하늘을 떠도는 느낌이며, 귓가엔 개여울의 맑은 소리와 청아한 새소리가 들리고 코끝에는 향기로운 장미향이 날아들었다.

그 순간 눈앞에 빛이 보이더니 붉게 타는 노을보다 더 붉고 찬란하게 비췄다. 마침내 그 빛들이 하나의 기둥을 이루면서 눈앞으로 빨려들 즈음 나는 그 빛을 모아 잡고 지상으로 끌어내렸다.

"이 빛으로 당신의 몸과 마음이 원래대로 깨끗해집니다!"

나는 그녀의 머리에 손을 얹고 그분의 뜻을 그대로 전했다.

잠시 후 여인의 양 볼이 발그레하게 되살아나더니 눈가가 촉촉이 젖이 들기 시작했다. 그러더니 점차 어깨를 들썩이며 눈물을 쏟기 시작했다. 나는 여인이 진정하기를 기다렸다가 넌지시 물었다.

"기분이 어떠십니까? 왜 그렇게 우셨어요?"

"모르겠어요. 그냥 저도 모르게 그렇게 울음이 터져 나왔어요. 갑자기 엄마 뱃속에 들어가 앉아 있는 것만큼 아늑하고 포근했어요. 몸도 한결 가벼워진 것 같기도 하고요……."

여인이 자리에서 일어나 몸을 이리저리 둘러보며 정말 몸이 가벼워졌다며 눈이 휘둥그레졌다. 내가 보기에도 여인이 자리에서 일어나는 품새가 아까 왔을 때보다 한결 힘이 있어 보였다.

다음 날 여인은 약속 시간에 맞춰 또 날 찾아왔다.

"그래, 푹 쉬셨습니까? 몸이 한결 가뿐해지지 않았습니까?"

"예, 어제는 정말 오랜만에 잠도 달게 오래 잤어요. 오늘 여기까지 오는 데도 별로 힘이 들지 않았고요. 정말 고맙습니다."

여인은 나를 보며 빙긋 웃었다. 하지만 웬일인지 어제의 그 날아갈 듯한 표정은 어디로 가고 얼굴에는 다시 어둠이 가득 드리워져 있었다.

"무슨 일 있습니까?"

나는 걱정스레 물었다.

"저, 선생님, 그렇게 애쓰지 않으셔도 돼요. 제 병은 제가 잘 알고 있어요. 현대 의학도 저를 포기했어요. 이 지경에서 제가 무슨 욕심을 더 부릴 수 있겠어요? 여기서 욕심을 더 부린다면 저만 추해질 뿐이죠. 전 빛 선생님께 살려달라고 부탁을 드리러 온 게 아니예요."

그녀는 차분한 모습으로 조용조용 말했다. 여인은 이미 자신의 죽음을 기정사실로 받아들이고 있었다. 스스로 모든 희망의 불씨를 꺼 버린 뒤였기 때문에 이제 기적을 믿지 않는 것이다. 여인이 날 찾아온 것도 어떤 기적을 바래서가 아니었다. 다만 삼중 스님의 권유를 차마 모른 체할 수 없어서였다.

"처음엔 그저 한 번만 오고 그만두려고 했어요. 그런데…… 어제는 놀랐어요. 몸이 가벼워지고 기분도 상쾌하고 다리에 힘도 실리고 마치 하늘을 날아다니는 것 같았어요. 그러면서 마지막 소원을 선생님께 의탁해도 좋겠다는 믿음이 생겼어요."

그녀는 입가에 보일락 말락 미소를 지었다.

"그 마지막 소원이란 게 뭡니까?"

"제게 시간을 좀 주셨으면 해요. 제가 떠난 후에도 제 남편과 아이들이 엄마 없는 티 아내 없는 티 나지 않게 준비를 해두고 떠나고 싶어요. 그동안 생활에 쫓겨 여유 없이 살아왔어요. 하지만 제가 떠나기 전에 식구들과 함께 하는 시간을 가지고 싶어요, 제가 그들 곁에 머물렀던 시간들이 아름답게 기억되도록 말이예요."

그녀는 자신의 죽음보다 남아있는 사람들을 먼저 생각하고 있었다. 하지만 그 어떤 우주의 힘도 그녀처럼 아무 희망도 가지지 않은 사람을 살려내지는 못할 것이다.

"그러니까 살고 싶지 않다는 말씀이시죠?"

나는 심드렁한 표정으로 그녀에게 물었다.

"예? 그, 그게……."

그녀는 무슨 뜻인지 얼른 이해가 가지 않는다는 듯 눈을 동그랗게 뜨고 나를 바라봤다.

"제가 분명 아주머니는 다시 살 수 있을 거라고 말씀드렸습니다. 하지만 아무리 제가 돕는다 해도 아주머니가 그것을 의심하고 확신하지 않으면 이루어지지 않습니다."

"정말 저를 살려주실 수 있다는 말씀이세요? 괜히 저를 위로하시려는 게 아니고요?"

커다란 눈망울 가득 희망을 담은 채 그녀가 떨리는 목소리로 물었다.

"그렇습니다. 이 힘은 긍정과 감사의 자세로 받는 게 무엇보다 중요합니다. 왜냐하면, 이 힘은 순수한 마음으로부터 발원하는 것이기 때문이죠. 그래서 의심, 불신, 체념, 종교 관념 등과는 아주 상극입니다. 이제부터 확신만 가지셔야 합니다. 그러실 수 있겠습니까?"

나는 안타까운 듯 힘주어 말했다.

"네, 믿을게요, 그대로 받아들일게요, 빛선생님!"

그녀는 몹시 흥분된 모습으로 크게 고개를 끄떡였다.

나는 그 전날처럼 그녀에게 빛을 보냈다. 그녀는 전날과 마찬가지로 많은 눈물을 흘렸다. 빛을 받고 난 그녀의 손바닥과 이마는 온통 빛분으로 반짝였다.

"향기로운 냄새를 맡았어요. 박하향 같기도 하고, 장미향 같기도 하고 그러면서 마치 숲속에 와 있는 것처럼 마음이 푸근하고 안락했어요. 지금 제 몸이 어떤 줄 아세요? 노곤하면서도 힘이 불끈 솟는다고나 할까요? 꼭 병에 걸리기 전 같아요."

그녀는 소녀처럼 꿈꾸는 표정으로 말했다.

그러나 그녀는 돌아간 후 일주일이 지나도록 연락이 없었다.

'혹시 무슨 일이라도 생긴 건 아닐까? 그럴 리가 없는데……. 지금도 이렇게 좋은 느낌이 들어오는데…….'

그때까지만 해도 우주의 마음은 그녀가 다시 살 수 있다는 느낌을 보내오고 있었다. 나는 불안한 마음을 억누르며 그녀에게서 연락이 오기만을 기다리고 있었다.

열흘째 되던 날이었다.

'이게 어떻게 된 일이지?'

나는 그만 절망감에 빠져 버리고 말았다. 줄곧 끊이지 않고 이어지던 그 느낌이 열흘째 되던 날 갑자기 사라져버렸다. 아무리 우주마음에 물어도 된다, 안 된다, 산다, 죽는다 하는 느낌 자체가 아예 없었다.

'그렇다면 혹시 그녀가 벌써……?'

달력을 보니 병원에서 그녀가 살 수 있다고 말해준 그 시간이 얼마 남지 않았다.

바로 그때 전화벨이 울렸다. 시계를 보니 새벽 4시를 조금 넘긴 시간이었다. 누가 이런 시간에 전화를 걸어오나 싶어 짜증이 일었다.

"여보세요?"

"터졌어요! 터졌어요! 선생님, 터졌어요!"

전화의 주인공은 다짜고짜 알 수 없는 괴성을 질렀다.

"여보세요? 누구시죠? 지금 무슨 말씀을 하시는 겁니까?"

"저예요, 저! 지금 터졌단 말이에요……."

바로 그녀였다. 그녀는 흥분으로 제정신이 아닌 듯했다. 무슨 일인지는 알 수 없었지만 우선 너무나 반가운 마음이 들었다.

"아니 그동안 어떻게 된 겁니까? 뭐가 터졌다는 거예요?"

"죄송해요, 선생님, 그 날 빛을 받고 돌아오면서부터 몸이 너무 아파서 옴짝달싹할 수 없었어요. 정신이 어질어질한 만큼 통증이 너무 심해 조금 전까지 숨도 쉬지 못할 지경이었어요. 그런데 방금 기다시피 화장

실엘 갔는데 아기 주먹만 한 핏덩이가 막 터져 나오는 거예요! 그러면서 통증이 싹 가셨어요!"

"기분은 어떠세요?"

"아주 좋아요, 아주 상쾌합니다!"

나는 그녀가 이제 살아났음을 직감으로 확신할 수 있었다. 느낌이 사라진 건 바로 그날이었다. 그녀의 몸에서 나쁜 피가 터져 나온 것도 그날이었다. 그날 그녀는 이미 삶의 영역으로 들어섰기에 더 이상 느낌이 머물 필요가 없었던 것이다. 나는 조용히 눈을 감고 이 힘을 주시는 근원의 마음에 깊은 감사를 드렸다.

사흘 후, 그녀에게서 다시 전화가 걸려왔다.

"지난 사흘 동안 피가 계속 터지고 있어요. 이러다 제 몸의 피가 모두 빠져나오는 건 아닐까 걱정돼요."

"그 외 다른 변화는 없습니까?"

"왜 없겠어요? 놀랍게도 뱃속으로 만져지던 혹이 없어졌어요. 주먹만 하던 암 덩어리들이 모두 어디로 갔는지 싹 사라져 버렸어요. 통증도 말끔히 가시고요."

다음 날 그녀는 가족들과 함께 나를 찾아왔다. 그녀의 눈은 통통 부어 있었다.

"선생님, 고맙습니다. 제몸 속에 있던 암이, 암 덩어리가 말끔히 없어졌대요. 제가 다 나았답니다! 의사들 표정이 어땠는지 아세요? 죽은 사람이 다시 살아난 걸 보는 것 같았어요. 이미 죽은 줄 알았던 사람이 말짱해진 몸으로 나타났다고…… 이건 기적이라고…… 빛 선생님, 고맙습니다, 정말 고맙습니다. 모두 선생님 덕분이어요, 정말 고맙습니다……."

그녀는 기쁨의 눈물을 흘리며 인사를 하였다. 옆에 있던 그녀의 남편도 아이들도 모두 고개를 숙인 채 뜨거운 눈물을 떨구었다.

"빛 선생님, 선생님은 우리 가족의 은인이십니다. 어떻게 사례를 드려야 할지 모르겠군요. 말씀만 해주십시오."

간신히 마음을 진정시킨 그녀의 남편이 나를 쳐다보며 말했다.

"그 마음을 가난하고 힘든 이웃에게 쏟아 주십시오. 끼니를 때우지 못하는 사람들이나 부모 없는 고아, 의지할 곳 없는 노인 같은 이웃들 말입니다. 그런 어려운 이웃을 남모르게 도와주십시오. 그리고 주위 사람들과 이 빛을 함께 나누십시오."

"아니, 그래도 어떻게……."

그녀의 남편은 몸 둘 바를 몰라 했다.

"됐습니다. 저는 그것으로 충분합니다. 그리고 아주머니께서 이렇게 건강을 되찾은 것만으로도 저는 아주 만족합니다."

나는 그녀와 가족들을 정중하게 돌려보냈다.

그 후, 그녀는 지금도 건강한 몸으로 행복한 가정을 꾸려가고 있다. 새로 얻은 생명의 환희 속에서 기쁘게 살아가는 그 이인을 생각하면 나의 마음도 그저 훈훈해질 뿐이다.

코르티나담페초 성당의 오르간 소리

나는 가끔 빛명상 회원들과 함께 해외로 빛여행을 떠나곤 한다. 관광과 휴식을 위한 여행이라기보다는 백두산 천지, 호주, 뉴질랜드, 유럽, 몽골 등 그곳의 좋은 기운을 대구 빛명상본부로 끌어모으기 위해서였다.

그해 가을, 나는 일행들과 함께 유럽으로 빛 여행길에 올랐다.

아름다운 문화유적과 역사가 어우러진 유럽은 가는 곳마다 일행들의 마음을 설레게 하였다. 일행은 라인 강의 기적을 이룬 독일을 지나 오스트리아 잘츠부르크, 인스부룩을 거쳐 9월 21일 이탈리아 북부 베네토 주 벨루노 현에 있는 휴양도시 코르티나담페초로 떠났다. 알프스의 돌로미테 산맥이 이어진 그곳은 겨울 스포츠의 중심지답게 동계올림픽을 치를 만큼 아름답고 풍광이 뛰어난 곳이었다.

"우와, 정말 환상적이다!"

일행은 버스 차창에 얼굴을 대곤 석회암으로 이루어진 돌로미테 산자락을 따라 펼쳐진 아름다운 경치를 보며 잔뜩 들떠 있었다.

9월 중순이건만 알프스 높은 봉우리에는 새하얀 만년설이 덮여있고, 에메랄드빛 작은 호수와 오래된 나무숲이 보이는 길을 버스는 달리고 또 달려갔다.

마침내 도착한 코르티나담페초는 크고 높은 바위산들이 병풍처럼 둘러쳐진 아주 작고 아름다운 마을이었다. 대부분 여름에는 트레킹이나 산악자전거를 타고 겨울에는 스키나 보드를 타러 오는 사람들이 많은 곳이라고 했다.

나와 회원들은 예약된 숙소로 들어갔다. 돌로미테 산자락이 올려다 보이는 매우 작고 아름다운 호텔이었다.

호텔 테라스에서 내다보니 석양을 받고 황금색으로 변한 뒷산의 바위들이 보였다. 그 아래로는 졸졸 흐르는 시냇물과 우거진 나무들, 붉은 지붕을 한 오래된 집들로 보는 사람들의 마음을 한없이 평화롭게 해주는 풍경들이었다.

나는 저녁 식사를 마친 후 회원들을 모두 내 방 테라스로 불러모았다.

"여러분, 여기 주위 경관이 너무 아름답고 기운이 좋으니 감사제를 드리기로 합시다."

나는 빼어난 풍광과 평화로운 기운에 반해 예정에 없던 감사제를 드리기로 했다. 우리를 여기까지 오게 한 우주마음에게 드리는 감사제였다.

내가 늘 지니고 다니는 빛 잔에 술을 따라 올린 후 회원들은 모두 두 손을 들이 명상에 잠겼다.

나는 여기까지 오느라 집안일, 회사일은 물론 시간과 돈, 휴가를 얻어내느라 마음고생을 한 회원들이 이 기회를 통해 자신을 되돌아보고, 새로운 힘과 용기를 얻고 돌아가기를 우주마음에 간절히 청했다.

그때 한 회원이 하늘을 보며 소리쳤다.

"학회장님, 저기 좀 보세요!"

어느 틈에 맑은 밤하늘에 수많은 빛 풍선이 둥실둥실 떠오르고, 별들이 모여들더니 크고 작은 삼각형을 이루었다. 별들은 마치 누군가의 명령에 따라 움직이듯 그렇게 삼각형을 이루며 우리들 머리 위로 낮게 내려앉았다.

"아아, 저건 초광력씰이다! 초광력씰과 똑같은 모양이야!!"

회원들은 입을 모아 외쳤다. 삼각형으로 이뤄진 별 모양이 우리 학회 상징인 초광력씰과 똑같았기 때문이었다. 초광력씰은 생명 탄생과 삶, 죽음 이후를 삼각형 마크 안에 담은 초광력학회의 심벌마크이다.

이 삼각형의 초광력 마크를 만든 건 내가 지난 1986년 11월 큰 빛을 만난 후였다. 호텔 업무를 보는 틈틈이 빛을 청하고 명상을 해오던 어느 날, 평소처럼 빛을 청하고 있는데 손바닥에 찌릿한 느낌이 들면서 빛의 반향이 느껴졌다. 다른 때와 달리 유난히 그 느낌이 강했다. 얼른 눈을 떠보니 손바닥에 황금빛 수정 결정체가 조금씩 움직이고 있었다.

'무슨 일이지?'

깜짝 놀라 손바닥을 들여다보았더니 그 수정체가 지나간 자리에는 마치 손금처럼 선명한 삼각형 자국이 남았다. 그 삼각형 수정체는 일주일 후 다시 나타났는데 이번에는 삼각형 안에 작은 원 모양이 들어있고, 원 안에 빛불이 있는 모습이었다.

이 삼각형의 세 개의 변은 각각 태어남, 삶, 죽음 이후를 뜻하며 한쪽으로도 치우침 없이 서로 동등하게 맞물려 있다. 그리고 그 안에 우주를 뜻하는 원이 들어있고, '진정한 나' 빛마음을 의미하는 빛불이 들어있다.

나는 그 날 이후 이 삼각형 마크를 초광력학회의 심벌로 쓰기로 했다. 그리고 그 모양을 본 떠 초광력씰을 만들어 그걸 붙이면 언제 어디서라도 빛과 교류할 수 있도록 하였다.

그런 초광력 마크를 이탈리아의 작은 마을 코르티나담페초 하늘에서 본 회원들은 감격하여 어쩔 줄 몰랐다.

그뿐 아니었다. 어느새 회원들의 손과 얼굴에는 반짝이는 빛 분이 가득 붙어있었다.

"아, 감사합니다!"

"감사합니다!"

회원들은 눈앞에 나타난 빛 현상을 보며 거듭 감사를 드렸다.

"삼라만상의 주인이신 우주 절대자께서 우리 모두에게 주시는 선물입니다."

나는 뜻밖의 선물을 받고 기뻐하는 회원들과 함께 오래도록 하늘을 올려다보았다.

다음 날 이른 아침, 아침 식사를 하기 전에 일행은 모두 마을 산책에 나섰다. 사람들이 곳곳에서 산행 차림으로 돌로미테 산맥을 향해 트레킹을 떠나는 모습이 보였다. 작은 카페에는 삼삼오오 모여 빵과 커피를 마시는 사람들도 보이고, 골목마다 창가에 빨간 제라늄 화분을 얹어둔 아름다운 집들이 어깨를 나란히 하고 서 있는 모습은 여행자의 마음을 더욱 들뜨게 하였다.

우리는 천천히 마을 광장 한가운데 있는 코르티나담페초(Cortina Dampezo) 성당 쪽으로 걸어갔다. 은은한 상아색 대리석 건물과 높이 솟은 종탑이 보이고 그 위에 황금빛 둥근 첨탑과 십자가가 서 있는 매우 아름다운 성당이었다.

성당 안으로 들어가자 오랜 세월 마을 사람들에게 위안이 되어 주었을 성모상과 십자가와 낡은 제대와 나무 의자가 놓인 작고 소박한 모습이 어쩐지 마음에 와 닿았다.

성당 안에는 이미 현지 신자들이 모여 조용히 기도를 올리고 있었다.

"이곳의 기운이 너무 맑고 좋으니 우리 여기서 빛명상을 합시다."

나는 사람들을 불러 모았다. 그리곤 어젯밤과 마찬가지로 모두 빛명상에 들어갔다. 그런 다음 나는 가만가만 성당 곳곳을 다니며 빛을 나눠주었다.

그때였다. 갑자기 성당 안에 파이프 오르간 소리가 들려왔다. 처음에는 잔잔하게 울려 퍼지다간 마치 누군가가 높은 음자리를 때리듯 빠른 속도로 '땡땡땡, 땡땡!' 거의 3분 동안이나 성당 안으로 울려 퍼졌다.

"이게 도대체 어찌 된 일이지?"

"누가 연주한 것도 아닌데 저절로 울려 퍼지다니!"

천상에서 들려오는 것과 같은 파이프 오르간 소리에 놀란 회원들과 현지 신자들이 어리둥절한 표정으로 서로를 바라보았다.

회원들은 혹시 아침 미사를 위해 누가 파이프 오르간을 치나 하는 표정으로 파이프 오르간을 찾았다. 하지만 그 어디에도 파이프 오르간이 보이지 않았다.

"이게 무슨 소리지요? 대체 어디서 나는 소리인가?"

현지 신자들도 어리둥절한 얼굴로 성당 안을 이리저리 둘러보았다.

파이프 오르간이 없는데 파이프 오르간 소리가 크게 울려 퍼지고 있으니 그야말로 귀신이 곡할 노릇이었다.

인솔자가 다가와 내게 말했다.

"선생님, 주민의 말을 들어보니 처음에 파이프 오르간이 뒤쪽 성가대에 놓여 있었다고 합니다. 하지만 지금은 성당이 워낙 작아 오르간은커녕 어떤 악기 하나 없다고 합니다. 그런데도 파이프 오르간 소리가 들리니 지붕들이 지금 놀랄 수밖에요."

"이건 기적이어요, 기적!"

사람들이 입을 모아 감탄하였다.

"학회장님, 이게 어찌 된 일이예요?"

두려움에 찬 눈동자를 가득 머금은 한 회원이 내게 달려와 물었다.

"사람의 힘이 아닌 신의 힘으로 울려 퍼진 종소리라네."

나는 그 순간 이곳을 수호하는 신(神)께서 빛에 대한 반응을 보이는 것이라고 생각했다. 우리들 눈에는 보이지 않는 신의 세계를 소리로 보여주시는 것이라고 말이다.

"정말 신기한 일이예요."

모두들 그 자리에서 두 손 모아 보이지 않는 이곳의 신에게 감사를 드렸다.

'이건 분명 빛을 내려주시는 우주근원, 그리고 모성의 근원인 성모상, 천상의 소리들이 한데 어우러져 큰 기쁨을 내려주신 것이다.'

나 역시 제대 앞에 무릎을 꿇고 그 신비한 사건에 빠져들었다. 그 생각에 이를 즈음, 순간 제대 중앙에서 황금빛이 찬란히 일어났다. 우주 마음이 코르티나담페초 작은 성당에 보내는 선물 같은 빛이었다.

회원들은 그곳을 떠나 다음 행선지인 베네치아로 떠나는 내내 버스 안에서 그 순간의 감동을 이야기하느라 시간 가는 줄 모를 정도였다.

코르티나담페초에서의 빛명상은 그렇게 일행 모두에게 영원히 잊지 못할 아름다운 추억을 안겨주었다.

코끼리 저금통

　살아가면서 알 수 없는 문제들로 고통을 받는 건 어른뿐이 아니다. 나를 찾아와 빛을 받은 사람들 중에는 어린이들도 꽤 많이 있다. 사회가 점점 복잡해지고, 유해물질의 영향 때문인지 원인 모를 질병이나 정신적인 문제로 아파하는 어린이, 청소년들을 많이 볼 수 있다.

　나는 채 자라지 않은 그들이 고통을 당하는 걸 보면 그 어느 때보다 마음이 아프다. 그래서 될 수 있으면 그들이 건강한 몸과 정신으로 이 세상에 우뚝 뿌리를 내리고 살 수 있도록 우주마음께 간절하게 청하곤 하였다.

　그중에서 산청 초광력전에서 처음으로 빛을 주었던 한 아이가 생각난다.

　그곳을 마련하고 얼마 지나지 않은 어느 날이었다. 마당을 분주히 오가는 다람쥐 한 마리가 어디로 가는지 눈으로 쫓고 있는데 저쪽에서 한 아이가 어린 꼬마의 손을 잡고 걸어오는 것이 보였다.

　한눈에 봐도 두 사람은 엄마와 아들이라는 걸 알아볼 수 있을 만큼

다정한 모습이었다. 나는 평화로운 그 모습을 보자 저절로 입가에 미소가 지어졌다.

그들은 산책을 하듯 천천히 초광력전 마당까지 걸어오더니 내 앞에서 잠깐 머뭇거리며 물었다.

"저, 여기가 빛을 주는 곳이라고 들었는데요, 누굴 만나 뵈면 될까요?"

아이의 엄마로 보이는 여인이 내게 물었다. 그러고 보니 마을에서 산책 삼아 올라온 게 아니고 일부러 나를 만나러 온 사람들이었다.

"빛을 받으러 오셨다고요?"

"네, 소문을 듣고 부산에서 왔어요."

나는 젊은 엄마의 말에 내심 반가웠다. 산청에다 초광력전을 세운 지 얼마 안되어 찾아오는 사람도 없던 때라 그 모자는 초광력전을 찾은 최초의 방문객이었다.

"그러세요? 야, 너 참 잘 생겼구나. 그래, 몇 살이니, 꼬마야?"

나는 엄마 손을 잡고 있는 아이의 눈망울이 너무 예뻐 머리를 쓰다듬으며 물었다. 그러나 아이는 수줍어서인지 말은 안 하고 엄마 뒤로 돌아가 숨었다.

"녀석, 사내대장부가……. 일단 저리로 가시죠. 부산에서 왔으면 피곤하겠네요."

나는 그들 모자를 대청마루로 안내하였다.

"공기가 참 좋죠? 아주머니가 이곳의 첫 방문객입니다."

"어머, 그래요? 이거 정말 영광이네요."

나는 아이 엄마와 잠시 한담을 나누었다. 얘기를 나누다 보니 특별히 문제가 있는 것 같지는 않고, 보통 그러하듯 마음의 수양이나 건강을 위해 빛을 받으러 오는 사람인 듯했다.

"어?"

그때 마당에서 놀던 꼬마가 지나가는 다람쥐를 보고 소리쳤다.

"다람쥐야, 너 저런 거 집에서는 못 봤지? 어때, 예쁘지 않니?"

"어?"

꼬마가 다람쥐를 보다가는 이번엔 나를 보고 똑같은 소리를 했다. 나는 마루에서 내려가 녀석에게로 다가갔다.

"녀석, 똘똘하게 생겼구나. 그래 이름이 뭐야?"

"……."

"으응? 이름이 뭐냐는데도? 말 안 할 거야? 선생님이 물어보면 대답을 해야지?"

"……."

"허허, 무슨 사내놈이 그래? 정말로 말 안 할 거야?"

그래도 아이는 도리질만 칠 뿐 대답을 하지 않았다.

"말을 못해요."

뒤로 다가온 아이 엄마가 서늘한 웃음으로 아이를 바라보며 말했다.

"말을 못하다니요?"

"말씀드린 그대로예요. 말을 못해요……."

"아까 분명 아이가 하는 말을 들었는데요? 다람쥐를 보고 '어' 하지 않았습니까?"

"그것뿐이죠."

나는 갑자기 가슴이 답답해 왔다. 처음엔 너무 영리하고 귀엽게 생겨서 눈치를 채지 못했지만 애처롭게도 아이는 정말 말을 못했다. 하지만 그렇다고 완전 벙어리도 아니었다. 성대 기능에는 장애가 없었기 때문이었다. 다만 말을 하지 못 할 뿐이었다. 그래서 성대의 울림만으로 자신의 의사나 감정을 표현하는 상태였다.

"언제부터 이런 증상이 생겼습니까?"

나는 안타까운 마음으로 물었다.

"처음에 아이를 낳고 전혀 몰랐어요. 모습도 정상아와 전혀 다르지 않고 울기도 잘 울었으니까요. 그런데 자라면서 보니까 말이 너무 늦는 거예요. 다른 애들은 아빠, 엄마도 하고 조금씩 말을 시작하는데 우리 아이는 도무지 그럴 기미가 보이지 않는 거예요. 그래도 처음엔 말이 좀 늦나보다 하고 말았는데 어느 순간부턴가 이상한 느낌이 왔어요. 그래서 마음을 먹고 말을 가르치기 시작했지만, 소용이 없었어요. 두 살이 지나고 세 살이 지나도록 아이는 한마디 말도 떼지 못했어요. 그제야 알았어요. 우리 아이가 말을 못한다는 사실을요."

아이 엄마는 가라앉은 목소리로 차분하게 얘기했다.

"그렇군요……. 아이가 지금 몇 살이죠?"

"이제 네 돌 지났어요."

“이제 곧 유치원에 들어갈 나이군요.”

나는 말을 꺼내곤 속으로 아차 싶었다. 일반 학교에서 아이를 받아줄 리 없을 텐데 괜히 아이 엄마의 마음만 아프게 하는 소리라는 걸 깨달았기 때문이었다.

“그래도 참 의연하십니다.”

그러자 아이 엄마는 쓴웃음을 지으며 말했다.

“저 애가 만일 내 아이가 아니고 남의 아이였다면 불쌍하다며 저도 눈물을 흘렸을지 몰라요. 하지만 저는 아이의 엄마인 걸요. 그럴수록 아이의 장애만 인정하는 게 아니겠어요? 내 마음에서조차 저 아이를 장애자로 만들어서는 안 되겠죠.”

여자는 약하지만 어머니는 강하다고 했던가? 하지만 나는 짐작하고도 남았다. 아이 엄마의 가슴은 이미 숯검댕이가 되었으리라는 걸.

“사실은 그래서 여기도 찾아왔어요. 빛을 받으면 좀 좋아질 수 있을까요?”

아이 엄마가 조심스레 물었다.

“글쎄요…… 제가 뭐라고 말씀드리기는 좀 그렇군요.”

“많은 걸 바라지는 않아요. 그동안 병원이라는 병원은 다 찾아다니면서 어렵다는 건 이미 알고 있거든요. 하지만 단 하루, 아니 잠깐만이라도 좋으니 저 아이가 말하는 걸 들어보고 싶어요. 저 녀석한테 태어나서 한 번도 ‘엄마’라는 소리를 들어보지 못했거든요. 단 한 번만이라도 좋으니 엄마라는 소리를 들어보고 싶어요……”

아이 엄마는 끝내 참지 못하고 손수건으로 눈을 가린 채 어깨를 들썩였다.

나도 아이를 둔 부모로서 그 마음을 짐작하고도 남았다.

'우주의 마음은 이 순간 어떤 생각을 하실까?'

이윽고 나는 아이 엄마에게 말했다.

"빛을 드릴 테니 아이와 함께 받으세요. 긍정적인 마음을 갖고 간절하게 바란다면 좋은 결과가 생길지도 모르죠. 받는 동안 순수하고 절실하게 기원하세요."

나는 빛을 모아 아이의 혀가 풀리고 부디 말을 할 수 있기를 간절히 청했다.

"아주 향기로운 냄새를 맡았어요. 꽃향기 같기도 하고, 풀향기 같기도 한……."

빛을 받고 난 아이 엄마가 주위를 두리번거리며 말했다.

그리고 나흘이 지나, 한 번 더 모자를 만났다.

"그동안 우리 아이가 자꾸 뭔가를 말하려는 것처럼 보여 무척 조바심이 났답니다. 분명 좋은 징조겠지요?"

아이 엄마가 잔뜩 기대에 찬 얼굴로 물었다.

나는 한 번 더 빛을 안겨주었다.

"네, 분명 좋은 일이 있을 것 같습니다. 그러니 편안한 마음으로 돌아가서 며칠만 기다려 보세요."

"빛 선생님, 정말 그럴까요? 아아, 그렇게만 된다면 얼마나 좋을까요!"

아이 엄마는 올 때보다 한결 가벼운 마음으로 떠났다.

며칠 뒤 아이 엄마에게서 전화가 걸려왔다.

"선생님, 서, 선생님…… 우, 우리 아이가…… 말을…… 말을 했어요. 엄마라고……. 엄마라고요, 난생처음 엄마라고 했어요, 으흐흑……."

아이 엄마는 흐느껴 우느라고 말을 제대로 잇지 못했다. 조금 전 아이가 세발자전거를 타고 놀다가 넘어졌는데, 으앙 울면서 '엄마' 하고 부르더라는 것이다.

"지금 아이 상태는 어떻습니까?"

"아직 발음이 정확하지 않아 다는 알아들을 수 없지만, 계속 자기 혼자 뭐라뭐라 떠들면서 돌아다녀요. 자기도 신기한 모양이어요."

"하하, 잘됐네요. 축하드립니다. 태어나서 처음으로 말하는 것이니 조급하게 생각하지 마시고 차근차근 말을 가르치세요."

"고맙습니다…… 선생님, 정말 고맙습니다……."

아이 엄마는 몇 번이고 인사를 하였다.

전화를 끊고도 오랫동안 내 마음은 날아갈 것처럼 상쾌했다.

'너석, 그동안 말을 못해 마음이 갑갑했을 텐데 이제 말문이 틔었으니 얼마나 속이 시원할까?'

내 마음이 다 시원해지는 것만 같았다.

한 달이 지난 어느 날 아이와 아이 엄마가 다시 산청으로 나를 찾아왔다.

나를 보자 얼굴 가득 웃음을 짓는 아이의 얼굴은 무척 밝고 행복해 보였다.

"안뇽하셔서요……."

발음이 부정확하지만 앙증맞은 말소리였다. 내겐 어느 웅변가의 말보다도 더 감동적으로 다가왔다.

"떤땡님…… 여기셔요……."

아이는 제법 묵직해 보이는 노란 색 코끼리 저금통 하나를 내게 내밀었다.

"이거 뭐? 나 주는 거야? 이거 나 가지라고?"

나는 웃음을 참지 못한 채 물었다.

아이는 초롱초롱한 눈망울로 코끼리 저금통을 더 가까이 내밀었다.

"네, 떤땡님 주느 거여요. 떤땡님 가지셔요……."

아이는 고개를 끄떡이며 환한 웃음을 지었다. 그리고는 작은 두 팔로 저금통을 쭉 내밀었다.

"아침에 나오는데 얘가 무조건 가지고 오겠다는 거예요. 빛 선생님 드린다면서요……."

아이 엄마는 눈물 가득 고인 눈으로 아이를 쳐다보며 말했다.

"그래, 고맙구나, 잘 받을게."

아이에게는 가장 귀중한 물건이었을 저금통을 나는 소중하게 받아 안았다. 이 얼마나 값진 선물인가?

그 후 나는 이 돈을 어떻게 하면 가치 있게, 오래 쓸 수 있을까 생각해보았다. 고아원이나 양로원에 갖다 주기는 금액도 적었지만 너무 아까웠다. 그러다 생각한 것이 공중전화였다. 당시 초광력전에는 공중전화가 한 대 있는데, 그 옆에 아이의 돈을 놓아두고 사용하기로 했다. 전화요금을 개인적으로 부담한다면 그 동전은 언제까지고 내 곁에 머물 것이기 때문이다. 전화를 사용하는 사람에게는 작은 베풂이 될 것이고, 또 내게는 아이의 마음을 언제까지고 간직할 수 있을 터였다.

아이의 동전은 한동안 계속 사용되었다. 떨어지면 전화기에서 꺼내 다시 내놓고, 또 떨어지면 다시 꺼내놓고 하면서 3, 4년째 빙글빙글 도는 것이다.

이 글을 쓰면서도 나는 아이가 전해준 코끼리 저금통을 보면서 다시 한번 아이의 따뜻한 마음을 떠올려본다. 이 세상 모든 사람이 아이처럼 고마워할 줄 아는 마음으로 충만하기를. 그리고 아이가 건강하고 씩씩하게 자랄 수 있기를 우주마음에 기원해본다.

자월 스님

어느 날 출근하는데 로비 직원이 의아한 표정을 지으며 보고하였다.

"이사님, 참 이상한 일입니더. 한 스님이 새벽부터 본관 건물 앞을 일 주일째 계속 말끔하게 쓸고 있지 뭡니까?"

"그래? 그것참 이상한 일이구먼."

스님이 무슨 까닭으로 남의 호텔 앞마당을 쓸고 있단 말인가. 다음 날 조금 이르게 출근하여 본관 앞을 보니 역시 직원의 말대로 무척이나 풍채가 좋은 스님 한 분이 빗자루를 들고 호텔 로비며 앞마당까지 열심히 쓸고 있는 게 보였다. 참 이상한 일이다, 하고 지나쳤던 스님의 기이한 행동은 하루, 이틀, 사흘이 지나 일주일째 이어졌다.

"그분을 커피숍으로 안내하게."

나는 궁금증을 안고 직원에게 이르곤 사무실로 올라갔다. 결재 서류를 정리하고 조금 늦게 커피숍으로 갔더니 금산 스님을 비롯해 많은 분들이 그분 앞에서 합장하고 예를 올리는 모습이 보였다.

'예사 스님이 아닌가 보다.'

나는 조심스레 스님 앞으로 갔다.

"스님, 저는 정광호라고 합니다. 그런데 무슨 까닭으로 새벽마다 나와 저희 호텔 앞을 그렇게 말끔히 청소하시는지요?"

"저는 자월 땡초라고 합니다. 이곳에 계신 정 이사님을 뵙고자 하는데 무작정 찾아오는 게 참으로 송구하여 목욕재계하고 제 마음 청소를 하듯 빗자루를 들고 나왔습니다."

자월 스님은 눈물을 글썽이며 두 손을 덥석 잡았다.

그러자 옆에 있던 VIP 투숙객 한 분이 내게 넌지시 말했다.

"자월 스님은 국적은 한국이지만 일찍 뜻한 바가 있어 불교의 발생지인 스리랑카 현지에서 큰 공부를 하고 득도하여 그곳에서 큰 스님이 되신 분입니다. 인도는 물론 전 세계적인 명성이 있는 유일한 한국 국적의 스님으로 잠시 한국에 와 계시다는 소식을 들었는데 오늘 이곳에서 뵈오니 불자로서는 최고의 만남이자 영광이지요. 허락하신다면 이 자리에 오신 모든 손님들의 차 공양을 올리는 기쁨을 주십시오."

그 손님은 뜻밖의 장소에서 자월 스님을 만나자 한껏 들떠 있었다. 그 손님은 당시 재계에서 잘 알려진 분으로 조계종 산하 신도 총회장 직함을 갖고 있었다.

'그런 명성과 지위에도 불구하고 일개 평범한 회사원인 나를 만나고자 마당 쓰는 일조차 마다하지 않으시다니.'

그즈음 빛에 대한 소문을 듣고 나를 만나러 오는 사람들이 꽤 있었다. 그중에는 자신의 지위와 명예를 앞세워 거만한 태도를 보이는 사람들도 많았다. 나는 큰 스님의 겸손한 마음이 가슴에 와 닿았다.

그 날, 나와 자월 스님의 첫 만남은 그렇게 시작되었다.

"이렇게 바쁘신데 찾아와 죄송합니다."

자월 스님은 여전히 겸손하게 말했다.

"아닙니다. 먼 길 오시느라 고생하셨습니다."

"정 선생님 말씀은 많이 들었습니다. 굉장한 힘을 지닌 분이라 하시더군요."

내 두 손을 모두 잡아 쥔 스님의 손은 마치 솥뚜껑처럼 커다랗게 느껴졌다. 뭔가 간절함이 느껴졌다.

스님과 나는 이런저런 얘기로 한동안 시간을 보냈다. 큰스님이라 굉장히 고매하고 학식도 높아 대하기가 어려울 거라고 생각했는데 그와는 정반대로 털털하고 화통한 분이었다.

"그래, 어떻게 저를 찾아오셨는지요?"

"병원에서 위암이라고 하더군요."

스님은 아무렇지도 않은 표정을 지어 보였다. 암이라는 게 얼마나 사람을 고통스럽게 하는지 그동안 많이 보아왔기에 스님의 의연한 모습이 더 가슴 아팠다.

"그럼, 한 번 봐주시겠습니까?"

"그냥 편안히 눈을 감으십시오. 그리고 병이 없어질 거라고 생각하십시오. 부처님을 생각하셔도 좋고요."

내가 진맥이라도 보고 병을 고치는 줄로 아셨는지 손을 내민 스님을 보며 나는 웃으며 말했다.

"그냥 그렇게만 하면 되겠습니까?"

스님은 의아한 얼굴로 물었다.

"네, 건강을 되찾을 수 있다고 생각하시면 됩니다. 마음을 편히 하십시오."

나는 스님을 향해 손을 들어 올렸다. 그런데 스님의 가슴 언저리에서 팔이 내려가질 않았다.

'이상하다. 분명 위암이라고 하셨는데……'

나는 고개를 갸웃하며 초광력을 드렸다.

잠시 후 초광력을 받은 스님이 놀란 얼굴로 방안을 한 번 휘둘러보았다.

"어디서 이런 향기가 날까요? 아니, 아니 대체 이게 다 뭡니까……? 손에 온통 금가루가 반짝입니다!"

스님은 어린아이처럼 신기해하며 두 손을 내려다보았다.

"그건 이 빛을 받으면 나타나는 반향 중의 하나랍니다. 초광력이 스님의 몸을 통과하면서 남긴 것이지요."

"아하, 그렇군요!"

스님은 연방 감탄하며 신기하다는 듯 한참 동안 당신의 손을 들여다보았다.

"그런데 스님, 병원에서 분명히 위암이라고 하셨습니까?"

"예, 그렇습니다만……"

스님은 의아한 눈빛으로 나를 쳐다보았다.

"제가 보기엔…… 간에 문제가 더 큰 것 같습니다. 지금 스님에게 더 급한 건 위암이 아니라 간암이 아닐까 생각됩니다만……."

내가 조심스레 운을 떼자 스님은 그저 놀란 표정으로 내 얼굴만 쳐다보았다.

"그런 일이 있을 수 있습니까? 내 의심하는 건 아니지만 그래도……."

"병원에 한 번 더 가보십시오. 분명히 간에 문제가 있습니다."

자월 스님은 잔뜩 침울한 얼굴로 돌아갔다.

며칠 후 지루한 기다림 끝에 검사 결과가 나왔다. 자월 스님은 검사 결과가 나온 바로 그 날 나를 찾아왔다.

"정 선생, 어찌 그리 신통한지요. 말씀대로 간암이 위암보다 더 위중해서 이미 손쓸 시기도 놓쳤다고 합니다."

스님은 이미 자신의 생명을 반쯤 포기한 듯 보였다.

"스님, 분명히 건강을 되찾을 수 있습니다. 그러니 마음을 편히 하셔야 합니다."

나는 스님에게 용기를 주고 싶었다.

"빛 선생도 아시다시피 내가 요즈음 번거로운 일상에 묻혀 있다 보니 마음을 편히 가지기가 무척 어렵소이다……."

"그러시다면 번거로운 일상을 벗어버리는 수밖에 없습니다, 스님!"

그즈음 불교계에서는 자월 스님을 새로운 종정으로 추대하는 일로 바쁘게 돌아가고 있었다. 하지만 나는 스님이 종정 문제에서 벗어나야 한다고 생각했다. 늘 말해왔지만 초광력을 제대로 받으려면 주는 마음도 중요하지만 받는 사람의 마음이 평화로워야 하는 것이다.

스님은 눈을 감은 채 아무 말도 하지 않았다. 간혹 '으음' 하는 신음 소리를 내뱉기도 하고 때로는 양미간을 살짝 찌푸리기도 했다. 그러더니 어느 순간 눈을 번쩍 떴다.

"내 정 선생 말대로 하리다. 이제 정 선생만이 내 이승과의 연을 늘여 놓을 수 있을 거라 생각하오. 그럼 이제부터 어떻게 하면 좋겠소?"

스님은 생각보다 빨리 결단을 내렸다. 우리나라 조계종의 종정이라면 사람들로부터 높은 추앙을 받는 것은 물론 스님 개인적으로도 모국에 돌아와 한 번 품어봄 직한 꿈이었으리라.

"그럼, 번거로운 마음에서 완전히 벗어나서 가볍고 편안한 마음으로 다시 오십시오."

스님은 다음 날부터 새벽 6시에 목욕재계를 하고 날 찾아왔다. 스님의 새벽 기운을 닮은 그 형형한 눈빛은 우주의 힘이 아니더라도 꼭 병세를 이겨낼 듯한 기세였다.

그 간절한 마음이 내게도 전해져 왔다. 그 순간 우주의 마음도 내게 될 수 있다는 강한 긍정의 메시지를 전해주었다.

'할 수 있다!'

나는 강한 자신감을 갖고 스님에게 초광력을 전해주었다.

그렇게 한 예닐곱 번 초광력을 받고 난 직후였다. 어느 날 스님이 약속한 날도 아닌데 불쑥 찾아왔다. 나는 스님을 보는 순간 무슨 일이 생긴 게 아닌가 하고 순간 가슴이 철렁하였다.

"아니 웬일이십니까?"

스님의 얼굴은 다른 때와 달리 아주 밝아 보였다.

"지금 병원에 갔다 오는 길입니다. 의사가 저를 보더니 아직 살아있느냐며 깜짝 놀라더군요. 정 선생, 더 놀라운 건 검사 결과 제 몸속에 있던 암세포들이 모두 사라지고 없다는 겁니다! 정 선생, 아니 빛 선생님! 고맙습니다! 의사 양반이 하는 말이…… 이건 기적이랍니다! 제 몸에 있던 혹이 다 없어졌답니다……."

스님은 그 크신 양반이 얼마나 흥분했는지 손을 커다랗게 움직이며 설명을 해주었다. 평소 화통하고 털털한 성격임에도 불구하고 자신의 감정을 그렇게 드러내지 않던 분이었다.

"그, 그게 정말입니까? 아무 증상도 없이 혹이 저절로 없어졌단 말씀입니까?"

나도 스님 못잖게 흥분하고 감격하여 스님의 손을 덥석 맞잡았다. 날 찾아오는 암 환자들 대부분은 병이 완쾌되면서 핏덩이를 쏟거나 환부에서 고름이 터져 나오기도 한다. 그런데 스님은 지금까지 한 번도 그런 증상을 보인 적이 없었다. 아마도 깨끗한 정신의 소유자라 우주마음도 깨끗한 채로 육신을 돌려주려 한 것 같았다.

"정 선생, 고맙습니다. 내 이 은공을 어찌 다 갚겠습니까……."

스님의 한 마디 한 마디에 진심이 가득 담겨있었다.

"아닙니다. 스님의 높은 덕이 우주의 마음을 움직인 겁니다."

나 역시 진심으로 그렇게 생각했다.

스님은 기쁜 마음으로 돌아간 다음 날 다시 날 찾아왔다. 손에는 무언가를 붉은 보자기에 싸서 양손에 소중하게 받쳐 든 채였다.

"어서 오십시오, 스님!"

"정 선생, 이건 제가 스리랑카에서 모셔온 부처님 진신사리입니다. 훗날 제가 거처할 암자를 마련하게 되면 소중히 모시려고 보관해온 지구 최상의 보물이지요. 제가 빛 선생께 드릴 수 있는 건 이것뿐입니다. 그러니 받아주십시오."

부처님 진신사리라면 스님한테는 재산 1호이자 전 재산이나 마찬가지일 텐데 그 귀한 걸 내게 준다니 난 너무 기쁘고 감사했다. 하지만 그 귀한 걸 넙죽 받을 수는 없었다.

부처님 진신사리

"말씀은 고맙습니다만 받을 수 없습니다. 제게는 별 소용이 없는 것이지만 스님에게는 아주 귀한 것이지 않습니까? 스님의 마음만은 소중히 받겠사오니 거둬 주십시오."

"어허, 그럼 내가 빛 선생한테 해 드릴 수 있는 게 없잖습니까? 그동안 나는 부처님 공부를 하고서도 보지 못했던 부처님의 빛을 만났습니다. 평생 불도를 닦고도 막상 죽음 앞에 서니 얼마나 두렵고 나약해지던지요. 이제 제가 찾고자 하는 바로 그것을 얻었으니 아무런 회한과 미련이 남아있지 않습니다."

"아닙니다. 스님의 마음은 충분히 알고 있습니다. 이왕 오셨으니 좋은 말씀이나 해주고 가십시오."

나는 극구 사양하였지만, 스님은 기어코 떠넘기다시피 진신사리를 내게 안겨주었다.

"색즉시공 공즉시색(色卽是空 空卽是色)이라 하였으니 보이지 않는 이 빛이 곧 모든 것을 품는 불광(佛光)이 아니고 무엇이겠습니까? 빛 선생이야말로 천지간 조화를 이루고 음양오행 만성지혜와 소통하고 초월하는 빛입니다. 그러니 빛 선생이 행하는 그 힘이야말로 현존이 함께하는 비로자나 부처님의 빛이 아니겠습니까?"

스님은 두 손을 모아 합장을 해 보이며 계속 말을 이어갔다.

"옛날 한 여인이 초파일이 되어 부처님께 등을 바치고자 했습니다. 헌데 이 여인은 너무 가난하여 좋은 연등을 살 돈이 없었지요. 하여 자기 집 문살을 떼어 등을 만들었습니다. 등을 다 만든 여인은 부처님 전에 등을 걸어야 했는데 자신의 등이 너무 초라하여 제일 마지막 모퉁이 끝에 달아두었더랍니다. 그런데 다음 날까지 꺼지지 않고 불을 밝히고 있는 등은 바로 그 여인이 달아 둔 등이었습니다. 이것을 진실로 부처님의 빛이라고 합니다."

스님과 나는 그 날 늦게까지 이런저런 이야기를 나누었다. 스님은 높이 깨달은 분답게 그동안 보아온 종교인들 중에 편협한 시선을 가지고 있던 사람들과 달랐다. 모든 걸 포용하고 사랑할 줄 아는 분이었다.

"자, 그럼 이제 나는 갑니다. 이미 한 번 죽어 없어진 몸 이제 속세를 훌훌 털고 깊은 산골 토굴에 들어가 남은 생애를 빛 선생과 세상을 위해, 부처님께서 이 땅에 오신 그 뜻에 따라 기도하며 조용히 보내려 하오."

스님은 마치 모든 걸 다 내려놓은 듯 초연한 표정으로 말했다. 붉은 보자기에 싼 함을 남겨둔 채 휘적휘적 떠나는 그 뒷모습을 저녁노을이 부드럽게 감싸주고 있었다.

'스님, 부디 성불(成佛)하소서!'

나는 두 손 모아 기원하였다.

걸뱅이 왕초 혜명 스님

　호텔에 근무하던 무렵, 나는 주말이면 어김없이 산청 초광력전에 머물곤 했다. 우연한 기회에 구입하게 된 작은 암자였다. 그 날도 산청에 도착한 나는 평소 좋은 일을 많이 하는 '걸뱅이 왕초' 스님이 오신다는 이야기를 듣고 반가운 마음으로 기다리고 있었다. 그분은 바로 청송 주왕산의 백련암 주지로 계시는 혜명 스님으로, 주변에 어려운 이가 보이면 앞뒤 가리지 않고 가진 걸 다 내주는 스님의 기이한 버릇 때문에 그런 별명이 붙었다.

　스님은 절에서 멀리 떨어진 곳까지 어렵사리 탁발하러 갔다가 돌아오는 길에도 굴뚝에서 저녁연기가 나지 않는 집을 발견하면 서슴없이 가진 걸 툭 털어주고 빈손으로 돌아오기 일쑤였다. 그뿐 아니라 때로는 절 주변에 참깨나 고추 같은 작물들을 심어 판 돈으로 어려운 사람들을 돕기도 했다.

　이런 스님의 행적이 하나둘 알려지면서 안동, 청송, 영주 일대에서 많은 사람들이 이 분을 존경하고 따르며 '왕초'라는 애칭을 지어 부르곤 했던 것이다.

'그처럼 훌륭한 스님이 어디가 편찮으셔서 나를 찾아오는 걸까?'

나는 걱정 반 설렘 반으로 스님을 기다렸다. 하지만 스님은 정오가 지나 짧은 겨울 해가 산등성이에 걸리기 시작할 때까지도 도착하지 않았다.

'벌써 도착할 시간이 지났는데 무슨 일일까?'

나는 고개를 쭉 빼고 연방 입구 쪽을 바라보았다. 그때 마침내 두 스님이 올라오는 모습이 보였다. 배가 남산만 하게 부르고 얼굴이 누렇게 뜬 노스님 한 분이 아직 얼굴이 앳된 어린 스님의 시중을 받으며 가쁜 숨을 몰아쉬고 올라오고 있었다.

'옳지, 저분이구나.'

나는 반가운 마음에 서둘러 신발을 신고 스님 쪽으로 다가갔다. 그 순간 내 얼굴을 본 노스님은 눈이 동그랗게 커지더니 대뜸 소리쳤다.

"담뱃대! 담뱃대! 저분이시다!"

입구에 들어설 때만 해도 당장 주저앉기라도 할 듯 몸을 가누지 못하던 혜명 스님은 나를 보는 순간 어디서 그런 힘이 났는지 시봉 스님의 부축도 뿌리치고 '아이고, 부처님……' 하며 땅바닥에 넙죽 엎드려 절부터 해댔다.

"스님, 일어나십시오. 제가 무슨 부처님입니까? 건강도 안 좋아 보이는데 이렇게 차가운 바닥에 엎드리지 말고 어서 안으로 들어가십시오."

갑작스런 부처님 소동에 난처해진 나는 얼른 스님을 일으켜 세웠다.

그제야 혜명 스님은 조금 진정한 듯 자리에서 일어나 안으로 들어갔다. 그러면서도 연신 내 얼굴과 초광력전 주위를 둘러보며 입을 다물지 못했다.

"어쩌면 이럴 수가 있습니까? 제가 지난밤 꿈에 보았던 모습과 모두가 똑같습니다. 아까 올라오면서 보았던 저 입구 저수지도, 선생님 얼굴도 그렇습니다. 아아, 어쩌면 이럴 수가 있습니까?"

"대체 무슨 꿈을 꾸셨기에 이러시는지요?"

나는 영문을 몰라 물었다.

"내 이야기 좀 들어보시겠소?"

혜명 스님은 천천히 자신의 이야기를 그 자리에 모인 많은 사람들에게 들려주셨다.

"내 나이 일흔에 가까워지면서 몸에 이상이 생겼다오. 처음에는 대수롭지 않게 생각했던 복통이 여러 달 계속되더니 점점 심해져 병원에 갔더니 놀랍게도 말기 췌장암에다 설상가상 암세포가 위장으로 전이되어 이미 손을 쓸 수 없는 상태라는 검진 결과가 나왔소. 병원에 다녀온 후, 몸은 눈에 띄게 약해지고 배에 복수가 차올라 마치 산달을 앞둔 임산부와 같아지면서 호흡마저 가빠지고 몸도 제대로 가누지 못할 지경까지 되었다오."

혜명 스님은 힘겹게 이야기를 이어갔다.

"왕진 의사가 와서 하는 말이 이런 상태로 일주일이나 더 버티실지 알 수 없으니 임종 준비를 하는 게 어떠냐고 하더군요. 그래서 제자들이 슬퍼하며 제 다비식을 위해 절 마당 한 귀퉁이에 장작더미를 쌓아두는 걸 물끄러미 바라보았다오. 그렇게 허망한 마음으로 죽음을 눈앞에 두고 있는데 나의 딱한 처지를 알게 된 한 처사가 팸플릿 하나를 들고 와 말하지 않겠소?"

"그게 무슨 팸플릿이었습니까?"

나는 호기심 어린 눈으로 물었다.

"바로 이곳 산청 초광력전에 관한 팸플릿이었소. 그 처사가, '스님, 경남 산청에 가면 빛으로 우주의 기운을 펼치는 분이 있다고 합니다. 그분께 빛을 받으면 마음도 맑아지고 아프던 사람이 몸도 낫는다는데, 스님도 한 번 그분께 가보시는 게 어떻겠습니까?' 하고 묻더이다. 하지만 나는 한마디로 거절했소. '내 이 마당에 무슨 힘이 남아 산청까지 가겠나? 게다가 빛으로 마음을 맑게 한다니 그분이 무슨 비로자나불이라도 된단 말인가? 내 그런 소리는 일평생 들어본 적이 없네. 그만 됐네.' 하고 말이지요."

"하하, 그러셨습니까? 그런데 어떻게 저를 찾아올 마음이 생기셨습니까?"

나는 스님의 완강한 표정을 보며 물었다.

"그 꿈 때문이오, 꿈! 처사가 한번 읽어나 보라고 두고 간 팸플릿을 볼 생각도 않고 그저 잠자는 머리맡에 놓아두고는 살포시 잠이 들었소. 몸이 아프고 난 뒤에는 잠도 깊이 자지 못하고 그나마 또 잠이 들만 하면 오만 잡귀와 망상이 머리와 몸이 피곤하곤 했는데 그날따라 웬일인지

단잠을 잔 게요. 그러다가 신기한 꿈을 꾸었지요. 꿈에 난생처음 보는 사람이 나타났는데, 가만히 보니 호리호리한 체구에 양복을 입은 그저 평범한 모습이었소. 다만 남다를 게 있다면 유달리 긴 담뱃대를 하나 물고 있는데, 갑자기 그 남자가 물고 있던 담뱃대가 점점 길어지더니 느닷없이 내 옷자락을 꽉 쥐어 잡고는 '이리 오너라!' 하고 외치며 나를 어디론가 마구 끌고 가더란 말이오."

그러고는 스님은 큰 숨을 몰아쉬고 있었다.

"그래서요, 스님?"

거기 모인 사람들은 점점 신기하게 여겼고 한 사람이 물었다.

"그렇게 담뱃대에 끌려가는데 이상하게도 그 사람한테 가까이 가면 갈수록 몸에서 기운이 차츰 되살아나더니, 나중에는 완전히 기운이 펄펄 나서는 그 담뱃대를 문 양반 쪽으로 마구 뛰어가기까지 하는 게 아니오? 그런데 내가 거의 다가갔을 무렵, 갑자기 그 사람의 형체가 너무도 크고 환한 빛으로 변하더니 온통 내 몸을 뒤덮어버리고 말았다오. 그 순간 '아, 이것이 말로만 듣던 비로자나 부처님이시구나' 하는 생각을 하며 '비로자나불! 비로자나불!' 하고 외치다가 그만 꿈에서 깨어났지 뭐요."

혜명스님은 아직도 꿈꾸는 기분으로 다시 말을 이었다.

"눈을 번쩍 뜬 후 방안을 둘러보았지만 잠들기 전 모습 그대로였소. 달라진 게 있다면 어젯저녁 처사가 놓고 간 팸플릿이 내 베갯머리 옆에 놓여있다는 것뿐. 나는 그 순간 어떤 예감이 들어 얼른 그걸 펼쳐 보았다오. 이윽고 몇몇 사진들이 내 눈에 들어왔고, 아래에는 빛을 펼칠 때 나타나는 현상을 담은 것이라는 설명이 붙어 있었고, 그 사진들을 보자 나는 방금 꿈속에서 보았던 비로자나불의 크고 환한 빛을 다시 만난 듯 그렇게 흐뭇하고 반가울 수가 없었다오. 당장이라도 산더미처럼 부푼 배가 푹 꺼질 듯한 느낌이었지요. 분명 팸플릿에 실린 빛 사진은 꿈에 보았던 비로자나불과 연관된 게 틀림없다는 생각이 들었소.”

“그래서 절 만나러 오신 거군요.”

“그렇소. 내가 산청으로 간다고 하자 백련암에서는 큰 소동이 벌어졌다오. 큰 스님, 그 몸으로 어딜 간다고 그러시냐며 제자들이 말리고 야단이 났지요. 그래서 제가 걱정하지 말아라! 어떻게 죽어도 죽을 몸인데, 내 가다가 죽는 일이 있을지언정 꼭 산청에는 가야 한다. 가서 꼭 그 비로자나불을 만나 뵈어야 한다, 하고는 이렇게 달려온 겁니다.”

혜명 스님은 그렇게 하여 백련암 상좌 스님의 만류를 뿌리치고는 택시를 대절하여 시봉 스님 한 명을 데리고 산청까지 온 것이었다.

꿈 이야기를 다 들려준 혜명 스님은 나를 보며 떨리는 목소리로 말했다.

“담뱃대를 들고 있던 비로자나불이 바로 선생님이셨습니다. 크지 않은 기에 호리호리한 체격, 그리고 그 눈빛까지 하나도 다를 게 없어요. 저는 이곳에 처음 와보는데도 꿈에 보았기 때문인지 하나도 낯설지가 않습니다. 제가 제대로 찾아온 거지요. 나무관세음보살…….”

꿈속의 얼굴이 내 모습과 똑같았다니, 나 역시 신기하기는 마찬가지였다. 하지만 내가 부처님이라니 가당치도 않은 말이었다.

"생전 불경 공부 한 자 해본 적 없는 제가 무슨 비로자나불이겠습니까? 꿈이야 어찌 되었든 스님께서 평소 좋은 일을 많이 했으니 이 빛을 만나게 되셨겠지요."

"칠십 평생을 죽으면 부처 세계에 간다고 배웠고, 남한테도 그렇게 가르쳐 왔습니다. 허나 부처의 세계가 있다 한들 느껴본 적이 없고, 극락이 있다고는 하나 본 적이 없습니다. 하루하루 죽을 날은 다가오는데 어찌 그리 제 마음이 불안하고 초조하기만 한지… 남들은 저를 생불이라 불렀지요. 하지만 생불은 무슨 생불입니까, 죽을 날이 눈앞에 닥치니 불안하고 무서운 게 보통사람하고 다를 게 하나도 없었습니다. 그렇다고 그런 감정을 선뜻 누구에게 내색이나 할 수 있었겠습니까? 그저 이 몸뚱이 태울 마른 장작들을 보며 죽을 날을 기다리고 있었지요."

스님은 자신의 심경을 내게 털어놓기 시작하였다.

"저는 어린 나이에 고아가 된 후 일곱 살 때부터 행자 생활을 하다가 열두 살에 정식 비구니가 된 후 이때까지 부처님만 모시고 살았습니다. 부모 형제가 있나 자식이 있나, 저는 세상사는 일에 별 미련 없습니다. 단지 제가 평생 배우고 가르치고 진리라 믿었던 것들이 기껏 죽음을 앞에 두고 무너질 수밖에 없다는 그 사실이 그렇게 허무하고 무서울 수가 없었습니다."

혜명 스님은 난생처음 만난 나에게 죽음 앞에 절실했던 자신의 속내를 꾸밈없이 털어놓았다. 성직자로서 이렇게 속 깊은 이야기를 할 수 있는 사람이 이 세상에 과연 몇이나 될까? 한평생 불도를 닦아온 스님도 막상 마지막 순간에 이르자 죽음을 두려워하는 평범한 인간일 수밖에 없다는 이야기를 들으며 나는 고개를 끄떡였다. 죽음 앞에 선 인간의 두려움이란 이처럼 뿌리 깊고 근원적인 것이다.

혜명 스님의 이야기를 듣고 있자니, 듣던 대로 한평생 선하게 살아온 맑고 순수한 마음이 느껴져 한결 스님이 가깝고 측은하게 느껴졌다.

"스님, 마지막으로 뭐 간절히 바라는 소원이라도 있습니까?"

그러자 혜명스님은 잠시 생각에 잠긴 후 입을 열었다.

"뭐 그런 게 딱히 있겠습니까. 단지 제가 주지로 있는 주왕산 백련암에 대한 애착은 조금 있습니다. 고려시대 때부터 있던 암자로 역사가 꽤 깊은 절이지요. 옛날 주왕의 딸 백련이 이 암자에 머물러서 백련암이라고 하는데, 임진왜란 당시엔 사명대사가 머물렀던 송운정사 건물 현판과 터가 남아있어 유명합니다. 또한, 사명대사 영정도 저희 절에 있지요. 이런 유서 깊은 절에다 오래전부터 공양주나 신도들이 기거할 요사(療舍)채 하나 지으려 마음먹고 있는데, 제 몸이 이렇게 되는 바람에 그 일을 마무리하지 못할 것 같아 그게 좀 아쉽기는 합니다. 한 육 개월만 시간이 더 있으면 그 일을 완성할 수 있기는 하겠는데……. 그 것도 어찌 보면 제 욕심 아니겠습니까."

혜명 스님은 희미한 미소를 지으며 나를 바라보았다.

"이곳에 계시면서 한 번 우주마음께 간곡히 부탁해보십시오. 순수한 마음으로 빛을 잘 받으면 이루어질 수도 있습니다. 지금까지 많은 사람들이 이 빛을 만나 자신이 원하는 바를 이루기도 했으니까요."

나는 스님의 바람이 이루어졌으면 하는 마음으로 대답했다.

"저는 이렇게 직접 선생님을 만나서 그 빛을 다시 한번 받아볼 수 있다는 것만 해도 여한이 없습니다."

무리한 장거리 여행을 한 후라 그런지 스님의 얼굴이 한결 더 피곤해 보였다. 나는 곧 스님을 방으로 안내해 드리고 그날은 일찍 자리에 드시도록 했다.

다음 날 아침, 일찍부터 많은 사람들이 초광력전으로 몰려들었다. 혜명 스님의 이야기를 듣고 주변에서 찾아온 스님네들이며 이런저런 사람을 합치니 족히 칠팔십 명은 넘는 것 같았다. 혜명 스님은 맨 앞자리에 앉아 담담한 얼굴로 빛 받을 준비를 하고 있었다.

여느 때와 다름없이 나는 그곳에 모인 사람들을 위해, 특히 그날은 먼 곳에서 아픈 몸을 이끌고 온 혜명 스님을 위해 생명 원천의 빛을 청했다. 이윽고 향기로운 빛 향기가 코끝을 감싸면서 우주의 기운이 초광력전 안으로 가득히 퍼져 나갔다.

그렇게 몇 분이 흘렀을까, 갑자기 어디선가 이상한 소리가 들려왔다.

"아이고 부처님…… 어엉……."

다름 아닌 혜명 스님이었다. 그분은 갑자기 빛을 받다 말고 어린아이처럼 목 놓고 울고 있었다. 난데없는 울음소리에 놀란 사람들 모두 무슨 일인가 싶어 스님을 쳐다보았다.

"흑흑……, 이제 알겠습니다. 이제 알겠습니다……."

도대체 뭘 알았다는 말인지, 스님은 이번에도 뜻 모를 이야기만 계속하며 연신 옷깃으로 눈물을 훔쳤다.

"스님, 대체 왜 그러세요?"

내가 묻자 혜명 스님은 자리에서 일어나 앞으로 나갔다.

"제 두 눈으로 똑똑히 보았습니다."

스님은 다 죽어가던 사람이라고는 믿기지 않을 정도로 쩌렁쩌렁 울리는 큰 목소리로 사람들에게 이야기하기 시작했다.

"방금 전 선생님께서 양팔을 뻗으며 빛을 펼치기 시작하시는데 얼마 지나지 않아 천장에 구멍이라도 뚫린 듯 하늘에서 환한 빛이 내려오기 시작했습니다. 그리고는 금줄 은줄을 새끼처럼 꼰 동아줄 두 개가 빛 선생님 양옆으로 내려오는 게 아니겠습니까? 그 줄을 타고 한쪽에는 동자들이 다른 한쪽에는 동녀들이 조롱조롱 내려와 선생님 주변을 호위하며 에워쌌습니다. 다시 한번 주변이 환해지면서 선생님의 두 손에서 빛이 나가는 순간 선생님의 온몸이 빛으로 변했습니다. 제가 이 두 눈으로 똑똑히 보았습니다, 분명히 보았습니다……"

스님은 너무 감격한 나머지 제대로 말을 잇지 못했다.

"제가 부처님께 귀의하여 60년이 넘게 어렵고 가난하게 불법에 의지하고 살아왔는데, 오늘에야 평생 처음으로 부처님의 대자대비 대광명을 보았습니다. 이렇게 제 두 눈으로 불광(佛光)을 똑똑히 확인했으니 이제 죽어도 여한이 없습니다."

혜명 스님의 얼굴은 기쁨으로 빛나고 있었다.

빛을 펼치고 나면 간혹 혜명 스님처럼 이야기하는 사람들을 만나곤 했다. 하지만 내가 일부러 그런 모습으로 보이려 의도한 적이 없기에 어떻게 그런 일이 가능한지 나 자신도 설명할 수가 없다. 하지만 한 가지 분명한 건 혜명 스님이 그 일로 인해 이 우주의 빛은 물론 자신이 평생 의지해온 부처님과 죽음 이후의 세계에 대해 확신할 수 있게 되었고, 죽음 직전의 불안감도 모조리 떨칠 수 있다는 사실이었다.

동시에 스님의 이야기가 허망한 환상이 아닌 순수하게 우주의 마음과 교류하면서 일어난 빛의 현상임을 알 수 있었다. 그리고 그 증거로써 스님이 바라던 소원 역시 이루어지리라는 우주마음의 느낌이 나의 뇌리를 스쳤다.

"스님이 바라던 대로 육 개월 간 요사채를 지을 수 있는 시간을 얻으실 겁니다."

"감사합니다, 감사합니다!"

내 이야기를 들은 스님은 두 손을 모아 머리 숙여 연방 인사를 하였다. 이윽고 스님은 곧 식당으로 내려가서 밥과 나물국 한 대접을 거의 다 비워냈다. 예전에는 죽도 제대로 드시지 못하던 분이 말이다. 이미 스님은 처음 이곳에 들어설 때의 모습이 아니었다.

그렇게 며칠이 지난 어느 날, 산청에서 한 통의 전화가 걸려왔다. 화장실이 온통 피바다가 되도록 스님이 엄청난 양의 핏덩이를 쏟아냈다는 소식이었다.

'혹 스님의 건강에 무슨 이상이라도 생긴 게 아닐까?'

깜짝 놀란 나는 그 길로 산청으로 달려갔다. 그러나 예상외로 스님의 건강은 좋아 보였다. 비록 얼굴이 조금 핼쑥해지긴 했지만, 눈빛이 살아 있고 한껏 차올랐던 복수도 눈에 띄게 가라앉아 있었다.

"선생님, 저는 괜찮습니다. 오히려 그렇게 쏟아내고 나니 몸이 한결 가벼워진 것 같아요."

예전에도 한 자궁암 환자가 이런 증상을 보인 적이 있기에 나는 내심 마음이 놓였다.

"스님, 그래도 건강을 생각하셔서 갈비탕이라도 좀 잡수십시오. 몸도 허한데 이런 나물국만 먹어서 어디 기운을 차리시겠습니까?"

"안 됩니다! 중이 무슨 고기를 먹습니까? 제가 지금까지 물고기 한 마리 잡아먹은 적이 없는데 갈비탕이라니, 큰일 납니다!"

혜명 스님은 말도 안 된다며 두 손을 내저었다.

"그래도 원기를 되찾아야 요사채도 짓고 하실 게 아닙니까? 건강을 위해 먹는 것이니 약이라 생각하고 드십시오. 괜찮으니 제 말대로 하세요."

혜명 스님은 내가 몇 번이나 설득한 끝에야 겨우 그러겠노라고 대답했다.

"선생님께서 하시는 말씀이니 시키신 대로 하겠습니다."

다음 날 혜명 스님은 회원들이 가져온 갈비탕으로, 60여 년 만에 처음으로 고기를 맛보게 되었다.

"세상에 이런 맛도 있습니까? 극락에서 먹는 밥맛도 이보다 더 좋을 수 없을 겁니다……."

난생처음 먹는 고깃국에 스님은 아이처럼 천진한 표정으로 웃었다.

스님은 계속해서 산청에 머물면서 차츰 기력을 회복해 갔다. 그 와중에도 스님은 새벽 2시만 되면 추운 밤공기에도 아랑곳하지 않고 초광력전 앞마당에 엎드려 예불을 올리곤 하였다.

"스님, 몸도 편찮은데 안으로 들어가서 하시지요?"

"대자대비하신 부처님 전에 감히 이 비천한 몸이 어찌 들어가겠습니까?"

내가 적극 권했지만 스님은 한사코 맨바닥을 고집하였다. 그분의 그러한 겸손한 마음에서 나는 한 번도 보지 못한 부처님의 모습을 찾을 수 있었다. 그리고 그분의 그런 마음을 우주마음께서 이미 알고 스님이 마지막 소원을 이룰 시간을 허락하신 게 아닌가 하는 생각이 들었다.

그렇게 한 달이 지나자 스님의 몸은 언제 그랬냐 싶게 정상으로 되돌아왔고, 불룩하던 복수도 거의 다 가라앉았다. 문병 온 신도들이 병원에 한 번 가볼 걸 권했지만, 스님은 그럴 필요 없다며 고개를 저었다.

"병원에 가는 일이 다 무슨 소용이 있겠습니까? 이미 제 목숨은 다했는데, 선생님께서 육 개월 연장해주셨으니 그 시간 안에 맞춰 서둘러 요사채나 완성하는 게 급하지요. 그런데 선생님, 한 달 전에 제게 여섯 달을 약속하셨으니 이제 제겐 다섯 달이 남은 거겠지요?"

스님은 애달픈 얼굴로 물었다.

"아닙니다. 요사채 마무리하는데 육 개월이 걸린다 하셨으니 지금부터 시작하십시오. 건물 완성할 때까지는 시간이 있을 겁니다. 하지만 그 뒤는 저도 알지 못하겠습니다."

그러자 스님은 알았다는 듯 고개를 끄떡이더니 바로 다음 날 백련암으로 돌아갔다.

스님이 떠난 후 육 개월가량이 지났을 무렵이었다. 요사채가 완성되었다는 반가운 소식과 함께 백련암을 찾아달라는 혜명 스님의 전갈이 날아왔다. 나 또한 새로 지은 건물은 물론 스님의 근황이 궁금하던 참에 한걸음에 주왕산으로 달려갔다.

빼어난 경치를 자랑하는 주왕산 자락에 있는 백련암은 무엇보다 암자 입구로 들어가는 호젓한 다리가 인상적이었다. 졸졸 흘러가는 맑은 계곡물 소리와 더불어 바람에 흔들리는 풍경 소리가 찾아온 이의 마음을 저절로 상쾌하게 해주었다. 게다가 오래된 산사는 뒤쪽에 늘어선 기암 봉우리들과 어우러져 한층 기품 있고 운치가 넘쳤다. 말로만 듣던 암자를 실제로 와보니 혜명 스님이 마지막까지 이곳에 요사채를 짓고 싶어 하던 마음이 십분 이해되었다.

"징 선생님, 어서 오십시오!"

혜명 스님은 환한 모습으로 나를 맞아주었다. 몸은 비록 야위었지만 얼굴에는 맑은 기운이 어려 있었다.

나는 스님과 시봉 스님들의 안내를 받으며 대웅전으로 들어갔다. 그리고 무심코 당나라 때 그려졌다는 금사 탱화를 바라보다가 소스라쳐 놀랐다. 다름 아닌 내 얼굴이 찍힌 사진이 부처님 그림 위에 모셔져 있는 게 아닌가?

"아니, 대체 왜 제 사진이 여기 부처님 머리 위에 올려 있는 겁니까? 어서 치우십시오."

"우리 큰 스님께서 자신의 부처님은 선생님이라시며 아침, 저녁으로 공양 올리는 걸 게을리하지 말라고 하셨습니다. 큰 스님의 엄명이라 저희들이 함부로 사진을 내릴 수 없습니다."

옆에 있던 행자스님이 설명을 해주었다.

"당치않은 말씀입니다. 제가 무슨 부처입니까? 게다가 저는 아직 죽지도 않고 이렇게 살아있는 사람인데 아침저녁으로 스님들 공양을 받을 이유가 없습니다. 그러니 앞으로는 힘들여 그런 일 하지 마십시오."

혜명 스님의 마음을 이해 못 하는 건 아니지만, 부처님 머리 위에 내 얼굴이라니 난감하기 이를 데 없었다. 나는 함께 간 아우를 시켜 당장 사진을 내리도록 일렀다.

그날 밤 혜명 스님은 새로 지은 요사채의 제일 넓은 방 한 칸에 새 이불이며 베개를 내주었다.

"이 방은 빛 선생님 방입니다. 언제고 선생님께서 이 근방에 오시거든 마음대로 묵었다 돌아가십시오."

비구니들만 수도하는 도량에서 이렇게 하룻밤을 묵어갈 수 있다는 사실은 물론 새로 지은 건물의 방 한 칸을 내 것으로 떼어놓은 스님의 마음이 참으로 푸근하고 감사했다. 그 방에 앉아 몇 마디 담소를 나누던 중 혜명 스님이 담담한 목소리로 물었다.

"빛 선생님, 저 이제 다 되었지요?"

달력을 따져보니 마침 혜명 스님과 처음 만난 지 꼬박 일곱 달째가 되어가고 있었다. 스님은 여전히 건강해 보였지만 앞일이 어찌 될지 나 또한 알 수 없기에 대답을 못 한 채 잠자코 앉아 있을 뿐이었다.

"빛을 만나 대자대비하신 부처님의 광명을 만나고, 이렇게 마지막 소원까지 다 이루었으니 이제 정말로 죽어도 여한이 없습니다. 선생님, 참으로 고맙습니다."

다음 날 아침 나는 혜명 스님에게 마지막으로 빛을 드리고 난 후 백련암을 떠났다. 그러자 스님은 언제 준비해두었는지 고추며 참깨, 절 뒤뜰에서 기른 온갖 농산물을 손수 보자기에 싸더니 마치 친정어머니가 딸에게 들려 보내듯 내 손에 꼭 쥐어주었다.

"선생님, 조심해서 가십시오. 참으로 고맙습니다."

그것이 내가 본 혜명 스님의 마지막 얼굴이었다. 그때까지만 해도 멀쩡하던 스님은 일주일 만에 급격하게 건강이 악화되어 다시 연락을 받았을 때는 이미 돌이킬 수 없는 상태가 되었다.

"빛 선생님, 오늘 저녁부터 배가 풍선 불 듯 올라오더니 다시 전처럼 복수가 한가득 찼습니다. 아마 이 밤 못 새고 가지 싶네요. 갈 때 가더라도 선생님께 마지막 안부 인사는 올려야겠다 싶어서 이렇게 전화를 드렸습니다."

예상하고 있었던 일인데도 막상 스님의 힘없는 목소리를 들으니 안타까운 마음이 가득했다.

"제가 그곳으로 갈까요?"

"아닙니다. 됐습니다. 저는 이미 선생님한테 받을 것 다 받았습니다."

스님은 굳이 먼 길을 올 필요 없다며 나를 말리고는 내게 몇 번이나 고맙다는 말만 되풀이하였다.

"이 전화를 끊고 나면 지난번 보았던 그 환한 빛이 스님을 감싸 안을 것입니다. 편안하게 좋은 곳으로 가십시오. 그리고 성불하십시오."

"선생님, 고맙습니다……."

혜명 스님은 차마 말을 다 잇지 못하고 눈물을 흘렸다. 수화기 너머로 스님의 떨리는 목소리가 그대로 전해졌다. 나는 부디 이분의 순수한 영혼이 평소 생각해오던 좋은 곳으로 떠날 수 있기를 '비로자나 부처님'(불광), 곧 생명원천의 빛마음에 진심으로 마음을 모아 드렸다.

혜명 스님이 돌아가신 후 한 번 더 백련암을 찾은 나는 내 사진이 도로 부처님 머리 위에 올려있는 걸 보고는 또 한 번 경악하였다.

"큰스님께서 마지막까지 '내가 죽더라도 빛 선생님께 공양 올리는 것 잊지 말고, 선생님을 뵙거들랑 부처님 대하듯 하라.'라는 유언을 남기셨어요. 그래서 저희들은 그분의 말씀을 따라 이렇게 매일 선생님 사진을 놓고 기도드립니다."

혜명 스님의 마음은 알겠지만, 나는 다시 한번 내 사진을 내려오게 해야 했다.

혜명 스님이 떠난 지 이십 년 가까운 시간이 지난 오늘에도 그분의 모습이 내 머릿속에 남아있는 이유는 무엇보다도 그분의 맑은 마음과 그 겸손한 태도 때문일 것이다. 평생 남을 돕고 베풀면서 산 스님의 선행, 그리고 스스로를 한없이 낮추며 추운 새벽 얼음 언 흙바닥도 아랑곳하지 않고 예불을 올리던 겸손한 마음, 그것이 바로 스님으로 하여금 부처님 대광명 세계를 눈으로 확인하고, 요사채 또한 완성할 수 있게 하지 않았을까.

《 제 5 장 》

빛^{viit}으로 행복을 찾은 아이들

낙동강에서 두만강 오백리 길

울산의 한 호텔에서 총지배인으로 근무할 무렵, 나에 대한 입소문이 경상도 일대에 퍼져나가 내가 일하는 호텔로 사람들이 종종 찾아오곤 하였다.

그러던 어느 날 프론트에 서 있는데 두 사람의 부축을 받으며 출입문을 들어서는 한 남자가 눈에 들어왔다.

'또 나를 찾아온 분인가 보다.'

나는 한 눈에도 몸이 아픈 사람이 나를 찾아왔음을 직감했다.

그 사람들이 커피숍으로 발걸음을 옮기자, 나는 천천히 일행 곁으로 다가갔다. 잠시 후 두리번거리는 그들 일행 중 한 사람과 눈이 마주쳤다.

"안녕하십니까?"

나는 그들 곁으로 다가가 인사를 건넸다.

"정광호 선생님이시죠? 이 호텔에서 총지배인으로 일하신다고 들었습니다."

역시 짐작대로였다. 일행 중 몸이 불편한 초로의 남자가 내 이름을 말했다.

"예, 제가 정광홉니다만……."

"아 그러십니까? 이거 반갑습니다. 저는 박정규입니다."

남자의 목소리는 중후하면서도 활기가 느껴졌다. 베레모를 쓰고 나비넥타이를 매고 있는 모습에서 예술가 같은 인상이 풍겨왔다.

"그래, 어쩐 일로 절 찾아오셨습니까?"

"박정규라고 합니다. 그냥 박 화백이라 불러주십시오. 실은 통도사의 한 스님으로부터 선생님 이야기를 들었습니다. 빛 선생님이 주시는 빛이 많은 기적을 일으키고 때로는 자연을 움직일 정도로 강하다고 들었습니다. 그런 분이시라면 죽기 전 제 마지막 소원도 들어주실 수 있지 않을까 하고 이렇게 염치 불구하고 찾아왔습니다."

남자는 어렵게 말문을 열었다.

"어디가 안 좋으십니까? 아까 보니 부축해서 들어오던데 혹시 다리라도 불편하신가요?"

나는 남자가 약간 얼굴이 검을 뿐 전체적으로 밝은 인상이기에 심각한 문제가 아닌 듯 물었다.

"그래 보입니까? 하하, 그 정도만 되면 얼마나 좋겠습니까? 실은 그게 아니고 위암 말기입니다. 그것도 병원 눈치를 보아하니 이제 거의 끝나가는 모양입니다."

나는 아차 싶었다. 남자의 얼굴에서 잔잔한 웃음이 떠나지 않기에 나도 긴장하지 않은 탓이었다. 남자는 그 어디서도 위암 환자로는 보이지 않았다. 놀라운 절제력이었다. 그러고 보니 남자는 복수가 차올라 왼쪽으로 배가 하나 더 얹어져 있었다. 그의 설명이 아니더라도 저토록 복수가 찼다면 현재의 심각성을 짐작하고도 남았다.

"통증이 심하겠습니다."

"예, 좀 그런 편입니다. 지금은 진통제 기운으로 그래도 견딜 만합니다만 약 기운이 떨어지면 무척 힘이 듭니다. 한번 통증이 시작되면 그저 하늘이 노랗습니다. 허허."

그는 쓴웃음을 지었다.

"그래도 퍽 의연하십니다."

그는 지금까지 보아온 숱한 환자들과는 달리 죽음을 초탈한 듯 차분하고 평화로워 보였다. 그 모습이 내게는 너무나 묵직한 느낌으로 다가왔다.

"안 그러면 어찌겠습니까? 내 의지 밖의 일이라면 추하지 않게 받아들여야지요. 그림쟁이한테 그런 자존심도 없으면 뭐가 남겠습니까?"

역시 그는 진정한 예술가였다. 이런 극한 상황에서도 흔들리지 않는 인품의 소유자라면 그림에서도 자신만의 세계를 구축하였을 거라는 확신이 들었다.

"혹시 병원 치료 외에 다른 치료도 받으셨습니까?"

나는 병원에서도 거의 포기를 했다는 말을 떠올리며 물었다.

"예, 한약도 먹고 이것저것 민간요법도 꾸준히 써보고 있어요. 뭐 쭉 기적을 바란다기보다는 그저 마지막 날까지 열심히 해보는 거지요. 그러다 안 되면 또 기꺼이 가는 것이고……."

그는 쓴웃음을 지었다. 무심한 듯 말하지만, 그 속에는 삶과 죽음에 대한 치열한 성찰이 담겨있었다.

"그래서 선생님도 찾아왔습니다만 저 같은 사람이 초광력을 받아도 되는 건지 모르겠습니다."

"초광력은 하늘의 뜻이 표현되는 것이지요. 사람의 능력으로는 결과를 예측할 수 없습니다. 하늘이 품은 예정이 남아있으면 기적이 올 거고, 예정이 다 했다면 평화로운 빛의 세계로 돌아갈 수 있도록 인도해 줄 것입니다. 인명은 재천이라고 하지 않던가요. 마음을 편안히 하시고 일단 초광력을 받으세요."

에둘러 표현했지만 내 마음은 이미 비관 쪽으로 기울어 있었다. 내가 '인명은 재천이다' 라는 말을 할 때는 살릴 자신이 없다는 뜻이었다. 하지만 나는 초광력을 주면서 한역팔목에 그 답을 구해보았다. 결과는 7.7. 산 넘어 산이요, 강 건너 강의 형국이었다. 즉 힘들고 어려운 시기로 특히 건강의 경우, 바람 앞의 등불이라는 의미이다.

"시간 나는 대로 자주 나오십시오. 병이 워낙 깊어서 꾸준히 받으셔야 될 듯싶습니다. 박 화백님 말씀처럼 끝까지 최선을 다 하다보면 어떤 하늘의 결정이 있겠지요."

나는 그의 빛나는 의지를 격려하기 위해서라도 애써 밝은 표정을 지었다.

그가 돌아간 후 주변에서 알아보니 화단에서 꽤 이름난 화가였다. 화랑에서도 그의 작품이라면 모두 군침을 흘린다고 했다. 하지만 정작 그의 작품은 화랑에서 쉽게 찾아볼 수가 없다고 했다. 다작(多作)하지 않는 데다 작품을 절대로 돈 받고 파는 일이 없어서 시중에서 그의 작품을 보기란 불가능한 가운데 희소가치를 인정받고 있다는 것이다.

'음, 대단한 예술혼을 지닌 분이구나.'

나는 고집스럽게 자신의 작품세계를 지켜나가는 그에게 존경심마저 일었다.

그로부터 며칠 후 그가 다시 나를 찾아왔다. 이번에는 혼자였다.

"그동안 잘 지내셨습니까?"

"예, 아주 잘 지냈습니다. 일단 통증이 없으니 살 것 같더군요. 어찌된 일인지 그날 선생님께 초광력을 받고 돌아간 후부터 통증이 말끔히 가셨습니다. 식욕도 되돌아오고 잠도 잘 자고요. 문득문득 내가 환자라는 걸 잊어버린 정도였다니까요."

박 화백은 활짝 웃으며 활기 띤 목소리로 말했다.

"좀 나아지셨다니 정말 다행입니다. 그럼 다시 계속해서 초광력을 받으시지요."

나는 겉으로는 웃었지만 속으로는 여전히 불안하기만 했다. 지난 며칠간 아무 느낌이 오지 않는 것으로 봐서 우주마음의 결정이 내려진 듯 보였기 때문이었다. 하지만 두 번째로 초광력을 받고 난 박 화백은 처음보다 훨씬 상기된 표정을 지었다.

"정말 신비하고 알 수 없는 일이군요. 눈을 감고 있는데도 아주 밝은 색채를 봤습니다. 마치 눈을 감고 태양을 바라본 느낌이랄까요? 주황색이 눈앞에 펼쳐지는데 그렇게 찬란하고 황홀할 수가 없었습니다. 물 위를 떠다니듯 편안하고 머릿속도 상쾌해지고요."

박 화백은 반짝이는 빛분을 들여다보며 독백처럼 중얼거렸다. 긴장했던 첫날보다 빛의 기운을 좀 더 생생하게 느낀 모양이었다. 아무튼 나쁜 현상은 아니었다.

"몸은 어떠십니까?"

"예, 아주 날아갈 것 같습니다. 다리에 힘도 부쩍 들어가고요."

그는 가뿐해진 몸이 실감이 나지 않는지 자리에서 일어나 커피숍을 천천히 거닐기 시작했다.

"하하, 어떻습니까? 괜찮아 보이지요?"

그는 어린아이처럼 두 팔을 벌려 내게 물었다.

"그렇군요. 정말 좋아 보이십니다."

나는 겉으로는 웃었지만 속은 묵직한 돌멩이가 들어앉은 기분이었다. 이런 내 속내를 눈치챘는지 그가 뜻밖의 말을 했다.

"억지로 제 기분을 맞춰주려 하지 마십시오. 저도 다 알고 있습니다. 정 선생님의 얼굴을 보면서 처음부터 다 알고 있었습니다. 제가 살기 어렵다는 걸 말이지요. 하지만 너무 부담 갖지 마십시오. 제가 여기 온 건 위암을 낫겠다고 온 게 아니라 마지막으로 이루고 싶은 소원 하나가 있어서 이렇게 정 선생님을 찾아온 겁니다."

"마지막 소원이라니요?"

나는 깜짝 놀라 물었다.

"제게 시간이 필요합니다. 중국에 다녀와야 하거든요."

"중국을요? 그 몸으로 말입니까? 대체 무슨 일로?"

"작품을 그리러 갑니다. 아주 오래전부터 계획해온 일이지요. 사실 제겐 그림을 그리기 시작하면서부터 품어온 꿈 두 개가 있었습니다. 그중 하나는 낙동강 칠백 리 전경을 화폭에 그리는 일인데 그건 이미 오래전에 완성을 했습니다."

"낙동강 줄기를 모두 그림에 담았다니 저 같은 사람은 상상이 잘 안 가는군요. 그림의 규모가 참 대단하겠습니다."

"네, 무척 큰 편입니다. 그리는 데만 꼬박 4년이 걸렸으니까요. 각 지역의 특성을 살리면서 그곳에 어린 민족 정서를 담아내느라 상당히 힘든 작업이었지요. 병풍으로 만들었는데 몇 자나 되는지 재어보지 않아 모르겠지만 아무튼 매우 긴 작품입니다."

"그럼 남은 한 가지 소원은 무엇입니까?"

"그건 바로 두만강 오백 리를 그리는 일입니다. 하지만 몸이 여의치 않아 여태 미루다가 정 선생님께 빛을 받은 후 기력을 회복하여 이제 중국으로 가려는 것이지요."

박 화백은 빙긋이 웃으며 말했다.

"그렇게 꼭 강을 고집하시는 무슨 특별한 이유라도 있습니까?"

"있지요. 남쪽의 강을 그리고 나니 북녘의 강을 그리고 싶어졌습니다.

강은 물이고 물은 생명이지 않습니까? 그 생명의 상징, 특히 남과 북에 있는 낙동강과 두만강을 제 화폭에 하나로 담아 남과 북의 생명을 그림으로나마 통합시키고 그 그림에 빛선생님의 근원의 빛을 교류한다면… 그런 생각이 번뜩 스쳤습니다. 남북통일은 정치적, 군사적으로만 이뤄지는 게 아니라고 생각합니다. 문화적인 접근도 그 못지않게 중요하지요. 정서가 하나가 되어야만 진정한 통일도 이룰 수 있을 테니까요."

박 화백은 통일을 생각하고 있었다. 그래서 안락한 화실을 마다하고 순교자의 고행처럼 강 길을 따라 걸으며 통일에 대한 향불을 피워 올리고 있었다.

'자신의 몸은 병들어 가면서도 저렇게 큰 화합의 정신을 불태우고 있다니!'

나는 그가 갑자기 그렇게 커 보일 수가 없었다.

"정 선생님, 제가 마지막 꿈을 이룰 수 있도록 제발 좀 도와주십시오. 더 욕심부리지 않겠습니다. 더도 덜도 말고 6개월 정도만 시간을 연장해주십시오!"

"6개월이라……."

나는 그의 부탁을 꼭 들어주고 싶었다. 죽음 앞에서도 흔들리지 않고 자신의 작품세계에 매달리는 그의 작가 정신이 내게는 더없이 감동적으로 다가왔다. 이번에도 나는 한역팔목에 답을 구해보았다. 결과는 3번(3목). 기간 연장까지는 가능하다는 해석을 할 수 있는 괘이다.

나는 온 마음을 다해 우주마음에 기원해보기로 했다.

"좋습니다. 하루에 두 번 초광력을 드리는 경우는 드물지만 박 화백님의 그런 소원을 알았으니 다시 빛마음에 전해보겠습니다. 일단 마음을 편하게 갖고 한 번 더 초광력을 받아보십시오. 다만 광력을 받을 때 꼭 시간에 집착하지 말고 먼저 자신의 마음이 맑고 평화롭게 되기를 기원하세요."

"네, 그렇게 하도록 하겠습니다."

나는 조용히 눈을 감고 그의 마음과 동화된 절실함으로 빛을 청하기 시작했다. 그 순간만큼은 그의 소원이 곧 나의 소원이기도 했다. 설령 그의 생명을 다시 되돌려 주실 수는 없다 하더라도 약간의 시간만 연장해 달라는 그 작은 소원마저 외면하지 마시길 하늘에 조르는 마음으로 간청했다. 얼마나 시간이 지났을까, 초광력 중 하늘로부터 긍정적인 느낌이 전해졌다. 평소보다 많은 빛기둥이 아득한 정도로 밝게 눈앞에 나타난 가운데 너그럽고 순조로운 기운을 접할 수 있었다.

빛 받는 박정규 화백

"중국엔 언제 가실 예정입니까?"

"언제든지요. 몸이 움직일 정도만 되면 당장 내일이라도 달려갈 작정입니다."

"그럼 다음 주부터 시간을 정해놓고 주기적으로 나오십시오, 체계적으로 광력을 드릴 테니까요."

이후 박 화백은 하루에 한 번 집중적으로 초광력을 받기 시작했다. 그러면서 그의 몸 상태는 눈에 띄게 좋아지기 시작했다. 가장 먼저 검던 얼굴색이 발그레하게 혈기가 돌더니 일주일쯤 지나자 몸의 붓기가 모두 빠졌다. 그런 다음 근력이 붙고 체중이 늘고 통증이 사라지는 등 희망적인 예후들이 속속 이어지더니 한 달 후쯤에는 불룩하던 복수까지 모두 사라져 거의 정상적인 모습을 회복하였다.

"요즘엔 제가 환자인지 아닌지도 모를 때가 많습니다. 병에 걸리기 전에도 이렇게 몸이 좋았던 때가 없을 정도랍니다. 어떻습니까? 선생님, 이 정도면 준비가 충분하지 않을까요?"

내가 보아도 그의 몸 상태는 절정에 이르고 있었다. 이왕 중국에 갈 거라면 더 이상 시간을 낭비할 필요가 없었다. 나도 그의 생각에 동의를 해주었다.

그러던 어느 날 박 화백이 아무 예고도 없이 불쑥 나를 찾아왔다. 그의 손에 큰 여행 가방이 들려있었다.

"오늘 오후 비행기로 중국을 거쳐 두만강으로 갑니다. 선생님 덕분에 일생의 숙원을 풀러 떠나게 되었습니다. 뜻을 못 이루고 허무하게 가는 건 아닌가 했는데 말입니다."

오랫동안 기다리던 시간이 다가와서일까 박 화백은 그 어느 때보다 목소리가 활기찼다.

"정말 괜찮으시겠습니까?"

나는 걱정스레 물었다. 결의에 찬 그의 모습이 아무리 다부져 보여도 그는 분명 생명의 끝자락에 서 있는 말기암 환자였다. 그를 떠나보내는 내 마음이 무조건 개운할 수만은 없었다.

"걱정하지 마십시오. 이렇게 힘이 넘치니까요. 지금 같아서는 작품을 마치고 돌아와서도 한 30년은 더 살 수 있을 것 같습니다, 하하하!"

박 화백은 호탕하게 웃었다. 하지만 그의 모습은 마치 해가 지기 전의 찬란한 노을과도 같은 상태라는 걸 알기에 그의 웃음을 바라보는 내 마음은 착잡하기만 했다.

"그리고 이걸 받아주십시오."

박 화백은 부스럭거리며 안주머니에서 곱게 접은 화선지 한 장을 꺼내 내게 건넸다.

"이게 뭡니까?"

"제 그림입니다. 제가 처음 그렸던 그림이지요. 국선에서 특선을 수상한 제게는 참 소중한 작품입니다. 선생님께 드리고 싶어서 가지고 왔습니다. 받아주십시오."

그림을 펼쳐보니 시원한 폭포가 떨어지고 있는 묵화였다. 그 힘찬 붓길이 폭포보다 시원하게 느껴지는 게 그림을 보는 내가 보아도 상당히 훌륭해 보였다. 더구나 국선에서 입선한 작품이라면 모르긴 몰라도 꽤 가격이 나가는 그림일 것이다.

"됐습니다. 제겐 너무 과분한 선물인 것 같군요. 마음은 감사합니다만 도로 넣으시지요. 이렇게 보여주신 것만으로도 저는 충분히 족합니다."

"그러지 말고 받아주십시오. 이건 선물이 아니라 제 마음을 드리는 겁니다."

"하지만 제가 부담스러워 그러는 겁니다. 작가에게 첫 작품은 자식만큼이나 귀중한 의미가 있는 것이라 들었는데 그 귀한 걸 제가 어찌 받겠습니까?"

그림을 사이에 두고 나와 박 화백은 실랑이를 벌였다.

"맞습니다. 작가에게 첫 작품은 귀중한 의미가 있지요. 그래서 드리는 겁니다. 작품의 의미는 진정한 짝을 만났을 때 그 가치를 발하는 거니까요. 제가 그린 낙동강 칠백 리 그림이 지금 어디에 있는지 아십니까? 국방부에 있습니다. 제가 기증을 했지요. 내 전우가 낙동강 전투에서 죽었기에 다시는 그 같은 전쟁이 없었으면 하는 마음으로 국방부에 기증했습니다. 마찬가지로 말씀하셨듯이 작가에게 첫 작품은 생명과도 같은 것입니다. 그래서 제 생명을 조금이라도 늘려주신 데 대한 감사로 드리는 것입니다. 앞으로도 더 많은 사람들의 생명을 계속 보듬어 주십사 하는 뜻으로 말입니다."

나는 그의 진지하고 간곡한 말을 듣자 차마 그 마음을 거절할 수 없었다.

"알겠습니다. 그렇게 생각하고 주신다니 귀중하게 받겠습니다."

"감사합니다. 사실 이 그림을 탐내는 사람이 노태우 대통령을 비롯해서 수도 없이 많았지만 아무에게도 내주지 않았던 그림입니다. 다른 사람 주지 마시고 선생님께서 꼭 간직해주십시오. 제가 죽은 후에도 말입니다."

박 화백은 마치 미리 유품을 남기기라도 하듯 조금은 쓸쓸한 얼굴로 말했다.

"하하, 그리도 기다리던 작품 여행을 앞두고 무슨 그런 재미없는 말씀을 하십니까? 그런 말씀은 그림을 다 그리고 와서 나중에 기회가 되면 하세요."

나는 너스레를 떨며 웃었다. 하지만 박 화백은 여전히 어두운 얼굴로 물었다.

"제가 여행에서 돌아와 또 선생님을 뵐 수 있을까요?"

"물론이지요."

"글쎄요, 자신이 없군요."

창밖을 바라보는 박 화백의 눈길이 아득했다.

"두려우십니까?"

"두렵기는요, 그저 헤어지는 게 좀 섭섭해서 그렇지요. 선생님과 헤어지고 나면 다시 만날 자신이 없거든요."

"그런 생각 말고 가서 훌륭한 작품 그려 오세요. 우리가 다시 만나고 못 만나고는 하늘에 맡기시고요. 또 하늘의 뜻이 어떠하든 시간의 문제일 뿐 사람들은 누구나 끝내는 서로 헤어지는 게 아니겠습니까? 그러다가 또 언젠가는 빛의 세계에서 모두 다시 만나게 될 테고요."

"명심하겠습니다, 선생님의 말씀…… 그리고 제가 몰랐던 세계를 볼수 있게 해주신 점 정말 감사드립니다. 사실 그동안 초광력을 받으면서상당히 많은 걸 깨달았습니다. 그래서 그런지 지금 저는 두만강 작업에대해 매우 태평한 마음입니다. 예전에는 못 그리면 어쩌나 해서 앉으나서나 두만강 생각에만 쫓기고 죽어 귀신이 되어서라도 그릴 생각이었는데 말입니다. 그게 다 집착과 욕심이라는 걸 깨닫게 된 거죠. 이제는결과에 연연하지 않고 그저 하루하루 열심히 그리고자 하는 마음뿐입니다. 아마 초광력이 아니었으면 욕심과 교만과 집착 같은 내 허물을못 보고 갔을 겁니다. 잠시 시간을 얻으러 왔다가 너무 큰 걸 얻어 가지고 가네요. 선생님께 진심으로 감사드립니다. 달리 또 인사를 드릴 기회가 올지 모르지만 하여튼 건강하십시오."

그는 인사를 남긴 채 중국으로 떠났다.

그 후 시간이 흐르면서 나는 박 화백의 일을 잠시 잊고 있었는데 나중에 우연히 그의 소식을 듣게 되었다. 중국으로 간 그는 다행히 두만강오백 리 그림을 그렸지만, 그림의 완성과 함께 세상을 떠났다고 했다.

그런데 내가 놀란 건 박 화백의 운명 시기였다. 그가 운명했다는 날짜를 듣고 보니 내게 집중적으로 초광력을 받고 중국으로 떠난 날로부터 정확히 7개월째 접어드는 날이었다. 나는 그 사실을 확인하고 전율을 느꼈다. 성광의 존재하심과 주관하심이 그토록 엄정하심을 새삼 느끼게 하는 대목이 아닐 수 없었다.

박 화백의 마지막 작품은 병풍으로 만들어져 수제자에게 넘겨졌다는데 아쉽게도 나는 그 그림을 보지 못했다.

'그의 작품 속에서 흐르는 두만강은 과연 어떤 모습을 하고 있을까? 빛의 마음을 받아들이고 그린 그림이니 혹시 굽이굽이마다 빛의 미소가 머물러 있지 않을까?'

나는 그의 그림이 궁금했다. 하지만 박 화백의 재능이 도중에 스러진 건 못내 안타깝지만 그래도 마지막 순간에 빛의 세계를 받아들이고 떠났으니 다행한 일이다.

지금도 그가 남긴 묵화를 들여다볼 때면 치열했던 그의 예술혼이 느껴진다. 인생은 짧고 예술은 길다고 했던가. 비록 그는 빛의 세계로 들었지만, 그가 그려놓은 화해의 강줄기는 언제까지고 세상에서 마르지 않고 흘러갈 것이다. 어서 빨리 그의 뜻대로 남북이 이어지고 화해하는 날이 올 수 있기 바라며 박 화백의 평화로운 안식을 빌어본다.

칠불암의 샘물

    경주 남산에 가면 칠불암이라는 암자가 있다. 신라 불교 문화의 걸작 중 하나로 꼽히는 이곳은 깎아지른 듯 서 있는 절벽 바위에 일곱 개의 부처상이 새겨져 있어서 붙은 이름으로 불자들 사이에서 꽤 알려진 곳이다.

    1994년 7월, 나는 경주 남산에 올랐다. 해발은 높지 않지만 산이 무척 깊고 넓어 심심산중에 들어온 기분이었다. 특히 산 입구부터 유물과 유적이 널려있어 그곳이 신라 문화의 본거지임을 실감하였다. 하지만 나는 얼마 못 가 지치고 말았다. 한 달 조금 넘는 동안 기승을 부리고 있는 살인적인 무더위 때문이었다. 그즈음 몇 년 만에 찾아온 기록적인 불볕더위로 온 나라가 들끓을 때였다.

    "아이고 죽겠다, 물이라도 좀 마셨으면."

    갈증을 이기지 못한 나는 팥죽땀을 뻘뻘 흘리며 혹시 샘이 있을까 하여 주위를 두리번거렸다. 하지만 보이는 건 모두 우거진 수풀뿐이었다. 하긴 몇 개월째 이어진 가뭄에 물이 고여 있을 리가 없었다.

"이거 아무래도 칠불암까지 올라가야 되겠군."

나는 지난 백 년 동안 어떤 가뭄에도 물이 마른 적 없다는 칠불암 샘을 떠올리며 느릿느릿 발걸음을 떼기 시작하였다.

간신히 땀을 뻘뻘 흘리며 칠불암까지 올라간 나는 구경은 뒷전이고 우선 샘부터 찾았다. 하지만 웬걸, 부처님상 밑에 있는 그곳 샘마저 바짝 말라 있었다. 그 어떤 해에도 마르지 않던 칠불암 샘이 말라붙을 정도니 이번 가뭄이 얼마나 극심한지 알 만했다.

목이 바짝바짝 마른 나는 물 좀 얻어먹을까 하고는 다짜고짜 약간 떨어진 곳에 있는 조그만 암자 쪽으로 걸어갔다. 암자는 멀리서 봤을 때보다 훨씬 낡아 있었다. 단청은 다 벗겨지고 여기저기 회벽도 들어나 사람 손길이 오래도록 닿지 않은 듯 보였다.

"스님, 계십니까? 아무도 안 게세요?"

나는 안쪽을 향해 사람을 불러보았다. 하지만 아무런 기척이 느껴지지 않았다.

"스님, 안 계십니까? 누구 없어요?"

"누꼬?"

목소리를 한층 높여 부르니 그제야 낡은 장지문이 끼익 열리며 한 할머니가 나와 물었다. 헐렁헐렁한 일 바지 차림에 머리가 허연 일흔쯤 돼 보이는 할머니였다.

"할머니 혼자 계십니까? 스님은 안 계세요?"

"이 양반이 시방 뭐라카노? 날씨가 이렇게 디바 죽겠는데 뭐한다꼬

스님들이 절간 방을 지키고 앉아 있겠노? 벌써 마을로 내려갔제. 답답스런 양반……."

할머니는 다짜고짜 지청구를 줬다. 그러다간 나를 빤히 보며 물었다.

"스님은 와 찾노? 시주 할라꼬?"

"아, 아뇨. 지나가는 사람인데 하도 목이 말라서 물이나 좀 얻어먹을까 하고 들렀습니다. 물 좀 마실 수 있을까요?"

"물이라꼬? 하이고 저 땀 좀 보소. 하긴 저 아래 샘물도 다 말라삣구만. 내사 이런 가뭄은 첨이라카이. 나라가 하도 시끄러버 비가 안오는갑다. 하늘 무서운 줄 알아야 하늘도 비를 내려줄끼 아이가? 쪼매 기다려보소. 쯧쯧……."

할머니는 혀를 끌끌 차며 부엌으로 들어갔다. 나는 왠지 모르게 웃음이 나왔다. 물도 물이지만 할머니 말씀이 하도 재미있어서였다.

'하늘 무서운 줄 알아야 한다니……. 요즘 일어난 대형 참사로 나라 안이 뒤숭숭했는데 할머니가 그걸 가뭄을 연관시켜 생각하시다니.'

나는 하늘의 마음을 의식하고 살아가는 사람이 아직도 주변에 있다는 게 반가웠다.

"옛소, 묵으소 마. 뭔 땀을 그리 많이 흘렸을꼬……."

할머니는 정겨운 입담과 함께 표주박을 건네주었다. 순간 나는 멈칫했다. 표주박에 담긴 물속에 무슨 모기 알 같은 게 둥둥 떠 있는 게 아닌가. 아무리 갈증이 심하다지만 께름칙해서 도저히 마실 엄두가 나지 않았다.

"와 보고만 섰노? 싸게싸게 벌컥벌컥 들이키소."

"……."

"와? 뭐가 어때서? 물이 시원찮아서? 아이고 온 산에 물이 죄다 말랐다카이. 이것도 없어서 몬 묵는 물이니까네 고맙게 생각하고 고마 쭉 들이키소."

할머니의 재촉에 나는 둥둥 떠 있는 알을 살살 헤쳐 가며 간신히 목만 축였다. 하긴 이나마도 할머니에겐 귀한 물일 터였다. 어쩌면 부처님 공양을 위해 자신도 안 마시고 아껴둔 물인지도 몰랐다.

"그래, 이 더분 날 여기까지 우에 왔노?"

표주박을 돌려주자 할머니가 물었다.

"예, 그냥 칠불암 좀 보고 가려고요."

"그라고 와 하필 이 더운 날이고, 쯧쯧…… 고생스러불낀데……."

할머니는 여전히 혀를 끌끌 찼다. 하긴 무더위에 땀을 많이 흘렸더니 다리가 후들후들 떨리고 기운이 하나도 없었다. 아침을 부실하게 먹었더니 허기마저 찾아왔다.

"저, 할머니, 죄송하지만 뭐 요기라도 할 게 있는지요?"

나는 할머니의 눈치를 보며 조심스레 물었다.

"와? 시장하나 보네? 하긴 때도 돼꾸마. 쪼매 기다려 보소."

잠시 후 할머니는 말라비틀어진 옥수수와 떡을 쟁반에 받쳐 들고 나왔다. 불상 앞에 얼마나 오래 놓아두었던 것인지 떡에는 곰팡이까지 피어 있었다. 하지만 물과 마찬가지로 이 또한 할머니의 귀한 양식일 터였다. 나는 조금 꺼려졌지만 고마운 마음으로 음식을 집어 들었다.

"많이 드소. 날씨가 이 모양이니까 음식도 성케 남아나는 기 없다카이. 대체 비님은 언제 오실 낀지…… 아이고 더버라……."

할머니는 쟁반을 내 쪽으로 밀어놓더니 손바닥으로 가슴께를 획획 부쳤다.

"그러게 말입니다. 빨리 비가 와야 할 텐데요. 그런데 할머니는 이 가뭄에 어디서 물을 떠다 드세요?"

"하이고, 산에 물이란 물은 다 씨가 말랐는데 어디서 떠다 묵겠노? 내가 저 마을까지 가서 떠다 먹는다카이."

"아니 스님들은 뭐하시고요?"

"내 참, 아깐 뭔 소릴 들은 기고? 마을에 내려갔다카이. 선선해질 때까지 내 혼자서 암자를 지켜야 할끼구만. 그만 물어쌌고 공양이나 드소."

나는 허리도 굽은 노인이 가파른 산길을 오르내리며 물을 길어올 걸 생각하니 마음이 짠했다. 자식들 부양도 못 받고 어쩌다가 혼자 암자에서 사는지 안타깝기도 하고.

"할머니, 혹시 소원 있으세요? 소원이 있으면 한번 말씀해보세요."

"소원은 와? 알도 몬하는 사람이 남의 소원은 뭐한다꼬 묻노? 와, 말하면 들어줄끼요?"

"하하, 할머니도 참……. 얘기하다 보면 혹시 하늘이 듣고 들어주실지 누가 아나요? 그냥 궁금해서 여쭤보는 거니까 한번 말씀해 보세요."

"늙은이 소원이 뭐 있겠노? 그저 몸뚱이 안 아프믄 그기 최고제. 허기사 이 허리 아픈 기만 나사도 내사 소원이 없을끼구만."

할머니는 주먹으로 허리를 탁탁 치며 웃었다.

나는 할머니가 그 아픈 허리로 물까지 길어온다고 생각하자 더욱 애처로워 보였다.

"할머니, 한 번 이리 와 앉아보세요."

"이 양반이 와 이 카나? 뭐 할라꼬 그라는데?"

"그냥 아무 말씀 마시고 제가 하자는 대로만 하세요. 물도 얻어먹고 밥도 얻어먹었는데 저도 할머니께 뭔가 해드리고 싶어서 그래요. 그저 아무 걱정 말고 편안히 눈만 감으세요. 아셨지요?"

나는 영문을 몰라 어리둥절해 하는 할머니를 억지로 떠밀다시피 초광력을 주었다. 이미 하늘의 존재를 믿고 그 무서움을 아는 분이기에 초광력을 주는 내 마음은 한결 편하고 푸근했다.

"아이고 이게 다 뭐꼬? 뭐가 이리 반짝거려쌌노?"

할머니는 손바닥에 솟은 빛분을 이리저리 돌려보며 눈을 떼지 못했다.

"어떠세요, 할머니? 허리는 좀 시원하세요?"

"허리? 글씨…… 내사 마 허리보담도 이 금가루 맹기로 생기 묻은 게 더 신기하구마."

할머니는 빛분에만 정신이 팔려 허리는 관심도 없었다.

나는 할머니의 그런 천진한 모습에 빙그레 미소가 번졌다. 어느 때보다 정성을 다해 초광력을 드렸고, 또 도중에 느낌도 좋았기 때문에 나는 이 할머니의 허리가 좋아지리라는 걸 확신할 수 있었다.

요기도 하고 좀 쉬었더니 몸이 한결 편안해지자 나는 천천히 일어섰다.

"할머니, 그럼 저는 이만 내려가 보겠습니다. 신세만 지고 가네요."

"와 벌써 일 나노? 찬찬히 쉬면서 내캉 말벗이나 하다 가제."

"아닙니다. 이제 쉬었으니 칠불암도 둘러보고 그래야지요. 그럼, 잘 먹고 쉬다 갑니다. 할머니, 건강하세요!"

나는 인사를 하고 암자를 나섰다. 할머니는 문까지 따라 나와 오래도록 나를 배웅해주었다. 사람의 정이 그리운 할머니를 혼자 두고 온 것 같아 칠불암 밑에 와서도 한동안 마음이 편치 않았다.

'하지만 할머니는 이런 조용한 산속에서 부처님을 모시고 사는 삶을 더 바랄지도 모르지.'

나는 마음을 추스르고 칠불암을 올려다보았다. 깎아지른 절벽은 그 모습 그대로 하나의 거대한 불상이었다.

'저렇듯 깎아지른 절벽에 목숨을 걸고 부처상을 새긴 그 기상이 신라 천 년을 유지한 원동력이 아니었을까? 참으로 대단하구나.'

나는 오랜 세월에 깎여 선명함은 잃었지만 여전히 자애로운 모습의 부처상을 보며 감탄하였다.

구경을 마친 나는 다시 암자 쪽으로 올라갔다. 무언가 할머니를 도와드릴 일이 있을 것만 같았다.

'그게 뭔지는 모르지만 가보면 알겠지.'

나는 칠불암에서 우주의 마음을 느끼는 순간 나도 모르게 그런 생각이 들었다. 내가 암자로 들어서는데 할머니와 문 앞에서 딱 마주쳤다.

"아이고, 마침 다시 오시꾸만예. 나도 선상님 찾을라꼬 나가던 참이 아잉교? 그냥 가삐렸으면 우야나 걱정했심더."

어느 틈에 할머니는 호칭까지 양반에서 선생님으로 바뀌어 있었다.

"무슨 일이신데요? 제가 뭘 두고 갔습니까?"

"아이, 그기 아이고, 내 고맙다는 말이라도 전할라꼬예. 허리 말이라예, 허리가 다 나았다 아입니까? 아까는 금가루 보느라꼬 몰랐는데 선상님 가신 다음에 보니 허리가 하나도 안 아픈기라예. 20년을 넘긴 고질병이었구만 믿어지지가 안네예. 뭘 우쨌는가 몰라도 우야튼 감사합니데이, 고맙습니데이……."

할머니는 합장을 한 채로 내게 연방 허리를 굽혔다.

"됐습니다, 할머니, 그만 하세요. 제게 그렇게까지 인사하지 않아도 돼요. 할머니가 선하게 사시니 하늘에서 복을 내려주신 걸 텐데요 뭐. 그나저나 할머니, 여기서 지내시기 괜찮으세요? 뭐 불편한 건 없으시고요?"

나는 주위를 둘러보며 물었다.

"불편은 무신…… 다 내가 좋아서 하는 긴데 불편한 게 뭐 있겠능교? 산 좋것다, 물 좋것다, 부처님까지 모시고 사니 더 바랄 끼도 없어예. 다만 요새 하도 가뭄이 봄 타다 붙는 기 쫌매 불편한랑가 몰라도 그 기사 가뭄이 가뿌면 해결될 기고……."

할머니는 마치 도인처럼 말했다.

"그러시다면 다행이네요. 가뭄이야 조금만 있으면 곧 끝나겠죠 뭐."

그러자 할머니의 얼굴이 조금 어두워졌다.

"가뭄이 언제 끝날라는지……. 오늘까지는 우예 되겠지만 아마 내일 아침부턴 부처님 물 공양도 몬할낍니다. 마을에서 물을 떠 올라케도 며칠 더 기다려야 할 낀데……."

"걱정 마시고 물 공양 하세요."

나도 모르게 입에서 이런 말이 튀어나왔다. 그 순간 물이 가득 고인 샘의 모습이 떠올랐다.

'아하, 바로 이것이었구나. 내가 할머니를 위해 해야 할 일이 무엇인지 이제 알았다.'

"야? 물이 없는데 우에 물 공양을 하능교?"

"걱정 마세요. 내일 아침이면 저 아래 샘에 물이 찰 겁니다."

"물이 찬다꼬요? 저렇게 버썩 마른 샘에 우예 물이 찬단 말입니꺼?"

할머니는 놀라 눈이 휘둥그레졌다.

"아마 제가 돌아가고 나면 비가 올 겁니다."

"비라꼬예? 저렇게 시퍼런 하늘에서 비가 와예?"

할머니는 아까보다 더 놀란 표정을 지었다. 하긴 내가 보기에도 비가 올 조짐은 어디에도 없었다. 뙤약볕이 내리쬐는 하늘은 그저 푹푹 찌기만 할 뿐 구름 한 조각 없었다.

"어쨌든 샘에 물이 찰 테니 걱정하지 마세요. 내일 아침엔 물 공양하실 수 있을 겁니다."

나는 어리둥절해 있는 할머니에게 마음속으로 다시 한 번 초광력을 보내고 산을 내려왔다.

경주를 떠나기 전, 나는 예전에 함께 근무 했던 호텔의 부하 직원을 찾아갔다. 아무래도 그냥은 발걸음이 떨어질 것 같지가 않았기 때문이었다.

"미안하네만 시간이 나면 칠불암 암자에 사는 할머니 좀 찾아가 주겠나? 또 만약 오늘 밤 비가 내리지 않으면 물 좀 떠다 드리게."

나는 신신당부를 하고 경주를 떠났다.

며칠 후 그 직원으로부터 전화가 걸려왔다.

"오 그래, 어떻든가? 한 번 찾아가 뵀나?"

"네, 지배인 말씀대로 그다음 날 찾아가 봤습니다. 헌데 신기하데요?"

"신기하다니, 뭐가?"

"예, 지배인님이 다녀가신 후 경주에는 비가 오지 않았거든요. 다음 날 아침까지도 경주에는 여전히 비가 오지 않았어요. 그래 다 틀렸구나 싶어서 물 몇 통 짊어지고 암자에 올라갔죠. 헌데 샘에 물이 찰랑찰랑 차 있지 않겠습니까? 깜짝 놀라 할머니께 여쭤보았더니 지배인님이 다녀간 그 날 밤, 비가 내렸다는 겁니다. 알고 봤더니 칠불암 일대에만 소나기가 내렸더군요. 참 희한한 일이죠? 경주 시내에서 남산까지는 차로 20분밖에 안 걸리는 거리인데, 거기만 비가 오고 시내는 안 왔으니 말이죠. 그런데 더 놀라운 건, 비가 한 10분쯤이나 내렸을까? 겨우 땅을 적실 정도밖에 안 내렸는데 샘에 물이 가득 찼다며 할머니가 이만저만 신기해하는 게 아니에요. 사실 저도 신기했어요. 땅이고 나무고 비가 온 흔적이 하나도 없는데 샘에만 물이 가득 고였으니 말이예요."

"하하, 그것참 잘된 일이군."

나는 한바탕 기분 좋게 웃었다. 기뻐하시는 할머니의 모습이 눈앞에 보이는 듯했다. 아마도 할머니는 하늘에 대한 고마운 마음으로 불상 앞에 향불 하나 피워 올리지 않았을까? 그 후로 할머니를 찾아뵙지는 못했지만 남은 여생도 행복하고 건강하시길 우주마음에 기원해 본다.

태풍 로빈의 진로를 바꾸다

"빛의 힘은 대체 어디까지입니까?"

종종 사람들이 내게 묻곤 한다. 하지만 나 역시도 빛의 힘이 어디까지인지는 알 수 없다. 그건 오직 무한능력이신 우주마음께서 주관하시는 일이니까. 하지만 한 가지는 알고 있다. 빛이 인간과 자연 그 모두에게 힘을 발휘한다는 걸. 빛은 경계도 없고 국경도 없고 그 어떤 종교와 과학과도 무관하며 모든 것을 포용하며 동시에 초월한다. 빛은 선도 악도 구분하지 않는, 아니 그런 구분조차 없는 '순수' 그 자체이심을!

지난 1993년 8월 10일, 울산 지역은 전날 아침부터 간간히 비가 내리기 시작하더니 초저녁 들어 앞이 보이지 않을 정도로 거센 폭우가 쏟아졌다.

비는 점점 돌풍과 함께 사납게 물줄기를 쏟아붓기 시작하였다. 일기예보에서는 초속 40m로 달려오는 초대형 태풍 로빈이 현재 일본 오기나와 남동쪽 약 740Km 해상에서 시속 27Km의 속도로 한반도를 향해 북상 중이라고 했다.

그러자 울산 시가지는 일찍부터 인적이 끊겼고 투숙객들이 빠져나간 호텔은 파장을 맞은 듯 썰렁했다.

'음, 이대로 비가 더 내렸다간 큰일인데……'

나는 속으로 걱정이 이만저만 아니었다. 지난해에도 태풍이 몰고 온 폭우로 호텔은 막대한 재산 손실을 입었고 그로 인해 경영진이 물러나는 등 적잖은 후유증이 있었다.

"태풍 로빈의 영향으로 울산 지역은 태화강 범람이 우려되며……."

라디오에서 흘러나오는 기상특보는 점점 더 어두운 소식뿐이었다. 나는 전 직원을 비상대기시키고 24시간 철야로 비 피해를 대비하기 위한 근무태세에 들어갔다. 그러나 상황은 점점 나빠만 졌다. 하늘에 구멍이라도 난 듯 쏟아져 내리는 빗줄기와 함께 긴장의 밤이 흘러갔다.

날이 밝아오면서 상황은 더욱 급박하게 조여들었다. 간밤의 폭우로 울산 시내의 저지대는 이미 침수가 시작되었다. 도로는 곳곳이 물에 잠겨 교통이 통제되고 태화강의 수위는 만수위를 넘어 다리까지 차오르고 있었다. 그런데도 미친 듯 퍼붓는 빗줄기는 조금도 수그러들 기미가 보이지 않았다. 울산 시내의 상황은 점점 심상치 않은 국면으로 치달았다. 게다가 제주도 남해 상까지 치고 올라온 태풍 로빈이 육지 쪽으로 상륙할 거라는 속보가 이어졌다. 이제 물벼락은 피할 수 없는 상황처럼 보였다. 호텔도 상황은 마찬가지였다. 로비 문턱까지 물이 차올랐고, 지하실 일부는 이미 침수가 시작되었다.

"빨리 서둘러야 합니다!"

나는 조금이라도 빗물이 들어오는 걸 막기 위해 동분서주하며 모래 주머니를 쌓고 있는 직원들 사이를 뛰어다녔다. 그때 동네 사람들이 우르르 호텔 총무를 앞세우고 나에게 들이닥쳤다.

"지배인님, 어떻게 안 되겠습니까? 태풍의 진로를 한 번 돌려보시지요?"

"……."

나는 총무의 갑작스런 제안에 잠시 어리둥절했다. 주변 사람들은 나에게 어떤 보이지 않는 힘이 있다는 걸 전부터 알고 있었다. 자월 스님을 비롯해 여러 가지 불가능해 보이던 일들을 해결하는 사례들을 숱하게 보아왔고, 또 그들 중에는 자신이 직접 경험을 한 사람도 있었다. 하지만 나는 총무의 말이 황당하게 들렸다. 어떻게 거대한 자연현상을 나 혼자 막는단 말인가.

"글쎄, 자네 뜻은 알겠지만 그게 되겠나?"

내가 주저하는 모습을 보이자 이번에는 주변에서 나를 태화강 쪽으로 떠밀다시피 하며 다급하게 외쳤다.

"살려주세요! 이러다 우리 집이 몽땅 떠내려가고 말겠어요, 어서요!"

그 순간 나는 생각했다.

'그래, 이 힘은 내 개인의 힘이 아니다. 이것은 천지만물을 움직이는 대우주의 마음으로부터 오는 힘이 아닌가? 이 힘을 두고 내가 된다, 안 된다 미리 예단하는 건 교만이다. 그래, 그것은 내 의지 밖의 일이다. 다만 나를 통해 그 힘의 뜻에 의지하면 된다. 그다음의 일은 하늘의 뜻

이다. 어차피 태풍이라는 것도 우주의 마음에선 찻잔 속 바람에 지나지 않을 테니 겁낼 필요가 없다.'

용기를 낸 나는 눈을 감고 순간 고요함에 들었다.

'해 보라!'

근원의 빛으로부터 긍정적이고 분명한 느낌이 전해져왔다. 나는 두 팔을 들어 태풍을 향해 빛을 보내기 시작했다.

"태풍아! 너에게도 존재의 이유가 있을진대 소멸하라고는 하지 않겠다. 지금 거기서 방향을 틀어 가까운 무인도로 가거라. 그곳에서 너의 향연을 마쳐라."

태풍의 눈과 나의 눈이 부딪히며 한동안 그 자리에 맴돌고 있었다.

'이제 내 일은 끝났다. 남은 일은 조용히 결과를 기다리는 것뿐이다.'

나는 담담하게 하늘의 변화를 지켜보았다. 어떤 결과가 나올지 모르고 기다리는 시간은 참으로 초조했다. 비는 계속 퍼붓는데 도대체 된 건지 안 된 건지 답답하기만 했다. 짧지만 지루한 시간이 흘렀다.

기적은 찾아왔다. 잠시 후 라디오에서 기상특보가 흘러나왔다.

"……빠른 속도로 대한해협까지 진출했던 7호 태풍 로빈은 울산 남동쪽 해상에서 급격하게 방향을 돌려 돌연 동해 상으로 향하기 시작했습니다……"

"와아, 성공이다, 성공이야!"

"지배인님이 이번에도 해내셨다!"

가슴을 졸이며 기다리던 직원들이 박수를 치며 환호성을 질렀다.

'내가 빛명상을 한 후 초조하게 기다리던 그 시간이 바로 기상청이 위성사진을 수신하고 분석하고 방송국에 넘기기까지 걸린 시간이구나. 그렇다면 태풍은 이미 빛을 펼치던 그 순간 진로를 틀었다는 얘기다.'

태풍 비껴가
오늘새벽 로빈 소멸
최고 3백96mm폭우…큰피해없어

1993.08.11 경향신문 기사

나는 새삼 빛의 위력에 감동했다.

잠시 후 기상청에서는 또 다시 뉴스가 나왔다. 폭우와 강풍을 동반한 로빈이 B급으로 세력이 약화된 후 울릉도 북동쪽 350킬로미터 해상까지 진출한 온대성 저기압으로 약화 되었다는 소식이었다. 로빈은 이제 곧 소멸 될 것이다. 하지만 아직 문제가 더 남았다, 계속 내린 비로 인해 태화강이 범람을 하기 시작했다.

'음, 그대로 뒀다가는 호텔은 물론 저지대 일대가 쑥대밭이 될 것이다.'

태풍에서 자신을 잃은 나는 태화강 제방으로 달려갔다. 그리고 쏟아지는 물을 향해 빛을 보냈다.

"모든 물은 천천히 저쪽으로 흩어지리라!"

나는 손으로 대나무 밭이 있는 쪽을 가리키며 외쳤다.

대나무는 지진에 강하다. 그래서 지진이 빈번한 울산에서는 예로부터 대나무 밭이 많다. 그런 대밭으로 물이 흐른다면 피해도 줄어들고, 물살의 흐름도 약해질 거라는 계산이었다.

잠시 후, 물줄기들이 대나무 밭 속으로 퍼져 흩어졌다.

"와아, 물줄기가 바뀌었다!"

어느 틈에 사방에서 우르르 몰려든 사람들이 내게 박수와 환호를 보냈다. 몇몇 사람들과 총무는 사람들 속에서 연신 카메라 셔터를 누르고 있었다. 내가 빛을 보내는 동안 계속해서 사진을 찍고 있었던 모양이다. 어쨌든 빛으로 인해 저지대에 사는 사람들의 피해를 줄일 수 있었고, 이렇게 그 해 물난리는 막을 내렸다.

그 당시 로빈이 진로를 변경하리라고는 아무도 믿지 않았다. 기상청조차도 로빈의 한반도 상륙을 기정사실로 받아들이고 있었으니까. 그러나 로빈은 이 땅을 비켜갔다. 모두가 대우주 마음의 힘인 것이다.

그 날 울산의 한 사진작가가 찍은 사진을 현상해보니, 빛을 펼치는 순간 태화강에 다섯 개의 물기둥이 치솟는 모습이 사진에서도 잡혔다.

내가 빛을 펼칠 때면 종종 신비한 빛의 형상이 사진에 잡히곤 했는데 이번에는 그 모습이 달랐다. 마치 하늘의 마음에 화답하여 춤이라도 추는 듯 직접 수많은 사람들이 보는 앞에서 치솟는 오색 물줄기들! 자연의 현상이 아니라 자연마저도 초월한 현상임을 오래도록 남겨두고자 하시는 근원의 배려일 것이다.

가끔 그 사진을 볼 때마다 그 때 일을 떠올리며 무형으로 존재하는 우주의 큰 힘을 다시 한 번 생각하게 된다. 놀랍고도 감사한 일이 아닐 수 없다.

태화강에 솟은 다섯기둥의 물줄기

칠곡 성당의 빛기둥

1995년 8월, 빛명상본부 설립 초창기 때의 일이다. 예전부터 나와 잘 알고 지내던 정성우 신부가 전북 무주구천동에 사는 한 분을 모시고 왔다.

"정 선생, 지금 이리로 오고 있는 분 좀 봐주세요."

정성우 신부는 문 쪽을 가리키며 말했다. 한 사람이 들어서는데 걸어서 오는 게 아니고 몇 사람이 들고 있는 들것에 실려 오는 게 아닌가?

"중풍으로 제대로 움직일 수가 없어 오래도록 누워만 지내던 분입니다."

정성우 신부는 간단히 소개를 해주었다.

그는 무주구천동의 상가번영회장을 지내며 건강하게 살아오던 사람이었다. 그런데 어느 날 갑자기 풍을 맞아 하루아침에 움직일 수조차 없게 되자 하루하루를 비관하며 살아가고 있었다.

"신부님한테서…… 빛이라는 신비로운 힘이…… 있다는 이야기를 듣고 무작정 선생님을, 차, 찾아왔습니다……."

그는 힘겹게 떠듬떠듬 찾아온 목적을 이야기하였다. 그는 무작정 나를 만나면 살 수 있을 거라는 확신 하나로 먼 길을 달려온 것이다.

나는 들것에 실려 온 그분을 보며 문득 어린 시절 신부님으로부터 들었던 성서 마가복음에 나오는 한 이야기가 떠올랐다.

예수께서 가버나움이라는 마을을 지나다가 어떤 집에 머물고 계시다는 말을 들은 한 중풍환자 이야기였다. 그 중풍환자는 어떻게든 예수를 뵙고 싶었다. 예수만 만나면 자기 병이 다 나을 것 같은 확신이 들어서였다. 그는 네 사람이 든 침상을 타고는 예수가 머물고 계신 집으로 갔다. 하지만 사람이 너무 많이 모여들어서 예수 근처에도 갈 수가 없었다. 그는 하는 수 없이 꾀를 내어 예수가 묵고 계신 집 지붕을 뚫고 침상을 내려 예수를 만나고자 했다.

이 모습을 본 예수는 그의 믿음을 보시곤 그 중풍환자에게 "내가 네게 말한다. 일어나서, 네 자리를 거두어 가지고 집으로 가거라."라고 말씀하셨다. 이에 중풍환자가 일어나서 곧바로 모든 사람이 보는 앞에서 자리를 거두어 가지고 나갔다는 이야기로 예수께서 행한 36가지 기적 중 한 사례였다.

'이 사람도 성경에 나오는 중풍환자와 같은 간절한 마음으로 나를 찾아왔겠구나.'

그는 무주구천동에서 무작정 정 신부의 말씀만 듣고 오직 빛을 받으면 살 수 있을 거라는 확신에 차서 여기까지 온 것이었다.

나에게 그의 간절함이 전해서 왔다. 어떻게든 그를 도와주고 싶었다.

"이 들것을 들고 두 발로 직접 걸어 내려가십시오!"

나는 온 마음을 다해 그가 성경 속의 중풍환자처럼 들것에서 내려와 두 발로 걸어나가기를 간절히 바라며 빛을 주었다.

그 말이 끝나자마자 놀라운 일이 벌어졌다. 그가 빛을 받고 자리에서 일어나 정말 두 발을 딛고 일어서서 자신이 타고 온 들것을 들고 두 발로 슬금슬금 걸어 내려갔다. 그것도 2층 계단을!

"아이고, 그참 귀신이 곡할 노릇일세!"

그를 데리고 왔던 사람들이 모두 놀라 혀를 내둘렀다.

"선생님, 고맙습니다, 고맙습니다! 이 은혜는 평생 잊지 않겠습니다……. 으흐흑……."

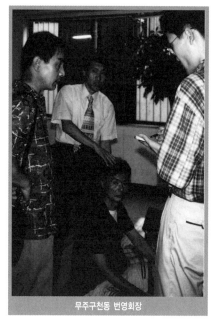
무주구천동 번영회장

번영회장은 뜨거운 눈물을 쏟으며 내 손을 잡고 기뻐하였다.

이 광경을 본 정 신부는 말할 것도 없고 마침 그 자리에서 빛에 관한 기사를 취재하던 기자도 눈을 동그랗게 뜨고 이 사실을 정신없이 적어 내려가기 시작했다.

그러다간 눈으로 보고도 못 믿겠다는 듯 무주구천동 번영회장과 그 일행을 보며 물었다.

"원래 이렇게 걸을 수 있었습니까?"

"아니요, 중풍에 걸린 후 이렇게 못 걸었습니다."

"걷기는커녕 제대로 앉아있지도 못했던 사람이오!"

그들은 너무 놀란 나머지 흥분하여 어쩔 줄 몰랐다. 그야말로 두 눈을 의심하게 하는 기적 그 자체였다.

"허어참, 허어참……."

많은 사람들의 입을 통해 빛의 힘을 들은 정 신부는 설마설마했던 일이 눈앞에서 일어나자 연방 감탄사만 내뱉었다. 중풍환자가 벌떡 일어나 걷는 걸 보고 우주마음이신 빛의 무한능력이 김 몬시뇰의 말처럼 초종교적, 초과학적, 초자연적인 힘이라는 것을 확인하는 순간이었다.

그 일을 계기로 1996년 7월 9일, 나는 정 신부의 간곡한 부탁을 받고 칠곡 성당을 방문하였다.

"교우들 중에 몸이 아파도 병원비가 없어서 병원에 가지 못하는 몇 사람이 있습니다. 그분들에게 정 선생님이 빛을 전해주었으면 합니다."

그런데 막상 칠곡 성당에 도착하고 보니 듣던 것과는 딴판이었다. 몸이 아픈 몇몇 교우들을 만나 빛을 전해주는 줄 알았는데 성당 입구에서부터 '치유의 밤'이라는 포스터가 나붙고 성전 가득 몰려든 사람들로 발 디딜 틈이 없었다.

"이게 어찌 된 일입니까?"

나는 깜짝 놀라 물었다.

"그게 말이지요, 혹시 안나라는 분 기억나십니까? 한 성당 교우인 그

분이 말기암으로 죽음을 앞둔 상태에서 정 선생님한테 빛을 받고 기적적으로 건강을 회복한 분 말입니다. 그 놀라운 이야기가 칠곡 성당 교우들 사이에 일파만파 퍼져서 오늘 이렇게 많은 분이 모여든 겁니다."

"아, 일이 그렇게 되었군요."

나는 그제야 안나라는 여성을 떠올리며 웃었다. 이미 소문은 파다하게 퍼졌고, 수많은 분들이 나를 애타게 기다리고 계시다는데 그걸 외면할 수는 없었다. 기왕 이렇게 된 일 나는 직접 성전에 나가 모든 사람들에게 빛을 주기로 했다.

성전으로 들어가려는데 누군가가 큰 소리로 반갑게 인사를 해왔다. 학창시절 이후 거의 만나지 못했던 오랜 친구였다.

"너 광호 아이가? 니도 여기 빛 받으러 왔나? 참 억수로 오랜만이데이!"

"아이고, 오랜만이다. 그래 니도 이 성당 다니나?"

나도 반가운 마음에 악수를 하며 물었다.

"아이다, 오늘 빛인지 뭔지 받으면 병든 사람은 낫게 되고, 소원이 있으면 다 이뤄준다는 빛 도사가 온단다! 니도 그래서 온 거 아이가?"

나는 언제부터 내가 빛 도사가 되었을까 싶어 피식 웃음이 났다.

"그래, 그럼 나도 한 번 받아보지 뭐."

나는 너스레를 떨며 성전 안으로 들어갔다.

발 디딜 틈 없이 통로까지 빼곡히 들어선 사람들의 얼굴에는 의구심과 호기심이 뒤섞여 있었다. 아마 모두 조금 전에 만난 친구처럼 나름대로 간절한 소원 몇 가지씩을 갖고 이곳에 왔을 것이다.

'내가 바로 그 빛 도사라는 걸 알면 그 녀석 어떤 표정을 지을까?'

나는 속으로 웃음 지으며 마침내 단상 앞으로 나아갔다.

"이제부터 빛을 펼치겠습니다. 여러분들이 어떤 생각으로 이곳에 오셨든 모두들 돌아갈 때는 빛을 한 아름씩 안고 소원도 이루고 건강해지시길 바랍니다!"

나는 마침내 성당에 모인 모든 분들을 향해 손을 들어 올렸다.

잠시 후 크고 강한 빛이 왔다. 순간 말로 표현할 수 없는 감사, 행복한 마음에 나도 모르게 무릎을 꿇고 창조주이신 우주의 마음을 생각했다. 그러자 신자석 곳곳에서 강렬한 향기와 함께 빛분이 터져 나왔다.

온 성당 안이 사람들의 울음과 흐느낌 소리로 가득 채워졌다.

왜 그랬을까? 내가 슬픈 이야기를 한 것도 아니고 애절한 연속극을 보여준 것도 아닌데 그들은 모두 감동에 젖어 울고 있었다. 아마도 성전이라는 것과 신앙인이라 더 순수하게 자신의 감정을 나타낸 것인지도 몰랐다.

나 역시 수많은 사람들이 저마다 감동에 젖은 모습을 보며 가슴이 뭉클해왔다.

그 순간 놀라운 일이 벌어졌다. 아까보다 더욱 강한 빛이 찾아왔다.

"앗! 번쩌이는 번갯불이 지나가는 것 같아!"

"불편했던 내 몸이 한순간에 풀렸어!"

여기저기 사람들 사이에서 감탄이 쏟아졌다.

예상에도 없던 그 날의 빛 공개강연회는 그렇게 빛의 기적으로 수많은 변화를 보여주었다.

칠곡 성당을 다녀온 지 며칠 후였다. 정성우 신부가 한 중년 남자와 함께 나를 다급하게 찾아왔다.

"정 선생님, 이걸 보시오, 이걸!"

"뭔데 그러십니까?"

무심코 사진을 집어 든 나는 소스라쳐 놀랐다. 사진 속에 희고 굵은 기둥들이 여기저기 나타나 있었다. 마치 어두운 무대에 밝혀진 서치라이트 조명처럼 세 줄기의 빛기둥이 나타나 있었다. 하나는 성전의 제단 쪽으로, 또 한 줄기는 나에게, 그리고 나머지 한 줄기는 신자석을 향해 뻗쳐있었다. 그 빛줄기들이 여러 장의 사진에 걸쳐 점차 자리를 이동하여 다가왔다가 멀리 사라지는 모습까지 사진 속에 고스란히 담겨있었다.

이윽고 함께 온 중년남자가 떨리는 목소리로 말했다.

"저는 칠곡 성당의 평신도회장 오의명입니다. 저는 물리학을 공부하는 사람이기도 합니다. 지금까지 제가 배우고 연구해온 학문적 지식이나 상식으로는 도저히 빛을 이해할 수 없었습니다. 그래서 저는 다른 분들이 빛을 받고 계실 때에도 무언가를 밝혀내야겠다는 생각에 사진을 찍었습니다. 그렇게 찍은 사진을 신부님과 청년회원을 비롯한 여러 사람이 함께한 가운데 현상을 해보았습니다. 그런데 밤 9시가 넘은 시각, 태양도 지고 없는 어두운 밤에 과연 이 빛줄기는 어디서 나타났을까요? 환한 실내조명 사이에 이렇게 강한 빛기둥이 나타났다면 과연 그 밝기는 대체 얼마나 되는 걸까요?"

평신도회장은 여전히 흥분한 얼굴로 물었다.

"하하, 글쎄요, 그 날 강한 빛이 오는 건 알았지만 이렇게 빛기둥이 펼쳐지리라곤 저도 생각지 못했던 일입니다."

나 역시 놀라워하며 사진을 보고 또 보았다. 빛기둥은 마치 실제 기둥이라도 되는 양 우뚝 서 있었다. 또한 일반적인 빛이라면 빛기둥의 위가 좁고 아래가 넓기 마련인데 사진에 찍힌 빛은 도리어 바닥에 떨어지는 부분이 좁고 위가 넓었다.

칠곡성당 세줄기 빛기둥

"이걸 과연 어떻게 설명해야 할까요? 도무지 이해할 수 없는 현상입니다."

평신도회장은 연방 고개를 갸우뚱하였다.

"이건 종교를 뛰어넘어 존재하는 있는 그대로의 힘이자, 확인할 길 없었던 절대자의 존재를 더욱 확실하게 해주는 힘이 아닐까 생각하오."

곁에 있던 또 다른 분이 역시 떨리는 목소리로 말했다.

그렇다. 빛은 인간이 인지하는 시간과 공간의 개념을 초월한다. 또한 종교적 이론이나 규율에 갇혀있지도 않다. 만약 한계가 있다면 그건 인간의 것일 뿐 그 위의 빛바음은 아니다. 이처럼 빛은 우리에게 무한(無

限)의 차원으로 다가오기에 이 힘을 마주하는 우리의 마음이 한계를 초월하여 열려있다면 빛과 함께 나타나는 변화 또한 무한의 영역으로 확장될 것이다. 그리고 우리의 꿈, 간절히 이루고자 하는 소원이 한계와 고정관념 너머, 시공간을 초월하고 종교를 초월해서 현실로 이루어질 것이다.

지금도 우주 근원의 빛은 모든 인간의 한계를 넘어 당신에게 다가가고 있다는 걸 모두가 알았으면 하는 바람이다.

일본 후지산이 열리던 날

2007년 5월 18일, 나와 일행이 일본 (주)니칸 월드 사장의 초청으로 일본으로 떠났다. 대구와 오사카 간 직행 노선 개설을 위한 대구시의 민간 외교 협조 요청과 니칸 월드 대표 취임식에 맞추어 '사단법인 빛명상 셀프 체험투어 조인식'을 위한 여정이었다. 또한 초광력을 통해 건강을 되찾은 데 대한 보은의 의미로 이루어진 여행이었다.

공항에 도착하니 니칸월드 사장과 수행비서들이 나와 친절하게 우리를 맞아주었다. 1시간쯤 호텔 버스를 타고 간 곳은 그린 타워호텔이었다.

우리 일행은 간단히 짐을 풀고 그곳 여행사 개관식 행사에 참석하였다. 그 후 오사카 항공 관계자와 대구-오사카 간 직항 노선, 또는 전세 노선, 경유 노선에 대한 이야기를 나누고, 대구시의 협조 사항을 전달하는 공식적인 일정들이 이어졌다.

다음 날 우리는 조찬을 마치고 그 호텔 사장의 각별한 배려로 후지산을 향해 떠나려 한 배였다.

"뉴스를 보니 오늘 후지산 일대에 큰비나 폭설이 예상된다고 합니다. 차라리 학꼬네 온천 쪽으로 가시면 어떨까요?"

전날 함께 가기로 했던 사장 둘이 걱정스레 물었다.

"아닙니다. 우리는 온천보다는 일본의 명산 후지산을 꼭 보고 싶습니다."

나는 무슨 생각이 들었는지 후지산을 고집하였다. 결국 그들은 슬그머니 호텔에 남겠다며 꽁무니를 뺐다. 기상 조건으로 봐서 함께 갔다가 후지산이고 온천이고 모두 갈 수 없을 거라고 지레짐작한 탓이다. 그 대신 사장 비서와 타 관광 업체 사장, 우리 쪽 일본담당자 3명이 함께 했다.

마침내 우리는 호텔에서 마련해준 버스에 올랐다.

"후지산은 호텔에서 3시간 정도 걸립니다. 이곳은 봄이지만 그곳에는 눈이 내려 매우 추울 테니 모두 따뜻한 옷을 준비하셔야 할 겁니다."

인솔자는 두툼한 겉옷을 든 채 단단히 당부하였다. 하지만 이미 봄이 무르익어 화창한 날씨에 추우면 얼마나 추울까 하고는 우리는 가벼운 차림으로 후지산으로 향했다. 그런데 얼마 지나지 않아 비가 후드득 내리기 시작했다. 버스를 타고 달리는 동안 빗줄기는 점점 거세지고 바람마저 세차게 불었다.

"이거 정말 일기예보가 맞는데요? 어쩌지요?"

먹구름이 가득한 하늘을 보며 일행들은 걱정스레 나를 바라보았다.

"내릴 만큼 내리면 그치겠지요."

나는 내심 걱정이 되긴 했지만 불안해하는 일행에게 말했다.

한참을 달려 후지산이 보이는 근처 호수에 도착했다. 간신히 비는 그쳤지만 후지산은 구름 속에 모습을 감춘 채 수줍은 듯 그 얼굴을 보여주지 않았다. 다만 검은 구름 위로 눈이 하얗게 덮인 산 정상만 어슴푸레 보일 뿐이었다.

"에고, 여기까지 왔는데 후지산 코빼기도 못 보고 가겠군."

사람들은 실망을 하였다.

나는 버스에서 내리자마자 후지산을 향해 빛을 펼쳤다. 그 순간 후지산의 구름이 마치 손으로 걷어 올린 듯 조금씩, 조금씩 위쪽으로 걷혀갔다. 그 모습은 마치 구름이 어떤 명을 받고 움직이는 듯 보였다.

한참 그렇게 빛을 펼치자 후지산을 덮고 있던 먹구름이 연기를 피워 올리듯 하늘로 다 퍼져나가고 그 선명한 모습을 나타냈다.

"아니! 후지산이 보여요, 보이기 시작했어요!"

일행들이 깜짝 놀라 환호성을 질렀다. 특히 니칸월드 소속사 직원들은 눈으로 보고도 믿을 수 없다는 표정이었다.

"시게 어찌 된 일이지요?"

운전을 하던 일본인 운전기사는 두꺼비처럼 눈을 껌뻑었다.

"하하, 점심식사를 하고 나오면 후지산이 더 선명하게 보일 겁니다."

나는 기분 좋게 웃었다.

마침내 일행은 근처 식당으로 가서 그 지방에서 유명한 우동을 한 그릇씩 먹었다. 그러곤 다시 호수로 돌아오니 아까 내가 말한 대로 후지산이 그 맑고 환한 모습을 고스란히 드러내고 있었다.

우리는 다시 버스를 타고 후지산을 향해 올라갔다. 호수에서부터도 꽤 시간이 걸리는 거리였다. 떠날 때와 달리 바람은 조금 세차게 불었지만 날씨는 맑았다.

우리는 등산로를 따라 천천히 산을 올라갔다. 일기예보에서 그렇게 겁을 주더니 산으로 올라갈수록 바람은 점점 따뜻해졌다.

"이거 일기예보가 엉터리잖아? 무슨 일이지?"

일본인 등산객마저 신기한 듯 저마다 떠들어댔다.

나는 후지산 정상이 잘 올려다보이는 곳에서 일행들과 이곳 후지산 수호신과 함께 양국의 해원상생과 평화를 기원하는 술과 향을 올려 우주근원에 청원과 감사를 올렸다. 그리곤 빛여행을 떠날 때마다 늘 하듯이 후지산의 대표 기(氣) 즉, 신(神)의 에너지를 팔공산 빛의 터로 연결시켜 놓았다. 머잖아 팔공산 빛터가 전 세계의 기를 모두 모은 "에너지의 정점"이 될 것이다.

그런데 일행이 후지산의 정기를 가슴에 품고 천천히 산을 내려올 때였다.

"앗, 저게 어찌 된 일이람?"

누군가가 산을 올려다보며 깜짝 놀라 되물었다. 우리가 산을 내려오는데 정말 신기하게도 마치 영화의 스크린을 닫아버리듯 후지산이 다시 구름에 가려진 것이다.

호텔로 돌아오자 그곳도 여전히 비가 쏟아지고 있었다.

"마치 딴 세상을 다녀온 것 같습니다."

일행은 모두 행복한 여운을 안고 이번에는 임승지 대표의 안내로 동경에서 약간 떨어진 그린타워호텔로 갔다. 최고층 전체가 한 객실로 연결되어 있고 왼쪽으로 울창한 푸른 숲이 보이고 오른쪽으로 길게 이어진 강물이 보이는 멋진 호텔이었다.

임 대표는 우리 일행을 최고급 스위트룸으로 직접 안내를 해주었다. 그리곤 일본 최고의 시설과 맛을 전통으로 하는 '미도리'에서 극진한 대접을 받았다. 이윽고 가오리 꼬리를 약간 태워 놓은 '히네'라는 따뜻한 정종이 몇 차례 오가는 사이 붉어진 얼굴만큼이나 분위기도 무르익었다.

임 대표는 '미도리'에서의 식사가 끝나자 다시 나를 근처 포장마차로 안내하였다. 술이 거나하게 오르자 임 대표는 나를 보며 말했다.

"사실 저는 선생님이 쓰신 〈행복을 나눠주는 남자〉 일본 번역판을 읽고 늘 선생님을 만나고 싶어 했답니다. 오늘 이처럼 뵙게 되니 참으로 기쁘군요. 정원에서 저와 차 한잔하시겠습니까?"

"달도 밝은데 그럽시다."

나는 흔쾌히 승낙을 하였다.

천천히 호텔 뜰로 나온 임 대표는 뜰로 나오자 두 손을 합장한 채 한동안 달을 올려다보며 뭔가를 중얼거렸다. 그러다간 직원이 찻상을 봐오자 정자에 앉아 달과 바람을 벗 삼아 차를 한 잔 마시더니 눈시울을 붉히며 자신의 지난날을 꺼내놓기 시작하였다.

"저는 고아의 몸으로 겨우 일곱 살 때 동경 뒷골목의 조그만 꼬치 집에 들어가 심부름을 하며 지냈답니다. 거기서 몇 년을 밥 세 끼 겨우 얻어먹으며 가게에 놓인 긴 나무의자에 누워 새우잠을 자곤 했습니다. 잠을 자다가 떨어진 게 다반사였지요. 그러던 어느 날 유명한 스시집인 '미도리' 식당 사장을 만나면서 운명의 전환점을 맞이했답니다."

"거기선 기술자로 일을 했나요?"

"아니요, 거기서도 뒷간 청소부터 시작해서 식당 청소는 물론 기물 정리 등 허드렛일을 도맡아 했지요. 배운 것도 가진 것도 없으니 그저 내가 기댈 곳은 그곳뿐이라는 생각으로 부지런히 일을 한 겁니다. 그러던 어느 날 미도리 사장님께서 제게 말했습니다. '오늘부터 달이 뜰 무렵 달님에게 소원을 빌어보렴. 언젠가는 그 소원이 이루어질 테니.' 라고 말입니다. 그리곤 제게 이젠 허드렛일은 다른 아이에게 넘겨주고 주방에 들어가 설거지부터 일을 배워보렴 하는 게 아니겠어요? 한 단계 승진을 한 셈이었죠. 그것도 무급에서 유급으로 말입니다. 먹여주고 재워주는 것만으로도 감지덕지하던 제게 월급이 나오는 겁니다!"

임 대표는 그 날을 떠올리며 떨리는 목소리로 말했다.

"참으로 큰 승진이었습니다 그려, 하하! 그래, 그 이후 뭔가 또 달라졌습니까?"

나도 임 대표처럼 기뻐하며 물었다.

"그렇고말고요! 저는 그 날부터 매일 달이 뜰 무렵 정화수 한 그릇을 뒷마당 정갈한 곳에, 제 나름대로 마련한 제단 위에 올리며 '언젠가는 저도 작은 초밥집 하나 갖게 해주십시오!' 하고 빌었답니다. 그리곤 단순히 직원이 아니라 주인의 입장에서 남이 하기 싫어하는 일들을 찾아 묵묵히 해왔습니다. 그렇게 10년이 지날 때쯤 사장은 제게 이제 초밥을 만들어도 좋다고 하더군요. 저는 온 정성을 기울여 손님에게 드릴 초밥을 만들었습니다. 그렇게 20년이 지나자 세월과 함께 저혼자 틈틈이 공부한 지식들이 쌓여 마침내 남다른 비법이 담긴 저만의 '스시'를 만들게 되었습니다."

"그럼 당연히 찾는 손님들도 많았겠지요?"

"그럼요! 손님들이 가게 앞에 장사진을 치고 기다리자 마침내 번호표를 나눠줄 정도가 되었습니다. 그야말로 문전성시였지요. 그러던 어느 날 사장님께서 제게 가게를 이어받을 사람이 없다며 저를 가게를 이어갈 주인으로 삼았지 뭡니까?"

임 대표의 목소리는 그 어느 때보다 떨렸다.

"지성이면 감천이라더니 하늘이 도왔나 봅니다."

"그런가 봅니다. 달님에게 온 마음을 다해 기도한 지 어언 20년 만에 그런 행운이 제게 찾아왔으니까요."

나는 그의 성공이 내 일처럼 기뻤다.

임 대표는 그 후 가게를 더욱 확장시켜 곳곳에 분점을 내고 그 당시 무명 호텔이던 그린호텔을 인수하여 오늘날처럼 훌륭한 호텔로 탄생시키고 초밥 체인점과 호텔 사업을 더욱 확장시킨 장본인이었다.

"저는 지금도 첫 출발점을 잊지 않고 기억하며 새벽 5시면 일어나고 제일 늦게까지 일하며 밤 10시가 넘어서야 퇴근을 한답니다. 그리고 제 호텔과 식당에서 일하는 종업원은 대부분 고아원 아이들을 교육시켜서 일하게 하였습니다. 그들을 제2, 제3의 '임승지'를 만들고 싶기 때문이지요."

"참으로 훌륭한 일을 하십니다!"

나는 진심으로 그를 축하해주었다.

임 대표는 오랜 시간 이야기를 나눈 뒤 내 손을 꼬옥 잡으며 눈물을 글썽였다.

"정 선생님, 정말 만나서 반갑습니다. 이제부터 제 남은 인생을 초광력을 통하여 경천애인(敬天愛人) 하는 마음으로 보낼 것입니다."

"고맙습니다!"

나는 임 대표와 그 직원들에게 빛을 흠뻑 전해주었다. 그 순간 찬란한 한 줄기의 빛이 그린타워 호텔 지붕 위를 비추고, 그들에게는 빛 향기가 되고, 빛비가 되어 내렸다.

'우주마음께서도 임 대표의 기도를 들어주시는구나.'

그걸 보고 돌아서는 내 발걸음이 그 어느 때보다 가볍기만 했다.

골리앗을 이긴 다윗들

빛명상본부를 설립한 후 수많은 사람들이 내 곁을 스쳐갔다. 그들 중에는 빛을 받고 바라고 원하던 바를 이루자 언제 그랬냐는 듯 바람처럼 떠나간 사람, 처음 몇 번 기웃거리다가 발걸음이 뜸해진 사람, 빛을 받았다는 사실조차 숨기고 쉬쉬하는 사람 등 여러 부류의 사람들이 있었다. 그에 반해 빛을 통해 만났지만 언제나 한결같이 내 곁에 머물며 빛명상학회가 추구하는 밝고 건강한 세상, 정신과 육체가 건강한 사람을 위한 일에 앞장서서 도와주는 사람들도 있었다. 참으로 고마운 일이다.

그 많은 사람들을 다 열거하기엔 지면이 좁지만 그 중 잊혀지지 않는 분들이 있다.

2003년 당시 서울 시청의 행정공무원이자 청계천 복원사업 기획단장이었던 박명현 씨가 떠오른다. 그는 20만 명에 이르는 청계천 상인들을 설득해야 하는 막중한 임무를 맡았다.

"문화와 환경, 역사가 살아 숨 쉬는 서울을 만드는 데 있어 청계천 복원사업은 시민은 물론 여러 학자와 전문가들이 한목소리로 주장해온 숙원 사업입니다."

박명현 씨는 말했다. 하지만 그 일을 추진하기 위해서는 기존에 터를 잡고 있던 청계천 상인들의 자발적인 철수와 이전이 반드시 필요한 상황이었다. 하지만 청계천 상인들은 자신들이 수십 년을 지켜온 일터를 떠나 다른 곳으로 옮겨야 한다는 사실에 거세게 반발하였다. 온갖 욕설과 시위가 난무하고 그들은 한 치도 물러설 기색을 보이지 않았다.

박명현 씨를 비롯한 상인대책팀은 수많은 상인들을 만나 정부가 제시한 대안의 장점과 보상제도에 대해 끈질기게 설득하였다. 하지만 겨우 다섯 사람의 인원으로 수많은 상인과 그 가족 친지들을 상대하는 것은 상식적으로 불가능에 가까운 일이었다.

"청계천 복원 사업이 제 손에 달려있다고 생각하니 하루도 맘 편히 잠을 잘 수가 없었습니다. 오랫동안 몸담아온 생계의 터전을 잃어버리게 될지 모를 노점 상인들의 반발뿐 아니라 교통 문제 등 기타 여러 복합적인 상황들이 맞물리면서 사업 추진 자체가 위기에 몰려 실질적인 어려움은 물론 정신적인 스트레스 또한 엄청난 지경이었지요."

박명현 씨는 그때의 상황을 안타깝게 말했다.

어떻게든 이 난관을 헤쳐 나가야만 했던 박명현 씨가 택한 방법은 바로 빛명상이었다. 그는 매일 아침 업무를 시작하기 전에 이 모든 문제들이 가장 순탄하고 원만한 방향으로 풀어나갈 수 있는 지혜와 상인들의 마음 또한 이 사업에 협조하는 쪽으로 돌아서기를 바라면서 5분 정도 간절하게 빛명상을 하였다.

매일 아침 반복된 짧은 습관은 엄청난 변화를 가져왔다. 좀처럼 움직일 것 같지 않던 상인들의 마음이 조금씩 움직이기 시작하더니 어느 날부터인가 그들의 태도가 눈에 띄게 누그러졌다.

박명현 씨는 마침내 요구조건을 내세우며 서울시와 팽팽하게 줄다리기를 하던 상인들과 합의점을 찾기에 이르렀다.

그 결과 그는 외국에서도 모범 사례로 삼을 만큼 순리적인 협상 방식을 통해 무난히 청계천 사업을 추진해 나갈 수 있었으며, 서울 시민은 물론 온 국민의 사랑, 세계인들의 주목을 받는 아름다운 물길, 청계천을 만드는 일에 큰 공을 세웠다.

"학회장님, 이 모든 일이 빛명상이 있기에 가능한 일이었습니다."

박명현 씨는 기쁜 얼굴로 말했다. 또한 이 일을 통해 당시 서울 시장으로 재직 중이던 이명박 전 대통령 또한 빛을 알게 되고 이후 이 힘과 직접 만나는 계기가 되었다.

지난 2011년 세계육상선수권대회 유치 실무진이었던 박봉규 씨 또한 박명현 씨처럼 빛을 통해 자신의 일을 성공시킨 사람이었다.

세계육상선수권대회는 올림픽, 월드컵과 함께 세계 3대 스포츠 경기 중 하나로 불릴 만큼 국제적인 대회로 그만큼 높은 경제창출 효과를 기대할 수 있어 대구시가 야심차게 도전한 대회였다. 대구시는 온갖 노력을 기울여 세계육상선수권대회를 유치하기 위해 한참 애를 쓰고 있었다. 하지만 국민과 기업의 관심은 온통 동계올림픽을 평창에서 유치하는 일에 쏠려있었다. 스폰서를 약속했던 대기업마저 동계올림픽 유치에 전념하기로 하면서 대구시의 대회 유치 계획은 난항을 겪게 되었다. 설상가상으로 대구와 경쟁하는 도시는 러시아의 모스크바로 가장 강력한 우승 후보였다. 육상의 불모지라고 할 수 있는 대구의 도전은 계란으로 바위 치기요, 무에서 유를 창조하는 것과 같았다.

이런 상황에서 당시 대구 부시장으로 국제육상대회 유치 실무진이었던 박봉규 씨가 나에게 빛을 청해왔다. 평소 빛을 잘 알고 있던 그로서는 대구시가 처한 한계를 극복할 수 있는 유일한 방법으로 이 힘을 떠올린 것이다.

나는 박봉규 씨는 물론 대구 유치위원단에게도 빛을 보냈다.

"가능하면 빛명상을 자주 하십시오. 그럼 유치과정이 훨씬 수월하게 풀려나갈 수 있을 겁니다."

나는 박봉규 씨에게 일러주었다. 그리곤 심사위원단이 대구를 방문했을 때에도 빛을 보내며 그들의 마음이 대구로 기울어지도록 했다. 결국 모든 이들의 예상을 깨고 세계육상선수권대회의 대구 유치가 결정되었다.

"아무도 예측하지 못했던 승리입니다!"

모든 사람들이 의외의 결과에 찬사를 보냈다. 정작 중앙 정부와 대기업의 적극적인 후원을 받은 평창은 그해 동계 올림픽 유치에 실패한 반면 대구는 아무런 기반도 없이 무에서 유를 창조해 낸 것이다. 한 언론은 작은 다윗에 불과한 대구가 골리앗 모스크바를 이기는 격과였다고 찬사를 보냈다.

박명현, 박봉규 씨처럼 큰일을 앞에 두고 빛을 통해 자신의 뜻을 이룬 사람들은 수도 없이 많다. 그중 평생 토종 가축, 특히 고품질 한우를 만들기에 몰두했던 여정수 경북 한우 클러스터 단장 겸 영남대 교수의 이야기 또한 빼놓을 수가 없다.

여정수 씨와의 인연은 세상에 처음 빛을 알리기 시작할 당시로 거슬러 올라간다. 1997년 당시 너무나도 생소한 빛을 보다 많은 사람들에게 알리기 위해 과학적으로 그 존재와 효과를 일정 부분 입증하는 과정이 꼭 필요하다는 생각을 하고 있었다.

당시 여 교수 외에도 유수 대학의 학자들이 빛을 대상으로 한 실험에서 그 존재와 효과에 대한 답을 얻었음에도 불구하고 여러 가지 사정으로 연구 결과를 발표하지 못하고 있었다.

그러한 어려운 시기에 여 교수는 학자적 양심에 비춰 있는 그대로 빛의 존재를 입증할 수 있는 동물실험 결과를 발표했다. 이는 지금까지도 빛을 세상에 알리는 데 요긴한 자료로 활용되고 있다.

이러한 노고에 감사한 마음을 갖고 있던 차, 여 교수가 평생 연구해 온 한우 품종개발이 현실에서 열매를 맺을 좋은 기회를 눈앞에 두고 있음을 알게 되었다. 2005년 당시 정부에서 시범적으로 운영을 시작한 지역 농업 클러스터 선정 사업에 경북지역 대표로 한우를 출품했던 것이다. 그런데 자세한 내부 사정을 들여다보니 다소 어려움이 있었다. 당시 경북 한우보다는 우월한 수준이라고 판단되는 경쟁 지역 때문이었다.

"지금 현재 많은 관계자들이 경북 한우의 클러스터 선정에는 비판적 견해를 보이고 있는 실정입니다."

여 교수는 한 걱정을 하였다.

나는 우선 무엇보다도 여 교수의 오랜 꿈이 이루어지고 우수한 한우 생산에 큰 수확이 있기를 바라면서 빛을 보냈다. 이후 전혀 예상치 못한 의외의 결과가 나왔다. 선정 대상에서 탈락되리라 여겼던 경북 한우가 경쟁 지역을 물리치고 모범 사업단으로 선정된 것이다.

한우 클러스터 단장이 된 여 교수는 한우의 품종개발과 출생은 물론 도축, 유통, 판매에 이르기까지 모든 관리 시스템을 전략화하여 일본산 와규에 못지않은 한우를 생산해내겠다는 새로운 꿈을 실천해 나갔다.

이후 여정수 교수가 단장이 되어 이끈 한우 클러스터는 20개의 시범 사업단지 회사 중 최상위 실적 그룹에 속하면서 다른 지역 농업 클러스터들의 부러움을 사고 있다.

"제가 여기까지 오게 된 건 늘 빛과 함께했기 때문입니다."

여 교수는 환한 얼굴로 말했다.

그렇다. 위의 세 분뿐 아니라 많은 이들이 자신의 꿈을 이루기 위해 살아간다. 하지만 또 많은 사람들이 자신의 꿈을 꿈으로만 묻어둔 채 살아가고 있다. 시간의 한계, 돈의 한계, 능력의 한계, 인간관계의 한계 등등 그 이유도 여러 가지이다.

하지만 그 모든 한계를 뛰어넘어 꿈을 현실로 만드는 힘이 지금 당신

가까이 다가와 있다. 당신의 내면에 자리한 빛 마음으로 이 힘을 선택하고 받아들인다면, 우주마음은 빛을 통해 그 모든 한계를 뛰어넘어 아름다운 결과를 가져다줄 것이다.

"그러니 희망과 함께 다시 시작하라. 우주마음이 보내는 명예와 성공의 힘, 빛과 함께 최선을 다해 움직여라! 해라! 하면 된다. 빛명상과 함께한다면 마음속 깊이 잠자고 있던 꿈들이 생생한 현실이 되어 당신 앞에 기쁨과 보람으로 펼쳐질 테니!"

나는 사람들에게 행복의 메시지, 기쁨의 메시지, 용기의 메시지, 꿈의 메시지를 보내본다.

빛으로 행복을 찾은 아이들

우리는 살아가면서 수많은 선택의 기로에 서게 된다. 이 길을 건널까 말까, 이 물건을 살까 말까, 그 직장에 다닐까 말까, 이 남자 혹은 이 여자와 결혼을 할까 말까 등등. 그런데 그러한 선택이 겉으로는 우리 내면의 자유 의지에 따른 것처럼 보여도 실상은 보이지 않는 큰 흐름의 영향을 받고 있는 경우가 대부분이다. 그 흐름이란 '나' 라는 존재가 생기기 이전에 무수한 인과관계의 연결고리에 따라 만들어진 것으로 누구나 좋든 싫든 영향을 받게 되어있다.

흔히 운명 혹은 숙명이라 부르는 이 흐름이 좋은 방향으로 풀려나갈 때는 괜찮지만 그렇지 않을 때는 직접적인 실수나 잘못 없이도 실패나 불운으로 다가온다. 그럴 때면 많은 이들이 이런 운명 앞에 후회, 좌절하며 남을 원망하고 때로는 모든 걸 자포자기한 채 더욱더 깊은 수렁으로 빠져들어 간다.

나는 지난 세월 수많은 사람들의 삶을 통해 이 운명의 흐름이 삶에 얼마나 큰 영향을 미치는지 지켜보아 왔다. 아무리 능력 있고 재능이 있어도 단 한 순간, 도저히 피할 수 없는 사건으로 말미암아 인생 전체가 송두리째 뒤엉켜버리는 것이다.

특히 한창 자라나야 할 청소년기에 그런 일을 당하면 대부분 아이들이 용기를 잃고 좌절하고 말게 된다. 나도 자식을 키우는 사람으로서 그런 아이들을 볼 때면 그 어느 때보다 마음이 아프다. 그럼에도 불구하고 현대는 알 수 없는 질병과 우연찮은 사고, 정신적인 문제로 아픔을 겪고 있는 아이들이 수도 없이 많다.

그중 매년 제야의 종소리가 울릴 때면 제일 먼저 새해 첫인사를 하는 예쁜 아이, 윤정이가 떠오른다. 하지만 윤정이와 처음 만났던 그 날을 생각하면 지금도 마음 한쪽이 짠해온다.

늘 전교 1등을 놓치지 않을 만큼 공부에 재능이 있었던 윤정이의 꿈을 단 한 순간에 허무하게 날린 것은 예기치 못한 사고였다. 국내 최고 명문대에 합격하여 2년이 지난 어느 날, 집을 나선 윤정이는 질주해 오던 트럭에 부딪혀 허공으로 튕겨져 나갔다. 고이 키워 올린 아이의 꿈, 가족의 희망이 산산조각 나는 순간이었다.

이후 윤정이는 하반신 마비 판정을 받았다.

자신이 왜 그런 운명에 놓이게 되었는지도 모른 채 윤정이의 마음은 온통 절망 속에 갇힌 채 극심한 우울증에 빠져들었다. 그리고 어느 날부터인가 이상한 행동을 하기 시작했다. 엄마가 자리를 비운 틈에 자꾸만 침대에서 떨어져 바닥으로 몸을 굴렸던 것이다.

"이런 몸으로 대체 뭘 하겠어요. 차라리 죽는 게 나아요."

하반신이 마비된 윤정이는 그렇게 해서라도 현실을 회피하려 하였다. 온몸이 시퍼렇게 멍투성이가 되도록 그런 행동을 그치지 않았다.

그러던 어느 날 침대 밑으로 몸을 굴린 윤정이의 눈에 구석에 틀어박힌 책 한 권이 눈에 들어왔다. 내가 쓴 『행복을 주는 남자』라는 책이었다.

처음에는 읽을 생각조차 하지 않고 내팽개쳤던 그 책이 그날따라 윤정이의 마음을 움직였다.

"엄마, 나 이 책에 나오는 선생님 좀 꼭 만나게 해줘."

책을 모두 읽고 난 윤정이는 사고 이후 한 번도 보여준 적 없는 밝은 얼굴로 엄마를 졸라댔다. 그렇게 하여 나와 윤정이의 첫 만남이 이루어졌다.

"선생님, 저도 빛을 받으면 책에 나온 사람들처럼 될 수 있겠지요? 병원에서는 제 다리를 잘라야 할지도 모른다고 했어요. 제발 다리를 자르지 않게 해주세요!"

윤정이는 나를 보자 기다렸다는 듯 말문을 열고 애절하게 매달렸다.

"최대한 좋은 결과가 있도록 생명을 주신 우주마음에 간절히 청해보자."

그 난은 무엇보다도 다친 다리만큼이나 깊은 상처를 입은 아이의 마음이 치유되기를 바라며 빛을 주었다.

몇 개월 후 윤정이를 다시 만났을 때였다. 늘 누워만 있던 아이가 이제 휠체어를 타고 웃고 있다.

"빛 덕분에 다리를 자르지 않게 되고 이렇게 휠체어도 탈 수 있게 되었어요. 정말 감사합니다. 이제 용기 내어 더 열심히 살아갈게요."

미소 띤 윤정이의 얼굴이 환하게 빛났다.

상희 역시 윤정이만큼이나 안타까운 사정으로 내 기억 속에 남아 있다.

"선생님, 제 딸 좀 죽이주이소!"

어느 날 다짜고짜 딸을 죽여 달라는 전화에 고개를 갸웃하였다. 살려 달라, 도와 달라는 소리는 많이 들었어도 죽여 달라는 말은 난생처음이었기 때문이었다.

주소를 물어물어 찾아간 곳은 한 산동네 문간방이었다. 겨우 발을 뻗고 누울 정도의 작고 옹색한 방에 딸을 죽여 달라던 어머니와 딸 상희가 살고 있었다.

그런데 상희를 보니 어머니의 심정이 이해가 갔다. 과연 저 몸으로 숨이 붙어 있을까 싶게 뼈만 앙상한 몸이 커다란 산소통에 의존해 겨우 숨이 붙어 있는 정도였다.

"저 산소호흡기만 떼면 상희도 저도 편해집니더. 제발 좀 도와주시소."

어머니는 딸이 저 지경이 된 건 하필 그 날 자신이 집을 비운 탓이라며 다시 눈물을 쏟았다.

"상희가 늦게까지 학원에 갔다가 밤 12시 넘어 집에 돌아오기 때문에 평소에는 늘 마중을 나갔습니더. 그런데 하필 그날 제가 볼일이 있어 마중을 못 나갔지예."

아이는 밤새 돌아오지 않았고, 날이 밝고 나서야 골목 한구석에 만신창이가 되어 있는 아이를 겨우 찾아냈다. 이 일이 있은 후 아이는 물론 가족 전체가 풍비박산이 났다.

상희는 아무리 치료를 해도 좀처럼 차도를 보이지 않았다.

"결국 몇 년이 지나는 사이 병원비로 생계가 막막해진 남편은 돈을 벌어오겠다며 집을 나가 돌아오지 않았습니다. 상희의 동생들도 결국 가출을 해 연락이 끊어진 상태라예. 저 역시 지칠 대로 지쳐 모든 걸 놓아버리고 싶지만 차마 우리 가여운 상희를 포기할 수 없어 겨우 살아가고 있니더."

상희 어머니는 뜨거운 눈물을 마구 쏟아냈다.

참으로 눈 뜨고 볼 수 없는 처지였다. 사람이 한순간의 사고로 운명이 바뀐다는 걸 이미 알고 있었지만 상희의 경우는 너무 처참했다.

"우선 온 방에 주렁주렁 붙어있는 저 부적들이며 비방을 떼어내시오."

나는 방안을 둘러보며 일렀다. 그리곤 물에 빛을 교류해 초광력수를 만든 후 그 물로 아이의 입술을 적셔주게 하였다.

"상희야, 이제 빛을 받고 깨어나라. 지난 아픔을 훌훌 털어버리고 일어나거라."

나는 의식이 있는지 없는지 산소 호흡기를 달고 겨우 숨만 쉬고 있는 아이에게 빛을 주었다. 이 힘을 통해 그 날의 아픈 상처, 기억들을 다

씻어내고 원래의 건강한 아이로 되돌아갈 수 있기를 간절히 바라면서.

그렇게 상희를 만나고 돌아온 지 며칠이 지났다. 아이의 어머니로부터 다시 전화가 왔다. 지난번 딸을 죽여 달라던 애절한 목소리가 이제는 기쁨으로 들떠 있었다.

"선생님, 아이가 눈을 떴습니더! 이건 기적이라예!"

그 후 두어 번 찾아가 빛을 주는 가운데 상희는 더 이상 산소호흡기가 필요 없을 정도로 호전되었다.

"내가 누구인지 알아보겠니?"

나도 기쁜 마음으로 물었다.

상희는 눈을 한 번 깜빡하고 가느다란 손으로 내 손가락을 약하게 쥐었다. 아이가 살아나고 있었던 것이다.

"아주 어둡고 몽롱한 구름에 싸여 있었어요. 그런데 어디선가 밝은 빛이 저를 감싸더니 '깨어나라'고 했어요. 빛 선생님 목소리였어요."

"하하, 그랬구나, 그랬어. 네가 깨어나서 나도 참 기쁘구나."

나는 너무 기쁜 나머지 그 어느 때보다 큰 소리로 대답했다.

그 후 몇 년이 지난 어느 날이었다. 부산 국제신문사 강당에서 열린 공개강연회가 끝난 뒤 한 젊은 부부가 나를 찾아왔다.

"선생님, 저 상희예요. 알아보시겠어요?"

"아니, 네, 네가 상희란 말이지?"

나는 벌어진 입을 다물 수 없었다. 내 앞에 선 매우 젊고 아름다운 여인, 그 여인은 도저히 내 기억 속의 상희라고는 볼 수 없는 건강하고 밝은 모습이었다.

"빛 선생님께서 부산에 오신다기에 반가워 이렇게 달려왔어요. 덕분에 이렇게 건강해지고 얼마 전 결혼도 했답니다."

이윽고 상희가 무언가를 내밀었다.

"항상 성모님을 좋아하셨잖아요. 여기 작은 성모님요! 그리고 운동화만 신고 다니시던 모습이 맘에 걸려 구두 한 켤레 사드리는 게 제 바람이었어요."

나는 종교적 의미 이전에 세상의 모든 생명을 창조한 어머니와 같은 존재로서의 우주마음, 모든 것을 품는 여성성을 지닌 근원의 존재로서 성모님을 무척 좋아했다. 상희는 그 사실을 어떻게 알았는지 작은 성모상과 함께 구두 한 켤레가 담긴 상자를 내밀었다. 아름다운 부부의 앞날에 행복이 가득하길 바라며 다시금 빛을 가득 불어 넣어주었다.

나는 윤정이와 상희처럼 한순간에 밀어닥친 불의의 사고로 인생 전체가 흔들리는 경우를 종종 마주치게 된다. 이런 위기의 순간에 그 위기를 모면하게 하는 힘은 우리의 삶에 반드시 필요하다. 또한 가능하다면 위기가 다가오기 전에 미리 예방하는 게 최선의 방법이다. 소 잃기 전에 미리 외양간을 튼튼히 점검해 두는 것처럼 말이다.

정아의 경우가 그랬다. 정아는 그 날 학교를 마치고 친구들과 함께 집으로 돌아오던 길이었다. 그런데 건널목을 지나가다가 그만 마구 달려오는 자동차에 치이고 말았다. 자동차는 순식간에 정아를 덮쳤고 아이의 몸은 멀리 공중으로 날아 바닥에 나동그라졌다. 눈 깜짝한 사이에 일어난 일이었다.

그런데 바로 그 순간, 정아 옆에 있던 친구가 너무 놀란 나머지 '초광력!' 하고 크게 소리쳤다. 평소 정아가 늘 이야기하곤 했던 그 단어를 친구는 분명히 기억하고 있었던 것이다.

"아이고, 저걸 어쩌나, 저걸 어째!"

자동차 기사는 물론 주변 사람들 모두가 깜짝 놀라 정아의 곁으로 몰려들었다. 그런데 놀랍게도 정아가 부스스 자리에서 일어났다. 더욱 신기한 건 자동차에 치여 몇 미터나 날아갔다고는 생각할 수 없을 정도로 온몸이 멀쩡했던 것이다.

정아는 사고 순간을 이렇게 기억했다.

"차에 치이는 순간 친구가 '초광력'이라고 외치는 말을 들으며 순간 제 몸 밖으로 튀어나갔어요. 눈을 떠보니 제가 공중에 높이 떠 땅바닥에 쓰러져 있는 제 모습을 보고 있는 것이었습니다. '분명 난 여기 있는데 어떻게 저기 쓰러져 있는 내 모습이 보이는 걸까?' 그 순간 어렸을 적부터 제가 잘못했던 일들이 마치 영화의 필름처럼 한순간에 보이기 시작했습니다. '아, 이제 죽는구나…….' 하며 뒤를 돌아보는 순간 갑자기 엄청나게 환한 빛이 눈앞을 가득 메웠습니다. 그리고 누군가의 음성, 남자도 여자도 아닌 편안한 음성이 들렸습니다. '너는 아직 때가 아니다. 돌아가서 남은 생을 착하게 살아라.' 라는. 그 음성을 듣고 눈을 떴습니다."

이 신비스러운 체험과 함께 정아는 자동차에 치이고도 아무런 상처를 입지 않는 기적을 경험하게 된 것이다. 이후 정아는 건강한 모습으로 원하던 대학에 합격하여 즐겁게 대학생활을 하고 있다.

요즘 어린이나 청소년 중에는 윤정이, 상희, 정아처럼 사고나 질병 이외에도 늘어나는 이혼과 가정불화, 지나친 경쟁 위주의 학교생활, 컴퓨터 게임과 인터넷 유해 사이트, 휴대전화 중독 등 정서에 악영향을 주는 요소들이 산재해 있는 환경에서 살고 있다. 그러다 보니 사소한 일에도 짜증이나 화를 내고 순간적으로 치밀어 오르는 분노나 충동을 통제하지 못하는 아이들이 많다. 그런 증상들이 점점 심해지면 집중력과 학습능력 저하, 사회성 부족, 우울증, 공황장애 등 더 심각한 증세로 발전할 수 있기에 자못 심각한 일이다.

그러므로 어린이와 청소년 시기에 빛을 받는 것은 매우 특별한 의미가 있다. 똑같은 빛을 받아도 이미 인생의 상당 부분이 결정된 어른들은 눈앞에 닥친 문제들, 당장 급한 몇 가지 소원을 이루는데 급급한 경우가 대부분이다. 하지만 어린이와 청소년들의 경우 이 힘을 통해 내면이 변화하고 운명의 흐름 자체가 전혀 다른 방향으로 바뀌어간다.

나는 빛을 받은 어린이와 청소년들이 지금의 나를 있게 한 뿌리를 알고 그 근원에 대해 감사하는 마음을 가질 것을 권한다. 그러면 더 많은 빛을 담을 수 있는 내면의 그릇을 갖게 되고, 자신의 주위에 있는 모든 사람들을 사랑하며 긍정적인 마음으로 변화해가는 모습을 지켜보았다.

뿐만 아니라 아이들의 마음을 가득 채운 행복과 풍요로움은 곧 행동변화로 이어진다. 아이들의 작은 행동, 사소한 습관이 바뀌고 친구들과의 관계가 개선되고 부모와의 사이가 좋아지는 체험을 하기도 한다. 이 과정을 통해 아이들은 자신감을 쌓아 가게 되고 스스로에 대해 긍정적인 이미지를 만들어 나간다.

그리고 빛을 받은 후, 학습능력이나 집중력에 변화가 나타났다고 말하는 아이들을 많이 보았다. 공부에 소질이 있는 아이라면 누가 시키지 않아도 스스로 학습에 대한 만족감과 재미를 발견할 것이다. 하지만 그렇지 않은 아이들 중에는 빛을 받고 난 후 무언가 모르게 내면을 누르고 있던 장애물이 사라지면서 마음이 편안하고 즐거워지며, 공부에 대한 흥미도 커지고 능률도 오르는 것이다.

'이 땅의 어린이와 청소년들이 행복하기를!'

나는 그들의 밝고 환한 미래를 위해 우주마음에게 간절히 청해본다.

위기의 부부들과 빚둥이들

　가끔 집 앞 놀이터를 지날 때면 까르르 웃으며 그네며 미끄럼을 타고 모래 장난을 하는 아이들을 보면 저절로 입가에 웃음이 번진다. 아이들의 해맑은 얼굴과 웃음소리를 보는 것만으로도 힐링이 되는 듯하다.

　그러면서 문득 얼마 전 30대 초반의 한 젊은 남성이 보낸 편지를 떠올렸다.

　– (중략) 결혼한 지 삼 년이 지나도록 아이가 생기지 않아 병원에 갔는데 정자 수가 정상인의 삼 분의 일에도 못 미치고 정자 운동량도 적다고 합니다. 평소 건강에 자신이 있던 터라 이러한 결과에 충격을 받은 건 물론 요즘 따라 자신을 바라보는 아내의 눈초리마저 어쩐지 예전과는 달라진 것 같아 몹시 스트레스를 받고 있습니다. 제발, 저희 부부를 도와주십시오 –

　편지의 내용은 아주 절박하고 간절했다.

　편지의 주인공뿐 아니라 요즘 젊은 부부가 불임으로 고민하는 경우를 의외로 자주 접하게 된다. 나이도 젊고 매우 건강해 보이는데 특별한 이유 없이 아이가 생기지 않는 것이다. 통계적으로도 불임으로 고통받는 부부들이 날이 갈수록 늘어나고 있다. 국내 부부 중 6~7쌍 중 한 쌍은 불임이며, 매년 160만 쌍의 부부가 불임으로 병원을 찾고 있다.

불임의 원인을 찾아보면 대부분 환경적, 유전적 요소가 함께 맞물려 있다. 그중에서 공기, 물, 토양의 오염, 중금속, 환경호르몬, 멜라민과 같은 독성물질에 노출된 농. 축. 수산물과 유전자 변형 및 신뢰할 수 없는 유통과정을 거친 식품들에 이르기까지 이제 우리 주위에는 안심하고 먹을 수 있는 게 거의 없을 지경에 이르렀다.

어디 그뿐인가. 생활 곳곳에 넘쳐나는 전기제품들이 뿜어내는 전자파 또한 불임과 직결되는 치명적 원인이다. 이 전자파에 장기간 노출되면 우리 인체는 스트레스에 노출된 상태와 마찬가지의 반응을 보인다. 인체 내에서 긴밀하게 유지되고 있는 균형이 깨어지고 호르몬 분비, 면역세포도 악영향을 받으며 정자 수를 감소시키고 기형아를 유발한다. 그런데도 요즘 젊은이들 중에는 컴퓨터나 휴대전화, TV 등과 하루 종일 붙어있다시피 하니 점점 정자 수가 줄어들고 불임으로 이어지고 있는 실정이다.

그 결과 불임 클리닉이 유례없이 대호황을 누리는 시대가 되었다. 시험관 시술이나 인공수정 등 불임과 관련해 지출하는 비용 또한 천문학적인 액수에 가깝다. 하지만 그 많은 노력에도 불구하고 여전히 불임을 해결하는데 역부족이다.

'참으로 심각한 문제다.'

나는 불임으로 심리적, 육체적, 경제적으로 고통받는 젊은 부부들을 보며 안타까웠다. 하지만 무엇보다도 생명은 누구도 감히 흉내 낼 수 없는, 전 생명을 주관하는 우주 근원의 영역이기에 인위적 노력에 한계가 있다.

'어떻게 하면 그들을 도울 수 있을까?'

점점 궁리를 하던 나는 영남대 자연자원대학의 여정수 교수팀의 실험이 떠올랐다. 실험에 의하면, 돼지에게 일주일에 한 번, 한 달 동안 빛을 준 결과 돼지들의 정자 대사 능력에 중요한 역할을 하는 글루코스(당) 수치가 60% 가까이 상승하는 결과가 나타났다. 보통 돼지를 인공 수정할 때 돼지 정액에 당이 부족하여 가사상태로 수정에 실패할 확률이 상당히 높은데 빛을 통해 이 부분이 분명하게 개선된 것이다.

'일반적으로 인체와 생리 구조가 가장 비슷하다고 알려져 있는 동물이 바로 돼지 아닌가.'

나는 이 실험 결과를 통해 빛을 받은 후 건강한 새 생명을 잉태하거나 원인 모를 불임을 극복할 수 있으리라는 생각이 들었다. 뿐만 아니라 몸이 건강하지 않아 임신을 하지 못한 사람이 빛을 받는 동안 신체 균형이 정상적으로 돌아와 임신을 할 수 있으리라는 확신도 생겼다.

내 생각은 틀리지 않았다. 불임으로 고생하는 부부에게 빛을 주자 그 이후 새 생명을 잉태한 젊은 부부들이 하나둘 늘어나기 시작했다. 나는 그들에게 빛을 받고 태어난 아이라는 뜻으로 '빛둥이'라는 애칭을 지어주었다.

　그중에서 어느새 씩씩한 청소년으로 자라난 빛둥이 최민호 군의 어머니 조성희 씨가 떠오른다. 그녀를 처음 만났을 때 그녀의 등에는 다운증후군 아이가 업혀 있었다. 하지만 아이보다도 어머니의 몸과 마음이 더 지쳐있는 상태였다. 당시 그녀는 '포르피리아'라는 난치성 질병을 앓고 있었으며, 정기적으로 모르핀을 맞을 정도로 극심한 고통에 시달리고 있었다.

　나는 그녀의 처지가 하도 딱하여 간절한 마음으로 우주마음에 빛을 청했다.

　"오늘부터 그 병은 다시 재발하지 않을 겁니다."

　정말로 그녀는 그 날 이후 건강을 되찾았고 몇 년이 지나도록 단 한 번도 재발하지 않았다. 물론 지속적으로 빛과 함께했기 때문이다.

　그런데 하루는 그녀가 나를 찾아와 눈물을 흘리며 말했다.

　"선생님, 얼마 전 저희 부부는 정상적인 아이가 갖고 싶은 간절한 마음에 함께 산부인과를 갔습니다. 그런데 의사가 제게, '지금 아주머니의 자궁은 너무 노화되어 임신이 불가능합니다. 아스팔트에 씨앗을 뿌린다고 싹이 나겠습니까? 그와 마찬가지입니다.'라는 말을 하지 뭐예요. 저는 그 순간 저를 살려주신 빛을 떠올렸어요. 이제 빛만이 저의 마지막 희망이어요. 저도 다른 아이들처럼 똘망똘망한 눈망울을 한 아이를 갖고 싶어요. 선생님, 제발 건강한 아이 하나만 낳을 수 있게 해주세요, 네?"

그녀는 뜨거운 눈물을 흘리며 간청했다.

그녀의 간절한 바람이 내 가슴에 와닿았다. 나는 그녀의 아픈 몸과 마음을 모두 어루만져줄 수 있는 생명 근원의 힘, 빛을 가득 안겨주었다. 그렇게 빛을 주는 과정에서 문득 '된다' 는 우주마음이 전해져왔다.

"아이를 가질 수 있습니다. 포기하지 말고 희망을 가지십시오."

"선생님, 그게 정말이어요? 네, 알겠습니다, 알고말고요!"

그녀는 놀라움과 기쁨이 섞인 눈물 콧물이 범벅이 된 채 되돌아갔다.

그렇게 몇 달이 흐른 후 그녀가 상기된 표정으로 환하게 웃으며 나를 찾아왔다.

"정말 감사합니다! 제가 임신을 했어요! 3개월째랍니다!"

그 이후 그녀는 건강한 사내아이를 순산하는 빛의 행복을 체험하였다.

그렇게 태어난 빛둥이 아기, 최민호 군은 이제 건강한 청소년으로 성장하여 빛터를 활기차게 뛰어다닌다. 나는 그 아이가 커가는 모습을 보며 자문해본다.

'과연 세상의 어떤 힘이 아스팔트처럼 메마른 자궁에 촉촉한 생명의 기운을 불어넣을 수 있을까? 오직 우주 삼라만상의 창조주에서 오는 생명창조의 힘만이 가능한 일인 것이다.'

어쩌면 조 씨의 경우는 불행 중 다행이었다. 불임의 원인조차 알 수 없었던 오민지 씨의 경우 부부는 더 큰 압박감을 받았다. 가족들과 주위의 기대를 저버리지 않으려 갖은 방법을 다 동원해보았지만 임신에 거듭 실패를 하자 극심한 스트레스로 몇 년의 신혼기간을 보내야 했다. 그녀는 당시 절박했던 심정을 이렇게 설명했다.

"서른둘이라는 비교적 늦은 나이에 결혼을 해 일 년이 지나도 아이 소식이 없더군요. 저는 점점 불안해졌습니다. 신랑과 함께 불임클리닉에 다녀보았습니다만 임신이 되지 않는 원인조차 알 수가 없었어요. 막연하고 답답한 심정이었습니다. 나중에 유명하다는 한의원에 가서 약도 지어 먹어보고, 용하다는 곳에 가서 굿도 해봤어요. 하지만 아무 소용이 없었습니다."

그럴 즈음 우연히 빛에 대해 알게 된 오 씨는 가장 먼저 마음의 평온을 되찾았다. 그리고 이후 계속해서 빛을 받는 과정에서 놀라운 결과를 얻게 되었다. 그토록 원하던 임신에 성공한 것이다.

"수없이 많은 방법을 동원해도 생기지 않던 아이가 이처럼 빨리 생길 줄은 몰랐어요."

그녀의 얼굴은 기쁨으로 환하게 빛났다. 그 후 건강한 빛둥이, 현정이 엄마가 된 그녀는 이제 딸, 남편과 함께 빛명상을 하고 있다.

빛을 통해 아기를 얻은 사람은 그뿐 아니었다. 지난 2008년 한 해를 보내고 2009년 새해를 맞이하기 위해 많은 회원들이 모인 자리였다.

지난 한 해를 무사히 보낼 수 있음에 감사하고 새해의 꿈과 소망을 빛과 함께 다짐해보는 자리에서 구소영 씨가 떨리는 목소리로 입을 열었다.

"일 년 전 저는 이 자리에서 한번 더 새 생명을 갖게 해달라고 우주마음에 간절히 청했습니다. 그리고 정확히 일 년이 지난 지금, 저는 정말 행복합니다. 지금 제 배 속에는 아이가 자라고 있습니다. 제 꿈이 이루어졌습니다."

"와와! 축하합니다, 축하해요!"

그녀의 이야기가 끝나기 무섭게 환호성과 함께 우레와 같은 박수갈채가 터져 나왔다. 그리고 그녀의 사정을 가까이서 지켜보았던 몇몇 지인들은 감격의 눈물을 흘리기도 했다. 지난날 그녀의 고통을 매우 잘 알고 있었기 때문이었다.

사실 그녀는 결혼식 당일부터 시작된 극심한 고통에 매일을 눈물로 보내야만 했다. 병원에서 내린 병명은 '쇄골 하 우측 정맥혈전증' 이라는 생소한 병이었다. 그녀는 금방이라도 터질 듯 좁아진 혈관을 넓히기 위해 두 번의 대수술을 받았다. 한번은 양 겨드랑이와 사타구니에 네 군데를 절개하여 혈관에 바람을 불어넣는 팽창법을, 또 한 번은 철사를 혈관에 주입하여 혈관을 늘리는 수술이었다. 하지만 생사를 넘나드는 대수술 후에도 그녀의 건강은 나아지지 않았고, 아이를 갖는다는 것은 머나먼 남의 일처럼 느껴졌다.

그런 그녀의 삶이 빛을 받고 난 후 180도 바뀌게 되었다. 꾸준히 빛 명상을 하는 가운데 우선 목과 어깨의 통증이 급격히 완화되었고 이후 일 년이 지나자 자궁에 생긴 큰 혹이 사라지면서 불가능할 것만 같았던 임신까지 하게 된 것이다. 결국 2006년 구 씨 부부는 자연분만을 통해 건강하고 예쁜 공주님을 순산했다. 두 번의 대수술과 자궁의 염증에도 불구하고 건강한 아이를 임신해 자연분만을 했다는 것 자체만으로도 기적이었다.

하지만 기적은 거기서 그치지 않았다. 오랜 망설임 끝에 아들을 하나 더 낳고 싶다는 소망을 갖게 된 부부는 빛을 받으며 간절히 소망을 청했다.

그리고 2009년 7월, 부부의 바람이 현실로 이루어졌다. 튼튼한 사내아이가 태어난 것이다.

그런가 하면 이은영 씨는 임신 5주째부터 시작된 극심한 입덧으로 음식을 거의 입에 댈 수 없는 상황이었다. 지친 산모는 하루 종일 누워 있다시피 했고 밥은 아예 입에 대지 못했다. 속을 긁어내는 고통에 하루가 백 년처럼 길게 느껴졌고 이러한 상태로 열 달을 지내 아이를 낳는다는 게 불가능하게만 여겨졌다. 병원에서는 입덧에는 특별한 약이 없으니 안정을 취하라고만 할 뿐이었다.

그러던 중 그녀는 내가 쓴 『행복을 찾는 사람들에게』라는 책을 통해 알게 된 빛태교로 고통에서 벗어나게 되었다. 또한 나를 찾아와 빛을 받은 다음부터는 지난 몇 주간 냄새도 맡을 수 없었던 밥을 입에 댈 수 있게 되었다.

이후 그녀는 지속적인 빛태교를 통해 처음 입덧 증세가 수그러들었고 식사량 또한 늘어나 이내 건강을 되찾았다.

"아아, 선생님, 고맙습니다! 선생님 덕분에 저도 우리 아기도 살아났습니다!"

그녀가 눈물을 흘리며 기뻐하였다.

그 후 건강한 아기를 순산한 그녀는 어느 날 아이를 데리고 빛명상을 하러 왔던 때를 이렇게 말했다.

"빛태교를 통해 아이를 무사히 낳고 외출이 가능할 즈음 아이와 빛명상을 하러 간 적이 있습니다. 아이와 함께 빛명상을 하고 있는데 아이가 갑자기 깔깔 소리를 내며 한참을 웃는 것이었습니다. 그때까지 아이가 그렇게 크게 오랫동안 환하게 웃은 적은 처음이었습니다. 그 맑은 웃음이 지금도 기억납니다. 아이는 자기가 배 속에서부터 받던 빛을 알고, 그 빛이 자신을 살려준 것도 알고, 그 빛이 얼마나 행복한 빛인지도 이미 알고 있었나 봅니다. 엄마인 저보다 더 빨리 말입니다."

이 씨처럼 심하지는 않지만 대부분의 산모들은 임신 기간 중에 입덧을 경험한다. 임신 초기 태아는 엄청난 속도로 기관을 발달시키는데 이때 혹여나 새 생명에 해로운 물질이 섭취되는 걸 방지하고자 입덧이 생긴다는 이론이 있다. 이처럼 입덧은 병이 아닌 자연의 섭리에 따른 생리현상이기 때문에 뚜렷한 해결방법이 없으며, 유전적인 영향이 강하고 사람마다 정도의 차이도 심하다.

하지만 이 씨의 경우처럼 빛태교는 입덧을 수월하게 넘길 수 있도록 돕는 것은 물론 산모와 태아의 건강을 가장 안정적이고 편안한 상태로 만들어준다. 한번은 임신 중 급성 간염에 걸려 무척 위험한 상황에 처한 산모를 만난 적이 있다. 산모는 황달 증세가 심했고 식사도 제대로 못 하는 상황이었다. 그런데도 임신 중이었기 때문에 함부로 약을 쓸 수도 없어 병원에서도 참 난감해하는 경우였다.

나는 우선 이 산모에게 물에 빛을 교류해 만든 '초광력수'를 먹게 하고 꾸준히 빛태교를 하게 했다. 그렇게 시간이 흐르면서 산모의 건강은 급속도로 회복되었고 이후 무사히 순산할 수 있었다.

빛이 신체의 자가 치유 능력을 강화해주며, 몸의 균형을 유지하도록 돕는 역할을 해주었기 때문이다. 그러므로 빛은 질병이 있는 산모에겐 부작용 없이 건강을 회복하도록 해주고, 건강한 산모라면 더욱 건강하고 총명한 아이를 순산하도록 도와준다.

빛을 통해 태어난 빛둥이들은 국내뿐 아니라 외국에서도 찾아볼 수 있다. 홍콩에 거주하는 영국 작가인 에드워드(Edward W.Ion)는 빛을 받고 건강한 아이가 태어난 후 내게 이렇게 말했다.

"첫 아이 클레어 수린(Claire Soorin)이 태어나기 직전과 그 이후의 시간은 저와 제 아내에게 정말 특별한 순간이었습니다. 이 기간 동안 제 아내는 빛명상 태교를 했고, 빛은 우리 둘에게 크나큰 격려와 용기를 주었습니다. 우리 부부는 빛이 우리 딸아이의 출생을 더욱 수월하게 해주었다는 것을 결코 의심하지 않습니다. 또 한 번의 특별한 순간은 빛선생님과 수린이가 처음으로 만나던 때였습니다. 어린 딸아이가 빛을 받고 무척 평화로워했으며 매우 행복해하며 위안을 받는 경험을 했다는 사실에 의심의 여지가 없습니다."

이처럼 빛을 통해 건강을 되찾고 귀한 아기를 순산하곤 기뻐하는 젊은 부부들의 모습은 그 어떤 영화나 소설보다 내겐 더 감동적이었다.

여러 사례에서 보듯 빛은 태아와 산모의 마음에 건강과 총명을 주는 생명 에너지이기에 시간이 흐를수록 더 많은 예비 부모들이 빛명상과 빛태교의 효과에 주목하고 있다. 한 명을 낳더라도 제대로 된 태교와 건강을 주는 웰본(well-born)태교, 즉 빛태교를 선택하는 웰빙(well-being) 세대들이 늘어가고 있는 것이다.

그러므로 지금도 어디선가 불임과 난임으로 고통 받고 있는 젊은 부부들, 그로 인해 가정이 무너질 위기에 처한 부부들에게 나는 오늘도 빛을 주고 있다. 아무리 날이 갈수록 세상이 어두워져 가고, 지구가 심각하게 병들어 간다 해도, 빛명상과 빛태교로 건강하고 총명하게 태어난 새 생명들이 장차 밝은 미래를 열어 가리라는 희망과 함께.

인류는 육신을 포함한 물질세계의 근본이 무엇인지를 탐구하는 과
학적 방법과, 마음의 실체와 귀속처가 어디인지를 탐구하는 종교적
방법으로 자연이 주는 혜택과 공포의 원인을 분석하고 극복하기 위한
노력을 해왔습니다. 그러나 과학과 종교라는 이분법적 방법론으로 그
문제를 해결하기에는 한계가 있을 수밖에 없다는 것을 인류는 스스로
깨닫기 시작했습니다.

이처럼 과학의 한계와 종교에 대한 회의는 인류의 근원적인 문제에
대한 해답을 제기하기가 더욱 어려워지게 되었고, 더구나 인공지능으
로 인류의 직업 대부분이 사라지게 될지도 모른다는 불안이 현실적인
위기로 등장하면서 이제는 관념적인 위안보다는 자신의 미래를 행복
하게 변화시켜줄 구체적인 힘을 인류는 갈망하기 시작했습니다. 이러
한 갈망에 호응하는 듯, 그것을 해결해 줄 수 있는 실존하는 에너지가
1986년 지구상에 출현하였습니다.

그 힘은 우리의 오감으로 인식할 수 있을뿐 아니라 빛의 형태로 그
에너지가 우리와 교류하고 있음을 보여주는 구체적이고 실질적인 현
상으로 나타났습니다. 이 현상을 "큰 빛현상"이라고 하며 그때 내려
온 "빛에너지"에 대한 연구와 활성화를 위해 "사단법인 건강과 행복
을 위한 빛명상"이 설립되었고, 1986년 "큰 빛"을 직접 만나고 증거

까지 확보한 분이 위 법인의 대표이신 정광호 학회장님입니다.

"빛에너지"는 과학이 그토록 찾아 헤맸던 우주를 형성하고 질서를 유지하는 힘이며, 선과 악을 구분하지 않고 우주의 모든 생명체를 순수한 모성으로 감싸고 보살피는 원천의 힘입니다. "큰 빛에너지"가 오기 전에 인류는 중력장 속에서 시간의 흐름을 필연적으로 따라갈 수밖에 없는 존재였지만, "큰 빛에너지"가 지구상에 출현한 이후에는 그 에너지장에 편입되어 그와 함께 교류함으로 인해 미래를 행복하게 변화시킬 수 있는 시대를 맞이하게 되었습니다.

4차 산업 혁명의 시작을 앞두고 모두가 미래에 대한 불안 속에서 전전긍긍하는 시점에 정광호 학회장님이『나도 기적이 필요해』라는 새로운 신간을 세상에 내놓았습니다. 이 책에는 "빛에너지"로 현실이 변화되는 체험을 한 많은 사례들과 함께 빛과 교류할 수 있는 에너지가 충전되어 있어서 독자들을 빛의 에너지장으로 이끌게 될 것임을 확신합니다. 또한 빛에너지를 먼저 체험한 신험자로서 이 책을 통해 만나게 될 빛에너지가 불안과 절망을 행복과 희망으로 변화시키는 원동력 이라는 것도 자신있게 말씀드립니다. 많은 분들이 행복의 길을 찾을수 있도록 이 책을 권해드립니다. 그리고 지금 이 시간에도 빛의 불을 밝히기 위해 불철주야 노력하시는 정광호 학회장님께 감사드리며 이 책의 탄생을 축하드립니다.

변호사 김주현

팔공산 빛명상센터에서 정광호 대표가 자신의 수련법 '빛 명상'에 대해 설명하고 있다.

빛은 우주의 근원…명상으로 체험

공기, 물과 함께 대표적 자연물인 빛. 방부(防腐), 살균, 표백 작용은 물론 탄소동화작용에도 관여해 인류의 식량 해결에도 크게 기여한다. 빛은 자연현상에도 작용하지만 한편으로 종교나 고전, 문화에도 등장해 인간의 정신 활동에도 영향을 미친다.

이 책에서 소개하는 빛은 '명상의 수단으로써 빛'에 주목하고 있다. 40여 년째 빛 명상을 수련하고 있는 '건강과 행복을 위한 빛 명상' 정광호 대표는 팔공산에 '빛명상센터'를 세우고 빛 수련 전파에 열중하고 있다. 명상을 따라하는 것만으로 마음의 평안을 얻고, 건강은 물론 인간 근원의 문제까지 해답을 얻을 수 있다고 하는 정 대표의 빛 이론을 들여다보았다.

◆우주의 질서·근원은 빛=이 책은 정 대표의 '빛'에 대한 우주 원리와 개인적 체험을 기록한 것이다. 정 회장은 빛을 초광력(ultra cosmic spirit), 우주의 마음, 우주의 근원으로 정의한다. 인간은 처음엔 우주의 질서 속에서 평화롭게 살도록 설계되었으나 인류가 과학과 종교라는 유한의 힘을 무한의 영역으로 착각, 순수를 상실하면서 각종 질병과 불행이 일상화되었다는 것이다. '우주의 근원'은 이를 바로잡고 인류를 원래의 상태로 되돌릴 수 있는 힘을 빛 에너지로 보내주고 있다는 것이다.

이 책의 각 단락엔 정 대표가 40년 동안 이 빛에너지를 연구하면서 느낀 소회와 각계각층 인사들과 교류하면서 빛 현상을 확인, 증명하는 사례들이 정

나도 기적이 필요해

정광호 지음/답게 펴냄

정광호 빛 명상센터 대표
팔공산서 수련 전파 열중
新福·병치료 시각은 경계

리돼 있다. 그 과정에서 빚어진 인간사, 행·불행의 반전과 호전, 마음의 평화, 질병의 회복을 빛의 작용으로 설명하고 있다.

◆각계각층 인사들과 빛 명상 교류=대구에서 성장한 정 대표는 독실한 가톨릭 가정에서 자랐다. 어릴 적 성당에서 복사를 맡을 정도로 신앙심이 깊었고, 한때 신학대 진학을 놓고 고민한 적도 있었다. 그의 첫 직장인 호텔도 가까운 신부님의 추천으로 들어가게 되었다. 어릴 적부터 만물의 이치를 파고들고 초자연적인 현상에 관심이 미쳐 그의 시선과 의식은 늘 우주로 향해 있었다.

이 책에는 그동안 그가 만났던 종교계, 정·재계 인사들과 인연이 담겨 있다. 이어령 전 문화부장관, 이기수 전

고려대 총장, 전재희 전 보건복지부장관, 자월, 혜명 스님 등이 그와 교류하며 소중한 인연을 이어가고 있는 인사들이다. 명상센터가 세워지면서 그의 빛 이론은 운동, 캠페인 차원으로 구체화 됐다. 센터를 거쳐 간 수많은 사람들이 명상 중 위안을 얻고 심적, 신체적 건강을 회복했다.

◆1994년부터 빛 명상 전파 나서=이 책에는 정 대표가 빛 수련에 뛰어든 계기와 구체적 수련법이 언급돼 있다. 이런 남다른 능력에 대해 정 대표는 젊을 때부터 빛 명상에 몰입해왔고, 거기서 에너지를 응축되면서 남보다 더한 기운을 가지게 된 거라고 말한다.

취재 때 만난 정 대표는 운동화, 점퍼 차림의 그저 평범한 생활인이었다. 또 센터를 기복(祈福)의 장소로 여기거나 병 치료의 공간으로 여기는 시각에 대해서도 경계를 했다.

'빛 명상'을 하는 목적은 우주 근원의 빛을 통해 우리의 몸과 마음을 정화하고 내 안의 진정한 나를 찾아 단 한 번 주어진 소중한 삶을 행복하게 사는 것'이라고 힘주어 말했다.

한편 정 대표는 사회사업과 봉사활동에도 앞장서고 있다. 1973년부터 무료 급식소, 고아원, 소년소녀가장들에게 생활비를 지원하고 있고 그간 사회사업에 지출한 돈은 21억원에 이른다. 2015년엔 '사랑나눔 실천' 공로를 인정받아 '국민추천포상'에서 대통령상을 수상하기도 했다.

한상갑 기자 arira6@msnet.co.kr